Franz Jostberg | Die Rückenschwimmerin

AF286585

Franz Jostberg

Die Rücken-
schwimmerin

Roman

© 2025 Franz Jostberg | 1. Auflage

Kahawa Verlagsdienstleistungen
Satz und Umschlag: Silke Molls
    w.kahawa.de

Verlag: BoD · Books on Demand GmbH, Überseering 33,
22297 Hamburg, bod@bod.de
Druck: Libri Plureos GmbH, Friedensallee 273, 22763 Hamburg

ISBN 978-3-7693-5292-4

Die Bibliografische Information der Deutschen Bibliothek

Die Deutsche Bibliothek verzeichnet diese Publikation in der Deutschen
Nationalbibliografie; detaillierte bibliografische Daten sind im Internet
unter www.d-nb.de abrufbar.

Für J. und all die anderen Helden,
die sich nicht irre machen ließen
und ihren Weg gegangen sind.

Für S. mit großem Dank
für eine wirklich gute Zeit.

Für A., ohne die diese Welt
kein lebenswerter Ort wäre.

*Man ist wahrhaftig nicht so oder so, sondern
wenn man mit einem anderen Menschen
in Berührung tritt, so schlägt dieser andere
Mensch in einem einen ganz bestimmten
(oder ganz unbestimmten) Ton an – und so
ist man dann.*

*Robert Musil,
Tagebuch Heft 3 (1898)*

Wiedereingliederung

Am besten machen wir bei Ihnen zunächst einmal einen Arbeitsversuch, Fiederer betonte die letzten beiden Silben, als wäre, was da versucht werden sollte, im Grunde längst schon gescheitert. Ohne mich anzusehen, rutschte er in seinem schwarzen Ledersessel hin und her, meine Akte weit vor sich auf dem Schreibtisch, als gelte es, Abstand zu wahren vor hochkontagiösem Material. Dabei war es keine Infektion, keine Seuche gewesen, die mich für Monate arbeitsunfähig gemacht hatte, sondern ein Unfall mitten bei der Arbeit im Dienste des Klinikgroßkonzerns. Während ich im Rettungswagen einen Patienten notärztlich versorgte, war ein Betrunkener ohne Führerschein in das mit Signalleuchten am Straßenrand stehende Fahrzeug gerast. Die junge Rettungsassistentin und der Patient, ein gerade mal vierzigjähriger Familienvater, starben noch an Ort und Stelle, der Fahrer des Rettungswagens und ich überlebten. Was mich anging, blieb es bei einem komplizierten Beckenbruch mit bleibendem Erinnerungswert, einigen Rippenfrakturen und diversen Weichteilverletzungen, unser Fahrer dagegen erlitt ein schwerstes Schädelhirntrauma, für den Rest seines Lebens tetraplegisch, unfähig also, auch nur einen Finger auf eigenen Wunsch zu krümmen und angewiesen auf ein Beatmungsgerät, das ihm Luft durch die Kanüle im Hals in die Lungen seines zum bloßen Fleischsack verkommenen Körpers blies, um ihn weiter am Leben zu erhalten. Der Besoffene dagegen, dem wir all das verdankten, verließ das Krankenhaus am nächsten Morgen schon auf eigenen Beinen und mit wenigen Kratzern.

Wir beginnen also mit zwei Wochen von je vier Arbeitsstunden pro Tag, dann sehen wir weiter, fasste Fiederer zusammen. Wer genau wohl diese *Wir* waren, die er meinte?

Sixtus Fiederer, Betriebsarzt des Klinikums, war darauf angesetzt, konzernrelevante Humanressourcen auf ihre jeweilige Plastizität und Belastbarkeit hin zu prüfen und zu taxieren, was noch taugte und wovon man sich besser trennte. Je früher, umso besser fürs Geschäft, die Aktionäre und das große Ganze. Fiederer hatte es mithilfe der richtigen Freunde auf seinen speziellen Außenposten im Klinikgetriebe geschafft. Dorthin, wo keiner mehr selber in den Dreck fassen musste, wo hygienisch einwandfrei, moralbereinigt und ohne Getöse alles diskret unter der ein oder anderen Hand in trockene Tücher gebracht oder erledigt werden konnte. Fraglos setzte das besondere Befähigungen und Neigungen voraus, an denen es Fiederer nach Einschätzung seiner Förderer nicht mangelte. Und so konnte er sich behaglich abseits der Gefechtsfelder sogenannter Hochleistungsmedizin in seiner ökologischen Nische rekeln und als wohlfeiler Adjutant der Geschäftsleitung verlässlich und linientreu den ihm übertragenen Angelegenheiten nachgehen. Die Tage verbrachte Fiederer in einer eigens für ihn hergerichteten klinischen Ruhezone, sicher abgesondert vom Heer der armen Schweine, die im täglichen und nächtlichen effizienzoptimierten Kampf um prozessverschlankte Outputsteigerungen bei gleichzeitig unaufhörlich fortschreitendem Personalabbau zerrieben und verschlissen wurden. Fiederer dagegen hatte es geschafft. Wo er war, ließ es sich bis zum Erreichen der Altersgrenze bequem aushalten, im Gegensatz zum Fußvolk all derer, die bis dahin ihre Nachtdienste kloppen durften, ganz egal, wie beschissen es ihnen auch ging. Gehörte man zum Netzwerk Der-da-oben, blieb einem das alles erspart. Wer es dorthin geschafft hatte, der war raus, wie Fiederer, der weder in der Chirurgie noch in der Inneren auch nur ansatzweise zu irgendetwas getaugt hatte, schon nach jeweils kurzer Zeit wollte diesen talentlosen Besserwisser mit seinem maliziösen schwäbischen Zungenschlag niemand mehr auch nur von weitem sehen. Also schusterte man ihm die Nachfolge des alten Balke zu. Dr. Eduard Balke, der war noch von anderem Schlag gewesen, ein Fossil aus längst überwundener Vorzeit, weder biegsam noch geschmeidig, und somit ganz und gar ungeeignet für die Herausforderungen unternehmerisch verordneten Dauerwachstums und den Vollzug des dazu Notwendigen. Man trennte sich nur allzu gerne und schnell von ihm, als er die Fünfundsechzig endlich erreicht hatte und fast zeitgleich ein zweiter Schlaganfall ihn ereilte, der seinen mehr als überfälligen Ausstieg aus dem Klinikgeschehen zwangsläufig machte. An seiner Stelle wurde Fiederer inthronisiert, diese ärztliche Nullnummer, die sich jetzt im schwarzledernen Chefsessel darüber verbreitete, was *wir* in der nächsten Zeit nun vorhätten. Über den Schutzwall seines Schreibtisches hinweg sprach er zu mir, als hätte er einen seines spärlichen Restverstandes Beraubten vor sich, dem er einen Wiedereinstiegsjob als Tütenkleber schmackhaft machen musste.

Wie auch immer, *wir* wollten also sehen, was noch anzufangen wäre mit mir. Dabei war offensichtlich, dass er das von mir Erwartbare für kaum noch zureichend hielt, wodurch ich in den Kreis derer geriet, die es nächstmöglichst auszusortieren galt, um sich den kürzesten und schnellsten Weg zu weiteren Wachstumszielen nicht durch alternde Defizitgestalten verbauen zu lassen. Für eventuelle gewerkschaftliche oder arbeitsrechtliche Kollateralprobleme in diesem Zusammenhang würden sich zügig Lösungen finden lassen: ein weiteres Aufgabenfeld, bei dessen beflissener Bearbeitung Fiederer bereits Erstaunliches geleistet hatte. Nicht selten allerdings war es schon damit getan, dem Betroffenen seine betriebliche Untragbarkeit vor Augen zu führen. Nicht wahr, das sehen Sie doch ohne jeden Zweifel auch so, oder etwa nicht? Wer erst einmal schwankend am Rand stand, sank unter Fiederers Marderaugen alsbald zusammen und fiel wie von allein.

Für ein paar Sekunden war in diesen Augen ein Flackern von Unsicherheit. Während er scheinbar etwas zu schlucken versuchte, was dies nicht sofort mit sich machen ließ. Dann hatte er sich aber schon wieder gefangen, verwies textsicher auf die obligate Blutentnahme, alles natürlich zum Zwecke meines gesundheitlichen Wohlergehens, na klar. Diesmal vielleicht auch die Prostata-Werte mitmachen? Und von mir darauf nur ein Ja wie vorsoufliert und ohne jedes Nachdenken. Doch: Warum, warum nur hatte ich zugestimmt, wieso? Warum war ich ihm in die Falle gegangen, in diesem Moment der Unaufmerksamkeit, des verfrühten Aufatmens, als Fiederer seinen letzten Trumpf zog. Himmelherrgott! Und wie er triumphieren würde! Da, schauen Sie gerne selbst, Herr Kollege, wie schon vermutet, hatte ich mir doch gleich gedacht, nun allerdings haben wir es schwarz auf weiß. Ist ja so erstaunlich auch wieder nicht, schließlich haben Sie das Alter, nicht wahr? Für mich folgte eine bange Woche der Angst vor dem Ergebnis, dem grauen Blatt im grauen Umschlag, der Urteilsnachricht des Labors. Was, wenn dann da ein Plus hinter dieser Zahl stand, ein kleines, hochgestelltes Kreuz, Symbol des Übels wie ein Daumen runter. Blöd wie ich war, hatte ich eingewilligt in eine ganze Woche Wartefolter, Tage der Dauerbedrohung durch die Antwort auf eine Frage, die es bis gerade eben für mich gar nicht gegeben hatte. Wird ein fatales Ereignis allein durch das darauf gerichtete Augenmerk wahrscheinlicher, möglicherweise gar erst provoziert? Die alte Frage: Inwieweit beeinflusst der Fragende (in meinem Fall der zum Fragen Genötigte) das von ihm befragte System? Oder andersherum: Vollzieht sich der Lauf der Dinge, der Ausgang all der obskuren Würfelspiele hinter den Kulissen dieses Lebens doch unabhängig von beidem, dem Fragenden, der vielleicht schlafende Hunde weckt, und eben der Frage, die er gar nicht gewollt hatte von sich aus?

Wie erwartet schlief ich noch schlechter als ohnehin, ärgerte mich über mein kinderdummes Einverständnis, diesen Freibrief, den ich Fiederer auf seine hinterlistige Hinterher-Frage hin erteilt hatte. Dabei hätte ich mit solch einer abgefeimten Tour rechnen müssen, doch ich war in die ausgelegte Schlinge getappt, in genau dem Moment, als ich mich schon in Sicherheit glaubte, ich naiver Idiot! Jeden Tag der bange Blick in mein Klinikpostfach, schließlich der Umschlag mit dem Stempelaufdruck PERSÖNLICH darin. Hämoglobin grenzwertig niedrig wie immer schon, Blutfette geringgradig erhöht, das war neu, na ja, Leberwerte im Normbereich, immerhin – und: PSA kleiner null Komma neun! – Ja!!! Dem Himmel sei Dank!!! Ich war also davongekommen, für dieses Mal! Glück gehabt, das Urteil war noch einmal aufgeschoben. Grund genug für einen kleinen Schwächeschwindel, von dem nicht gleich klar war, was aus ihm werden würde, Schweiß, der mir aus allen Poren schoss, dabei das Gefühl, von innen heraus ganz leer zu werden. Ich musste mich festhalten an irgendwas, suchte Anlehnung an der nächsten Wand. Nacht für Nacht hatte ich mich bereits im urologischen OP auf dem Tisch gesehen, Stanzbiopsie, Gleason-Score größer sieben und damit OP-Indikation zwingend gegeben, was sonst? Also die Prostata raus, Nachblutung und Infektion, Beckenbodenabszess, Impotenz, Inkontinenz, dazu Harnröhrenverklebung, erneute OP und regelmäßiges Bougieren, das ganze Komplikationspanoptikum und damit die verbindliche Dauerkarte beim Urologen für den Rest meiner Laufzeit. Auch wenn es lange schon keine Einsatzgelegenheiten mehr gegeben hatte, ein derart radikaler Schlussstrich unter sämtliche Optionen des Virilen, allein der Gedanke grauste mich. Sie war so billig wie klischeehaft, diese Art von Verlustangst, sicher, ebenso wie die späte Reue über alles Nichtgelebte, nie je Versuchte, gar Gewagte, bestenfalls Erträumte. Wie auch immer, das Allerschlimmste war nicht eingetreten: PSA im Normbereich, erst einmal Schluss mit der Bilderhölle, Gott sei Dank!

Dass ich allerdings bereits nach kaum einer Woche sogenannter Wiedereingliederung erneut zu Nachtdiensten genötigt würde, von dieser Petitesse war bei Fiederer keine Rede gewesen. Die Absprachen der zuständigen Leitungsebenen hatten im Hintergrund stattgefunden, das reichte für vordergründig stets dieselben Argumente: jede Menge Personalausfall durch Urlaub, Krankheit, Mutterschutz oder Fortbildungen, nicht alles konnte schließlich verhindert werden. Stets fehlte es an Personal, nicht nur für die Nachtdienste in der Woche, sondern erst recht für Samstag, Sonntag, Feiertag, wo vierundzwanzig Stunden lang einer allein alles zu stemmen hatte. Ein einziger diensthabender Anästhesist für sämtliche Narkosen eines langen Tages und einer noch längeren Nacht, dazu auch in Dauerbereitschaft für den allzu häufigen Fall, dass eine schmerzfreie Geburt unter Vermeidung jeglichen Unbehagens und aller mütterlicher Mitarbeit auf dem Wunschzettel stand. Außerdem hatten alle Kollegen während der ganzen Zeit meiner Rekonvaleszenz und Erholung – also mehr als drei Monate! – für mich mitgearbeitet, somit war es doch nur recht und billig, dass jetzt ich endlich auch wieder dran war, mich revanchierte für all das mir mehr als großzügig Gewährte.

Schon gleich der erste Nachtdienst war die reinste Tortur. Wegen der langen Unterbrechung musste ich mich erst wieder einfinden in die Absurditäten der Schnell-Schnell-Hopp-Hopp-Abläufe, was im geforderten Betriebstempo nicht gelang, weil da bei mir zu viel Faktor Mensch war und zu wenig algorithmus-getriggerte unermüdbare Maschine. Sonntagmorgen neun Uhr erfolgte der Startschuss für den OP-Marathon nonstop bis weit nach Mitternacht, quer durch die chirurgischen Disziplinen, somit wechselnde, stets aufs Neue schnittfreudige Akteure auf der anderen Seite des Tuches, viel zu oft solche, bei denen handfertige Defizite und Selbstüberschätzung eine gefährliche Allianz eingingen. Aber was macht das schon, was wirklich zählt, ist abrechnungstechnische Verwertbarkeit. Selbst wenn eine OP sinnlos, vergeblich oder einfach nur falsch ist, sie ist nie umsonst.

Irgendwann in den frühen Morgenstunden wusste ich mir nicht mehr anders als mit einer Ibuprofen zu helfen. Ob ich saß oder stand, wie ich mich auch drehte und beugte, ich hatte das Gefühl, der Rücken werde mir zersägt, die Hüfte war wie in glühende Kohle getaucht. So also ging Verrücktwerden, ich war auf dem besten Weg dahin, nicht mehr imstande, mich noch auf irgendwas zu konzentrieren. Doch dann, kaum setzte die Ibuprofen-Wirkung ein – was für ein Segen, dass sie einsetzte! –, war da fast nichts mehr, das mich noch wachhielt, außer dem Alarm des Beatmungsgerätes, der mich aus meinem Dämmern hochschrecken ließ, wieder und wieder. Heiner Kuhlmann, als Anästhesie-Pfleger mein Copilot in dieser Nacht, hatte sich längst schon wohin auch immer zurückgezogen. Er wusste, dass ich ihn nicht anrufen und behelligen würde, da von ihm keine Hilfe mehr zu erwarten war. Wenn er nicht mehr wollte, wollte er nicht mehr, und um diese Zeit, lange nach Mitternacht, wollte er definitiv gar nicht mehr. Nicht für die paar Kröten, du weißt, was ich meine, alles klar?

Der letzte Patient gegen Morgen war ein schwabbeliger Glatzkopf mit Jochbeinfraktur, die eben noch schnell mal weggemacht werden sollte, wenn auch ohne jede medizinische Dringlichkeit, keine Doppelbilder, keine Blutung, keine sensiblen Ausfälle, nichts also, das irgendwie eilte. Aber völlig egal, alles immer gleich und sofort, damit der Patient sich bloß nicht für ein anderes Haus entscheidet und die Konkurrenz ihn am Ende wegschnappt, nicht auszudenken! Vor gar nicht vielen Jahren hätten sich alle an den Kopf gefasst. Kein Chirurg wäre nachts für so etwas aus dem Bett gekrochen, stattdessen: kühlen, abschwellen lassen, OP in den nächsten Tagen. Doch die Zeiten haben sich geändert. Was zählt ist Durchsatz, Schlagzahl, Behandlungsfallmaximierung. Und da für den Folgetag das OP-Programm ohnehin schon proppenvoll war dank zahlreicher artifiziell generierter Indikationen, machen wir's besser gleich jetzt und sofort, denn was weg ist, ist weg ist weg ist weg, so das medikomerkantile Maximierungsmantra.

Kuhlmann hatte zu meinem Erstaunen dann doch noch mal kurz vorbeigesehen, war bald aber wieder davon, mehr als eine

Stunde am Stück ohne Rauchen hielt er nie aus, dann wurde er unruhig, reizbar, fahrig, war alles andere noch als eine Hilfe. Also blieb ich nach der OP im Aufwachraum selbst bei dem Patienten sitzen, tat Kuhlmanns Arbeit, ohne Hoffnung darauf, dass er mich ablösen käme. Dem Patienten mit der operierten Jochbeinfraktur war übel, Narkose- und Restalkoholwirkung ließen langsam nach, er klagte über Schmerzen, pinkeln wollte er auch, aber nicht im Bett und in eine bescheuerte Flasche. Also hakte ich ihn unter, begleitete ihn zum Klo. Kaum war das erledigt, forderte er neue Coolpacks gegen Schwellung und Schmerz, obwohl die alten noch kalt genug waren, auch das Kopfende des Bettes sollte weiter aufgestellt werden, Ja, was ist denn, na los! – Nein!, jetzt doch wieder runter, oder, halt, wart' mal, so tief nun auch nicht … Seine Antwort auf meinen Hinweis, dass dank der Fernbedienung direkt am Bett er das alles selber in der Hand habe und es sich jederzeit nach Wunsch einstellen könne, nur ein geraunztes Und warum? Dafür sei doch ich schließlich da, oder ob ich nicht wisse, was Service bedeute? Ohnehin gehe er davon aus, dass ich hier fürs quasi Nichtstun weit überbezahlt werde. Dazu sein Arschloch-Grinsen, das ihm trotz Wundschmerz und engem Verband überzeugend gelang.

Erinnerung birgt ja stets die Gefahr, gefärbtes, gewünschtes, also verändertes Erinnern zu sein. Trotzdem bin ich mir bis zum heutigen Tage absolut sicher, ihn bloß am Krankenhaushemd gefasst zu haben, nur das und auch nur mit einer Hand. Und, ja, ich war kurz davor, ihn anzuschreien, das schon. Doch heraus kam mehr ein Klageruf als alles andere, von einem, der nicht mehr konnte, der am Ende seiner Kräfte, seiner Konzentration und allerletzten Geduld war. Der nur noch einen Wunsch hatte, endlich-endlich in Ruhe gelassen zu werden, um nur für kurze Zeit die Augen schließen zu dürfen; keine Rede gar von Schlafen, das in dieser Phase von übererregtem Vorwahnsinn, die ich inzwischen erreicht hatte, sowieso bloße Illusion war.

Dass es sich bei diesem Kotzbrocken, der bekifft und besoffen durch die Gegend gekurvt war und es schließlich geschafft hatte, beim Aussteigen derart aufs Gesicht zu fallen, dass er sich das Jochbein brach, um einen Immobilienkrösus mit Hauptstadtbüro und Einfluss in alle Richtungen handelte, hatte ich natürlich nicht gewusst. Auch nicht um seinen Status als Privatissime-Patient mit mindestens Wahlleistungspaket-3-PLUS. Ebenso wenig war mir klar gewesen, dass ich ihn soeben misshandelt hatte, wie es in der Presse der nächsten Tage hieß. Ich hätte mich an einem Wehrlosen vergriffen: *Unglaublich!!! Unfassbar!!! Arzt im Klinikum verprügelt frisch operierten, hilflosen Patienten!*

Selbstverständlich war ich von diesem Zwischenfall an völlig unhaltbar für den Konzern, jemand, von dem man sich trennen musste, sofort, fristlos. Und auch das geschah hinreichend presse- und medienwirksam, um aller Welt überdeutlich zu demonstrieren, wie schnell und korrekt man zu reagieren wusste in solch beispiellos widerwärtigem Fall. Außer der umgehenden Kündigung meines Arbeitsverhältnisses sorgte die Geschäftsführung noch für die Einreichung einer Klage wegen Rufschädigung und Verletzung der Dienstpflicht in besonders grober Form. Das Opfer meiner Gewalttat hatte natürlich selbst auch längst alles in die berufenen Hände der fähigsten seiner Anwälte gelegt. Wobei ich bis heute nicht verstehe, was ich da alles wie verletzt haben sollte, mit meiner Hand, die nichts als sein OP-Hemd berührt hatte, für einen kurzen Moment.

Nein, ich habe nicht Zuflucht bei der Diagnose Burn-Out genommen, habe mich nicht in psychologische Behandlung begeben, was angesichts meiner vermeintlichen Gewaltbereitschaft natürlich dringlichst geboten erschien, so der allgemeine Tenor. Und, nein, ich habe mich auch nicht entschuldigt für etwas, das ich nicht getan hatte, mich nicht zu meiner verabscheuenswürdigen Übergriffigkeit bekannt, geschweige denn Reue gezeigt. Fehler über Fehler, schon möglich, taktisch ungeschickt, jaja, alles andere als opportun, sicher. Aber dafür ehrlich.

Dem weiteren Wortlaut der Presse zufolge war ich nun der Prügelarzt, gerade ich mit meiner Unfähigkeit zu Auseinandersetzungen jeder Art. Ausgerechnet ich sollte, wie zu lesen war, einen anderen nicht nur einfach geschlagen, sondern auf seine frischen Wunden eingedroschen haben. Der Vorwurf macht mich immer noch sprachlos, auch wenn ich inzwischen begriffen habe, dass ich nichts weiter gewesen bin als das Spielobjekt einer malignen Inszenierung, deren Choreografie diejenigen vorgaben, die über die entsprechende Reichweite und Macht im ungleichen Spiel der Kräfte verfügten. Was ich von mir kannte und gelegentlich zuwege brachte, war eine gewisse Bockigkeit, mehr nicht. Immer schon hatte ich, statt zu explodieren, nur die Schotten dicht gemacht, geschwiegen und mich hinter meinem Schweigen weitgehend unerreichbar gemacht. Das war aber auch schon alles, was ich an Widerstand aufzubieten vermochte. Einfach unerträglich für Hildegardt, die stets den schnellen direkten Schlagabtausch suchte, schon vom Beginn unserer Ehe an. Im Buch eines anerkannten amerikanischen Psychologen hatte Hildegardt vor einiger Zeit gelesen, was von mir und meiner krankhaften Aggressionshemmung zu halten war. Exemplarisch wurde darin der Fall eines Butlers behandelt, der Rache an seiner Herrschaft genommen hatte, indem er ihnen über Jahre hinweg ins Essen urinierte, bevor er es servierte. Stets diskret dosiert, ohne je aufzufallen damit. Hildegardt sah in ihm meinen psychopathologischen Zwilling, einen, der sich gedemütigt glaubte, doch unfähig zu offener Revanche war, nicht imstande, den Fehdehandschuh auch nur zu heben, wohl aber dazu, seine Pisse heimtückisch unter die Speisen zu mischen. Ein perverser Heimlichtuer, der in so einer Sauerei seine krankhafte Genugtuung fand. Der Butler wurde wohl nie bei seinem Tun ertappt, einzig seinem Psychologen soll er sich schließlich anvertraut haben, na ja. Die Gleichgültigkeit, mit der ich das von Hildegardt Gesagte damals aufnahm, fand sie wieder mal typisch für mich, ein weiteres Symptom eben meiner pathologischen Verstocktheit. Trotzdem: Ich hatte weder irgendwem je ins Essen gepinkelt noch dergleichen geplant. Umso unpassender, dass Hildegardt mir damals diese Butler-

Geschichte aufgetischt hatte. Ich fühlte mich unverstanden von ihr, einmal mehr. Was an sich gar nicht mehr so schlimm war, inzwischen hatte ich mich längst daran gewöhnt. Und empfand diesen Mangel an Verständnis kaum noch als besonderes Defizit unserer Art von Beziehung. Es gab gewisse Verlässlichkeiten, das genügte mir. Ein gewachsenes Handlungsgeflecht, ein – wenn auch grobmaschiges – Netz von Zuordnungen und Bezogenheiten, immerhin. Als wir noch regelmäßig miteinander sprachen, hatte Hildegardt mir meine für sie so unbegreiflichen Rückzüge oft genug zum Vorwurf gemacht. Statt eines offenen Wortes würde ich mich immer gleich unerreichbar machen, untrügliches Zeichen meiner grundgegebenen Feigheit, meiner krankhaften Unfähigkeit zu jeglichem Konflikt, stets versuchte ich allem auszuweichen, was mir unangenehm sei. Jeder Diskussion entzöge ich mich schon im Ansatz, für Hildegardt nichts als ein soziopathisches Unding, dieses mein – wie sie es nannte – kleinkindhaftes Rühr-mich-nicht-an-Gebaren, mein Diskursunvermögen, meine Konfliktinkompetenz. Für mich hingegen bestand darin die einzige Möglichkeit, mit dem Leben auf Dauer erträglich umgehen zu können, ebenso mit Hildegardt, ihrer Dauerbereitschaft zur Auseinandersetzung, ihren zunehmenden Rücksichtslosigkeiten, auch ihrer immer häufigeren Abwesenheit, aus der mit den Jahren eine nur noch gelegentliche Anwesenheit geworden war. Hildegardt servierte kaltschnäuzig ab, was und wer ihr nicht passte, so auch Simon, der für sie nur der Abbrecher war, zwei Studiengänge, aber kein Abschluss, wie kann man nur! Auf die besondere Wertschätzung seiner Mutter hatte er mit einem Vagabundendasein reagiert, lange schon wussten wir nicht mehr, wo er gerade lebte und ob überhaupt noch. Hildegardt schien das unberührt zu lassen.

Welche Verlogenheiten, welche Intrigen, welche Gründe auch immer zu meinem beruflichen Rauswurf geführt hatten, für mich war es schließlich ein Wurf in die Freiheit, ein Sprung, den ich, auch wenn wohl längst überfällig, aus eigenen Kräften nie versucht, nie gewagt hätte. Inzwischen bin ich mehr als dankbar dafür, nicht mehr länger Handlanger einer menschenverachtenden Maschinerie zu sein, für die aufrichtige Zuwendung, ärztliche Sorgfalt, Gewissenhaftigkeit und vertrauensbegründende Ehrlichkeit als veritable Rechen- und Stellgrößen schlechterdings nicht taugen. Wie gut, da endlich raus zu sein! Die sich immer schneller drehende Spirale des merkantilen Irrsinns hatte mich aus ihrer Umlaufbahn geschleudert, das System hatte mich ausgespuckt, dem Himmel sei Dank! Nun lag es in meiner Hand, was ich daraus machte.

Beim Chef-Döner

Ich hatte meine immer gleiche Bestellung bereits aufgesagt und mich auf einen der Stühle mit rotem Plastiksitzpolster im hinteren Teil des Raumes zurückgezogen, um auf meinen Veggie-Rollo zu warten. Eine schon nicht mehr junge Frau mit halbwüchsiger Tochter trat als Nächste vor den Tresen. Entsagungsgewohntes Lächeln auf weichen Käsegesichtern, auch sonst die beiden fast wie geklont, Blondzöpfe, die bis an die Hintern reichten, grauweiße Langärmel-Blusen. Dazu überknielange, verblichene Röcke aus grobblumigem Gardinenstoff, die sich alles Mögliche verhinderten, begehrliche Blicke ebenso wie den freien Gang der darin Befangenen. Die teigigen Fesseln der Mutter-Frau waren koloriert mit reichlich rotblauen Narben, Insektenspuren, Bisse, Stiche, Blutsaugereien, von emsigen Fingernägeln nicht in Ruhe gelassen. Bei Frauen ist es wie bei den Pferden, schau dir die Fesseln an, dann weißt du alles. Plötzlich war da dieser Satz, beileibe keiner von mir, sondern von Heinz, vor Jahrzehnten Anästhesie-Pfleger in dem kleinen Katholen-Krankenhaus am Rande der Eifel, einer Einrichtung, in der für mich angefangen hatte, was ich nie berufliche Laufbahn nennen würde. Heinz Münger war Pferdezüchter gewesen, die Arbeit im Krankenhaus machte er nur so zum Spaß, wie er sagte, für Steuer und Rente. Letztere trat er nie an, der Speiseröhrenkrebs war schneller gewesen. Heinz hatte sich ausgekannt, nicht nur mit Pferden, sondern auch mit Frauen, viel zu gut, wie sein kirchlicher Dienstherr befand. Mehr als einmal war Heinz' Verbleib in diesem Kleinbetrieb von Mutter Kirche, nach außen hin dem apostolischen Wertekanon hochsensibel verpflichtet, gefährdet gewesen. Und doch hatte er wieder und wieder die Kurve gekriegt, hatte bleiben dürfen, um dann früher oder später aufs Neue angezählt zu werden. All die Erinnerung an Heinz war wie auf einen Schlag aus wer weiß welchen Unbewusstseinstiefen aufgestiegen, dazu dieser eine Satz als Summe eines Lebens. Das ist es also, was bleibt, wenn überhaupt etwas.

Hinter der Zopffrau mit Tochter stand ein Mann in kurzer Hose und verdrecktem T-Shirt. Er verbreitete gnadenlosen Schweißgestank, selbst über etliche Meter hinweg. Schwarze Beinbehaarung in Strumpfhosenstärke, für Insekten und Kriechtiere ebenso wie für Detergenzien aller Art vermutlich quasi undurchdringlich, dafür dank der Wirkmächtigkeit solcher Ausdünstung möglicherweise recht vorteilhaft beim Verdrängungswettbewerb in Mangel- und Engpasssituationen. Ich fragte mich, wann wohl die erste der beiden Blass-Frauen diesem Mief erliegen würde, doch blieben beide auch davon unberührt weiterhin brav vorm Tresen stehen.

Ich saß da auf meinem Plastiksitz in einer eigentümlichen Wohlgestimmtheit, die ich nicht recht begriff, allein die Vorfreude auf den bestellten Veggie-Rollo konnte doch nicht der Grund dafür sein. Und während ich weiter über meine Gemütsverfassung staunte, wuchs sie sich zu einer richtigen kleinen Freude aus, über diesen Tag, diesen Dönerladen, mein Hiersein und überhaupt. Was um Himmels willen war bloß los mit mir, was sollte dieses kindische Herumgefreue? Geradezu ein Perpetuum mobile der Freude schien in mir angestoßen, etwas, das ich so noch nicht erlebt hatte. Doch bald schon mischten sich in diese frei herumwogende Kleineuphorie Verunsicherung und erste Zweifel: wann würde kommen, was kommen musste, der unvermeidliche Umschlagpunkt? Auf meiner Suche nach Verlässlichem begann ich mich auf die wallartig aufgetürmten Salatberge hinter der blitzblank geputzten Tresenscheibe zu konzentrieren, weiß, rot und gemischt, wie lange es wohl jeweils dauerte, bis all diese Mengen zwischen Fladenbrotscheiben gebracht und abgebaut waren?

Über den drei Drehspießen mit triefendem Dönerfleisch hing in Leuchtschrift die mehrspaltige Preisliste, daneben ein handbeschriebener Zettel: schwarzer tee *GRATIS*. Geradezu schamhaft duckten sich die Kleinbuchstabenwort-Krakeleien vor dem geneigten GRATIS-Massiv, kauerten ergeben vor der über sie verfügten Preislosigkeit. Ein Anblick, der meine abblassende Freudigkeit erneut aufleben ließ.

Gerade wurde das Mutter-Tochter-Paar für sein Ausharren belohnt, eine prallvolle Plastiktüte wurde über den Kassentisch gereicht. Es folgten Bitte und Danke, hin und her, nicht ohne spröden Hofknicks, endlich dann die Bezahlung, doch auch damit nicht genug: Einen schönen Tag noch! – Für Sie auch! – Der Herr möge euch segnen! – Als das Muttertier schließlich ansatzlos kehrtmachte, war der Zusammenprall mit dem Strumpfhosenmann unvermeidbar. Der allerdings, eine Hand in der Hosentasche, die andere am Smartphone, nahm weder vom Rempler noch dem Aufflammen im Muttergesicht Notiz, sah nicht einmal auf, als es darum ging, nun seinen Döner zu ordern. Lamm oder Kallp?, der Dönermann mit den durchscheinenden Segelohren, dem Anschein nach der jüngste von den dreien, die hinter dem Tresen zelebrierten, zwinkerte: OhKeh, kriegstdu Kallp, Brudah!

Was auch immer die beiden da eben verhandelt hatten, der Strumpfhosenmann signalisierte knapp genicktes Einverständnis.

Wie stand es derweil eigentlich um meinen Veggie-Rollo? Dem Mutter-Tochter-Paar hatte ich gleichmütig den Vorrang gegeben, jetzt aber auch dem Strumpfhosenmann, warum eigentlich? Lamm oder Kalb, vielleicht hatte es damit zu tun. So oder so, selbst wenn ich versuchte, daran zu erinnern, die Bedienabfolge der Bestellreihenfolge anzugleichen, würde ich Gehör finden? Wohl eher nicht, offensichtlich waren vor dem Gesetz und der Dönertheke noch lange nicht alle gleich. Lamm oder Kalb, war es das, was den Unterschied machte? Wer weiß.

An der linken Seite des Speiseraums prangte das Wandtapetenbild einer Moschee mit vier spitzen Türmchen, gleich daneben ein See, das Gotteshaus mit dem Bootsanleger durch einen schmalen Schotterweg verbunden. Auf den ersten Blick hatte ich das blendweiße Gebäude für die übergroße Postkartenansicht eines dieser oberbayrischen Kitsch-Fürstenschlösser gehalten, erst der genauere zweite Blick ließ mich den Unterschied erkennen. Die Landschaft wie aus dem Allgäu-Urlaubsprospekt, idealgrüne Hügel, hintergründig steinige Höhen, dekorativer Gipfelschnee dem Himmel so nah, fehlten nur noch Kuhglocken und Jodelstimmen. Auf der jenseitigen Seite des Sees einzelne Bauernhäuser, wohl gefüllte Blumenkästen an den Holzbalkonen, sommerweit geöffneten Fensterläden; blau-weißes Heimatfilm-Idyll im Großformat, doch dann, mittendrin: eine Moschee!

Am Tisch vor der Moscheewand saßen zwei Anzugträger. Der Jüngere kaum halb so alt wie sein Gegenüber mit grau gerahmter Glatze, fahler Haut, tiefen, müden Augen. Zwei, die dem Anschein nach nichts gemeinsam hatten, trotz ähnlichem Outfit und gleicher Menüwahl, Cola und Döner. Der Jüngere stützte einen Fuß auf die Querstrebe des freien Stuhls neben sich. Als er den Fuß wieder zu sich heranzog, fiel Dunkelerdiges auf den blassgrauen Linoleumboden. Ich spürte, wie sich Empörung in mir hocharbeitete, meinem Freude-Perpetuum der Schwung ausging. Als dann das achtlos hingebröckelte Häuflein Dreck durch fortgesetztes Sohlengescharre mehr und mehr verschmiert wurde, hielt es mich kaum noch auf dem Stuhl. Mit größter Mühe nur gelang es mir, von den beiden abzusehen, in andere Richtung zu schauen.

An der Wand dem Bedientresen gegenüber, hoch über den Köpfen des Personals, war ein Flachbildschirm von der Größe eines Tischfußballfeldes angebracht. Gerade liefen Nachrichten, es ging um Erdogan, Inhaftierungen, Schauprozesse, um Flüchtlinge, Wahlen und Polit-Hetze. Wieder einmal faschistische Propaganda eines Führers mit Oberlippenbart, so viel begriff ich, ohne auch ein einziges Wort zu verstehen. Ich lauschte dem Durcheinander der Lautreihungen, gespannt, ob nicht irgendetwas, ein paar Silben, eine irgendwie vertraute Klangfolge herauszuhören wäre, aber nein. Ich fragte mich, welche andere geschichtliche Entwicklung die Länder des Vorderen Orients wohl genommen hätten, ohne all die religiös verordnete brandbeschleunigende Dauernüchternheit. Der Chef-Döner hier machte keine Ausnahme: Fanta, Cola, Wasser, schwarzer Tee und Ayran. Nicht das kleinste Gläschen Weinschorle zur besseren Verdauung des vom Spieß triefenden Lamm- oder Kalb- oder Was-auch-immer-Fleisches. Und das, wo doch gerade die Türkei historisch belegt eine längere Weinbau-Geschichte hat als fast jedes andere Land der Erde. Da sich jedoch die große Mehrheit der Bevölkerung schließlich dem Islam zugewendet hatte, war verkümmert, was so vieles bis in die Gegenwart hätte verändern und verhindern können. Kemal Atatürk hatte um die Bedeutung des Weines gewusst, seine wohltuende Wirkung auf Leib und Seele über Landes-, Kultur- und Religionsgrenzen hinaus. Er war weitsichtig genug gewesen, die Möglichkeiten zu erkennen, die darin hätten liegen können, die Weinindustrie der Türkei zu beleben, zu fördern und auszubauen. Aber er war gescheitert. Ein Literchen Roten für jeden fundamentalistisch verirrten Kämpfer pro Tag, eine Ration, die sich schon bei römischen Legionären bewährt hatte: Wie viele Leben, von Tätern und Opfern gleichermaßen, hätten sich dadurch retten lassen? Weil Wein und wahnhafte Verbissenheit nicht zusammengehen, weil wer Wein trinkt und genießt, nicht gut hassen kann. Mit einem guten Riesling in Reichweite verlieren selbst himmlische Jungfrauen erheblich an Strahlungs- und Anziehungskraft, zum Wohle der Körper in dieser Welt. Wo es genügend Wein und Brot für alle gibt, entbrennt so schnell kein Krieg. Weil Wein die Herzen weit und weich zu machen vermag, das Brot den Magen satt und sanft. So die Kernbotschaft der christlichen Trauben- und Kornreligion, die zu allem anderen Unglück von den Bier- und Schnapssäufern oft genug auf das Schändlichste beschmutzt und pervertiert wurde. Ebenso wie von lebensverneinenden Heilsdemagogen und krankhaft militanten Abstinenzlern.

Das Programm des Riesenflachbildschirms hatte gewechselt, ein Musikvideo wurde gesendet, Hintergrundgeflirre zu einem Pop-Song. Vom Refrain verstand ich nur *If you take me in your Rover*, eine Bedingung, auf die sich am Ende des nächsten Teilsatzes wohl oder übel *over* reimen muss. Des Weiteren: *The tattoo on your left shoulder* und auch noch *We ain't getting any older*. Na ja. Dazu huschte ein junges Paar durch die Schlag auf Schlag wechselnden Szenefetzen, eine orientalisch anmutende schwarz- und langhaarige Schöne, der Mann dazu ein Irgendwer, notwendiger Fahrer des SUVs und darüber hinaus Träger der wieder und wieder besungenen Schultertätowierung, beides Dinge, die offensichtlich dazu angetan waren, die Schöne ganz und gar aus jeder Bahn zu werfen. Kaum mehr Herrin ihrer selbst, musste sie mit dem SUV-Fahrer ein Stück Traumstrand entlanglaufen, um anschließend mit sandpanierten Füßen in das Fahrzeug mit dem fetten Stern auf der Haube zu springen, sich dann in einem Luxushotelbett zu wälzen, um im nächsten Moment an einem pittoresken Ort bei Sonnenuntergang in die starken Arme des Tattoo-Mannes zu sinken. Das ganze Geschichtchen war garniert mit einschießenden Tanz- und Party-Szenen, junge, pulsierende Körper unter glühender Haut, die so gar nicht wussten, wohin mit sich und all ihrem unstillbaren Hunger auf Leben, Lust und Leibhaftiges. Ein Hunger, den offenbar auch der schwarze Hochglanzkastenwagen nicht zu stillen vermochte, so sehr es die beiden in ihrem verschmelzenden Schmachten auch immer wieder hineinzog in ihn.

Zwei Postlerinnen erschienen, wofür ich ihnen auf Anhieb dankbar war. Sie ließen die gelb-schwarzen Trolleys neben der offenen Eingangstür zurück und betraten den Dönerladen wie zwei Schauspielerinnen ihre Bühne. Nicht zuletzt ihre sommerlich knappen Postuniformen waren Grund genug dafür, dass Blicke sich auf sie richteten. Die Ältere der beiden schritt schnell und geschmeidig voran, eine, die offensichtlich genau wusste, wann, wie und wohin. Mit dem Gang der erprobten Jägerin, geübt auch darin, schulterlanges Blondhaar in Wildpferd-Manier hinter sich zu werfen. Der Auftritt der Postfrauen blieb auch für die Anzugträger nicht folgenlos, beide stellten vorübergehend das Kauen ein. Solcherlei Sinneseindrücke bei simultanen Kieferbewegungen zu verarbeiten schien eine Herausforderung zu sein, für die beide neuronal nicht ausgestattet waren. Auch mein Blick folgte dem Blondmähnenwesen auf dem Weg zum Tresen. Ihren Läuferbeinen, an denen kein Gran zu viel war, die Beine einer Botin, daran gewöhnt, lange Strecken zu überwinden, mit der Ausdauer dieser Beine und der Kraft ihres Willens. Um Nachrichten zu überbringen von Siegen und Niederlagen, von Überleben oder Vernichtung und Tod, von Kriegserklärungen und Friedensangeboten, Archetypus einer Sendbotin im Postgewand der Gegenwart, dem Schwarz-Gelb der Bienen. In bemessenem Abstand folgte ihr die Kollegin. Postfrau zwei war dunkelhaarig und hatte noch mädchenhafte Züge, dabei bereits unübersehbare Anlagen zur Problemfigur, eine, die noch nicht über Jahre und Jahrzehnte Abertausende von Kilometern gelaufen war und wohl auch nie laufen würde, eher der Typ Zwischenlösung. Mit durchgedrückten Beinen stand sie nun hinter der Botin, aus dem hellen Kissen ihrer rechten Kniekehle quoll eine solide Krampfader, wand sich wadenwärts. Die Botin gab die Bestellung für beide auf, zahlte sofort und steuerte den Nachbartisch der Anzugmenschen an. Ihr knappes Nicken nach nebenan, verbindlich unverbindliche Geste, die bloßes Vorhandensein quittierte, dann nahmen die beiden Postfrauen Platz.

Wie finden Menschen zusammen, wie eigentlich geht das? Wie entstehen Verbindungen ab ovo, wie und warum? Wie ordnen sich beliebige Punkte zueinander, damit sich aus Zufallsbegegnungen Beziehungen entwickeln? Existiert bereits Zusammenhang und Zugehörigkeit, lange bevor das Partikuläre davon weiß, und folgt alles einem präexistenten Plan, wenngleich verborgen, selbst noch dann, wenn die Dinge längst schon in Bewegung geraten, unterwegs zueinander sind, aufeinander zustreben? Außerdem, nach welchen Prinzipien geschieht Zuordnung? Wer gehört wohin, zu wem, wozu und warum? Was passt zusammen, was stimmt, und was nicht? Was findet sich schließlich, was bleibt aus, verfehlt sich auf immer? Unter welchen Umständen wird aus Verschiedenem ein gutes Ganzes, was macht Harmonie, ist sie herstellbar wie ein Werkstück oder kann sie sich nur einstellen, nur geschehen, wenn es so weit ist, im sogenannten rechten Moment, wenn alles stimmt? Eine Frage, die sich mir auf die nächste türmte, besser man fing gar nicht erst an damit. Aber auch da: Gibt es eine Wahl?

Der Dönermann mit den Segelohren schob meinen Veggie-Rollo in den Ofen, mit großer Geste, als wäre es eine Keramik von Meisterhand, stellte mit dem kleinen Drehknopf die Zeit ein, die ab jetzt offensichtlich für mich lief. Zeit, die er nutzte, um Armaturen und Flächen zu wienern, um die Ränder all der chromfarbenen Hängegefäße noch von kleinsten Spritzern, geringfügigsten Kleckschen zu befreien. Kultische Inszenierung eines Reinigungsrituals, vielgestaltiger Tanz von Hand und Lappen mit keinem unbescheideneren Ziel als laborhafter Reinheit, Kampf also jedem Krümel, jedem Lipidpartikel, jedem Nuklein-Fragment, rückstandslose Entfernung jeglicher Kontamination schon im ersten Keim. Für einen Moment trafen sich unsere Blicke, möglich, dass er in meinem verstörend wenig Begeisterung las. Und allein die Vorstellung verweigerter Bewunderung schien für den Dönermann nicht hinnehmbar, der Verdacht ausbleibenden Staunens ihn zu reizen, seinen Ehrgeiz noch mehr zu befeuern. Dabei ließ ich mir doch keinen einzigen seiner Kunstgriffe, keine Pirouette, kein ausschwingendes Wischen entgehen, wie sollte ich auch. Da ich regelmäßig herkam, konnte mir kaum verborgen bleiben, wenn etwas anders war als sonst, ein neuer Effekt, ein geschickter Dreh, ein verändertes Bewegungsspiel, eine noch nicht gezeigte Variante von Dramaturgie und Darbietung, etwa im Umgang mit dem Handtuch. Neben dem Lappen sein bedeutsamstes Requisit, ließ es sich, bei entsprechender Mimik und unter Einsatz des ganzen Körpers, so oder so über die Schulter werfen. Auch wurde das Tuch in den Hosenbund gestopft, sogleich wieder herausgezaubert, erneut versteckt, schließlich abermals mit schwungvollem Gestus hervorgeholt, auf dass alles Nach-und-nach-und-Nachpolieren seinen weiteren Lauf nehmen konnte. Dennoch sind da auch die Augenblicke unerwarteten Innehaltens, magische Momente, in denen der Dönermann, wie es scheint, Stimmen lauscht, die nur ihn erreichen. Dann steht er still, wie angerührt von einer Macht, die ihn von weither bei seinem dieser schalen Welt so unbekannten Namen ruft, ihn darob erstarren und nach draußen auf das schmuddelige Grau-in-Grau einer deutschen Vorstadtstraße schauen lässt, als stünde da mitten auf dem Asphalt ein mächtiger Dornbusch in hellsten Flammen.

Für dieses Mal riss das Ping des Ofens ihn aus aller Trance, metallharter Schlussakkord des heutigen Aufzugs. Spuren melancholischen Schmerzes im Gesicht reichte er mir mein Rollo in Silberfolie; ohne mich anzusehen und ohne ein Wort, als wäre ihm die Befähigung zur Lautbildung noch bis auf Weiteres genommen. Für einen Moment war ich verführt, ganz gegen meine Gewohnheit noch ein Ayran zu verlangen, doch meine Bedenken, mit einer solchen Forderung unstatthaft die Grenze des Gewohnten zu überschreiten, waren zu groß, also ließ ich es. Den Silberfolienklumpen schon ins rosa Plastikbeutelchen versenkt, zusätzlich mit einem Sicherungsknoten verschlossen, fand der Dönermann wieder zur Sprache: vierfünfzig. Das abgezählte Geld hatte ich schon auf dem Marmorimitat des Tresentisches ausgebreitet, er nahm es an sich mit einstreichender Hand.

Als ich aus der Tür trat, drängte sich eine über ihren Rollator gebeugte Greisin auf dem Gehsteig an mir vorbei. Nur mit Mühe gelang es mir, einen Zusammenprall zu verhindern. Die

Frau dagegen ließ nicht erkennen, dass sie mich überhaupt bemerkt hatte, und zog, ohne den Rhythmus ihrer schlurfenden Schritte zu unterbrechen, einfach weiter. Für eine Weile wusste ich mit meiner Verwunderung darüber nicht wohin.

Dann, am Fahrrad angelangt, durchfuhr mich ein Schreck! Nicht, dass es abhandengekommen war, nein, nein, zum Glück nicht. Mit dicker Zahlenschlosskette gesichert, lehnte es nach wie vor unterm Ladenfenster an der Hausmauer. Doch was war los? Mit der Nummer, seit Jahren immerzu ein und dieselbe Zahlenkombination – mein Geburtsdatum unter Weglassen der Jahrhundertziffern –, ließ sich das Schloss nicht öffnen. Stimmte etwa die Nummer nicht mehr, war sie verfallen, übers Datum, abgelaufen, die Zeitgrenze ihrer Gültigkeit überschritten? – Quatsch! Bestimmt hatte sich da nur was verklemmt, eine kleine Roststelle vielleicht, auch ein Fahrradschloss wird schließlich nicht jünger im Laufe der Jahre, zumal mein Rad wer weiß wie oft mitten und lange im Regen stand und wann zuletzt – wenn überhaupt je von mir – hatte dieses Schloss einen Tropfen Öl abbekommen? Ja, ich kümmerte mich zu wenig um die Dinge, auf die ich angewiesen war, keine neue Erkenntnis, aber auch keine, die weiterhalf in einem Moment wie diesem. Ebenso wenig wie alles Ziehen und Rucken, Wackeln und Schütteln, es blieb dabei, das Schloss rührte sich nicht, keinen Millimeter. Also, noch einmal, ganz mit der Ruhe und von vorn, kein Grund zur Hektik, es lief ja nichts weg oder aus dem Ruder, niemand war in Gefahr, ich stand nicht ungesichert am Abgrund, in keinem brennenden Haus und nicht unter Beschuss. Diese vier Zahlen, waren sie denn wirklich alle ganz genau so eingerastet wie sie mussten? Schon die kleinste Verkippung könnte ja genügen, schon passte alles nicht mehr. Ich prüfte jede Ziffer erneut, jetzt mit Brille, justierte, fühlte noch einmal nach, doch nichts. Schon brach mir der Schweiß aus, tropfte hinters Brillenglas, verschlierte den Blick. Dennoch, nicht der geringste Zweifel, alles war richtig, die Ziffern stimmten und waren am rechten Platz. Warum also, warum …?!? Ich sagte mir in halblautem Beschwörungston wieder und wieder die Zahlenfolge vor: das Datum meiner Geburt, dabei die Eins und die Neun weg, ebenso wie die beiden Nullen. Na bitte, genau, alles stimmte, jeder Irrtum ausgeschlossen! Wirklich? Und was, wenn …? Mannmannmann, jetzt nur nicht anfangen zu spinnen, ich war ich, so viel war sicher, Gernot Lohmann, ja, und ich wusste doch wohl, an welchem Tage ich geboren worden war – Himmel noch eins! Was aber, wenn selbst bislang Unumstößliches seine Geltung verlor, das zeitlos für gewiss Gehaltene nicht mehr Bestand hatte? Was ist für ewig, was gilt ein für alle Mal? – Halt, stopp, genug, es reichte! Kein Grund, hier weiter ins Große und Allumgreifende abzuleiten, es ging einzig darum, ein simples Fahrradzahlenschloss aufzukriegen, seit Jahren in meinem persönlichen Gebrauch, mir im Umgang bestens vertraut und bislang tadellos in seiner Funktion. Und um so etwas zu öffnen, brauchte man keinen Exorzisten, eine Spur Fingerspitzengefühl und ein Mindestmaß an Besonnenheit sollten genügen. War es eigentlich grundsätzlich möglich, dass sich ein Zahlenschloss von selber umcodierte? Oder hatte fremde Hand zu diesem Zweck sich in der Zwischenzeit darangemacht? Aber, aber! Wer wollte sich solche Mühe antun wegen eines banalen alten Rades, bitte! Und was, wenn es eben doch eine Art Scherz war, ein kleiner Streich, um mich zu testen, deutlich zu machen, wie lächerlich leicht es war, wie wenig es brauchte, um mich zu verwirren, mich zweifeln zu lassen an mir, am Datum meiner Geburt und am gewohnten Lauf der Dinge? Woher nahm ich eigentlich die Sicherheit, dass der Datumseintrag meiner Geburtsurkunde korrekt war, was für eine im Grunde doch haltlose Leichtgläubigkeit! – Genug!!! Genug jetzt!!! Auch wenn eine Verwechslung, ein Schreibfehler, das falsche Übertragen einer von Hand undeutlich geschriebenen Zahl grundsätzlich nie ganz und gar ausgeschlossen werden konnte, klar. Dennoch, ich wusste, was ich wusste, so weit war es noch nicht mit mir! Noch war ich nicht eingebogen auf die Schlussstrecke von Schwund und unaufhaltsamer Auflösung, dieses letzte viel zu früh erreichte und dann noch viel zu lange Stück Weges, das meine Mutter ganz hatte zu Ende gehen müssen. Weil sie, als es noch ging, keinen Ausstieg gewählt hatte, nicht abgesprungen war von diesem Zug, der zunehmend langsamer, dann nur noch stockend durch mehr und mehr umnebelte Landschaften, Dunkelstrecken mit unterbrochenen Gleisen und schließlich ein weißes Nichts mit ihr dahingezuckelt war. Vier Zahlen!!! Nur vier Zahlen – wieso?!? … Warum?!?!? – Ja!!! Ja, sicher!!! Eben, vier Zahlen! Genauso wie bei der Geheimzahl meiner EC-Karte! Dass mir das erst jetzt …!!! Ich hatte beide verwechselt – so einfach! Ich hatte versucht, mit der EC-Karten-Kombi mein Fahrradschloss zu öffnen. Also keine überirdischen Mysterien, niemand, der mir etwas anhaben, mich prüfen oder testen wollte, keine doppelten Wirklichkeiten, keine Zaubereien, kein gespenstischer Schnickschnack, einzig schlichteste Vertauschung, die passieren kann.

Es blieb eine Beunruhigung, auch wenn das Schloss dank der richtigen Nummer wie gewohnt leise *klick* machte. Was, wenn, während wir wieder und wieder versuchten, unter Anwendung der für gültig gehaltenen Code-Kombination ein Leben zu führen, das wir für das unsere und einzig richtige hielten, auf der jenseitigen Seite des Tages jedoch, dort, wo die Dinge im eigentlichen Licht stehen, alles vollends anders aussah, anders gemeint war, von jeher schon?

Ich schob mein Rad die Straße hinunter, aufsteigen und fahren schien mir auf einmal zu unsicher. Die alte Frau mit Rollator stand noch an der Bushaltestelle, wartete, mit leerem Blick, die Ellenbogen aufgestützt. Bleiche Altfrauenarme aus einer ärmellosen Bluse, auch die ohne eigentliche Farbe. Auf dem linken Oberarm ein Wort in geschwungenen Lettern, *Meinhardt*, von luftigen Schleifchen kitschig umwölkt. Meinhardt, was für ein Mensch mochte er wohl gewesen sein? (Wie selbstverständlich ich ihn mir gleich als Gewesenen dachte!) Sein Name hatte den Weg unter die Haut dieser Frau gefunden, immerhin. Meinhardt, das klang nach Lehrer, bestimmt kaum weniger als

Latein und Geschichte, denkbar allerdings auch ein veritabler Amtmann, Kanzleivorsteher oder Archivar in Leitungsposition. Dauerblasse Haut von Anfang an, dazu bald schon Bauchansatz, Haarkranz und wässrige Augen hinter Glasbausteinen. Aber Meinhardt hatte es geschafft, er war noch gegenwärtig und nicht vergessen. Das Tattoo war mit Sorgfalt gemacht, sein Stil zwar Geschmackssache, doch wirkte es frisch, wie vor Kurzem erst gestochen. Erstaunlich, hatte der allgemeine Tätowierzwang mittlerweile selbst die Seniorendomizile erreicht? Ließ man dort inzwischen außer Fußpfleger und Friseur auch seinen Tätowierer kommen? Sicher hatte so ein Tattoo am Abend des Lebens seine Vorteile, es bestand kaum Korrektur- oder Nachbesserungsbedarf. Die Gefahr, dass Meinhardt einem Friedrich oder Wolfgang seinen kutanen Erinnerungsplatz würde überlassen müssen, war gering genug. Und doch blieb die Frage nach dem Warum, warum ein solches Mal sich zufügen und sich derart brandmarken lassen, wo es doch Jahre und Jahrzehnte ebenso ohne gegangen war? Angst? Die Angst vor dem Vergessen? Dem Vergessen des für immer und ewig Geglaubten und Geschworenen? Dessen, was nie-nie-nie verlorengehen dürfte, um nichts auf der Welt? Hatte eine solche Angst diese Frau dazu gebracht, sich den Namen ihres Lebens in den Oberarm einschreiben zu lassen? Sollte ich mir vielleicht meine Fahrradschlosszahlenkombination …? – Nein! Nein, oh nein!!! Ich dachte nicht hämisch über diese Frau, ganz im Gegenteil, ich war beeindruckt von ihr. Sie war einem Menschen begegnet, der ihr unter die Haut gegangen war wie kein anderer, der bis zu ihrem Ende dort einen unverrückbaren Platz hatte finden dürfen – glücklicher Meinhardt! Ich beneidete diese Frau um diese ihre Liebe, auch um ihre Sehnsucht, die ihr vielleicht viel zu oft und viel zu sehr das Herz zerschnürte, wenn sie sich an Meinhardt und die Zeit mit ihm erinnerte, diesen Meinhardt, der ihr genommen worden war, dem sie sich hingegeben, für den sie geglüht und gebrannt hatte. Glückliche Frau, sie trug einen Schatz bei sich, den ich wohl kaum erahnte, auch wenn es nur noch ein Schatz von Erinnerungen sein mochte! Und ich? Wessen Namen wäre ich bereit, mir einschreiben zu lassen? Ein Hildegardt-Tattoo? Lächerlich! Oder andersherum, bei ihr eine Gernot-Tätowierung? Undenkbar!

Der Bus kam, die Frau stieg mit schweren Schritten ein, jemand half ihr, nahm den Rollator entgegen. Die Automatiktür schloss sich hinter ihr, der Bus blinkte, fuhr davon. Ich beschloss, meinen Veggie-Rollo gleich hier zu essen. Warum mit dem Tütchen am Lenker erst nach Hause gondeln, um ihn am Küchentisch zu verdrücken, ganz für mich allein, mit dem faden Beigeschmack von Selbstmitleid und Lebensjammer. Nein, nein, jetzt und sofort!

Ich setzte mich auf die alte Bruchsteinmauer neben der Apotheke. Die Sonne schien durch lockere Wolken, es war angenehm warm, kein Wind, alles genau richtig, um unter freiem Himmel und nicht in Höhle und Gehäuse Mahl zu halten. Würde mir schon keiner was wegschnappen hier. Und wenn schon.

Die Rückenschwimmerin

Die Fähigkeit zu verdrängen ist – ebenso wie die, zu vergessen – eine Gabe mit Janusgesicht, oft ein Segen, aber auch ein Fluch. Lange, viel zu lange hatte ich außer acht gelassen, dass es dringend nötig war, etwas zu tun für meinen Körper, der, abgesehen von den Unfallfolgen, die ich immer noch reichlich spürte, nicht nur immer seltener klaglos rundlief, sondern auch bei flüchtiger Betrachtung unübersehbar in die Jahre gekommen war, wie es so unschön heißt. Ein ehrlicher Blick in den Spiegel bei ausreichendem Licht und ohne Verkleidung, das brauchte Mut, den ich sehr lange schon nicht mehr hatte. Umso niederschmetternder war, was sich da zeigte: Schwund, Rückbau und Verfall, schlaffe An- und Überhänge, Zuwachs nutzloser Weichmasse, wohin das Auge sah. Grundsätzlich ein Gesetz des Lebens, so gewöhnlich und omnipräsent wie zugleich brutal, wenn alles Schönreden und Wegsehen nicht mehr hilft angesichts der blanken Wahrheit. Deren Wucht mich nun umso vernichtender traf, ich erschrak über das, was da an mir hing als mein Bauch, der inzwischen ganz zu Recht so genannt werden musste, dazu ausladende Hüftgebirge, schlappe Schenkel, atrophische Waden. Alles zusammen eine Gesamtschau von absurden Missverhältnissen, blanke Offensichtlichkeit ganzkörperlicher Resignation. Im Kampf dagegen gab es kaum noch viel zu gewinnen, so viel war klar. Dennoch, er musste geführt werden, so durfte es nicht weitergehen, auf keinen Fall. Bedarf und Zufuhr, die Waagschalen des Metabolismus, waren durch Nur-Sitzen und Sich-kaum-Bewegen seit langen Jahren schon im Ungleichgewicht, verschlimmert durch zur Gewohnheit gewordene idiotenhafte Versuche, in fehlgesteuerter Selbstüberfütterung Befriedigung und Ersatz für Hunger und Mangel aller Art zu finden. Fehlgesteuerte nutritive Reflexkreise waren wirkmächtiger geblieben als alle Vernunft. Bis jetzt.

Ich hatte es mir mit meinen Wehwehchen bequem gemacht, mich gehen lassen. Das gequälte Aufstehen am Morgen, die ersten Schritte vors Bett, die schmerzende Hüfte, der steife Rücken, der unsichere Gang, die Hände geschwollen und noch unfähig zum festen Griff, manchmal für eine Weile ein Zittern darin, all das hatte ich nach und nach hingenommen, mich, wenn auch widerwillig, damit arrangiert. Ich hatte es nicht als Weckruf, als Alarmzeichen begreifen wollen, sondern mich schicksalsergeben ins vermeintlich Unvermeidbare gefügt. Am Ende erschien es mir sogar als natürlich. Doch das sollte sich nun ändern, weil ich es wollte, denn wenn nicht jetzt, wann dann?

Ich fasste meinen Beschluss an einem Frühsommermontagmorgen, nachdem ich schlecht geschlafen, zu viel und zu wirr geträumt hatte. Es war kaum vier Uhr, als die Amseln im Garten völlig durchdrehten und mich weckten, ihr Gekreische untermalt vom dumpf-blödigen Gurren der Tauben und dem Geblaffe des Nachbarköters. Ich sah der Espressomaschine bei ihrer mühsamen Verrichtung zu, während sie unter missmutigem Fauchen einen dünnen Stotterstrahl durch den kalklastigen Siebträger quetschte, als mich eine Angst überkam, auf die ich nicht vorbereitet war, nicht im Geringsten. Mir war, als sähe ich bei einem Sterben zu. Warum stoppte ich nicht, was offensichtlich kein gutes Ende nahm, warum machte ich nicht Schluss mit dieser Quälerei, lag es doch einzig an mir, ich hatte es in der Hand, brauchte nur einen Knopf zu drücken? Stattdessen stand ich da und glotzte, bis auf einen Schlag die Espressomaschine nicht nur alles Kämpfen aufgab, sondern zugleich alles Licht im Haus erlosch; die Hauptsicherung hatte die Entscheidung übernommen. Im nächsten Moment fasste ich wie erleuchtet inmitten der plötzlichen Dunkelheit meinen Plan, den Plan schwimmen zu gehen, und zwar ganz bald,

Beginn noch heute, nicht erst morgen, und fortan jeden Tag, keine Ausreden, keine Ausnahmen, genau so! Warum gerade schwimmen? Ich wusste es nicht. Der Gedanke war auf einen Schlag da. So einfach. Und er gefiel mir, obwohl ich nie zuvor viel geschwommen war. Bisher hatte Schwimmen nicht zu den Dingen gehört, für die ich Positives empfand. Trotzdem spürte ich etwas, das ich lange nicht mehr empfunden hatte: Lust! Die Lust, etwas anzupacken, etwas Neues zu beginnen. Und der logistische Aufwand fürs Schwimmen war ja durchaus akzeptabel. Badehose, vielleicht eine Schwimmbrille, Handtuch, optional Badeschlappen. Den Weg zum Waldbad würde ich jeweils mit dem Rad zurücklegen, das bedeutete zusätzliches Training, genau. Und um mich nicht ins Gedränge stürzen zu müssen, galt es, die Stoßzeiten zu vermeiden, ich hatte nicht die geringste Lust auf oberkluges und reichliches Publikum beim Einstieg in mein neues Leben. Alles, was ich wollte, war, ungestört zu sein und für mich tun zu können, was zu tun nötig war für mich.

Mitten in meinem Planungseifer drängte eine Erinnerung, für Jahrzehnte verdrängt und vergessen. Plötzlich ploppte sie an die Oberfläche wie eine mit Giftgas gefüllte Blase. Es war in der ersten oder zweiten Klasse der Grundschule gewesen, an einem dieser Hochsommertage, denen es an nichts fehlte, bis dann das Grauen alles Strahlen, alles Licht und alle Wärme mit seinem Eishauch erstickte. Auf dem Heimweg vom Unterricht hatten wir unter der Brücke am Fluss Halt gemacht. Wie es hieß, führte er in diesem Sommer so wenig Wasser wie lange nicht mehr, Grund genug für uns, ihn zu unterschätzen. Viel zu stark war er dennoch mit seiner Strömung, ihren Tücken, den verborgenen Strudeln, zumal für einen wie Robert, sommersprossig, schmächtig und alles andere als ein geübter Schwimmer. Eine Wette mit dem dicken Bertram war es gewesen, Sohn des Augenarztes in der Oberstadt, eine Mutprobe, die Frage, ob Robert sich traute, einmal quer durch den Fluss rüber zur Wassermühle zu schwimmen und wieder zurück. Falls ja, sollte er ihm gehören, versprach Bertram mit feistem Gönnergrinsen, der nagelneue Opel Frontera von Matchbox, die Luxus-Version mit abnehmbarem Verdeck, den er Robert hinhielt auf seiner speckigen Hand. Als alles dann schon passiert und nichts mehr zu ändern war, stand das kleine Auto noch immer auf dem Findling am Fuß der alten Kaiserbrücke, unbeachtet zurückgelassen, Auslöser der geschehenen Katastrophe, dennoch für sich genommen ohne alle Schuld an Roberts Ertrinken. Das alte Lied, es sind nicht die Dinge, die Böses wirken, es sind die Menschen, die sie missbrauchen. Am nächsten Morgen also, an dem ich Schule Schule sein ließ, stattdessen runter zum Fluss ging, nahm ich den kleinen Frontera an mich, trug ihn in heißer Hand nach Hause, versteckte ihn unterm Kleiderschrank in einem Schuhkarton, in dem ich Schätze bewahrte, die einzig für mich und meine Augen bestimmt waren.

Dennoch hatte es eigentlich nichts zu tun mit dieser Tragödie, dass ich mich dem Wasser nicht verbunden fühlte, ich war ganz einfach wasserscheu, so wie ich auch flugscheu war und immer noch bin. Allein der Gedanke daran, den sicheren Boden unter den Füßen zu verlieren, mich dem fraglich Tragfähigen anzuvertrauen und im Falle des Wassers angewiesen zu sein nicht zuletzt auf die Kraft der eigenen Muskeln, um mich über dunklen Tiefen zu halten, über all dem, was da unten wimmelte und kreuchte, schuppiges Schwimmgetier, glibberige Quallen und Glitschfische mit kalten Augen, Krebse, Krabben, Gewürm, nicht zuletzt die Bedrohungen durchs Botanische, Algen, die mit der Haut verklebten, Schlingpflanzen, die nach allem griffen, was sich ihnen näherte. Wasser bedeutete für mich Angst vor dem unter der Oberfläche Verborgenen, Ekel, aber auch Panik, wenn ich davon geschluckt hatte und die Luft knapp wurde, womöglich Ersticken drohte, schlussendlich das Herabsinken in die Tiefe, vorbei an fühllosen Augen, für die ich und mein Tod ohne jeden Belang waren. Wie oft hatte Hildegardt sich über diese meine Mimosigkeit, wie sie es nannte, lustig gemacht. Umso mehr erschien mir mein Entschluss, ab jetzt regelmäßig schwimmen zu gehen, mehr als rätselhaft, so unbegreiflich wie zugleich auch unumstößlich. Vielleicht wollte ich es gerade deshalb mit dem Schwimmen aufnehmen, weil es so allem widersprach, was mich bisher gelockt hatte, ich war bereit, meine Komfortzone zu verlassen, neue Wege zu beschreiten. Konnte auch sein, dass ich eine Art alten Bann brechen wollte, oder … ach, was wusste denn ich! Besser, nicht über alles bis ins Letzte nachzudenken. Auch besser, sich nicht alles zu genau vorzustellen, allein schon all das elendige dauernde Herumgefriere. Erst die zwangsweise kalte Dusche, dann das Gebibbere beim Gang zum Becken, nach dem Schwimmen dann den schlotternden Leib ins Handtuch wickeln mit klatschnasser Badehose darunter, die Blase ständig viel zu voll dank meiner kategorischen Weigerung, es einfach im Becken zu tun. Weil ich nicht wollte, was bitte schön auch alle anderen unterlassen sollten, allein die Vorstellung, widerwärtig: zwanzig, dreißig oder mehr Harnblasen, die sich in dasselbe Becken verströmten, jede befüllt mit einem halben Liter oder mehr, machte zehn, fünfzehn, zwanzig Liter reinen – oder eben nicht – Urin, die sich da wie gut auch immer verteilten in dem Wasser, in dem ich mich bewegte, das mich ganz und gar umgab und von dem ich hin und wieder einen unfreiwilligen Schluck nahm. Natürlich kamen nun auch all die Reminiszenzen an Pflichtschwimmstunden im Schulsport wieder hoch, an Dybeck, den kugelbäuchigen Vizedirex mit der Ampelbirne, seinen fauligen Kippenatem ganz nah am Gesicht, wenn er einen am Ohr aus der Bank zog. Dazu Erinnerungen an all die präpubertären Spielchen, für die Schwimmbäder wie keine Orte sonst der ideale Nährboden waren, voyeuristische Blicke über, unter, manchmal – nach entsprechenden Vorarbeiten – auch durch Toiletten- und Kabinenwände hindurch. Überhaupt, Sammelumkleiden: was für ein Gräuel! Gehöhne, Gegröle, Gegacker, Gebrüll. Sämtliche Frühformen üblicher Soziopathien tummelten sich darin, die gesamte Klaviatur vom distanzlosen Exhibitionismus bis runter zur krankhaften Scham: Hier fand sich alles auf engstem Raum versammelt, prallte unverhüllt und schutzlos aufeinander, Herren und Knechte, knabenhafte Schönheiten und Makelbehaftete, Prävirile und phimotische Würmchen, schon mächtig Prächtige und zu kurz gekommene Kümmerlinge, abgesehen vom gewöhnlichen Rest, dem ich zugehörte.

Bereits zum zweiten Mal war ich nun im Waldschwimmbad und stolz auf meine zwanzig Bahnen, also echte tausend Meter, genug für einen kleinen Euphorieanfall, trotz schmerzendem Nacken und einer rechten Schulter, die ich kaum noch heben mochte, die, wenn ich es dennoch versuchte, mit glühendem Biss reagierte, vom steifen unteren Rücken ganz zu schweigen. Auch die Knie machten mir durch Knirschen und Reiben tief drinnen deutlich, dass sie meinen amphiboiden Beinschlägen nichts abgewinnen konnten, im Gegenteil. Ja, keine Frage, ich hatte übertrieben, war Opfer eines selten genug durchbrechenden Übermutes geworden und hatte mich benommen, als wäre ich zwanzig und nicht nahezu dreimal so alt. Ich hatte die Wirklichkeit aus dem Blick verloren, zwanzig Waldschwimmbadbahnen lang, in lächerlicher Überschätzung zum Schluss sogar noch versucht, mich über den Beckenrand aus dem Wasser zu stemmen, statt die Treppe zu nehmen. Schulter und Arme hatten mir jedoch schon im Ansatz bedeutet, dass sie bei dieser Schwachsinnsidee nicht mitmachen wollten, nicht in meinem Alter, nicht nach tausend Metern und überhaupt. Demütig war ich zum Treppchen gepaddelt und rausgestapft, hatte mich mit bleischweren Armen abgetrocknet, meinen Schwimmbeutel gegriffen, darin die in der Tschechei gedruckte Klopapier-Billig-Ausgabe von Musils *Mann ohne Eigenschaften*. Ich ließ mich in einen der Strandkörbe neben dem Schwimmerbecken sinken, wollte noch ein bisschen lesen und nichts mehr rühren. Kapitel 28, Seite 108: *Ein Kapitel, das jeder überschlagen kann, der von der Beschäftigung mit Gedanken keine besondere Meinung hat.* Aha. Aber nein, ich hatte nicht vor, irgendetwas zu überschlagen, auch wenn es mir *Der Mann ohne Eigenschaften* mit seinen nahezu tausend eng bedruckten Seiten alles andere als einfach machen würde. All das Wort für Wort zu lesen, bei ehrlicher Betrachtung eh völlig aussichtslos, außerdem gab es noch andere Bücher, die ich mir für dieses Leben vorgenommen hatte. Ich bemühte mich dennoch, Inhaltliches einigermaßen zu erfassen, ohne mich an jedem Einzelwort aufzuhängen, zugleich aber aufmerksam zu bleiben und genauer hinzusehen, wenn etwas von Belang herausstach aus der endlosen Gleichförmigkeitssteppe, ein Gedanken-Pflänzchen, das aus hartem Boden zarte Triebe streckte. Trotz allem, im Grunde genommen war es idiotisch, sich mit einem solchen Textklotz herumzuquälen, wenn man nicht wirklich musste – und, welchen Grund gab es eigentlich für mich zu *müssen*? Ich hatte gelesen, dass *Der Mann ohne Eigenschaften* zu den großen Solitären der jüngeren Literaturgeschichte gezählt werde, einer, an dem man nicht vorbeikomme, wenn man sich ernsthaft für Literatur interessiere, was ich durchaus tat. Schlichtweg einzig in seiner Art, stünde er in einer Reihe mit Proust und dessen *Verlorener Zeit* sowie dem *Ulysses* von Joyce. Das allein hatte gereicht, um meinen Ehrgeiz zu wecken, verrückt, aber wahr, den Ehrgeiz, dazugehören zu wollen zum Kreis derer, die den *Mann ohne Eigenschaften* wirklich gelesen hatten, Seite für Seite. Abgesehen von der ermüdenden Weitschweifigkeit des engzeiligen und fast randlosen Textes war allein das bloße Materialgewicht dieses Brockens eine Zumutung, selbst noch in der tschechischen Klopapierversion. Der mehr als Zwei-Pfünder – ich hatte ihn auf die Küchenwaage gelegt: 1126 Gramm! – machte Lesen etwa in Rückenlage zu einer mindestens ungemütlichen Angelegenheit.

Ich gab mir alle Mühe, aber nach kaum einer Seite war es vorbei mit meiner Konzentration. Die Vorstellung, bei meinem derzeitigen Lesetempo diesen Klumpen im nächsten Sommer immer noch mit mir herumzuschleppen, machte es nicht besser. Ich wurde schläfrig, hievte mich hoch aus dem Strandkorb, legte mich aufs Badehandtuch ins Gras. Nicht lange, und die Augen fielen mir zu.

Eine Lautsprecherstimme riss mich aus meinem Dämmer. Vom Rand des nichtschwimmertauglichen Nebenbeckens aus setzte ein Animateur in geblümter Badehose alles daran, im hüfthohen Wasser ein Rudel älterer Frauen zu gymnastischen Übungen anzutreiben. Eine Melange aus Lächerlichkeit und Jammer, was sich da zu Füßen des knusperbraunen Blumenhosenmanns ereignete. Frauen, die schon etliche Jahre hinter sich und nur noch absehbare Zeit vor sich hatten, bogen sich steif und unwürdig hier- und dorthin, warfen Arme bemüht in die Luft, ließen sie wieder sinken, wiegten zum hirnrissigen Lala-Rhythmus arthrotische Hüften und steife Rücken. Drehten sich unter spitzem Geschrei tapsend auf der Stelle, um aus dem Gleichgewicht zu geraten, es eben noch wiederzufinden oder ins Wasser zu platschen. Nun ja, ich hatte genug gesehen, versuchte es erneut mit Musils Kapitel 28, in dem der *Mann ohne Eigenschaften* sich ausgerechnet Gedanken über das Wasser machte, was immerhin meine Neugier weckte und mir vom Gruselszenario der giggelnden Greisinnen loszukommen half. Wasser war, so dozierte Musil, nicht nur nach Meinung der alten Griechen Ursprung allen Lebens, Leben war aus dem Wasser hervorgegangen, im wahrsten Wortsinn. Die Menschen der Antike sahen im Wasser viel mehr als eine überlebensnotwendige Flüssigkeit mit physikalischen Eigenschaften, die man studieren konnte. Sie begriffen Wasser als ein Wesen, und zwar ein göttliches, dem sie einen Namen gaben: Okeanos. Darin wimmelte es in ihren Augen nur so von allen möglichen Gestalten, Nixen, Elfen, Undinen und Nymphen. Tempel und Orakel wurden an den Ufern des Okeanos errichtet, um ihn zu verehren, vor allem aber, um ihn gütig zu stimmen. Denn wenn er außer sich geriet, konnte er toben wie ein Berserker, alles erbarmungslos mit sich reißen und ersäufen. Nicht schlecht hätte wohl so ein alter Grieche gestaunt, hätte er mit ansehen müssen, was ich gerade sah, kultische Darbietungen einer ihm unausdenkbaren Nachzeit, vor denen es einem nichts als grauste.

Ich schloss erneut die Augen, legte mir den Arm übers Gesicht, als ließen sich dadurch die Nachbilder eindämmen, die da über meine Netzhaut spukten, und versuchte, dem *dummtiefen, erregenden, unmittelbar das Ich berührenden Eindruck, den man hat, wenn man an seiner eigenen Haut riecht* nachzuspüren, von dem am Ende des Kapitels 28 die Rede war. Meine roch erheblich nach Chlor, und ich hatte nicht den Eindruck, dass dieser Geruch mein Ich sonderlich berührte, schon gar nicht irgendetwas erregte. Stattdessen glitt ich in eine Art Halbschlafwelt hinüber.

Der Arm auf meinem Gesicht tat mir weh, war taub und unbewegbar geworden. Falls er mir jetzt aus dem Schultergelenk rutschen sollte, ich könnte nichts dagegen tun. Ein Gedanke, der mich hochfahren ließ. Ich setzte mich auf, das Leben im Arm zum Glück bald schon wieder zurück in Gestalt tausender Ameisen, die darin hektisch herumspazierten.

Ein gutes Dutzend Alte, sämtlich mit durchsichtigen Schwimmringen um den Leib, hatte inzwischen das Schwimmerbecken erobert, ruderte kraft- und lustlos längs der Einstiegsseite. Schlappes Fleisch in schlaffer Regung, lasches Planschen, ein bisschen Strampeln hier und da, als schien die Gruppe auf etwas zu warten, einen besonderen Augenblick, auf den hin es mit dem Rest der Möglichkeiten hauszuhalten galt. Allein eine einzige Frau, die sich unterschied. Ihr lippenstifthochroter Mund, der noch nicht daran dachte, sich Zurückhaltung zu verordnen und sich ebenso wie ihre Rüschen-Badehaube im überschwänglichen grün-gelb-blau-lila Farbenmix dem allgemeinen Nahtod-Weiß-Grau-Schwarzblau des übrigen Greisen-Balletts widersetzte wie ein Lebensaufschrei, dem Faltengesicht zum Trotz. Zwar bewegte auch sie sich nicht schneller als die anderen, dabei jedoch mit der Anmut einer Altersschönheit, die noch die Ausnahmeturnerin oder -tänzerin von früher erahnen ließ. Eine Frau, an der noch lange nicht alles verblichen war, was vor Jahrzehnten hinreißend gewesen sein musste, immer noch eine Frau, an der man nicht vorbeischauen wollte und konnte. Vom Alter ungebeugt, trug sie ihre Kappe hoch und kronenähnlich auf gradem Hals und Rücken, während der drahtige Körper, den sie in nicht eingebüßter Eleganz zu bewegen verstand, genau das tat, was sie von ihm verlangte. Noch immer vereinten sich in diesem Körper Disziplin und Liebreiz, feierten ihre reifen Feste. Die Frau strich mit den Armen durchs Wasser. Als würde sie einen Vorhang beiseiteschieben, gewährte sie dem Wasser, sich ihr zu öffnen, sie strampelte nicht, sie schritt.

Auf den mittleren Bahnen des Beckens tummelten sich wenige und nur Gewohnheitsschwimmer, notorische Saisonkarten-Eigner, die keinen Tag ausließen, verbissene Zwangsneurotiker, mächtig stolz auf das kanalisierte Ausleben ihrer Psychopathologien. Beim tagtäglichen Streckemachen standen sie im zähen Dauerkonflikt mit dem Treibgut der Kaffeekränzchen und paddelnden Plaudergruppen, für die ein Schwimmbecken vor allem eines ist: eine Begegnungsstätte, und die sich angewidert wegdrehten, sobald einer dieser Bahnenzieher sie beiläufig bespritzte, Gifttropfen für den harmonischen Fluss jedes guten Badegesprächs. Die beiden Bahnen am linken Beckenrand, abgetrennt mittels rot-weißer Plastikkette, waren bis eben noch von einer Horde Soldaten belegt gewesen, die dort in voller Montur ihr Schwimmtraining absolviert hatten und jetzt am Beckenrand herumstanden, sich die Uniformen herunterzerrten, Wasser aus Stiefeln schüttelten, Hosen auswrangen, schwatzten und lachten; alles mit der Lautstärke derer, die ein Dauervorzugsrecht auf Leben abonniert haben und in der Gewissheit ihrer Einzigartigkeit nur eines wollen: Aufmerksamkeit. Bitte-bitte-Blicke, viele Blicke, noch und immer noch mehr, verdammt noch eins, was sind wir doch für Kerle! Jajaja! Bei so viel Aufgeblasenheit war alle Sorge, je untergehen zu müssen, völlig unberechtigt, nicht einmal mit Schwimmwesten aus Blei.

Noch einmal versuchte ich, mich Kapitel 28 zuzuwenden, als eine Frau im neonblauen Schwimmeinteiler auf das Soldatenrudel zuging, mitten durch den lärmenden Haufen schritt, als gäbe es all diese Heldenkerle gar nicht, als wären sie sämtlich Luft, diese Prachtbubis mit ihren potenzstarren blanken Oberkörperkörpern. Für einen langen Moment verstummten sie. Doch die Frau nahm auch weiterhin nicht die geringste Notiz von ihnen, streifte ihre Badeschlappen ab, dirigierte sie mit den Zehenspitzen neben den Startblock mit der abblätternden schwarzen Eins darauf, zog sich mit schneller Bewegung die Badekappe über das blonde Haar, setzte die Schwimmbrille auf, glitt auch schon ins Wasser, um sich ansatzlos vom Beckenrand abzustoßen und fast die halbe Bahnlänge tauchend zurückzulegen. Erst als sie sich auf den Rücken wendete, um so ihre Bahn fortzusetzen, fanden die Soldaten ihre Sprache wieder. Genauso wie ich hatten sie die Blicke nicht von der Frau nehmen können, hatten ihre Bewegungen verfolgt, als würden sie soeben Zeugen von etwas Großem, mindestens einer kleinen Epiphanie. Die Frau war allein auf Bahn Nummer eins, schwamm in Rückenlage weiter und weiter, mit ruhigen, gleichmäßigen, gänzlich unbemühten Armzügen, die ihren straffen Körper nur so durch das Wasser dahingleiten ließen. Die Ausgewogenheit ihrer Bewegungen, das harmonische Gleichmaß, in dem Arme und Beine ihren Rhythmus hielten, die Balance von Tun und Lassen, die souveräne Übereinstimmung mit dem umgebenden Element, ganzleiblicher Ausdruck besonnener Bestimmtheit, mit der sie tat, was sie da tat. Inzwischen war sie zurück am Startblock, vollzog die Wende unter Wasser, ein federndes unmerkliches Abdrücken und schon ging es weiter. Erst jetzt wurde mir klar, wie sehr ich sie begaffte. Die Sonnenwärme dieses Morgens, das Glitzern des Wassers, der Körper dieser rückenschwimmenden Frau – Himmelherrgott, was geschah hier gerade? Aber wie hätte ich auch wissen können, was das alles bedeutete. Ich konnte nicht anders, ich sah dieser Frau weiter zu, ich schaute und schaute. Der Höhepunkt jeweils am Ende der Bahn: die Wende. Ein faszinierendes Kunststück, bei dem die Frau ganz ohne Einsatz der Arme auskam, ohne den Beckenrand auch nur mit den Fingerspitzen zu berühren. Mir blieb unbegreiflich, wie sie das anstellte. Noch bevor sie die Wand erreichte, drehte sie von der Rückenlage auf den Bauch, tauchte den Kopf ein mit energischem Nicken; die Arme seitlich an den Körper gedrückt, machte sie – mit tierhafter Geschmeidigkeit – eine schnelle Rolle unter Wasser, um sich dann – das alles in einem einzigen Zug – mit den Beinen in die neue Richtung zu stoßen, dabei ihr Körper schon wieder in die Rückenlage hineingestreckt. Es reizte mich mehr und mehr – warum eigentlich? –, wenigstens einen kleinen Schlenker, eine diskrete Rhythmusverschiebung, eine winzige Unstimmigkeit all dieser perfekt anmutenden Bewegungsabfolgen zu entdecken, vergeblich. Stets dasselbe Gleichmaß, Bahn für Bahn, Mensch und Wasser in völligem Einklang, alles durch und durch stimmig, unermüdlich immer und immer wieder exakt Dasselbe: Eintauchen, Rollen, Abdrücken, Strecken, Gleiten, und weiter. Der Körper wie ein Pfeil aus Armen, Rumpf und Beinen, über sich hinaus ins Weitvorne weisend, zur nächsten und nächsten und nächsten Bahn. Diese Frau, sie schien nicht mehr ein Körper zu sein, der sich auf und im Wasser bewegte, sie war Teil davon geworden, verschmolzen damit, sie und das Wasser waren eins, ganz und gar.

Wie erreichte sie nur diese perfekte Exaktheit, mit der sie genau im richtigen Moment die nächste Wende einleitete? Man hätte glauben können, sie besäße ein drittes Auge, mittlerweile traute ich ihr alles zu. Dennoch, wie lange sollte das noch so weitergehen mit meinem Gaffen und Glotzen, war ich dazu hier? Höchste Zeit, dieser Frau nicht weiter hinterher zu stieren, wie schwer es auch fiel. Ich gab mir alle Mühe, wieder ins Lesen zu kommen, vergeblich. Ohne Verstand flogen meine Augen über die Zeilen, erst nach einer Weile begriff ich, dass die Seiten verschlagen gewesen waren, ich wieder und wieder zu lesen versuchte, was ich längst hinter mir hatte – Mannomann!

Also jetzt noch einmal, mit aller nur möglichen Konzentration: Kapitel 29, *Erklärung und Unterbrechungen eines normalen Bewusstseinszustandes.* – Ach ja? – Wie lange die Frau schon schwamm! Wurde sie denn gar nicht müde? Nach wie vor, als wäre es nichts als reinste Lust: Eintauchen – Gleiten – Wenden und weiter. Alle anderen Schwimmer hatten längst gewechselt, jede Bahn war neu belegt, der Soldatentrupp zurück in der Kaserne, die Seepferdchen bei Kaffee und Kuchen, auch die alte Dame mit der Rüschen-Kappe verschwunden, ebenso der Blümchenhosen-Hampelmann. Einzig die Rückenschwimmerin, die kein Ende fand, weiter ihre Bahnen zog. Warum, warum nur tat sie das? Was trieb sie an, diese Frau? Was ging in ihr vor? Woran mochte sie denken all die Zeit im Wasser? Und woher nahm sie diese Energie, diesen Willen? Muskuläre Ermüdung, Erschöpfung, Hunger, Durst, all die üblichen Grenzen und Gesetze der Physiologie, sie schienen nicht zu gelten für sie, die ihre eigenen hatte.

Auch wenn es so gut wie aussichtslos war, ich zwang mich zu einem weiteren Leseversuch: *Das unglaubliche Schnelle solcher Veränderungen, die einen gesunden Menschen in einen schäumenden Narren verwandeln, wurde überdeutlich daran.* – Wie bitte? Was sollte das denn nun heißen? – Nein, es klappte nicht, ausgeschlossen, ich kam nicht los von der schwimmenden Frau! Und warum? Hatte ich angesichts von einem solchen Willen meinen eigenen etwa eingebüßt, was geschah gerade mit mir, was war los? Und warum war ich überhaupt noch immer hier? Wartete ich auf etwas? Auf was? Ich hatte keine Ahnung, ratlos blieb ich weiter auf meinem Handtuch hocken. Irgendwann würde die Rückenschwimmerin schon noch aus dem Wasser steigen, ihre Badeschlappen anziehen, die Schwimmkappe vom Haar streifen, ihr Handtuch überwerfen und das Bad verlassen, alles war doch mal zu Ende, oder?

… alle Äußerungen des Inneren sind heute solche rasch wieder aufgelöste Inseln eines zweiten Bewusstseinszustandes, der in den gewöhnlichen zeitweilig eingeschoben wird. – So, das war's jetzt aber, mein wirklich allerletzter Leseversuch für heute! Ob die Frau wohl diesen linkischen Gaffer, der da vorgab, in einem albernen Wälzer zu lesen, auch schon bemerkt hatte, war das

möglich? Ich zuckte zusammen bei dem Gedanken. Was, wenn sie gleich aus dem Wasser steigt, schnurstracks auf mich zusteuert, um mich zur Rede zu stellen, was, ja, was dann? Je länger ich darüber nachdachte, desto mehr war ich überzeugt, dass genau *das* geschehen müsste, wenn ich mich weiter hier herumdrückte. Also. Ich klappte den *Mann ohne Eigenschaften* zu, hatte es plötzlich eilig, warf mir das klamme Handtuch über die Schulter, ging schnellen Schritts in die Umkleide, schnappte im Vorbeigehen meine restlichen Sachen aus dem Spind. Bloß weg jetzt! Ich drängte mich durch die Drehtür am Ausgang wie ein Dieb auf der Flucht, nachdem die Alarmanlage schon ausgelöst hat. Erst als ich den Fahrradständer erreicht hatte, erlaubte ich mir einen Blick zurück. Da war absolut niemand, der mir folgte, gar hinter mir her war. Es machte den Anschein, dass ich noch einmal davonkommen war, für dieses Mal.

Der Grünspecht

Immer noch im Fluchtmodus kurvte ich um die letzte Straßenecke, als mir der Schwimmbeutel in die Speichen geriet, die Trägerkordel sich dort verfing und auf einen Schlag das Vorderrad blockierte. Ich meinte alles schon zu spüren, das Aufschlagen auf dem Asphalt, die Schürfungen, den darin eingerieben Splitt, die dreckigen Steinkrümel, den brennenden Schmerz, den gebrochenen Unterarm, das zertrümmerte Handgelenk. Erstaunlicherweise war aber nichts von alldem wirklich passiert. Kaum zu fassen, dieses Glück der einzig richtigen Bewegung im genau richtigen Moment, dieser Reflex, der Gott sei Dank allem Nach-, Um- und Andersdenken zuvorgekommen war. Ich hatte mir nichts getan, es war noch einmal gut gegangen, unglaublich! Doch kaum hatte sich der Schrecken gelegt, kreisten meine Gedanken schon wieder um diese Frau im Waldbad, die Rückenschwimmerin, sie ließ mich nicht los, so sehr ich auch glaubte, ihr entkommen zu sein, mit meinen weichen Knien, den flatternden Händen am Lenker. Da nicht nur mein geliebter Leinenschwimmbeutel einen langen Riss bekommen hatte, sondern auch einige Speichen gebrochen waren, schob ich den kurzen Rest der Strecke. Wieder und wieder klackerten die Speichenbruchstücke gegen die Vorderradgabel.

Ich brachte das Rad in den Schuppen, stellte es an seinen üblichen Platz, alles genau so wie immer, als ließe sich auf diese Weise ein Stück Normalität wiederherstellen. Ich klemmte mir den Schwimmbeutel unter den Arm und wusste schon im gleichen Moment nicht mehr weiter. Dabei waren die nächsten Schritte und Handgriffe so alltäglich wie einfach, Tür aufschließen, das Haus betreten, Schwimmbeutel auspacken,

47

vielleicht einen Kaffee kochen. Doch nichts davon war noch selbstverständlich, nichts mehr wie sonst, nichts ging einfach so, ob ich es wahrhaben wollte oder nicht.

Ich stand auf der Veranda, sah über den Garten mit seinem dichten Grün, darüber ein so gut wie wolkenbereinigter Himmel. Einer dieser späten Maitage, die schon den Sommer fühlen lassen, dabei noch so erstaunlich rein und unverbraucht. Ich ließ mich in einen der Gartensessel sinken, schloss die Augen und versuchte Ordnung in meine Gedanken zu bringen. Warum die ganze Aufregung, was genau war denn passiert? Ich war abgehauen, geflohen, nun ja, vor einer zusammengesponnenen Idee, vor nichts als meiner eigenen Spintisiererei. Dabei hatte mir fast den Hals gebrochen. Und war doch – was für ein Glück! – davongekommen mit dem sogenannten bloßen Schrecken. Soweit also doch alles noch beim Alten. Alles in Ordnung. – Von wegen. Der Lauf der Dinge hatte sich geändert. Nicht nur mein Schwimmbeutel und ein paar Speichen hatten etwas abbekommen.

Wie ein Kranker nach langer Bettlägerigkeit stemmte ich mich aus dem Korbsessel, ging ins Haus, legte den Schwimmbeutel auf den Küchentisch. Ein Stück Handtuch quoll aus dem Riss, *Der Mann ohne Eigenschaften* dagegen hatte den Sturz ohne jede Delle im Einband überstanden, wohl dank der klammen Badehose, die sich darum gewunden hatte, die saugfähigen Billig-Papier-Seiten entsprechend gewellt. Was allein bereits genügte, mir augenblicklich jede Lust am Weiterlesen zu nehmen. Mir reichte sonst schon einzig eine verknickte Seite, ein angestoßener Einband, um ein Buch gar nicht erst anzurühren. Deshalb auch hatte ich Leihbibliotheken nie etwas abgewinnen können, mit all diesen angedreckten, muffigen Büchern unbekannter Handhabungs- und Befingerungshistorie, wer weiß wo und von wem wobei. Diese knapp tausend Seiten tschechisches Klopapier nun, die ich – ja, ich habe es getan! – zum unschlagbaren Raubdruck-Dumpingpreis von knapp zehn Euro bei Amazon erworben hatte, waren dank der anschmiegsamen Badehose mehr oder weniger zu einem feuchten Klumpen verpappt, bis auf Weiteres also unlesbar geworden. Einzig die Doppelseite, in der die Postkarte eines ehemaligen Kollegen – *Beste Grüße aus Faro und dem Ruhestand!* – als Lesezeichen steckte, ließ sich problemlos aufschlagen. Ich fühlte mich verhöhnt von diesem Schinken, der sich nun auch noch auf solch perfide Art vor mir verschloss, gemeinsame Sache mit der Badehose gemacht hatte gegen mich. Warum tat ich nicht das einzig Sinnvolle und schmiss es einfach weg, dieses Unbuch? Warum befreite ich mich nicht kurzerhand von diesem nun in jeder Hinsicht unlesbaren Machwerk? Weil ich es nicht ertrug, ein Buch wegzuwerfen, egal was für ein Schrott darin zusammengeschrieben sein mochte und wie es aussah? Weil ein Buch wegzuwerfen kaum anders ist, als es zu verbrennen! Weil man Bücher genauso wenig in den Müll tun darf wie Brot, diese beiden zum Leben und Überleben so unverzichtbaren Notwendigkeiten. Ein unlesbares Buch, das war wie restlos hart gewordenes Brot. Auch wenn davon abzubeißen, zu essen, sich davon zu nähren kaum mehr möglich war, es stand für etwas sehr Grundsätzliches, Elementares, nicht zuletzt für die Arbeit, die Mühe, die Hingabe, die eingegangen waren in ein Brot, in ein Buch. Egal, wie talentfrei, verirrt oder ahnungslos der Autor auch immer gewesen sein mochte: Ebenso wie der Bauer und der Bäcker für das Brot hatte er eine unwiederbringliche Zeitspanne seines Lebens investiert, um sein Buch zu schreiben, es zur Welt zu bringen. Ein Unmensch, wer so etwas wegzuwerfen imstande ist. Ich beschloss, den verklebten Buchbrocken erst einmal zur Seite zu legen. Eine Weile würden wir uns aus dem Wege gehen, Zeit, in der er in Ruhe trocknen konnte und ich frei war von dem Zwang, mich herumquälen zu müssen mit ihm.

Ich machte mir einen Kaffee, setzte mich zurück auf die Veranda und wartete, ohne zu wissen, worauf. Nach und nach steigerte ich mich durch mein bloßes Dasitzen in eine immer schwerer zu ertragende Verdrießlichkeit hinein. Ähnlich dem *Mann ohne Eigenschaften* erschien auch mir meine Wirklichkeit zunehmend sinn- und ziellos, aber nicht infolge einer unüberschaubaren Überfülle an Möglichkeiten, ganz im Gegenteil. Wieder dachte ich an die Rückenschwimmerin im Waldbad. Unglaublich, ich war vor einer Frau geflüchtet, die mich mit ziemlicher Sicherheit nicht einmal bemerkt hatte. Zum Totlachen, eigentlich, aber auch danach war mir überhaupt nicht.

Hera, wo war eigentlich Hera? Früher oder später kam sie schließlich jeden Tag aus irgendeiner Ecke gekrochen, dem Wildwuchsbeet am Kelleraufgang, einer Kuhle des unkrautüberwucherten Erdwalls zum Feldweg hin oder ihrem Lieblingsplatz, der von einer Rhizomsperre wie von einem Burgwall umgebenen Bambusinsel. Heute nicht. Mit dem halbvollen Kaffeebecher in der Hand streifte ich durch den Garten, um nach ihr zu suchen. So lästig sie auch sein konnte, jetzt fehlte sie mir: ihr Achtertouren-Schnurren um die Beine, Anschmiegen, Scharwenzeln, ihr Drehen und Rollen vor meinen Füßen, unnachgiebiger Appell um sofortige Zuwendung, Handanlegen, Streicheln, Kraulen und Wonnespenden. Ich vermisste, was mir sooft schnell zu viel wurde: ihre Nähe. Doch wie sehr ich auch überall nach Hera suchte, sie blieb unauffindbar. Stattdessen sah ich überdeutlich, in was für einem erbärmlichen Zustand der Garten war! Wie sehr ich alles hatte verlottern und verkommen lassen, viel zu lange hatte ich weggeschaut und Gründe genug gefunden, den Garten sich selbst zu überlassen, als ginge er mich nichts mehr an, als wäre ich nicht mehr zuständig, auch nicht mehr da. Gut, vielleicht war es ja sogar besser, wenn man alles sich selber überließ, die Natur entschied, was da wuchs und wucherte oder vertrocknete, vergammelte, verging. Kann sein. Im letzten Herbst hatte ich nicht einmal mehr die Hecke geschnitten, die Obstbäume nicht gestutzt, sie standen herum wie verwahrloste Halbwüchsige. Monatelang hatte mich das alles nicht gekümmert, nicht gestört, doch jetzt, jetzt auf einmal … – einfach unerträglich! All dieser Wildwuchs, das war kein „Bio" mehr, sondern schlichtweg Schlamperei, das hier und da und dort undurchdringliche Gesträuch-, Gezweig- und

Äste-Wirrwarr, nichts als dilettantisches Durcheinander, planlos und zufällig, ohne jede gärtnerische Ambition, ohne alle Sorgfalt und ohne ein Mindestmaß an Interesse. Hier zwei, drei mickrige Rhododendronbüsche, daneben dürftige Rosenranken, wo früher die Wäschespinne ihren Platz gehabt hatte. Die Äste des Kirschbaums, missbraucht als Lückenfüller zwischen Gartenhaus und Hecke, wussten nicht mehr, wohin sich noch strecken, der Flieder versperrte inzwischen den Durchgang zum Kellereingang. Den im letzten Winter erfrorenen Pfirsichbaum flankierten dickfällige Thuja-Ungetüme, Biodiversität in grauseligster Unansehnlichkeit. Dazu die Tannen, diese viel zu vielen Tannen! Sieben Stück kreuz und quer hingewürfelt auf viel zu kleiner Fläche. Sechzehn Jahre lebten Hildegardt und ich nun schon in diesem Haus, diesem Garten, sechzehn Weihnachtsfeste, anfangs noch mit geschlagenen Bäumen, gedankenlose Konsumverbrechen. Jedes Mal hatten wir schon beim Kauf ein schlechtes Gewissen angesichts dieser zum alsbaldigen Wegwurf Verurteilten, weshalb die Frist, für die wir ihr langsames Sterben neben dem Weihnachtstisch ertrugen, immer kürzer wurde. Also fortan nur noch im Topf und mit Wurzelballen, zum Neuen Jahr dann jeweils der Versuch, sie im Garten auszuwildern, mit wechselhaftem Erfolg, denn das beheizte Wohnzimmer von jetzt auf gleich gegen den frostigen Garten zu tauschen, das war nur etwas für die wirklich Harten. Von denen hatten drei inzwischen schon wieder gefällt werden müssen, weil sie derart in die Höhe geschossen waren, dass sie entweder dem pensionierten Lehrerehepaar von nebenan überlebenswichtiges Frühmorgensonnenlicht geraubt hatten oder durch Winterstürme geneigt zur Bedrohung für Dach und Haus geworden waren.

Es reichte, ich hatte genug von meiner Gartenbegehung, hatte zu vieles gesehen, was besser auch weiter hätte unentdeckt bleiben dürfen. Etwa die Regenrinne, die da schief vom Fahrradschuppen hing, das Fallrohr, das seinem Namen alle Ehre machte und am Boden lag. Die Schaukelgerüstruine mit ihren zermoderten Stützpfeilern war zur Seite gekippt, ihr gänzliches Hinsinken aufgehalten von der alten Gartenbank, deren Rückenlehne zu Bruch gegangen war dabei. Das kleine Blumenbeet daneben wucherte schon seit Jahren ohne Einfassung vor sich hin, die Kantensteine dafür warteten hübsch gestapelt unter Hildegardts Arbeitszimmerfenster auf ihren Einsatz. Nicht zuletzt ächzte der ehemals weiße Holzrahmen der Hauseingangsüberdachung unter der Last wild ausgreifenden Efeus, war der schon langelange nicht mehr mähbare Restrasen mit Moosen, Löwenzahn, Schachtelhalm und anderen saisonalen Zufallsbodendeckern durchsetzt. So vieles zu tun hier, zum Sich-auf-und-Davonmachen viel.

Am Rand der Terrasse standen noch drei leere Sektflaschen, Abschussbasen meiner obligatorischen drei Raketen zu jedem Jahreswechsel, eine für Simon, eine für Hildegardt, die dritte für mich. Die Flaschenetiketten, verblichen, wieder und wieder durchnässt und erneut getrocknet, hatten sich von den Rändern her abgelöst, waren zu geschätztem Nestbaumaterial für die den Garten durchflatternden Meisen, Rotkehlchen und Amseln geworden.

Mich packte das unabweisbare Gefühl, fehl am Platze zu sein. Was machte ich hier, gehörte ich wirklich noch hierhin? Sicher, dies war der Garten des Hauses, in dem ich seit vielen Jahren lebte, dem üblichen Sprachgebrauch nach also *mein* Garten. Und doch war es nicht so, oder nicht mehr. Auch dieses Haus, das mir noch Dach über dem Kopf, aber kein Zuhause war. Ich war nicht mehr zugehörig, noch nie war mir das so deutlich gewesen wie jetzt, dabei möglicherweise gar kein neues, sondern erstmalig bewusst gewordenes Gefühl. Und wohl auch einer der Gründe für meine Achtlosigkeit dem Garten gegenüber, für das Fehlen jeder Sorgfalt, aller Bereitschaft, mich zu kümmern, jeglicher Spur von Bemühung. Obwohl ich den Garten zu Anfang so geliebt hatte, nach einer Kindheit und Jugend im sozial-asozialen Wohnungsbau, einer Studienzeit in geschmacklos möblierten Zimmern mit Treppenhaus-Klo. Was hatte ich mich nach einem eigenen Fleckchen Erde gesehnt, einem Stückchen Grund und Boden, wo ich mit eigenen Händen nach Lust und Laune graben und wühlen konnte. Und was war daraus geworden? Ein Tohuwabohu ohne jeden Plan. Wie auch mein Leben, das mir auf einmal wie eine vor allem zufällige Aneinanderreihung von Ereignissen erschien, Jahre, Jahrzehnte ohne erkennbare Richtung, nicht durchdacht, ohne tieferen Sinn und eigentliches Ziel. Dieser Garten: ein Spiegel? Hatte ich nicht nur die Beziehung zu diesem Haus und seinem Garten verloren, sondern auch zu meinem Leben, zu mir selbst? Ja prima! Und falls dem so war, was bedeutete das, was hatte ich von einer solchen Erkenntnis, was konnte ich anfangen mit dieser viel zu späten, viel zu dürftigen Bilanz? Ich erschrak darüber, wie schal mir alles geworden war, schal wie dieser Tag, der mir nichts mehr bedeutete, von dem ich nichts mehr erwartete, den ich dennoch irgendwie hinter mich bringen wollte wie all die anderen vorangegangenen Tage auch, eine weitere nichtssagende Pflichtveranstaltung, die ich über mich ergehen lassen würde wie so viele zuvor.

Ein leichter Wind strich durch den Garten und ließ vom Schuppen eine vertraute Tonfolge herüberklingen. Hildegardts Windspiel, sie hatte es geschenkt bekommen, schon vor vielen Jahren, ich konnte mich nicht erinnern von wem, oder hatte es vielleicht auch nie gewusst. Erstaunlicherweise hatten mich die Klänge des Windspiels nie gestört, selbst nicht zu der Zeit, als Hildegardt und ich noch ein gemeinsames Schlafzimmer zum Garten hinaus teilten. Ich hatte mich nicht nur gewöhnt an diese so ganz eigenen Töne, mehr noch, waren sie nicht zu hören, bei Windstille oder geschlossenem Fenster, fehlte etwas. Das ist simpelste Pentatonik, der Grundton dabei das klassische *Om*, mehr nicht, hatte Hildegardt irgendwann doziert. Pentatonik, vor Tausenden von Jahren als ältestes Tonsystem der Welt erzeugt auf Knochenflöten, die über eine besondere Griffflochanordnung verfügten. Bei indigenen Völkern noch heute ein vertrautes Klang- und Lautsystem, für unsere Ohren dagegen eher

fremd und geheimnisvoll, eine Frage der klangweltlichen Soziа-
lisation, so viel hatte ich behalten von Hildegardts Erklärung
dazu. Hier im Windspiel je nach Richtung und Stärke der Luft-
bewegung vernehmbar als zartes Wischeln, sanftes Klackern, be-
langloser Klingklang, oder als nervöses Geklicker, alarmierendes
Klimpern, hektisches Geschepper, je nachdem. Doch in diesem
Moment waren da Töne, die mich aufhorchen ließen, sanft und
bedrohlich zugleich, als hätte ein Hauch von sonst woher sie gerührt, diese schon auf ein fast Nichts an Luftzug ansprechenden
Röhrchen mit ihren hellwachen, feinnervigen Rezeptoren, die da
jetzt sacht erzitterten, wie erreicht von einem noch weitfernen
Vibrieren der frühsommerlichen Luft.

Gut möglich, dass ich langsam zu spinnen anfing, kein
Wunder eigentlich und früher oder später ohnehin wohl die
unweigerliche Folge des Alleinseins mit nichts als sich selbst
und den eigenen Gedanken. Seit mehr als zwei Monaten war
Hildegardt nun schon weg, seit fast einem Vierteljahr arbeitete
ich nicht mehr in der Klinik und außer mit den Kassiererinnen im Supermarkt, wo ich mich mit dem Lebensnotwendigen
versorgte, sprach ich mit keinem Menschen ein Wort. Grund
genug also, um ein bisschen merkwürdig zu werden, mal etwas
zu hören, was nicht hörbar ist für andere, oder in alltäglichen
Dingen zu sehen, was so nicht jeder in ihnen sieht. Ich war
dünnhäutig geworden, noch mehr, als ich ohnehin schon
immer gewesen war, woran sicher auch meine Schlafstörungen
ihren Anteil hatten. Inzwischen gab es kaum noch eine Nacht,
in der ich länger als zwei Stunden am Stück schlief, immer wieder hochschreckte, weil ich glaubte, jemand habe gerufen, es
habe geklopft oder gerüttelt an der Tür. War da nicht irgendwas
am Fenster, ein Rascheln, Schaben, Scharren? Doch, ganz sicher! Und streiften da nicht Schatten durch den Garten, waren
da nicht eindeutig Schritte um das Haus herum zu hören? Zu
alledem dann noch das immer gleiche Gedankenkarussell: Was
würde wohl weiter werden mit mir? Ob ich je wieder als Arzt
arbeiten könnte, arbeiten dürfte? Was würde aus der Anklage

wegen Körperverletzung? Wie die Dinge standen, brauchte ich mir keine Illusionen über einen Ausgang zu meinen Gunsten zu machen. Und selbst dann, wenn ich nicht verurteilt würde, bliebe ich der Prügel-Doktor, den keiner mehr wollte; einer, der sich nicht im Griff hatte, der nicht mehr belastbar war, und überhaupt: bei *dem* Alter viel zu teuer für das, was er noch brachte – also bitte! Assistenzarzt, achtundfünfzig Jahre, sucht neuen Wirkungskreis, ging es lächerlicher? Vergiss es, du bist durch, Gernot, da kommt nichts mehr, begreif es endlich! Ein Vierteljahr jetzt schon dieses Leben abseits jahrzehntelang andressierter Bahnen, vom verlässlichen Krankenhaussoldaten zum Sozialhilfeabhängigen, Berufsausstieg mit Einbahnstraßengarantie. Sicher, Hildegardts Einkünfte reichten für uns beide, aber der Gedanke, finanziell von Hildegardt abhängig zu sein, machte es nicht besser, im Gegenteil. Am schwersten jedoch wog, dass ich ein Nichtsnutz geworden war, ein Taugenichts, ein Tagedieb, einer, auf den diese Begriffe aus dem Spracharsenal meiner Mutter zutrafen, mit denen sie Leute, die durch das übliche Raster gefallen waren, in einen Topf warf. Nun gehörte ich dazu. *Wer nicht arbeitet, der soll auch kein Brot essen*, dieses als Leitsatz kapitalistischer Fabrikdisziplinierung viel zu oft missbrauchte Paulus-Wort war meiner lebenslang duckmäuserischen Mutter schon früh in die preußisch hörig gemachte Arbeiterkinderseele eingebrannt worden, zum Wohle des Herrn, vor allem aber der Herren, denen zu dienen Freude und Pflicht zu sein hatte, in Ewigkeit, Amen. Zu oft habe ich dieses Credo von ihr hören müssen, eben viel zu oft, um frei von seinem Toxin zu sein, das so hinterhältig und damit gefährlich auch deshalb wirkt, weil ein solcher Satz so viel gediegener daherkommt als das flachlächerliche *Üb' immer Treu und Redlichkeit*, dieses ehemalige Zwangslied preußischer Schulkinder, gern genommen auch in der Abwandlung *Üb' immer treu und red nicht viel*, als Mahn- und Würgewort, mit dem meine Mutter sich und anderen ein Leben lang die Kette stramm zog. Irgendwann hatte ich dennoch geglaubt, es geschafft zu haben, mich aus dem Klammergriff ihrer penetranten Unterwürfigkeitsbereitschaft befreit zu haben, davon losgekommen, immun geworden zu sein gegenüber ihren kleinkarierten Vorstellungen von Recht und Pflicht und Moral. Aber so einfach war das nicht. Noch vor wenigen Monaten hatte ich mein Leben als ein passabel solides Kontinuum gelebt und für gut befunden, hatte geglaubt, mich verlassen zu können, auf das, was ich tat, meine Arbeit, auf mich. Es hatte Ordnung und eine Art Sinn gegeben in diesem Leben, wenn auch vielleicht nur als gelungene Täuschung, gleichwohl überzeugend genug. An manchen Tagen war ich gar getragen gewesen von dem Gefühl, ganz im Gegensatz zur Anzahl bereits gelebter Jahre doch auf bestimmte Weise zugleich alterslos zu sein, da war die hoffnungsvolle Illusion, der Abstieg sei noch weit hin, vielleicht stimmte es ja doch, auch für mich, dass sechzig das neue vierzig wäre. Zeitweilig hatte ich mir das gern und erfolgreich vorgaukeln können. Tatsache war jedoch, dass ich mich unbarmherzig auf das zubewegte, was nichts anderes als die Schwelle des Alters ist, wie auch immer man es zu drehen oder zu wenden versucht. Somit gab es Grund genug für Anfälligkeiten und Schwächen nicht nur der rein physischen Art – entgegen immer noch weit verbreiteter Vorurteile bedeutet Altwerden ja eben nicht, unerreichbar sein auch für dies und das –, etwa den Anblick und Eindruck einer unermüdbar rückenschwimmenden Frau im Waldbad. Ja, Herrgott noch einmal!

Trotz Wegschauen und Nichtwahrhabenwollen hatte es auch schon in den vergangenen Jahren Augenblicke gegeben, in denen ich mich gefragt hatte, wie lange wohl mein Leben seinen gewohnten, scheinbar verlässlichen Gang noch weitergehen würde. Dabei das Drohbild des Maßbandes vor Augen: hundert Zentimeter, eingekürzt von beiden Seiten, ein jämmerlicher Schnipsel nur, was davon noch blieb. Zehn, fünfzehn, wenn es gut ging noch zwanzig Jahre, falls mehr, dann ohnehin vermutlich nichts außer Last und Plage. Ja, klar, das waren nur Zahlen, und was bedeuten Zahlen schon? Wie oft hatte ich schließlich miterlebt, dass das Leben nicht mit sich rechnen ließ, dass, versuchte man, mit ihm eine Rechnung aufzustellen, diese nur selten aufging, weil das Leben auf seine Weise die Schlussabrechnung machte. Warum also nachdenken über Jahre, wenn es jederzeit, morgen, vielleicht schon heute oder auch gleich jetzt und hier so weit sein konnte? Wenn ein für alle Mal die Lampen ausgehen für dich, Gernot Lohmann, und dir, wenn's gut läuft, noch ein allerletzter Gedanke bleibt, ein Gedanke, der aus einer einzigen Frage besteht: Was bedauerst du, nicht getan zu haben in all deiner Zeit, die dir geschenkt worden war? Was tut dir leid, von nun an bis in alle Ewigkeit, was fehlte dir in deinem Leben und wird es fortan auf immer tun? – Was weiß denn ich! Bekloppte Frage! Allerdings wirkmächtig genug, dass ich in ihren Klauen zappelte, ein hilfloses Tier, das im Garten umherging, kreuz und quer und wieder zurück, als wäre so ein Davonkommen möglich. Stattdessen stieß ich versehentlich gegen die Feuerschale, die sich mir breit und selbstgefällig in den Weg stellte. Worauf ich ihr einen Wuttritt versetzte, eine Unsinnstat, sicher, geschehen aus dem Moment heraus, einfach so, ohne jedes Denken, wie auch, wenn einen die Angst derart am Wickel hat, Angst, die sich zuweilen, eben ohne allen Sinn und Verstand, wandelt in Wut, um sich zu entladen am Erstbesten, erst recht, wenn es sich geradezu höhnisch querstellt vor einem, wie dieses rostige Feuerdings, darin noch die Aschereste vom Vorjahr. Ein Schmerzblitz, etwas glühend Spitzes, das von der Hüfte direkt ins Hirn schoss, vielleicht, um mich zur Besinnung zu bringen, doch fürs Erste glaubte ich, sie eher zu verlieren, dank des kristallscharfen Hiebs, der durch das Gelenk ging, gerade so, als würde mir das Bein mit einem Schlag abgetrennt vom Körper. Ich sank auf den Rasen, unfähig, mich noch auf nur einem Bein zu halten, erlegt von meiner eigenen Dummheit, meiner lächerlichen Angstwut, die zu nichts führte außer zur Boden- und Niederlage, für die ich keines echten äußeren Gegners bedurfte. Ich tastete nach meiner Hüfte, noch immer dort ein Schmerz wie aus klaffender Wunde, kaum zu glauben, dass da noch alles war, wie es sein sollte. Langsam nur ließ der Schmerz nach, dann allerdings, mit der Wiederbefähigung zum Denken umso deutlicher eine neue Angst, die Angst bei der Frage, was, wenn …? – Ja, was wohl, Himmel noch eins! In jedem Fall erneute OP, wenn's schlecht lief sogar Prothesenausbau und – je nach Fraktursituation – Neuimplantation in einer weiteren Sitzung, beste Aussichten also auf einen langwierigen, verlässlich komplikationsbewährten Verlauf. Somit sehr wahrscheinlich die Planung für die nächsten Wochen und Monate mal eben auf einen Schlag erledigt. Herzlichen Glückwunsch!

Selbst als der Schmerz endlich vergangen war, blieb ich weiter liegen, wagte nicht, mich zu rühren, erst recht nicht aufzustehen. Irgendwann robbte ich dann über den Rasen, langsam und in aller Vorsicht, bis rüber zu einem der Liegestühle, an dem ich mich hochzog, misstrauisch und erstaunt über das Ausbleiben erneuten Schmerzes. Kaum zu glauben, aber alles, was blieb, war ein dumpfes Drücken tief im Gelenk. Auf den Liegestuhl gestützt stand ich da, begann das Bein sachte wie in Zeitlupe kreisend zu bewegen, in der Tat, der Schmerz kam nicht zurück. Mit aller Vorsicht setzte ich mich auf den Liegestuhl, allem Anschein nach war es noch einmal gut gegangen, kaum zu fassen!

Auf Schrecken und Angst folgte Müdigkeit, zu viel davon, um sich dagegen wehren zu können. Ich fiel in einen wirren Halbschlaf, flackernde Bilder rasten durch mich hindurch, Blitzlichtszenen, Schlag auf Schlag, schrill und schnell und grell. Immer wieder ging es um Verfolgtwerden und Flucht, ich wurde gehetzt, aufgespürt, in die Enge getrieben und ergriffen, um für kurze Zeit freizukommen, dann aber wieder erneut gepackt, geschlagen, gefesselt, verschleppt und weggesperrt zu werden. Plötzlich standen die Bilder still, die Leinwand wurde gelöscht, Ende. Und jetzt? Was würde als Nächstes passieren? Wo war ich überhaupt? Ich beschloss, mich erst einmal nicht zu rühren, zu bleiben, wo ich war. Mit geschlossenen Augen, verborgen im Schutz meiner Lider.

Das alte Spiel, ich sehe dich nicht, dann siehst du mich auch nicht, eine Kinderillusion. Denn ich spürte, ich wurde beobachtet, da war ein Blick, der auf mir lag. Als ich die Augen schließlich öffnete, sah ich ihn sofort. Er saß im Gras neben dem alten Klettergerüst, von dem herab König Simon so manches Mal mit erhobenem Plastikschwert über Volk und Land geschaut hatte. Als dieses Land jenseits unseres Gartens noch fruchtbarer Acker gewesen war und nicht Neubaugebiet, erschlossen, zugepflastert und asphaltiert. Lange her, viel zu lange, dennoch, ich konnte mich nicht trennen von dem wurmstichigen Holzgestell mit seinem brüchigen Sprossenaufgang, das zu nichts mehr nutze war. Im letzten Jahr hatte ich Rosen darunter gepflanzt, doch statt üppig daran hochzuranken, kümmerten sie vor sich hin. Neben diesen Rosenresten hockte er, dieser Vogel. Er sah mich unverwandt an. Einen wie ihn hatte ich hier im Garten noch nie gesehen. Spatzen, Meisen, Rotkehlchen, auch der ein oder andere Dompfaff, immer wieder Elstern und natürlich jede Menge Amseln, das waren übliche Besucher und Gäste hier. Er aber, er war anders. Wegen des auffälligen Grüns seines Gefieders hielt ich ihn zunächst für einen Käfigvogel, der entflohen war. Wie sonst konnte es sein, dass in unseren Breiten ein solcher Exot frei herumflog? Dazu passend auch sein trotzig-selbstsicherer Blick, Ausdruck eines mutmaßlich Ahnungslosen, vertraut nur mit Käfig und beschützender Stube, der glaubte, die Welt zu kennen. Wahrscheinlich stammte er aus der Nachbarschaft, hatte sich davongemacht, ohne zu ahnen, was er verließ und was ihn erwartete; vielleicht war der Garten hier sein erster Zwischenstopp, ich der erste neue Mensch für ihn. Er beäugte mich eindringlich, prüfte, musterte. Als wäre ich ein Antragsteller, ein Bewerber, ein Kandidat, über dessen Verwendbarkeit und Eignung es eine Einschätzung zu erlangen, ein Urteil zu sprechen galt. Doch welche Art von Eignung, wofür? Und wer hatte ihn, den Vogelprüfer, ausgesandt, hierher geschickt, zu mir, in meinen Garten? Unmöglich, diesem Blick länger standzuhalten, ich zwinkerte, wich aus, musste zur Seite sehen. Und? War die Begutachtung endlich abgeschlossen, hatte er seine Meinung gefasst über mich, war es das jetzt? Als hätte er gesehen, was er hatte sehen wollen, wandte der Vogel sein Zorro-Auge mit dem Schattenstrich von mir ab. Ab jetzt hatte er anderes zu tun, wieder und wieder stieß er seinen Schnabel in den moosigen Rasenboden. Die Angelegenheit mit mir jedenfalls schien erledigt für ihn.

Nach einer Weile ging ich ins Haus, um nachzusehen, was ich über einen Vogel wie ihn wohl würde finden können. *Picus viridis*, die Bilder in meinem alten Kosmos-Naturführer ließen keinen Zweifel daran, dass dieser grimmige Bodenstocherer ein Grünspecht war. Eher scheu und ungesellig, ein Einzelgänger und seltener Verwandter des so viel häufiger anzutreffenden Buntspechts, einer, der ganz im Gegensatz zu den anderen Spechtvögeln selten nur am Stamm trommelt, sondern seine Nahrung viel lieber am Boden sucht und sich in hüpfendem Flug rasch davonmacht, sobald man sich ihm näherte. Ein Erdspecht also, das Wort gefiel mir so gut, dass ich es mir mehrmals halblaut vorsagte, einer, der Ameisen vom Boden aufliest oder sie mit seiner klebrigen Zunge voller Widerhaken aus ihren Bauten holt. Vor allem das Grimmig-Höhnische in seinem Blick hatte Eindruck auf mich gemacht. Nachdem er sein Boden-Gehacke beendet hatte, war er plötzlich aufgeflogen, mit klatschendem Flügelschlag, ganz und gar nicht hüpfend, keine Spur davon.

Warum hatte mich sein Auf- und Davonfliegen mehr enttäuscht als überrascht? Hatte ich geglaubt, der Grünspecht wäre gekommen, um zu bleiben, sich für sein restliches Vogeldasein hier niederzulassen, in diesem Garten? Offensichtlich wurden sie nicht seltener, meine absurden Gedanken. Grünspechte, so mein Naturführer weiter, haben keinen großen Lebensradius. Bestand also doch Hoffnung? Darauf, ihn alsbald wiederzusehen, diesen Erdhacker, von dem es außerdem hieß, dass er meist nur Saisonehen eingeht.

Ich ging zurück in den Garten, nahm meine Canon Powershot mit, um auf das Mögliche vorbereitet zu sein. Ich zoomte die Stelle heran, an der der Vogel mit seinen Schnabelhieben den Boden aufgestochert hatte, betrachtete auf dem kleinen Kamera-Display ein Abbild eigenartiger Leere, eine Bühne ohne Akteur, ein Mangelbild. Mit zartem Surren wechselte die Canon in den Stromsparmodus, soweit ein vertrautes Geräusch. Dann aber plötzlich dieses Klackern, wie von Metall auf Metall, das war neu und klang nicht gut. Das Objektiv ließ sich nun nicht mehr bewegen, weder ein- noch weiter ausfahren, ganz egal, wie oft ich es versuchte, es hatte sich verhakt, auf halbem Wege. Dazu auf dem Display der Hinweis, die Kamera jetzt unbedingt auszuschalten, um weitere Schäden zu verhindern. Vielen Dank, super Idee, das hilft enorm weiter! Aus-An-Aus-An-Aus … Das Objektiv rührte sich nach wie vor keinen Millimeter, alles Ruckeln, Ziehen und Drücken, anfangs sanft, dann kräftiger, blieb ohne jede Wirkung, nichts zu machen. Warum, warum eigentlich, was sollte das nun wieder? Warum diese Verweigerung der Dinge? Warum funktionierte von jetzt auf gleich nicht mehr, was bislang verlässlich seinen Dienst getan hatte? Was war der Grund? War etwas so falsch an meinem Vorhaben, den Vogel fotografieren zu wollen, sollte er sich noch einmal zeigen? Warum? Um was ging es hier, etwa um Bilder, die nicht gemacht werden sollten, Abbilder, die nicht sein durften, *Du sollst dir kein Bildnis machen*, war es das?

Was für eine Tagesbilanz: Schwimmbeutel zerrissen, Rad kaputt, Kamera hin! Und was als Nächstes? War noch irgendwas zu retten von diesem Tag? Ich könnte das Rad zum *Fahrradies* bringen, zu Fuß keine halbe Stunde von hier, irgendwann musste es ohnehin sein. Auch wenn es mir widerstrebte, in das Triumphgesicht dieses Typen blicken zu müssen, dem der Laden gehörte. Triumph, weil es von nun an allein seinem meisterlichen Geschick zu danken wäre, sollte mein Leben je wieder Fahrt aufnehmen. Die Kamera könnte ich gleich mitnehmen, Kluges Film- und Photohaus lag direkt auf dem Weg.

Zum Glück gab es den Laden noch, inzwischen in der dritten, allerdings wohl auch letzten Generation. Die defekte Leuchtschrift war noch ein Erbe des zweiten Kluge, ebenso die verstaubten Porträts sicherlich längst Verstorbener in der kleinen Auslage sowie die Ladenbimmel, die zuverlässig, aber viel zu selten den Eintritt von Kunden signalisierte.

Ja, ich könnte dies und das und jenes, und noch zig andere Dinge, die früher oder später erledigt werden mussten! – Herrgott! Das Leben war eine einzige Baustelle, eine Reparaturbedürftigkeit löste die nächste ab, war hier etwas gerade wieder in Schwung gekommen, lief gleich danach etwas anderes nicht mehr rund, und kein Ende je in Sicht. Also noch mal: auf das Fahrrad war ich angewiesen, auf die Kamera nicht. Vielleicht ein guter Moment, damit zu beginnen, loszulassen, was nicht mehr wollte, mit mir. Zeit, sich damit abzufinden, dass nicht alles repariert werden musste und auch nicht konnte. Endlich begreifen, was entbehrlich ist, vielleicht schon immer war. – Na gut. Ein paar neue Speichen fürs Rad mussten sein, keine Frage. Andernfalls würde mir meine Hüfte alsbald sehr verlässlich zu verstehen geben, wie wenig sie meinen Wandel zum Dauerfußgänger wertzuschätzen bereit war. Und diesen spleenigen Radladen-Fatzke, ja doch, ich würde ihn schon ertragen, irgendwie. Aber nicht mehr heute, so viel war auch klar.

Der Tritt

Ein kurzes Aufstützen nur am Beckenrand, und schon war sie heraus, mühelos und leicht, stand mit gedehntem Rücken zwischen den Startblöcken, griff sich ins Haar, die Schwimmbrille hoch auf der Stirn, mit dem Gesicht die Sonne suchend. Die Rückenschwimmerin war dem Wasser entstiegen, nicht mit der antrainierten Sportlichkeit der Vielgeübten, vielmehr unangestrengt und selbstverständlich, einfach so. Dann drehte sie sich herum, schaute – ja, kein Zweifel! – herüber zu mir, sah sicher auch, wie sehr ich zusammenfuhr dabei. Dieses Blickgeschenk von ihr an mich, dazu ihr Lachen, zusammengenommen mehr als eine doppelte Überdosis für mich, der ich so viel weniger nur brauchte, um alle Fassung zu verlieren.

All die Sonne, all das Licht, all die Wärme dieses Morgens, das Wassertropfengefunkel auf der Haut der Frau, der neonblaue Schwimmanzug, in dem ihr schlanker Körper glänzte: alles stimmte, alles passte! Seither weiß ich, ja, es gibt sie, die einzigartigen Wegkreuzungen in Raum und Zeit, an denen man für Augenblicke hinaus ins Offene blickt, überklar sieht und erkennt, was das Auge allein nicht zu fassen vermag.

Als wäre sie ihr plötzlich lästig, zog die Frau sich die Schwimmbrille von der Stirn, schlüpfte in die Badeschlappen, um sie gleich wieder abzuschütteln, wie einen Irrtum, den man erkennt, indem man ihn begeht. Mit nur wenigen Schritten war sie bei den überdachten Bänken am seitlichen Beckenrand, diesem besonderen Bezirk, vorbehalten nur Schwimmern mit Haus- und Gewohnheitsrecht. Ein glatzköpfiger Mann mit einem Vielzuwenig von schwarzem Badehöschen unter fellbedeckter Wampe kramte in einer Riesentasche mit Raubkatzen-Logo. Hatte die Rückenschwimmerin, sie stand jetzt direkt hinter ihm, ihn angesprochen? Jedenfalls unterbrach der Fettbäuchige sein Suchen, drehte sich mit patschig-überheblicher Behäbigkeit herum, ein Pfannkuchengesicht, in dem provokanter Gleichmut plötzlichem Erstaunen wich. Bemüht brachte er sich in Position, Pranken auf Hüftrollen gestützt, wie um Größe durch Breite auszugleichen. Er schien seine Fassung wiedergefunden zu haben, sich zu empören – gar zu drohen? Die Rückenschwimmerin stand nur da. Sekunden der Schwebe, sicher nur ein Missverständnis, dachte ich, sicher wird sich gleich alles klären zwischen den beiden, bestimmt. Oder? Vielleicht. Doch dann, als der Dicke sich schon schwerfällig wieder wegdrehen wollte, er setzte gerade dazu an, traf ihn ein Tritt genau zwischen die Beine. Ein Ruck ging durch den Körper des Mannes, wabbelnde Massen wie nach Starkstromkontakt. Mit einem Schnorchellaut sank er auf die Knie, gefällt von diesem Tritt, dieser stichflammenartigen Bewegung von Bein und Hüfte, spitz wie ein Schlangenbiss, präzise und vernichtend. Das Gesicht der Rückenschwimmerin blieb frei von jeder Regung, weder Genugtuung noch Erschrecken, kein Triumph, kein Mitleid, keine Reue. Sie registrierte bloß. Geschehen war, was zu geschehen hatte, Ziel erreicht, Sache erledigt. Und doch ließ ihr Sezierblick noch nicht ab von dem, was sich da wand, grunzte und stöhnte. Ein messerscharfes Lauern lag darin.

Beide Hände im Schritt ging der Mann zu Boden, sank auf die Seite. Ich zitterte, getroffen allein von dem Eindruck, den das auf mich machte. Unglaublich! Ich war erschrocken, erschüttert – und, ja, auch fasziniert. Mein Gott! Stimmte es also doch, ich sympathisierte mit der Gewalt? Bestaunte eine unerhörte, eine widerliche Tat, ohne Abscheu, ohne jeden Aufschrei, empfand sogar Häme einem Opfer gegenüber? Hatten sie also recht, all meine Ankläger, vom Zusehen und Geschehenlassen bis hin zum Selbertreten, Selberschlagen, war das nicht nur ein kleiner, viel zu kleiner Schritt? Mag sein, und doch war es noch schlimmer: ich fühlte Erleichterung, fast Dank! Als hätte die Rückenschwimmerin, was sie getan hatte, auch für mich getan. Sie hatte sich nicht beeindrucken lassen von sichtlicher Übermacht, nicht klein beigegeben, war nicht zurückgewichen. Kein Jaja, schon gut, verstehe, dann ist es eben so, da kann man halt nichts machen, einverstanden … – Nein! Sie hatte zugetreten, und wie! Völlig verrückt! Was für eine Frau! Aber Moment, halt, in was geriet ich hier gerade hinein? War das noch ich, derjenige, der sich solcherart ereiferte, was war los mit mir? Ich jubelte ja geradezu, wenn auch bloß heimlich, still und nur in mich hinein. Diese Rückenschwimmer-Frau, zu was sie fähig war! Eben noch hatte sie Bahn um Bahn gezogen, nichts als ganz Schwimmerin, und dann, von jetzt auf gleich, dieses Aufblitzen beißender Gewalt, eisiger Härte. Vollstreckerin, Furie, kühle Bestie, fühllose Erinnye – mein Gott!

Der Kerl hockte am Boden, krümmte sich unter Schmerzen. Von der Rückenschwimmerin ein knappes Nicken, einen kurzen Moment noch verharrte sie, dann machte sie kehrt, schlüpfte in ihre Badeschlappen – jetzt schien alles zu stimmen damit –, griff ihren Schwimmrucksack mit den blau-weißen Streifen, warf sich das Handtuch über die Schulter und verschwand hinter der Schwingtür zur Damendusche. Ein Abgang mit Filmreife, während der Dicke weiter am Boden kauerte, eine Hand zwischen den Schenkeln, die andere vorm Mund, rang er mit Unsichtbarem, den Schmerzen, der Demütigung, der hilflosen Wut.

Und? Und sonst? Hatte eigentlich nur ich gesehen, was ich gesehen hatte? Konnte das sein? Wir drei waren schließlich nicht die Einzigen an diesem Morgen hier im Schwimmbad. Dennoch hatte sich niemand erhoben, hatte niemand eingegriffen, niemand war dem Mann da am Boden beigesprungen, und auch jetzt kümmerte sich keiner, niemand unternahm auch nur den Versuch, die Rückenschwimmerin am Weggehen zu hindern, sie aufzuhalten. Auch ich unternahm nichts, staunte bloß ein Mal mehr darüber, wie sehr sich der Ausdruck äußersten Schmerzes und äußerster Dummheit gleichen konnten. Schmerz, dieser Dämon, der imstande war, einem Menschen alles zu rauben, jeden Willen, jede Selbstachtung, seinen Verstand. Er reduziert uns aufs Spinale, peitscht neurohumorale Regelkreise hoch bis zum Gehtnichtmehr, ab einem bestimmten Punkt schließlich alles Kortikale im Hagelsturm der Transmitter untergegangen und perdu. Entschieden wird der Kampf tief im Mark, diesem unermesslich verwinkelten System vegetativer Synapsen. Höherentwicklung der menschlichen Spezies, Schöpfungskrone und so weiter, von wegen, blabla, der Mensch im Schmerz – entäußert von allem Selbst – wird zu einem Häufchen So-gut-wie-nichts! Schmerz, dieser Totalvernichter, der uns alles nehmen kann, Selbstachtung, Würde, in diabolischer Gnade schließlich das Bewusstsein.

Erst jetzt erhob sich eine Altfrauenstimme. Tu doch einer was! Dennoch regte sich weiterhin niemand. Wäre der Täter ein Mann gewesen, vielleicht hätten sich Mutige und solche, die es endlich einmal sein und zeigen wollten, zur Gruppe gerottet, den Schläger zu stellen, ihn zur Strecke zu bringen – doch so? Dem hat sie's aber gegeben, hörte ich jemanden murmeln. Man empfand offenbar Genugtuung angesichts der Umkehrung der Verhältnisse, erkannte im Angriff der Rückenschwimmerin die alte Geschichte in neuer Gestalt: David gegen Goliath. Und genoss die perverse Lust am Leid des Monsters, das sich suhlte in Pein und Elend zu Füßen der schönen Siegerin.

Keinen Augenblick hatte die Frau gezögert, ohne jeden Skrupel hatte sie ihre Chance genutzt, gradlinig, konsequent, kompromisslos. Vielleicht war es vor allem das, was bei mir, dem chronischen Zögerer und fortwährenden Bedenkenträger, gleichsam eingeschlagen hatte. Diese Frau scherte sich um nichts und niemanden, Zuschauer, Zeugen, Gaffer und Glotzer, das ganze Voyeur- und Statisten-Geschmeiß war ihr egal. Belanglose Randfiguren, von denen sie sich nichts nehmen ließ, schon gar nicht ihre Freiheit, zu tun und eben nicht zu lassen. Und falls auch nur einer unter euch ist …, denkt nicht einmal darüber nach! Im Gegenteil: beuget die Knie!

Nach und nach berappelte sich der Fettklotz, stemmte sich hoch, wuchtete sich auf die Sitzbank zu seiner schwarzen Raubtiertasche, zurück an den Ort, an dem alles begann. Das war's. Auch für mich, denn an Schwimmen war nicht mehr zu denken, für heute war es genug.

So vieles konnte ich damals noch nicht wissen, nicht einmal ahnen, an diesem Vormittag im Juni, wie auch? Nur so viel, dass etwas begonnen hatte, nicht jedoch, welchen Lauf es nehmen mochte, wohin es führen, gar wie es enden würde. An vieles erinnere ich mich noch immer ganz genau, vor allem diese Ur-Szene: die Frau, die tritt. Als ich Silvia – bald schon keine Namenlose mehr für mich – später danach fragte, erfuhr ich, was sich wirklich zugetragen hatte damals. Dieser Kerl war ihr, der Rückenschwimmenden, gegen den Nacken gestoßen, hatte sie regelrecht gerammt, hinterrücks und nicht aus Versehen, sondern mit voller Absicht, aus Lust am Provozieren und auch Verletzen. Er hatte nur dreckig gelacht, sich geweidet an Silvias Erschrecken und Schmerz. Allem Anschein nach war dieser Angriff eine Auftragstat, befeuert von einer Handvoll alter Schwimmschachteln, die den Fettsack gedungen hatten dafür. Silvia war das nicht entgangen. Diese verbiesterten Reptilien, die jeden Quadratzentimeter *ihres* Beckens giftspritzend gegen Fremdschwimmer und vor allem -innen verteidigten, sie hatten den Dicken aufgestachelt, ihn Silvia auf den Hals gehetzt. Auf dass er es *der da* mal zeigen sollte, damit *der da* klar würde, wie man im Waldbad korrekt schwimmt und wer wo was wie darf, hier, wo alles noch mit Recht und Ordnung zugeht, der Ordnung, die hier schon immer herrschte, bis eine wie *die da* plötzlich damit anfing, sich eine Außenbahn einfach so zu nehmen, als wär's ihre eigene, um da auf dem Rücken herumzuschwimmen, ohne auch nur irgendwen darum gefragt zu haben, wo gibt's denn so was, na, die würde schon noch sehen!

Silvia brauchte für ihr Rückenschwimmen eine Orientierung und die hatte sie vor allem durch die Nähe zum Beckenrand. Doch war genau diese äußere Bahn aus verschiedenen Gründen ebenso von den beißfreudigen Brustpaddlerinnen hochbegehrt, somit kein Bereich, den sie kampffrei hergaben. Auch an diesem Morgen hatte es nicht aufgehört, das Herumgezicke, Augendrehen, Tuscheln, Nörgeln und Entrüstettun. Dann, endlich, vollbrachte das Walross seine Heldentat, machte kurzen Prozess, ab jetzt wurde zurückgeschlagen! Dank einem, der gleich verstand, worum es ging und ohne Umschweife bereit war, sich stark zu machen für die guten Seelen dieses Bades und die gerechte Sache, der gegenüber sich *die da* bislang sträflich missachtend verhalten hatte. Und so hatte der Fette, angefeuert vom Hetz-Chor der um ihre Vorrechte Gebrachten, sich in Silvias Rücken geworfen, dumm genug zu glauben, damit könnte es getan sein.

Dass sie auch mich mit ihrem damaligen Auftritt mehr als beeindruckt hatte, fand Silvia einfach nur albern, lächerlich und Quatsch. Außerdem sei es kein Auftritt gewesen, sondern schlicht eine notwendige Antwort, herausgefordert von diesem Arschloch, das nur bekommen hatte, was ihm zustand. Eine Frau, die einem Scheißkerl in seine Scheißeier tritt, was daran wohl beeindruckend sein sollte! Wenn sie etwas auf den Tod nicht ausstehen könne, dann so was, so einen Wichser, der sich einbildet, Masse sei Macht und Fressfett Stärke. Vor so einem Angst haben? Dass ich nicht lache! *Auf den Tod nicht ausstehen*, ich sehe noch Silvias Augen bei diesen Worten! Gewalt erzeuge nun einmal Gegengewalt, bei ihr. Punkt und aus! Du machst mir Angst, wenn du so redest, hatte ich gesagt, doch Silvia nur gelacht darüber. Dir, wieso denn dir?

Die Beisetzung

Eine ganze Reihe von Tagen war ich nicht ins Waldbad gefahren, hatte immer wieder neue Begründungen dafür gefunden. Für heute musste ich nicht lange nach einem Grund suchen, er ergab sich wie von selbst, ich musste zum Nordfriedhof. Arno, mein Schwager war gestorben, und heute Mittag war seine Urnenbeisetzung.

Ich mochte den Nordfriedhof, ohne genau sagen zu können, warum. Aus welchen Gründen mag man schon einen Ort und was heißt das überhaupt? Dass er als denkmalgeschützte städtische Anlage galt mit seinen Tempelruinenimitaten, den vielen auf antik gemachten Statuen, in den Händen symbolträchtigen Plunder, Totenschädel, aus denen Schlangen züngelten, Fackeln, Sanduhren, das Ganze wieder und wieder umschwärmt von Scharen draller Putten mit blickleeren Augen in Grinsegesichterchen, das alles sprach dagegen. Ebenso die historisierende Friedhofskapelle, auf die man vom Haupteingang aus unweigerlich zusteuerte, mit ihrer wilhelminischen Klotz-Architektur, den hypertrophen Heroen-Standbildern rundum, Spiegel wagnerianischer Manie und herbeifantasierten Groß- und Übermenschentums, Hybris und Schamlosigkeit noch im Angesicht des Todes und darüber hinaus. Was dagegen den Nordfriedhof auszeichnete im Vergleich zu anderen Orten seiner Art, das war seine unmittelbare Nähe zum Wasser. Zu einer Seite hin begrenzte ihn der Blindlauf des Flusses, der auch die Stadt in zwei Teile schnitt, Ober- und Unterstadt. Am Hochufer dieses Flussabschnitts die Baumgrabstätten, mit Blick – wer auch immer da wie blicken mochte – auf die so viel und so oft unterschätzte Strömung, zuweilen auch gezielt aufgesucht, ihrer verlässlichen

Unvorhersehbarkeiten wegen. Hier, auf Höhe des kleinen Friedwaldes, war der Ort der Entscheidung, auch für die Schiffe, die über ein schmales Wassersträßchen in die Schachtschleuse geführt werden, um von dort aus in den west-östlich verlaufenden Kanal zu wechseln oder weiter dem Flusslauf zu folgen bis hoch zur Mündung, zur Nordsee. Zwischen Fluss und Kanal ein blinder Wasserschlauch, ein Zwischen-Ort eigener Art, belegt mit verschiedenen Namen, je nachdem: Bauhafen für den Regiebetrieb der Stadt, Abstiegs-, Schutz- oder Liegehafen für Ausrangiertes oder zwischengeparkte Kleinschiffe. Ein Wedernoch-Bereich, Übergangszone, Transitbezirk, kein Ort auf Dauer. Ein Warteraum für die Zeit bis zur nächsten Saison, bis zur Wiederherstellung durch Reparatur oder der Ausmusterung und Verschrottung, Zwischen- oder Endstation, Hospital oder Hospiz für Wasservehikel aller Art.

Der Tag hatte mit lockendem Morgenrot begonnen, von mir immer noch für ein Gut-Zeichen gehalten. Doch das Wetter hielt sein Früh-Versprechen nicht, der Himmel verwandelte sich in eine Decke aus Mischmasch-Grau, kurz nur die Momente, in denen die Sonne daran erinnerte, dass es sie irgendwo dahinter-darüber weiterhin gab. Alles in allem also keine Einladung zum Radfahren, aber ich hatte keine andere Wahl. Mit dem Bus zum Nordfriedhof bedeutete eine Tour mit mindestens zweimaligem Umsteigen, etwas, wofür mir die Geduld fehlte.

Sosehr ich es auch liebe, mit dem Rad zu fahren, seitdem ich es gelernt habe unter den Ohrfeigen meiner mich eskortierenden Mutter, von der ich jedes Mal eine gewischt bekam, wenn ich mich umdrehte zu ihr, aus dem Gleichgewicht geriet und strauchelte, sosehr hasse ich es, durchgeschwitzt irgendwo anzukommen. Und doch geht es nur selten ohne. Erst recht nicht in meiner Tchibo-Regenjacke, die weder Luft noch Schweiß durchlässt, mich umschließt wie ein Okklusivverband. Alles noch schlimmer bei Gegenwind – und es ist so oft Gegenwind, in welcher Richtung ich auch unterwegs bin. Das Unterhemd klebte jedenfalls am Rücken, als ich das Rad durch den von einem verwitterten Sandsteinsäulenpaar flankierten Friedhofseingang schob. Zur Linken in Augenhöhe, *Heute mir*, Frakturschrift in Stein gehauen, rechts dann *Morgen dir*, darunter eine Jahreszahl, 1863. Ich trat ein, ging über knirschenden Kies, nahm das Rad mit, weil ich kein gutes Gefühl dabei hatte, es am Fahrradständer neben dem Info-Häuschen zurückzulassen. Ich mochte nicht verzichten auf die Begleitung durch mein altes *Rixe Montpellier*, gerade hier und jetzt nicht.

Den Weg zum Urnenfeld kannte ich. Das erste Mal war ich vor mehr als fünfzehn Jahren dort gewesen, in meinem zweiten Jahr an der Klinik, als Paula es im Nachtdienst und in dem Leben, das keines mehr war für sie, nicht mehr ausgehalten hatte. Dienst – Dienst – Dienst, keine Pause, kaum Aufatmen dazwischen, bestenfalls abgenötigte Einzelstunden für den unverhinderbaren Pflichtkram und das zur fortgesetzten Existenz wohl oder übel Notwendigste, den schnellen Einkauf kurz vor Ladenschluss, den längst überfälligen Geburtstagsanruf, einen Gang zur Behörde oder zum Zahnarzt, alles nur noch ein Tunnel ohne Aussicht, ohne Licht und ohne Ende, außer man sorgte selber dafür, so oder so. Mit einem mehr als reichlichen intravenösen Cocktail hatte Paula ihren Ausstieg aus der Endlosspirale sichergestellt, allein, im Dienstzimmer – wo sonst? –, mitten in der Nacht, in der knappen Zeit zwischen zwei OPs, während die anderen versuchten, ein paar Minuten Schlaf zu ergattern, was ihr schon lange nicht mehr gelang. Sie hatte eine genaue Liste der von ihr verwendeten Substanzen und Ampullengrößen erstellt, den mehr als großzügig bemessenen Geldbetrag für die Kosten der Wiederbeschaffung in einem Umschlag beigelegt, damit alles zeitnah wieder aufgefüllt werden könnte, ohne dass dem Konzern Kosten durch ihren Mittelgebrauch zur Selbstbeseitigung entstehen sollten, und sie nicht posthum in den Ruf einer Diebin geraten würde. Den Geldscheinen hatte sie einen Zettel beigefügt, mit dem Hinweis, dass der Infusionsständer, der ihr bis ganz zuletzt verlässlich zur Seite gestanden hatte, der zentralen Notaufnahme entliehen worden war, sie bitte das zu entschuldigen. Zudem gelte ihr aufrichtiger Dank demjenigen, der sich dieser Angelegenheit an ihrer Stelle umständehalber annehmen würde. Paula Teschners Asche war eine der Ersten gewesen, die hier im damals neu angelegten Urnenfeld ihren Weg zurück zum Ursprung gefunden hatten. Anfangs war ich öfter, eine Zeit lang sogar regelmäßig hergekommen. Als ob mich mit der toten Paula mehr verband als mit der lebenden, wie wunderlich die Dinge und der Umgang der Menschen miteinander doch manchmal sind. Bedauerte ich etwas, war es das? Ich wusste es nicht, weiß es bis heute nicht. Paula war das gewesen, was man eine gute Kollegin nennt, eine, die sich nie und vor nichts drückte, die anpacken konnte und es auch tat, die sich für das Geringste nicht zu schade war, die einen Menschen nicht in seiner Scheiße liegen ließ, nur weil sie die Frau Doktor war und die Schwestern wieder mal so viel Wichtigeres zu tun hatten als das mitmenschlich Mindeste, einen inkontinenten Greis zu pampern, ihn nicht liegen zu lassen in seinem Dreck, bis die nächste Schicht kam, die es dann auch übersah. Paula war eine, die durch ihre bloße Gegenwart Wärme, Hoffnung und Licht hatte geben können, den anderen. Als sie nicht mehr da war, hinterließ sie weit mehr als eine *schmerzliche Lücke*, wie es in der geistlosen Traueranzeige der Klinik hieß, und ganz sicher nicht nur für mich. Eine Lücke, die nicht einfach zu schließen war, schon gar nicht durch die schnellstmögliche Nachbesetzung ihrer Planstelle mit einer russischen Berufsanfängerin, ausgestattet mit kaum mehr als dürftigen Deutschkenntnissen, die gleich von Beginn an jede gut gemeinte Hilfe, jede Unterstützung und alle Bemühungen der Kollegen darum, ihre Fehler auszubügeln oder zu verhindern, dass aus ihren Stümpereien Katastrophen wurden, einzig mit eisiger Miene und beratungsresistenter Trotzigkeit quittiert hatte.

Schon von Weitem sah ich das zusammengedrängte Grüppchen. Hatte ich mich in der Uhrzeit vertan, war ich zu spät?

Es war kurz vor eins und die Urnenbeisetzung sollte doch um ein Uhr stattfinden. So hatte es in der Anzeige gestanden, die mir Fritz, einer von Arnos Kumpels, zugleich sein Vermieter und wohl auch Familienersatz persönlich übergeben hatte. Kanntet ihr euch gut?, hatte er mich gefragt. Ich hab' deine Adresse in Arnos Notizbuch gefunden, deshalb bring ich dir auch so eine. Es war schon spät am Abend, eine Zeit, zu der weder übliche Paketdienste noch Zirkusbettler um die Häuser ziehen, als Fritz, ein alternder Riese in schwerer Lederjacke mit runder Silberbrille und langem Weißhaar, völlig unerwartet vor meiner Haustür gestanden hatte, mich musterte mit vorgerecktem Kinn und einer Miene, die keine Unwahrheiten duldete. Dass Arno Hildegardts Bruder, damit also mein Schwager war, überraschte ihn, ach nee, sieh mal einer an! Merkwürdigerweise fragte er nicht nach Hildegardt, hielt mir nur den schwarzgeränderten Umschlag hin, mit beiden Händen und einer nahezu unmerklichen Verbeugung, als ich ihn entgegennahm. Wäre schön, wenn du kommst, also bis dann, schon hatte er kehrtgemacht und ohne ein weiteres Wort sein Bike bestiegen, das mit laufendem Motor am Straßenrand auf ihn gewartet hatte.

Ich lehnte mein Rad an eine dicke Platane, ging das kleine Stück mit den verhaltenen Schritten des vermeintlichen Zuspätkommers, der, Strafe fürchtend, versucht, sich so gut wie unhörbar, am liebsten auch unsichtbar zu machen. Beides bei dem Kieslärm unter den Sohlen, der Stille dieses Ortes und in Ermangelung einer Tarnkappe jedoch gleichermaßen unmöglich. Als ich nähertrat, versuchte Fritz gerade, etwas zu sagen, wieder und wieder setzte er an und kam doch nicht hinein ins Reden, die Worte schienen sich ihm zu verweigern, sperrten sich in diesem alternden Jungenmund, sosehr er sich auch mühte. Fritz schluckte und räusperte sich, hüstelte dagegen an, aber nichts half, nur ein Stottern und Stammeln jeweils weniger Worte gelang. Dennoch gab er nicht auf, hangelte sich weiter von Silbe zu Silbe wie unter schwerem Gewicht und bei knapper Luft. Sprach von Arno als einem, der nie viel gequatscht hatte, und deshalb wolle er, Fritz, das jetzt auch nicht tun, klar. Gern für sich war er gewesen, der Arno, Typ Einsiedler eben, bei dem man trotzdem jederzeit anklopfen konnte, wenn man Hilfe brauchte. Immer mehr hatte er sich zurückgezogen, war zu keinem Biker-Treffen mehr gekommen, von gemeinsamen Ausfahrten ganz zu schweigen. Irgendwann hätten sie angefangen, sich Sorgen um ihn zu machen, logisch, aber was soll man denn tun, wenn einer nicht anders will. Trotzdem, keiner hatte nach ihm gesehen, eine verfluchte Scheiße so was, und, ja, auch er nicht, verdammt noch mal, und das werfe er sich jetzt vor, eine Schande, nicht mehr gutzumachen. Fritz machte eine Pause, holte Luft wie für einen nächsten steilen Anstieg, nachdem die erste Etappe nun doch passabel bewältigt war. Und das alles, wo sie sich immer echt gut verstanden hatten, was hatten sie nicht alles gemeinsam erlebt. Im letzten Jahr dagegen waren sie sich ein einziges Mal nur, kurz vor Silvester, quasi per Zufall begegnet, in der Stadt, komisch genug, Arno in der Stadt. Hatten sich dabei bloß zugenickt ohne ein Wort, über die Straße hinweg, Arno hatte schlecht ausgesehen, runtergekommen, wie einer, dem's richtig dreckig ging, das konnte man sehen, auch auf die Entfernung. Jetzt sei ihm klar, dass es scheiße und falsch war, ihn einfach so weitergehen zu lassen, wobei ja doch auch keiner weiß, ob sich etwas hätte ändern lassen an dem, was dann kam. Arno hätte wohl eh nichts erzählt. Anderen zuhören, das konnte er, aber selbst reden, erst recht von sich, Fehlanzeige. Schon gar nicht über Gefühle und so was, da war eine Wand aus Beton. Gegen die kam keiner an, ebenso wenig wie gegen den Arno, mit dem man keinen Stress haben wollte, dem harten Hund mit dem Gänseblümchen am Kutten-Revers. Wer dem richtig querkam, weil er glaubte, leichtes Spiel zu haben, dem gnade der Herr, halleluja! Fritz hielt inne, sah in die Runde, in nickende Gesichter. Vielleicht hatte er sich deshalb nicht getraut, Arno anzuquatschen, ihn auszufragen, trotzdem mache er sich jetzt Vorwürfe, große. Wie auch immer, es war kein Unfall, was für ein Quatsch, wer das behauptete, kannte Arno nicht. In einer trockenen, sternklaren Nacht einfach so von der Strecke abkommen und in den Wald hineinrasen, sah das nach Unfall aus? Auch wenn die Penner von der Polizei und der Zeitung das so darstellten, als wenn die jemals schrieben wie es war. Fritz hatte es geschafft, wohl nur selten in seinem Leben wird er so viel am Stück geredet haben. Er atmete tief ein und wieder aus, schaute auf den Boden vor seinen Stiefeln, als suchte er nach etwas. Dann hob er seinen Blick wieder, sah in die Runde. Es war gesagt worden, was gesagt werden musste. Fertig.

Die kleine Versammlung lederner Kleiderschränke stand an dem Loch im Gras für Arnos Urne, daneben ein Häuflein frischer Erde, wenig größer als von einem fleißigen Maulwurf aufgeworfen. Im Kreis der klotzigen Kerle einer, der aus der Reihe fiel, der im Rollstuhl saß, neben ihm stand eine kleine Frau. Die Männer alle in schwarzen Motorradjacken, aufnäherübersät, auch der im Rollstuhl. *RUN FAST, DIE YOUNG* stand da, auch: *SONS OF ARTHROSIS*. Dazu viele Eiserne Kreuze, mit und ohne Adler, Tigerköpfe, Schlangen und Drachen, reichlich Totenschädel, böse Clowns, bestrapste Pin-up-Girls auf schweren Maschinen, Engelchen umgeben vom Schriftzug *BLACK ANGELS BUCKENBERG*. Einzig die Jacke der Frau in anderer Farbe, einem Flammenrot mit weißen Breitstreifen über Armen und Rücken, ähnlich Fahrbahnbegrenzungen, sonst nichts. Die linke Hand der Frau lag auf der Schulter des Rollstuhlfahrers, eine Geschwistergeste, um die man ihn beneiden konnte. Auch sie nicht mehr jung, diese Flammenlederne, aber was heißt das schon, bis wann ist man das? Zwischen diesen Lederklötzen jedoch wirkte sie wie ein Mädchen, das die großen Brüder mal wohin mitgenommen hatten. Nicht ganz ohne Eigennutz wohl, denn über das rein Optische hinaus konnte es nicht verkehrt sein, wenn da eine war, die sich kümmerte, vor allem um den, für den es nicht so gut gelaufen war, im Leben und auf dem Bike.

Genau genommen – und in dieser Angelegenheit nahm Hildegardt es sehr genau – war Arno ihr Halbbruder, ein Jahr früher geboren als sie, beide im November, Hildegardt gleich am Anfang, Arno zum Monatsende hin. Die gemeinsame Mutter, eine selbstbewusste, noch bis ins hohe Alter äußerst zielstrebige Frau, hatte Pharmazie studiert und eine einträgliche Apotheke im Herzen der Stadt geführt. Eine Frau, die gewohnt war, Anweisungen zu geben, und auch, dass diese befolgt wurden. Mit den Männern in ihrem Leben hatte sie es entsprechend gehalten. Unter ihrer Regie waren die beiden Kinder entstanden, Hildegardt, die ihren Namen der großen Patronin aus Bingen verdankte – im Unterschied zur berühmten Klosterfrau allerdings geschrieben mit signifikanter Konsonanten-Aushärtung im Abgang –, und auf diese Hildegardt ein Jahr später folgend dann Arno. Beide wohnten sie Jahrzehnte in derselben durch den Fluss zwar zweigeteilten, dennoch alles andere als unüberschaubaren Stadt, mit dem Auto keine halbe Stunde voneinander entfernt, und doch auf zwei Planeten in verschiedenen Universen.

Halb-Bruder, Hildegardt hatte dieses Wort nicht häufig benutzt, dann aber stets mit Betonung auf der ersten Silbe und deutlicher Strich-Pause danach. Weil ihr allein schon die Vorstellung, mit Arno etwas gemeinsam zu haben, wenn auch höchstens zur Hälfte, wohl geradezu unerträglich war. Die wenigen Gelegenheiten, bei denen sie nicht umhinkam, von ihm zu reden, gar seinen Namen zu nennen, klang *Arno* nach einem, von dem man besser schwieg, einem unverzeihbaren Fehler, missgriffliche Folge des Versagens von Verhinderungsmöglichkeiten im entscheidenden Moment.

Arno lebte auf seinem Resthof ganz für sich, mit seinen Scheunen-Katzen und, bis zu ihrem Tod, Lilo, einer Mischlingshündin mit goldbraunem Fell und großem Herz, als einziger verlässlicher Gesellschaft. Dabei hatte es auch andere Zeiten in Arnos Leben gegeben. Kaum zwanzig, nach dem Abi mit Ach und Krach – auch das für die Vorzeigeschülerin und Frau Immer-Oberfleißig Hildegardt ein untilgbarer Lebensmakel – hatte er ein paar Semester an der Kunstakademie ernsthaft studiert. Um dann – plötzlich wusste er, wohin – aufzubrechen zu seinem Sehnsuchtsziel: die Provence. Auf den Spuren der Sonne wollte er dort wandeln, getreu seinem großen Vorbild und Leitstern van Gogh. Wie mit dem erst nach seinem Tod so bedeutsamen Niederländer war es auch mit Arno auf Dauer nicht gut gegangen dort. Zwar hatte er die ersehnte Sonne gefunden, in der Gegend des so einzigartigen Lichts, allerdings auch sein Unheil. Und das gerade, als er glaubte, der Liebe seines Lebens begegnet zu sein. Ljudmilla, eine Estin, frei jeder künstlerischen Begabung, dafür ausgestattet mit reichlich anderen Fähigkeiten, etwa der, Männer gnadenlos in ihren Bann zu ziehen – um das viel zu oft missbrauchte Wort *verhexen* zu vermeiden –, vor allem große Jungs wie Arno, bar jeglicher Immunität gegen die Hinterlist all der Verstand, Herz und auch Seele attackierenden Reiz- und Kampfstoffe, die auf dem Schlachtfeld der sogenannten Liebe zwischen einem arglosen Mann und einer bestimmten Sorte Frau zum Einsatz kommen. Ljudmillas anfänglich noch als delikate Launenhaftigkeit verkannte manisch-depressive Psychose entwickelte sich nach Arnos sicherer Unterwerfung mehr und mehr und eigentlich unverkennbar zu einer ernsthaften Erkrankung. Erkennbar aber offensichtlich nicht für Arno, der sich nicht davon abbringen ließ, ihre Höhenflüge und Abstürze, die immer schneller und heftiger aufeinanderfolgten, auch weiterhin als extravagante Eigentümlichkeiten der von ihm angebeteten Frau anzusehen. Als Arno sich schließlich entschied, den sonnigen Süden wieder gegen den kalt-schattigen Norden zu tauschen, tat er dies nicht, um mit dem Umzug auch die längst überfällige Trennung von Ljudmilla zu vollziehen. Ganz im Gegenteil, er war nicht nur mit seinen Bildern, sondern auch gemeinsam mit ihr in seine warum auch immer noch geliebte ostwestfälische Heimat zurückgekehrt. Vielleicht hegte er sogar die Hoffnung, ein Wechsel des Ortes könnte sich positiv auf Ljudmillas Pathologien auswirken. Er irrte, wie einer nur irren kann. Bald nach ihrer Ankunft verwüstete sie in einem Anfall von Tobsucht sein Atelier und einen

Großteil seiner Bilder, um zu guter Letzt mit dem Messer in der Hand auf Arno selber loszugehen. Der entkam ihren Angriffen zwar nicht, aber dank einer Not-Operation überlebte er, nachdem Lilo sich grade noch rechtzeitig zwischen ihn und die besessene Estin hatte werfen können. Arno war am Leben geblieben, allerdings mit nur einer halben Lunge, die andere Hälfte hatte man entfernen müssen, zerfetzt von zig Stichen, zerstört wie seine Sonnenbilder aus dem Süden. Danach hatte er nicht wieder zurückgefunden in seinen Alltag, da für ihn – so verrückt es auch erscheinen mochte – sein Leben nur mit eben dieser Ljudmilla ein wirkliches war, seiner Muse, die ihn hatte abschlachten wollen und die er während ihres Langzeitaufenthaltes in der Psychiatrie anfangs noch regelmäßig dort besuchte. Darüber hinaus verließ er seinen Hof kaum noch. Dafür sah man dort nun häufig fremde Motorräder, denn statt wieder mit dem Malen zu beginnen, hatte Arno sich in der Scheune eine Werkstatt eingerichtet. Von überallher kamen Biker, um bei ihm zu schrauben und schrauben zu lassen. Arno hatte wohl ein Händchen dafür, aber nie die geringste Absicht, daraus Kapital zu schlagen. Sie kamen und gingen, diese Motorrad-Leute, manchmal nur für kurz, auf eine Zigarette, ein schnelles Bier, mit der Zeit waren sie seine einzigen Kontakte noch nach draußen. Zentraler Bezug für ihn blieb seine treue Hündin, die eines Tages nicht mehr hatte fressen können, vielleicht auch nicht mehr wollen. Arno hatte versucht, sie mit Joghurt und Babynahrung, von ihm löffelchenweise verabreicht, am Leben zu erhalten, um sich schließlich eingestehen zu müssen, dass es kein Leben mehr war für sein geliebtes Tier, seine Retterin. Gemeinsam waren sie zum Tierarzt gefahren, Lilo weich gebettet im Beiwagen von Arnos alter BMW. Eine Weile nach Lilos Tod hatte er angefangen, Heidschnucken zu züchten, es aber bald schon wieder aufgegeben, weil eine solche Zucht wenig Sinn ergab für einen wie ihn, der nicht imstande war, auch nur eine einzige davon ans Messer zu liefern, wenn die Zeit gekommen war. Alle seine Heidschnucken starben eines natürlichen Todes und bekamen eine Grabstätte hinter der Scheune, wo auch Lilo von ihm in die Erde gelegt worden war. Nach ihr hatte es keinen Hund mehr gegeben auf Arnos Hof.

Immer noch schwiegen alle, keiner hatte ein Wort gesprochen, nachdem Fritz geendet hatte. Mit einem Nicken bedeutete er mir, mich willkommen zu heißen. Dieses Nicken, das wohl zugleich auch den anderen galt als ein Zeichen dafür, dass ich, der Einzige mit Plastik-Regenjacke statt Lederbekleidung, dennoch Bleiberecht hatte. Der im Rollstuhl begann zu husten, worauf die Frau in Rot ihm Papiertaschentücher reichte, die er mit zitternder Hand vor die Öffnung in seinem Hals hielt, aus der gelber Schleim trat. Der Hustenanfall nahm ihm zusehends die Luft, das Gesicht schon bald graublau, die Lippen bedrohlich dunkel. Lange würde das nicht mehr gutgehen, wenn er nicht ganz gleich loswurde, was ihn am Atmen hinderte. Falls in der Tasche am Rollstuhl etwas zum Absaugen wäre, die Frau hätte es sicher bereits hervorgeholt und eingesetzt, spätestens jetzt. So aber waren die Möglichkeiten, ihm zu helfen, bedrohlich begrenzt. Nur mit viel Mühe gelang es mir, die Vorstellung niederzukämpfen, was das bedeuten könnte für mich. *Im Zweifel für das Leben*, diese im klinischen Alltag nicht selten überstrapazierte Phrase, wie selbstverständlich und eindeutig sich das anhörte, so als trocken dahergesprochener Aufruf zum Handeln. Wie einfach die Dinge doch immer waren, solange sie im ideenhaft Vagen, im allgemein Prinzipiellen, im theoretisch Grundsätzlichen verblieben. Als hätte die Fortdauer des Schleimens und Ringens um Luft etwas mit der Unentwegtheit meines Hinsehens zu tun – für einen Stotterer fortwährendes Angestarrtwerden ja auch die Methode der Wahl, ihn seinen Silbenkrämpfen unrettbar auszuliefern –, mühte ich mich wegzuschauen, fing an, die Aufschriften der Grabsteine neben dem Urnenfeld zu lesen, so als suchte ich dort nach Bestimmtem. 1958, 1960, 1963, 1967, mehr oder weniger also meine Jahrgänge, die hier erstaunlich viele Plätze belegten, die schon lange nicht mehr Jungen, aber eben auch noch nicht richtig Alten. Allerdings auf keinem der Steine das Jahr meiner Geburt. Ja und? Hieß das, ich hätte weiterzusuchen, bis …? Und warum? Etwa … – Blödsinn! Ich wollte ihn nicht zu Ende denken, diesen Gedanken, der mir kalt den Rücken hochkroch. Hier lagen schon etliche Überreste meiner Generation, hier fanden eine ganze Reihe Boomer ihre letzte Ruhe, Menschen, die es immer nur als Haufen und Herde, als Gruppierung und Gattung gegeben hatte. Die Urheber und Träger des demografischen Wandels, immer wieder schuldlos angeklagt für ihre große Zahl, Kinder der Trümmerkinder, herangewachsen im Schatten schweigender Eltern, die nicht mehr erinnern konnten oder wollten, was sie gesehen und durchgemacht hatten, die Erben elterlicher Traumata, Erfinder von No-Future-, Punk- und Friedensbewegung, für die der Konkurrenzkampf der Masse allgegenwärtiger Lebensalltag geblieben war, bis zum Schluss. Nicht wenige von ihnen waren schon viel früher als erst am Ende ohne Elan, Illusion und Ziel, ohne die Erfahrung von Sinn und sinnstiftender Identität, dafür die von einem Selbst als Massenphänomen. Wie aber damit umgehen, wenn man fühlsamer Mensch war? Die hier lagen, deren Zeit war auch meine gewesen, gemeinsam hatten wir die gesellschaftlichen Zwangsinstanzen durchlaufen: Kindergarten, falls es denn dort einen Platz gegeben hatte, den viele von uns dringend brauchten, weil Vaters Geld hinten und vorne nicht reichte, Mutter also aus dem Haus musste, etwas dazuverdienen, wohin dann aber mit uns? Schon bald danach, diesmal noch unausweichlicher – Durchfall, Tränen und Albtraumnächte hin oder her –, die Einschulung, Grenzmarke für den künftig nicht mehr abzuschüttelnden Ernst eines ganz anders gewünschten Lebens, erste Farbfotos linkisch grinsender, trauriger oder auch bloß ahnungsloser I-Männchen, karnevaleske Spitztüten im Arm. Ein paar Jahre später dann – je nach lehrerlicher Empfehlung – der Wechsel auf sogenannte weiterführende Schulen oder eben auch nicht, in solchem Fall Lehre, wenn es gut ging, ansonsten einfach nur Fabrik, tägliches Schuften für Geld, das so viel schneller ausgegeben war, als ein Monat verging. Das alles so lange, bis entweder der Betrieb den Bach runterging oder die Gesundheit, oder beides. Wie auch ich hatten die, deren Reste hier lagen, noch Uwe Seeler spielen sehen, den Flug der Amis zum Mond auf dem Familienfernseher in Schwarzweiß mitverfolgt. Wir waren Zeugen des 2:1-WM-Endspielsiegtores von Gerd Müller gegen die Niederlande gewesen, in unseren Tip-und-Tap-T-Shirts im Wohnzimmer umgeben von Eiche-Rustikal, wir hatten die Blutspur der RAF im Deutschen Herbst und das Massaker des Schwarzen Septembers am Bildschirm miterlebt, ebenso wie die kleinbürgerlichen Vorabenddämlichkeiten, *Dalli Dalli, Was bin ich?, Verstehen Sie Spaß?, Zum Blauen Bock*, aber auch *Disco, Es fährt ein Zug nach nirgendwo, Fiesta Mexicana, Hossa Olé, Merci Chérie!* Wir hatten gemeinsam die erste Liebe erfahren oder was wir dafür hielten, das Erwachen von etwas, für das wir noch keinen Namen hatten und auch nicht brauchten, um Flügel zu bekommen und uns unverwundbar zu fühlen, zumindest für eine Zeit lang. Dennoch blieb es meist dabei, dass der liebe Gott alles sah, deshalb sollten wir nicht, durften auf keinen Fall und mussten, das vor allem. Nach Ende von Liebe und Jugend dann folgte für die meisten die sogenannte feste Beziehung, Verlobung, Ehe, Familie, viel und viel zu mühselige, kräftezehrende Aufbauarbeit für das, was früher oder später oft unabwendbar würde, Trennung, Auflösung, Zerwürfnis, Zerfall. Schlussendlich dann offensichtlich, was lange schon schwelte, tief unter der Oberfläche, die unreparierte Mitose, das verwechselte Basenpaar, kleine Fehler, wie sie dauernd geschahen, irgendwann aber rein stochastisch der Korrektur entgingen, weil die protektiven Algorithmen nicht mehr griffen. Und damit war es da, dieses Sandkorn, das vom Wind ergriffen zur Lawine wachsen konnte. Blieb alternativ noch die Aussicht auf Plan B, den persönlich gewählten Ausstieg, den sogenannten Unfall, die Kurzschlusshandlung, oder, wie in Arnos Fall, irgendetwas dazwischen.

Die Frau mit der roten Motorradjacke wischte ein letztes Mal den Schleim von der Tracheostoma-Öffnung des Mannes im Rollstuhl. Es war geschafft, sein Hustenanfall hatte ein gutes Ende genommen. Beide Hände voll mit gebrauchten Tempos ging die Frau zum Mülleimer am Rand des Urnenfeldes. Als sie zur Gruppe zurückkehrte, trafen sich unsere Blicke. Ich meinte, in ihrem eine Frage zu sehen, vielleicht bildete ich mir das aber auch nur ein. Um weiteren Blicken und Fragen auszuweichen, drehte ich mich zur Seite, sah in andere Richtung. Und auf eine Grabplatte mit dem großem Porträtfoto einer Frau in ihren mittleren Jahren, rotgesichtig, ohne Hals, mit lichtem Haar und hervortretenden Augäpfeln: Birgit Düsedickerbäumer. Warum unbedingt mit Bild und warum mit *diesem* Bild?!? Warum hatten die für Birgits Beisetzung Verantwortlichen ihr das angetan? Was mochte sie angestellt haben in ihrer Lebenszeit, diese Birgit, um mit einem solchen Erinnerungsbild der öffentlichen Betrachtung ausgesetzt zu werden, bis zur Erlösung davon durch das Ende der Ruhefrist in zehn, zwanzig oder sogar mehr Jahren erst? Welcher unverheilte Schmerz, welche tiefe Verletzung, welcher unstillbare Groll, welcher Zorn, der sich selbst über den Tod hinaus nicht zügeln ließ, hatte Birgits Überlebende dazu gebracht, es ihr derart heimzuzahlen? Wie wehrlos wir doch sind, sowohl zu Beginn als auch noch nach dem Ende dieses Lebens. Wenn wir Pech haben, hängt man uns einen Namen an, der allein schon ausreicht, uns lebenslang zum Opfer von Gespött zu machen. Doch damit nicht genug, kaum dass wir all das hinter uns gebracht zu haben glauben, wird er noch in Stein gehauen, selbst posthum kein Entrinnen möglich vor dem, was man uns eingebrockt hat beim Fest der Taufe – selig die Namenlosen, Himmelreich der Anonymität!

Überhaupt, all die Takt- und Geschmacklosigkeiten an der Stätte der sogenannten letzten Ruhe: Kinkerlitzchen, Nippes, jede Form von Kram und Kitsch. Sanduhren, gebrochene Blumen, Herzen klein und groß, aus Holz, aus Stein, aus Porzellan oder auch Glas, und, ja klar, Engel, immer wieder Engel verschiedenster Statur und Aufmachung, vom pausbackigen Baby-Angelus bis hin zum Schmacht-Bunny, Engel, die auf

Kugeln hockten, zur Harfe frohlockten oder sich einfach nur bekloppt-fromm grämten. Weiteres Unterscheidungsmerkmal aller Himmelsboten: die Flügelgröße. Kamen manche mit minimalistischer flugbefähigender Basisausstattung aus, mussten in der Ahnenreihe anderer Adler und Albatrosse eine Rolle gespielt haben. Doch auch mit dem Vielerlei der Engelwesen nicht genug, dazu kamen jede Menge Tierfiguren, zahlenmäßig führend – ganz wie im richtigen Leben – des Menschen andressierter Lieblingsbegleiter, vom dämlich-süßen Mops mit Ringelschwänzchen bis zum Zerberus. Überhaupt, der Friedhof als Dauerausstellung der Gegenwelten: Fabel- und Höllenwesen, mit drei oder noch mehr Köpfen, Gargoylen-Fratzen, Kreuzungen von Mensch und Drache, buckelige Rücken, aufgerissene Mäuler, geifernde Augen, scharfe Klauen und Krallen, schaurig-bunter Jahrmarkt des Absonderlichen, pathoanatomisches Gräuel- und Gruselkabinett – Geisterbahns Best-of, bei Eintritt zum quasi Nulltarif.

Was brachte Menschen nur dazu, all solchen Kram an den Grabstellen ihrer Verstorbenen zu hinterlassen? Geschickte Müllentsorgung oder schlichter Dunkelglaube? War nach zwei Jahrtausenden Monotheismus die Überzeugung von der Schutzwirkung solcher Gaukeleien immer noch wirkmächtiger als die Vorstellung eines letztlich wohlmeinenden, wie auch immer imaginierten Gottes? Und selbst wenn, wogegen galt es denn hier noch wen zu bewehren? Welche Gefahren mussten die noch fürchten, die es bis hierhin geschafft hatten? Welchen Bedrohungen war ihre Asche, waren ihre verwesenden Leibreste denn noch ausgesetzt, nach ihrem Wandel zu Mineraldünger und Kompost?

Zwei Stadtangestellte in Signalkleidung, jeder armiert mit einer knatternden Motorsense, rissen mich aus meinen Gedanken. Für die wackeren Dienstmänner war eine Beisetzung offensichtlich kein hinreichender Grund, die lautstarke Demonstration ihrer Pflichtversessenheit aufzuschieben oder zu zügeln. Selbst an der Totenstatt: *Irgendein Depp mäht irgendwo immer!*

Vielleicht bestand ein wesentlicher Teil der postmortalen Seligkeit eben gerade darin: ewiglich unerreichbar zu sein für solches auf Erden omnipräsentes Krachmacher- und Lärm-Gesindel. Durch das Tor des Todes zu treten, das bedeutete hoffentlich, eintreten zu dürfen in das Reich verlässlicher und beständiger Ruhe. Auf immer Schluss mit motorgetriebenem Sägen, Saugen, Tösen – alles vorbei! Kein Geröhre, kein Geratter und Geknatter mehr. Dabei war es doch noch nicht so lange her, dass es auch anders ging. Wo waren sie geblieben, all die kaum hörbar zischelnden Rechen, die Heerscharen der Stroh- und Borstenbesen, die Gartenscheren mit ihren verhaltenen Kapplauten, die guten alten Handrasenmäher, das vertraute Kreiselgeräusch ihrer heiser rotierenden Schnittspindeln?

Der sachte, gänsehautkühle Wind trug Duft von frisch Geschnittenem herüber. Frösteln obschon Juni, kalte Hände, kalte Füße, Rotweinwetter statt kalendarischem Frühsommer. Das Abschlussgläschen nach Kaffee und Beerdigungskuchen, ich könnte es jetzt schon gut gebrauchen, doch würde es bis dahin wohl noch eine Weile dauern. Feiner Regen setzte ein. Immer noch standen wir da, wortlos und irgendwie wartend, doch wartend worauf? Blanke Biker-Schädel glänzten, dazwischen grauweißes Langhaar, das sich kräuselte. Keinen schien er zu stören, dieser Regen. Möglich, dass ich als Einziger das Wirken dieses sanft-beharrlichen Juni-Regens spürte und fror dabei. Dieses traulich zarte Rieseln, Träufeln und Rinnen über frisch-grünes Blattwerk, der Duft regenfeuchten Grases, Erinnerungskaskaden, die geweckt wurden dadurch. Wie oft hatte es geregnet in meinen deutschen Kindersommern, Sommer, denen es so sehr fehlte an Sonne, Wärme, Weite, Leichtigkeit, auch später noch, als ginge es nicht anders, jedenfalls nicht für mich.

Dem Biker neben mir hing ein Tropfen an der Klobennase. Auch wenn es weiter regnete, für Augenblicke drangen Sonnenstrahlen durch ein Wolkenloch, die diesen Tropfen glitzern ließen, bevor er fiel. Von der Straße her tönte langgezogenes

Hupen herüber. Jemand, der immer noch glaubte, dass es gute Gründe für Hast und Eile gab, der andere drängte, ihnen drohte, sie schieben und scheuchen wollte, dabei selbst nichts als ein hilflos Getriebener. Als ließe sich auch nur irgendetwas gewinnen in diesem Lebenswettlauf, dessen Sieger doch unumstößlich feststand, schon seit Anbeginn aller Zeit.

Dann war für Momente Ruhe. Auch die Motorsensenmänner in ihren Plastikstramplern hatten es drangegeben, waren abgezogen. Geblieben nur das Wispern des Zartregens, dazu das Gezeter der Amseln zwischen den Platanen, Getriebene auch sie, angestachelt vom immer wieder neuen Kampf um was auch immer, die besten Schlaf- und Nistplätze, die höchsten Baumkronen, die fettesten Reviere, die begehrenswertesten Weibchen. Ach, herrje!

Schließlich hörte der Regen auf. Die Sonne hatte sich durchgesetzt gegen alle Wolken. Ich wollte etwas zu dem Biker neben mir sagen, dem ein neuer Tropfen an der Nase hing, doch wozu? – Schnelle Schritte, die sich über den klickernden Kies näherten. Wie auf Kommando drehten sich die Biker in die Richtung, aus der eine Frau im schwarzen Zweiteiler und sonnengelber Baskenmütze fast im Laufschritt auf uns zukam. Fritz hob die Hand, ließ sie aber gleich wieder sinken, als hätte er zu viel verraten dadurch. Ich begriff, diese Frau also war es, auf die alle gewartet hatten. Unterm Arm trug sie ein sandfarbenes Gefäß von Spielzeugeimergröße. Die Frau gab Fritz die Hand, grüßte nickend in die Runde, stellte die Urne vor sich ins nasse Gras, trat ein kleines Stück zurück und verbeugte sich. Die Biker standen da wie Schuljungen nach den großen Ferien, wenn die neue Lehrerin den Unterricht beginnt und jeder befürchtet, als Erster drangenommen zu werden.

Als hielte sie stumme Zwiesprache mit dem Behältnis vor ihren Füßen, sah die Frau lange auf Arnos Urne. Schließlich begann sie zu sprechen, mit fester und klarer Stimme. Sie sprach von Arnos Heimatlosigkeit, daran erinnere ich mich noch gut.

Davon, dass da kein Ort gewesen war, der ihm Zuhause hatte werden können. Nicht in seinen jungen Jahren und auch später nicht, bis zuletzt. Allenfalls Zwischenhalte hier und dort, schlussendlich ein Leben ganz für sich, auf seinem Hof, seinem Fluchtort weit draußen, abseits von Gesellschaft und Geselligkeiten, ein Unzugehöriger, nicht mehr bereit zum Üblichen: Mitreden, Mitmachen, Mitspielen. Und dennoch, man durfte sehr wohl auch zu ihm kommen, sich sogar willkommen fühlen. Wenn es so war, konnte er einen das spüren lassen, auch ohne jedes Wort. Immer seltener verließ Arno seinen Hof, schließlich ein letztes Mal, als er aufbrach zu dieser Tour ohne Wiederkehr. Biker-Nasen wurden hochgezogen, geräuschreich und ressourcenschonend, Sekretflussumkehr nach Männerart. Nur die Kompromissbereiten nahmen Hand und Finger.

Erneut setzte Regen ein, was offensichtlich niemanden störte. Im Gegenteil, etwas von Erleichterung war zu spüren, die Mienen entspannten sich, es kam Bewegung in die großen Jungs. Die Trauerrednerin hatte zu Ende gesprochen, alle schienen nun bereit für den nächsten Schritt. Doch die Frau stand weiter nur da, ohne sich zu rühren, die Hände unterm Kinn zur Betfaust geschlossen. Ihre Brille begann zu beschlagen, doch das schien sie nicht zu stören. Ich sah auf die kleine Erdgrube für Arnos Asche. Es konnte nicht mehr lange dauern, dann würde die Trauerrednerin seine Urne dort versenken. Wir würden eine Reihe bilden, einzeln vortreten, mit der kleinen Schippe das lockere Erdhäuflein abtragen. Wenn es schließlich an mich käme, wäre von Arnos Urne wahrscheinlich nichts mehr zu sehen, mir bliebe vielleicht noch, die letzten Reste von Sand und Erde zusammenzukratzen und auf das Schäufelchen zu laden für eine symbolische Geste. Während ich noch nachdachte über Asche, Erde und Schaufelritual, öffnete die Trauerrednerin den kleinen Kofferrucksack, den sie bis jetzt auf dem Rücken getragen hatte. Darin ein handliches Saxofon, kein sorgsam poliertes blitzblankes Instrument, sondern ein rohes Metall-Ding, rotsilbern und fleckig, überzogen von Edelpatina oder Rost oder beidem. Was von solchem Äußeren war, mochte viel herumgekommen sein in der Welt, hatte nach und nach alles Scheinen und Strahlen hinter sich gelassen, *sic transit gloria mundi*.

Der Sprühregen ging in soliden Landregen über, während die Frau begann, *My Way* zu spielen. Nicht platt, nicht schnulzig, ohne Schmelz und Kitsch, zugleich frei von Finesse oder Eleganz, ohne artistische Glattheit oder geschmeidigen Schliff. Mehr als einmal war da eher ein Suchen und Tasten, ein Spielen mit der Freude am Finden und Wiederfinden. Töne, die stolperten, sogar Gefahr liefen, von der Melodie ganz abzukommen, sich gar zu verlieren, um doch wieder zurückzufinden, irgendwie, so oder so. Einige der Biker summten mit, brummten noch weiter, als die Frau schließlich endete. Die Trauerrednerin bückte sich, nahm Arnos Urne achtsam in beide Hände, hielt sie mit gestreckten Armen vor sich in die Höhe, um sie dann einzustellen in das kleine Erdloch. Der Regen ließ nach und eine eigenartige Ruhe kam über die Welt, in die hinein die Frau schließlich mit leiser, aber fester Stimme bat, nun Abschied zu nehmen von Arnos Asche. Fritz machte den Anfang. Mit bloßer Hand griff er in das Erdhäufchen, hielt einen stoßgebetslangen Augenblick inne, dann fiel seine Faustladung auf Arnos Urne. Ganz am Schluss, als Letzte vor mir, der Mann im Rollstuhl und die Frau mit der rot-weißen Bikerjacke. Sie nahm die kleine Schaufel, lud die noch verblieben Erde darauf und reichte sie dem Rollstuhlmann. Doch die Übergabe misslang trotz aller Sorgfalt, Erde landete auf den Schuhen des Mannes. Schon kniete die Bikerin, mühte sich um die Schuhe des Gelähmten mit einem Eifer, als gelte es, verderbliche Befleckung unverzüglich ungeschehen zu machen. Ohne sich umzuschauen hatte sie das Schäufelchen mir nach hinten gereicht. Ich trat an das Urnenloch und im selben Moment wurde aus eben noch harmlosem Niesel ein Platzregen. Die Trauerrednerin zischte etwas Unverständliches, packte ihr Saxofon hastig zurück in den Koffer, umschloss ihn mit beiden Armen;

für einen Moment wirkte sie unentschlossen, dann lief sie zur Friedhofskapelle hinüber. Und so selbstverständlich, als hätten wir uns abgesprochen, dackelte ich ihr hinterher.

Keiner der Biker folgte uns. Möglich, dass es unter der Würde eines Lederkuttenträgers war, sich von einem Platzregen beeindrucken zu lassen. Die Trauerrednerin streifte sich die gelbe Baskenmütze ab, ließ sie in einer Seitentasche ihres Blazers verschwinden, nahm ihre beschlagene Brille ab und sah mich an, mit eigenartigem Blick. Sicher, ich schuldete ihr eine Erklärung, ja klar. Wie kam ich schließlich dazu, ihr hinterherzulaufen. Sie wischte sich mit dem Sakko-Ärmel übers Gesicht, strich ein paar blonde Strähnen aus der Stirn, korrigierte den straffen Sitz der schwarzen Spange, die den kurzen Zopf zusammenhielt. Einzelne Tropfen rannen ihren schlanken Hals hinab, verschwanden im Stehkragen der weißen Bluse. Ich schaute und staunte. Dann traf mich ein Gedanke wie ein Schlag: Ja, klar!!! Doch, doch, kein Zweifel! Sie war es, sie war es wirklich! Ganz sicher! War ich gerade eben noch mit Blindheit geschlagen, traf mich nun der Blitz dieser Augenblickserkenntnis!!! Ich brauchte mir nur den Kurzzopf geöffnet zu denken, die schwarze Sakko-Hosen-Kombination gegen einen neonblauen Schwimmeinteiler tauschen … – völlig verrückt! War das möglich? Ja! Ja!! Ja!!! Ich stand hier unterm Kapellenportal und die Frau neben mir war niemand anderes als die Rückenschwimmerin! Dieselbe Frau, die im Waldbad ihre endlosen Bahnen zog, die dem glatzköpfigen Fettwanst in die Eier getreten hatte! Zugleich die Frau, die Arnos Leben in die richtigen Worte gefasst hatte, die seine Urne in die Erde gebracht, die ihn mit ihrem *My Way* auf seine allerletzte Reise geschickt hatte.

Ich sah in den Regen. Nicht weit vom Kapelleneingang lag ein Findling, darin eingelassen ein mehrere Meter hohes Kreuz aus blankem Metall: *Dem Gedenken aller durch Krieg und Vertreibung zu Tode Gekommenen und Vermissten.* – Die Rückenschwimmerin, nicht zu fassen! Eigentlich gar nicht so erstaunlich, dass ich sie nicht gleich erkannt hatte, sehen wir doch allzu oft nur, was wir erwarten, wonach wir suchen, wofür unsere Augen auch offen sind. Um das ganz und gar Außergewöhnliche, an Wunder Grenzende, zu verkennen, zu übersehen noch im Darüberstolpern oder Beieinanderstehen.

Die Trauerrednerin griff in die Innentasche ihres Blazers, fragte, ob ich was dagegen hätte, hielt mir die zerdrückte Schachtel hin. Nein, nein, natürlich nicht. – Und du? – Oh, danke, nein, ich rauche nicht. – Wohl gesprochen, Vollidiot! Ich eigentlich auch nicht, sagte sie. Nur jedes Mal danach, und dann nur genau eine. Mein Rauchopfer, um abzuschließen, mit dem, der nun wieder der Erde gehört. Wie wir alle, früher oder später, sie wandte sich zur Seite, als spräche sie zu einem Dritten: *Ashes to ashes, dust to dust,* das ist es doch, worauf alles hinausläuft, oder was meinst du? Sich das klarzumachen, dämpft den Unsterblichkeitswahn, sie sah mich wieder an, trat von einem Bein aufs andere. Es gibt keinen Grund erleichtert zu sein, nur weil es uns diesmal noch nicht erwischt hat, der Wolf sich ein andres Schaf gegriffen hat, wir noch nicht dran sind. Also schön brav weiter grasen, ficken, scheißen, als gäbe es kein Ende, als wäre da gar kein Wolf. Bekloppt, total bekloppt, oder etwa nicht?

Eine Weile schwiegen wir. Sie begann zu rauchen, in ruhigen langen Zügen, sah in den Regen dabei. Eine Frau raucht eine Zigarette, eine alltägliche Szene, zu banal, um Worte darüber zu machen, könnte man meinen. Von wegen! Ich mühte mich um den Anschein, es ihr gleich zu tun, bloß in den Regen zu schauen, was nicht gelingen konnte. Wie sie mit jedem Zug die Wangen einsog, in bedachtsamer Entschiedenheit die Lippen schloss um das Zigarettenmundstück. Dann die Momente des Innehaltens und Bewahrens, bevor aus Empfangen Geben werden kann, sie den Rauch entlässt in Luft und Regen, das Kinn leicht erhoben dabei.

Inzwischen fröstelte ich nicht nur, ich fror. Und dieser schlichten Wahrnehmung folgte gleich die nächste Erkenntnis: Ich musste pinkeln, und zwar bald!

Und du, woher kanntest du ihn, fragte die Trauerrednerin (als diese sah ich sie gerade vor allem), ohne mich anzusehen. Ich sagte, dass Arno mein Schwager war, wir uns allerdings kaum gesehen hätten, nicht aus Desinteresse oder Abneigung etwa, zumindest nicht unsererseits, und staunte über meinen Mut zur Gegenfrage: Und Sie? Die Trauerrednerin antwortete nicht gleich, vielleicht hatte sie meine Frage auch gar nicht gehört, diese Frage, nur halblaut gestellt, in das Rauschen des Regens hinein. Die Trauerrednerin sah auf den Boden, drückte die Arme an den Körper, den Zigarettenrest zwischen weißen Fingern. Ich habe es für Fritz getan, weil er mich gebeten hatte. Das Zittern, das durch sie hindurchging, war nun auch in ihrer Stimme angekommen. Nein, ich habe Arno nicht gekannt, wenn es das ist, was du wissen willst, wir sind uns nie begegnet, nicht, solange er noch am Leben war. Alles, was ich von ihm weiß, weiß ich von Fritz. Sie warf den noch glimmenden Zigarettenstummel auf den nassen Kies. Ein kleiner Glutpunkt, der im Nu erlosch.

Es ist mein Beruf, einer von vielen, sagte sie.

Trauerrednerin?

Auch. Eigentlich bin ich Bestatterin, offiziell. Trauerrednerin, was für ein bescheuertes Wort, klingt wie Dauerrednerin, findest du nicht?

Tja …

Ich will das schon lange nicht mehr, aber von irgendwas muss man ja leben, nicht wahr?, sie lachte wie über einen misslungenen Scherz. – Überhaupt dieser ganze Trauer-Kram, ein einziger Gräuel. Überflüssig und absurd! Ich hab' echt genug davon, mir steht's bis hier!

Aber Trauern ist wichtig, ohne geht es nicht, Menschen sind so. – Blabla, vorklinisches Studium, Grundkurs klinische Psychologie, erste Doppelstunde, mein Gott! Aber weniger beflissen dusselig hatte ich's grade nicht.

Menschen glauben, so oder so sein zu müssen, dies oder das nicht lassen zu können, alles eine Frage der Konditionierung, mehr nicht. Und wenn es alle schön gemeinsam machen, nennt man das Sozialisation, oder auch Kultur. Kollektiver Schwachsinn, und nur weil es alle tun, will oder kann keiner begreifen, dass es genauso gut auch ohne geht, ganz sicher sogar. Allein dieses ganze Gequatsche von der Trauerarbeit, die so unglaublich wichtig ist – meine Fresse! Weil Trauer ihren Raum braucht, sonst könnte ja was zurückbleiben, bloß nichts wegdrücken, immer schön raus damit! Diese ganze Psycho-Scheiße, ich kann's nicht mehr hören, ehrlich!

Klingt, als bräuchten Sie eine Pause, irgendwann geht das jedem so.

Pfff …, und selbst wenn!, sie trat nach dem nassen Zigarettenrest, stieß einen kleine Mulde in den Kies. Wahrscheinlich war dies hier ohnehin das letzte Mal für mich, dieses eine Mal noch, habe ich gedacht, als Fritz mich fragte. Außerdem sind die Biker anders, nicht so bekloppt wie die meisten.

Ich bin kein Beerdigungs-Profi, aber wie Sie das da eben gemacht haben, das war auch nicht so wie bei den meisten, oder?

Reine Übung, Routine, wie alles, lass dich nicht verarschen. Schließlich mach' ich das schon lange genug. Früher manchmal bis zu zehn Mal die Woche, anfangs noch die ganze konventionelle Klamotte, der übliche Klamauk, rauf und runter. Ich hab' jedes Klischee bedient, wenn es gewünscht wurde, alles gemacht, was die Hinterbliebenen verlangten, Trauernutte pur, bis ich die Schnauze voll davon hatte. Also habe ich angefangen, nur noch das zu tun, was ich auch wollte, was mir richtig schien für den, der hinübergegangen war, ganz egal, was das Publikum erwartete.

Klingt gut, ist aber sicher nicht immer einfach.

Was heißt das schon, was ist schon einfach!

Vor allem, weil Sie denjenigen, der gegangen ist, gar nicht kennen. Nur wissen, was über ihn erzählt wird, vielleicht ein paar Bilder haben, irgendwelche Erinnerungsstücke, mehr nicht, oder?

Klar, das kostet Zeit, die ich mir aber auch nehme. Bis ich das Gefühl habe, jetzt weiß ich genug, jetzt steht der Mensch mir gegenüber, wir sehen uns fast wie Auge in Auge. Erst dann ist es gut. Ein paar Histörchen, dieses Kaffee- und Biertisch-Gequake, das langt nicht, so läuft das nicht.

Klingt fast, als setzten Sie ein vergangenes Leben noch einmal vom Ende her zusammen, um den Verstorbenen dann auf seinem letzten Gang zu begleiten, ihn endgültig gehen zu lassen. Dabei hat man wirklich den Eindruck, der Tote hätte Ihnen persönlich nahegestanden, Sie hätten ihn richtig gekannt, vielleicht sogar mehr. Ihre Betroffenheit wirkt echt, zumindest ging es mir vorhin so.

Ich weiß, wie es sich anfühlt, jemanden zu verlieren, damit kenne ich mich aus, das ist alles. Zu sterben an sich finde ich nicht schlimm, schon gar nicht für denjenigen, der stirbt. Manchmal ist es nur verdammt beschissen für den, der überlebt.

Und gerade deshalb ist Trauern auch etwas ganz Normales und Notwendiges, meinen Sie nicht?

Es ist was anderes, eine Wunde zu spüren und zu ertragen, den Schmerz auszuhalten, bis er vergeht und vorbei ist. Oder herumzujammern, sich selbst zu bemitleiden, dieses ganze Geheule und Geflenne, Pussi-Getue, ätzend!

Sie sind also Trauerrednerin geworden, obwohl Sie das Trauern an sich für Quatsch halten?

Vielleicht gerade deswegen. Weil ich immer genug Abstand hatte zu all dem. Tot ist tot, weg ist weg, der Rest ist Bullshit. Einem Leben gerecht werden, gerade in der Erinnerung am offenen Grab, das ist was anderes als Vergangenem hinterher zu heulen. Weil wir und der Tote es nicht gepackt haben, das Leben zu leben, als es stattfand. Kinderkacke ist das!

Der Regen ließ nach, vereinzelt fielen noch schwere Tropfen von den Bäumen. Eine große Amsel mit glänzendem Gefieder und leuchtendem Schnabel kam krakeelend angeflogen, hüpfte über den Platz vor der Kapelle, machte keine drei Schritte von uns entfernt Halt, legte den Kopf quer, um uns zu beäugen, mit skeptischem Blick.

Und du, hast du Angst vor dem Tod? Die Trauerrednerin verschränkte die Arme, drückte sie an den Körper, als erwarte sie sich etwas Wärme davon.

Ja, manchmal sogar sehr. Und je älter ich werde, desto schlimmer wird es, glaube ich.

Ich nicht, mit einem Ruck nahm sie die Arme auseinander, rieb sich die Hände, als wollte sie Feuer machen auf diese Weise. Es gibt Zeiten, da tut es sogar gut, den Tod in der Nähe zu spüren, zu wissen, dieser Zug, in den wir gesetzt wurden, ohne darum gebeten zu haben, ohne auch nur irgendwie gefragt worden zu sein, wird ankommen, irgendwo, früher oder später, vielleicht schon bald. Und dieses ganze Herumgerenne hier wird nicht ewig so weitergehen, das Karussell wird eines Tages aufhören, sich zu drehen, so viel ist sicher. Und für den Fall, dass es vorher schon nicht mehr geht, nicht mehr auszuhalten ist, gibt es die Notbremse, jederzeit. Auch wenn wir den Start dieser irren Fahrt nicht bestimmen konnten, der Zeitpunkt für den letzten Halt, der liegt mit in unserer Hand.

Ich glaube nicht, dass es so einfach ist.

Und wie es das ist! Siehst du doch an Arno. Ist allerdings nichts für Weicheier. Die müssen brav mitspielen in diesem Theater, bis schließlich der Vorhang für sie fällt.

Sie meinen also auch, Arno hat nachgeholfen, es war gar kein echter Unfall?

Echter Unfall! Was ist das: ein echter Unfall?

Die Amsel war immer noch da, plusterte sich, schüttelte ihr Gefieder, flog davon, als die Trauerrednerin nach ihrem Saxofon-Koffer griff.

Los, komm, wir sind noch nicht fertig, sagte sie.

Wir gingen zurück zum Erdloch, in dem Arnos Urne stand. Die Regentropfen darauf glänzten im Sonnenlicht, das sich erneut durch die Wolken drängte. Von den Bikern keine Spur, wir waren allein mit Arnos Asche. Die Trauerrednerin nahm wortlos das Schippchen, strich mit wenigen, schnellen Bewegungen die Erde über der Urne glatt und legte den kleinen Blumenstrauß, den jemand zurückgelassen hatte, auf den lockeren Boden.

Ich heiße übrigens Silvia. Sie hielt mir ihre Hand hin, unerwartet förmlich, als gelte es, einen Pakt zu schließen in diesem Moment, Silvia mit i. An der Hand, die sie mir gab, klebte noch etwas frische Erde, feuchte Krümelchen, die sie mir weiterreichte wie ein Unterpfand.

Gernot, ich bin Gernot.

Noch immer sehe ich es vor mir, Silvias Lächeln, ihre amüsierte Verwunderung wohl darüber, dass einer so heißen kann. Vielleicht aber auch Freude, etwas in der Art schon geahnt zu haben, logisch, so einer heißt nicht Michael, Thorsten oder Stefan.

Ohne ein weiteres Wort gingen wir den Kiesweg hinunter zum Eingangstor. Der Himmel über uns war jetzt wie zweigeteilt, stadtseitig hingen tiefe Regenwolken, auf der anderen Seite weißgewölktes Blau.

Mit dem Ärmel der Regenjacke den Sattel trockenreiben zu wollen, war etwas, das sein Scheitern schon in sich trug, ich versuchte es dennoch. Ich schnürte mir die Klettreflektoren um die Hosenbeine und wollte gerade aufsteigen, als ich den Platten am Hinterreifen entdeckte.

Hast du's weit?, fragte sie durch das heruntergelassene Beifahrerfenster ihres blauen Kastenwagens. Ich kann dich mitnehmen, dein Rad auch, wenn du willst. Silvia fuhr sich mit der Hand durch die feuchten Haare.

Mein dummes Gezögere statt der umgehend einzig richtigen Antwort. Ziemlich unwahrscheinlich, dass Silvia ihr Angebot noch zehnmal wiederholte, also. Das Schicksal streckte mir den Arm entgegen, worauf wartete ich noch?

Doch, gerne, klar, danke!

Sie stieg aus, öffnete die Heckklappe ihres alten Renault, darin zwei Paar Laufschuhe, Wanderstiefel, ein Kleiderknäuel aus Sportsachen und ihr Schwimmrucksack, den ich wiedererkannte.

Tu's da einfach rein.

Doch das Rad sperrte sich, der Lenker schlug zur Seite um, ich klemmte mir den Daumen, ließ los vor Schreck und Schmerz. Silvia lachte, Komm, gib mal her! Ein paar gezielte Griffe und im Nu war das Rad dort, wo es hinsollte. Ich versuchte zu verhindern, dass das schmierige Kettenritzel sich in das Paar hellblauer Joggingschuhe drückte, doch Silvia schob meinen Arm beiseite, lass mal, macht nichts, und warf die Heckklappe zu.

Erneut begann es zu regnen, als ich mit dem Gefühl, etwas richtig gemacht zu haben, zu ihr in den Wagen stieg. Der Motor stotterte, schepperte beim Anlassen, was Silvia nicht störte, sie trat aufs Gas, wendete in zwei Zügen, die Reifen schrubbten über den Bodensplitt, ohne dass der Motor weitere Einwände erhob. Für Momente saß ich in einem Ford V8, Baujahr 32, und die blonde Frau, die da gerade dem Wagen zeigte, was sie von ihm wollte, war niemand anderes als Bonnie Elizabeth Parker.

Wohin?

…?

Wohin *du* willst …?

Es klang, als hätte Silvia mich gefragt: Wohin willst du nun mit deinem Leben? Und fast hätte ich geantwortet, wohin *du* willst.

Also?

Kennst du den Kirchsiek, die kleine Straße hinter der alten Engländer-Kaserne?

Silvia nickte bloß, wohl weil weitere Worte nichts zur Sache taten, wenn es darum ging, endlich loszukommen. Sie fuhr wie auf der Flucht, als gelte es, verlorene Zeit wiedergutzumachen. Und während ich noch versuchte, den verdrillten Sicherheitsgurt anzulegen, hatte Silvia sich damit gar nicht erst aufgehalten. Ich dachte an die Schwimmbad-Furie, die bestimmt nicht darauf wartete, von mir über grundlegende Aspekte der passiven Verkehrssicherheit belehrt zu werden. Hatte *sie* mich eigentlich inzwischen auch wiedererkannt? Schwer zu sagen, vielleicht, vielleicht auch nicht. Schließlich war ich da im Waldbad nur einer von vielen gewesen. Und bestimmt hatte sie sich nicht jedes Gesicht gemerkt, das es da zu sehen gab, wozu auch?

Silvia fuhr schweigend einen Weg, den ich noch nie genommen hatte. Ob sie wirklich wusste, wo der Kirchsiek war? Ich sah nach vorne, als fürchtete ich einen Stromschlag beim Blick nach links, und dachte an Arno. Vor ein paar Wochen erst war noch einer gestorben, der genauso alt geworden war wie er: Prince. Der so ein völlig anderes Leben gelebt hatte als Arno, das ganze Gegenteil eremitenhafter Zurückgezogenheit, einer, der sein Künstlerdasein hatte auskosten wollen und können, über die Maßen und Grenzen hinaus, bis zum Schluss. Arno und Prince, beide Jahrgang 58, Deutschland ist Wirtschaftswunderland, in Marburg führt Zentner die erste OP am offenen Herzen durch und Sputnik verglüht beim Wiedereintritt in die Erdumlaufbahn. Bei Prince waren es Opioide. Sich was spritzen oder noch einfacher, nur was schlucken, wie wenig gehörte dazu verglichen damit, sich aufs Motorrad zu setzen und bei Höchstgeschwindigkeit in der Kurve den Lenker aus den Händen zu geben. Ohne jede Bühne, auf einer nächtlichen Landstraße irgendwo im Abseits der Welt. Um erst frühestens am nächsten Tag gefunden zu werden, wenn auch die aussichtsloseste Hilfe sicher zu spät käme.

Prince, diese schrille androgyne Kunstfigur, ich hatte meine ganz eigenen Erinnerungen an ihn und einen seiner Auftritte. Sommer 1992, sein Konzert im Moselstadion Trier, kaum zu glauben, wäre ich nicht selbst dabei gewesen. Neben einem der zahlreichen Abschlusskonzerte von Tina Turner das einzige weitere Open-Air-Konzert, das ich je besucht hatte. Für Tina Turner, im frühherbstlichen Dauerregen von Hannover, hatte Hildegardt wieder einmal von irgendwem Freikarten bekommen. Aber wir stritten uns nur fortwährend, weil

Hildegardt schon kurz nach Konzertbeginn nach Hause wollte, sich schließlich auch wirklich mit dem Wagen auf den Rückweg machte, während ich dablieb, um klatschnass und unterkühlt auf den Zug angewiesen zu sein. Prince, das war noch weit vor Hildegardt gewesen, mit Monika, einer in Trier geborenen Kommilitonin, die ich vom Seminar Klinische Untersuchungstechniken her kannte. Warum auch immer waren wir vom Dozenten des Kurses einander zugeteilt worden, um mit- und aneinander zu lernen und zu üben. Monika hatte entschieden, dass es ein absolutes Muss für mich sei, mein Wohnheimzimmer mal für ein Wochenende sich selbst zu überlassen, weil es was Tolles zu erleben gäbe, etwas, das so schnell nicht wiederkäme, wenn überhaupt. Und das sogar, ohne eine müde Mark zahlen zu müssen, alles längst vom DRK organisiert. Das Ganze zudem nicht irgendwo, sondern vor historischer Kulisse in der ältesten Stadt Deutschlands. Wer ein solches Angebot ausschlüge, der müsse schon mächtig einen an der Waffel haben, was sie nicht einmal mir zutrauen würde. Da mir kein wirklich plausibler Grund einfiel, Monikas Vorschlag auszuschlagen, zog ich an einem Samstag im Sommer mit ihr gemeinsam los, als Teil der DRK-Sanitätstruppe Trier-Nord, zu eben diesem Konzert des Kleinen Prinzen. Anders als im Untersuchungskurs wurden Monika und ich gleich zu Beginn getrennt und auf verschiedene Einsatzbereiche verteilt. Während ich gemeinsam mit den dicken Männern vom DRK-Ortsverein Trier-Ehrang die Aufgabe bekam, kollabierte Teenies einzusammeln, gehörte Monika zu den Auserwählten, die im Backstage-Bereich eingesetzt wurden. Ungeschützt, wie ich war, trug ich einen fürchterlichen Sonnenbrand davon, Stirn, Nase, Ohren, alles pellte sich später, während Monika im Halbschatten hinter der Bühne keinen Schritt tun durfte, den die Bodyguards des Meisters ihr nicht ausdrücklich verfügten. Sie hatte das als total ungerecht empfunden, zumindest bis zum Abend, als sie mich und mein himbeerrot geflammtes Stubenhockergesicht sah. Erst erschrak sie, um dann schallend zu lachen. Zum Einsatzende wurden Monika und ich auserkoren, einen der alten DRK-Rettungswagen zurück in den Unterstand am Stadtrand zu fahren. Der Abend des 2. Juli 1992, das war der Beginn einer dieser Sommernächte, die es so gar nicht geben kann, nicht in dem üblichen Möglichkeitsraum, den wir Wirklichkeit nennen. Die Nachtluft war dicht und schwer, wie mit den Händen zu greifen. Es wurde schon hell, als wir uns aus der Fahrzeughalle schlichen und Monika mich mit ihrem kleinen Panda mitnahm zum Haus ihrer Eltern, wo ich auf dem Gästezimmersofa einen Liegeplatz zugewiesen bekam, den ich nur als Sitzplatz nutzte, an Schlaf war nicht zu denken in der wenigen Zeit, die noch blieb vom letzten Stück der Nacht. Rettungsmedizin als hautnahe empirische Wissenschaft, Monika hatte nicht gegeizt damit, ihren Vorsprung an Kenntnissen, Fertigkeiten und Erfahrung mit mir zu teilen, mir ihr Wissen mit vollen warmen Händen weiterzureichen und mein bis dahin belangloses Verständnis ob der vielfältigen Nutzbarkeiten eines Rettungswagens, seiner notfallrelevanten Optionen gerade im speziellen Einzelfall derart eindrücklich erweitert, dass ich, als wir bei ihren Eltern ankamen, nicht mehr wusste, wo mir der Kopf stand. Wie also ihn ablegen irgendwo.

Die Nacht in der Fahrzeughalle war unsere einzige geblieben. Noch vor Beginn des Wintersemesters startete Monika für ein Auslandsjahr nach Kapstadt, um zu erleben, was Notfallmedizin wirklich war. Ein paar Mal schrieben wir uns noch, dann auch das nicht mehr – um uns mehr als zwanzig Jahre später bei einem Kongress in der Hauptstadt plötzlich mitten im Tagungsgeschnatter buchstäblich unverhofft in die Arme zu laufen. Monika hatte direkt hinter mir in der Schlange vor dem Kongress-Schalter gestanden, und als ich nach Erhalt der Tagungsunterlagen mich in Gedanken und mit gesenktem Kopf umgedrehte, konnte ich unseren Schulteranprall nicht verhindern, sie offenbar ebenso wenig. Ich habe noch Zeit, Gernot, mein Vortrag ist erst für den frühen Nachmittag anberaumt. Erst hatte ich es für einen Scherz gehalten, als sie das sagte, bis ich dann ihren Namen im Programm-Flyer las: *Prof. Dr. med. Monika Marschmann, Köln, New Guidelines in Prehospital Emergency Medicine*, sie war also immer noch diejenige, die anderen zeigte, wo es lang ging. Aus Monika, die mich schon in ihrer blütenweißen DRK-Uniform-Bluse mit dem roten Kreuz auf der linken Brust beeindruckt hatte, war Frau Professor geworden: blondes Kurzhaar schon gut durchsetzt mit grauen Strähnen, schwarzes Business-Kostüm. Mit klopfendem Herzen saß ich in ihrem Vortrag, der mich inhaltlich kaum erreichte. In der anschließenden Diskussion verschenkte Monika keine Chance, selbst hochdekorierte Größen des Fachgebiets wie picklige Praktikanten dastehen zu lassen. Bis schließlich keiner mehr was erfragen oder noch von ihr wissen wollte, alle hatten begriffen, dass es nichts zu holen gab gegen diese Frau auf dem Podium da oben, die sich nicht den Hauch einer Blöße gab, nicht bereit war, auch nur den geringsten Spaß zu verstehen, und jeden, der sich leichtfertig ans Mikro traute, mit nur wenigen gezielten Sätzen und eisigem Strahlen standrechtlich exekutierte.

Silvia setzte mich vor der Haustür ab. Diesmal gelang es mir sogar selbst, das Rad aus dem Auto zu holen, ohne Hilfe und ohne weitere Verletzung. Als ich mich noch verabschieden wollte, war Silvia schon wieder eingestiegen und losgefahren, ohne jedes Wort, kein Umschauen, kein Winken, nichts. Ich kam mir vor wie plötzlich ausgesetzt, ausgeliefert einer Welt, für die mir alle Umgangsart abhandengekommen war, die mich ratlos machte in jeder Hinsicht. Ich stand da, unfähig, auch nur einen Fuß vor den anderen zu setzen, wie denn, warum denn, wohin? Und in meinem Hals verknotete sich etwas, nun ja, wenn es schnell genug groß genug werden würde, wäre das eine Lösung, vielleicht. Zudem meine Blase inzwischen dem Platzen nahe, der Bauch ein schmerzender Klumpen, so gut wie unfähig, die nächste Bewegung des Körpers noch folgenlos hinzunehmen. Völlig unbegreiflich, wie ich hatte ausblenden können, was auf einmal so unerträglich war, jetzt, wo ich daran dachte und deshalb kaum noch an anderes denken konnte. Trauer, ein sinnloses und absurdes Empfinden, hatte Silvia gesagt, eine Albernheit, Folge der Dummheit derer, die nicht umgehen können mit der Macht des Zufalls, der vor nichts zurückschreckt, weil es Schrecken so wenig wie Glück gibt für ihn. Trauer, nichts als ein konditionierter Reflex all der Schwächlinge, die nicht klarkommen mit der Launenhaftigkeit des sogenannten Schicksals, dem wir alle bedingungslos ausgeliefert sind, so oder so. Warum also alles Aufbegehren dagegen, dieses lächerliche Aufbieten aller Kräfte, die doch schlussendlich niemals genügen können, um das Unabwendbare abzuwenden. – Genau. Also gab ich mich darein, ließ ab vom Nicht-loslassen-Wollen, genoss sogar die wohlige Wärme, die sich da ausbreitete, über den Unterleib, die Schenkel, die Beine hinab. Was für ein Irrsinn, dieses dauernde Wegdrücken, Zurückhalten und Zusammenkneifen, nichts als Krampf und Schmerz, der zu nichts führt, außer zu noch mehr Krampf und noch mehr Schmerz – du hast recht, Silvia, wozu?

Noch einmal dachte ich an Arno, dessen Asche nun in der Erde des Nordfriedhofs lag. Ich dachte an den Arno, den ich kaum gekannt hatte, wie ich auch nie den Grund für Hildegardts zutiefst miese Feindseligkeit ihm gegenüber begriffen hatte. Diese eiseskalte Missachtung, mit der sie ihn schon weit vor seinem körperlichen Tod aus ihrer Welt gestrichen hatte, wie einen lästigen Schreibfehler, den man mit Tipp-Ex mal eben tilgt, einfach unfassbar.

Der jüdische Friedhof

Wenige Tage nach Arnos Beisetzung nahm ich meine neue Gewohnheit mit dem Rad zum Waldbad zu fahren wieder auf. Ich kam meist am Morgen gegen zehn und ging spätestens wieder, sobald die ersten Nachmittagsschwimmer eintrafen; denen nicht anzumerken war, dass sie aus Freude herkamen, eher aus Pflichtgefühl, um ihre Fitness- und Geschwindigkeitslevel weiter zu steigern. Nach wieder einem Tag, vergeudet in bedeutungslosen Bürojobs, als kaufmännische Angestellte, Personalsachbearbeiter, Bilanzbuchhalter, an irgendwelchen Dienststellen überflüssiger Ämter, entbehrlicher Verwaltungen oder Behörden, eingepfercht in mittelmäßigen Diensthierarchien ohne wirkliche Aus- und Aufstiegsmöglichkeiten, abgesehen von denen aus dem Schreibtischstuhl. Mit stetem Blick zur Uhr beim tagtäglichen Herbeisehnen eines sogenannten Feierabends, in dem sie sich dann glauben machten, heraustreten zu können aus ihrer Lebensbelanglosigkeit, denn jetzt schließlich waren sie wer, die Heroen des Schwimmerbeckens, die fortan hier das Sagen hatten, denen niemand etwas vormachte, erst recht keiner von all diesen japsenden Schwimmklumpen und talentlosen Paddelkrabben ringsum. Es waren diese verbissenen Trainingsneurotiker, die mich aufbrechen ließen, deren Gegenwart mich nicht nur physisch abstieß, sondern schlichtweg anwiderte. Von anderer Art zwar, dennoch vergleichbar schwer zu erdulden wie all die Vorzeigeeltern der Generation Y, kaum zu ertragende Papis und Mamis, von Grund auf gnadenlos gute Väter und Mütter, und genau das hatten alle im erreichbaren Umkreis verdammt noch mal auch mitzubekommen – höret und sehet! Ungefragt ließen sie lautstark jeden an ihrer maßlosen Bürde teilhaben, den zahllosen Schwierigkeiten und unglaublichen Widerständen, die auf sich zu nehmen sie an jedem neuen Tag bereit waren, einzig zum Wohle ihrer über alles geliebten Sprösslinge, denen an Talent und Fähigkeiten – so viel war schon jetzt unübersehbar – übliche Kinder nicht einmal ansatzweise das Wasser reichen konnten. Eltern waren sie aus eigentlichster Berufung, vergleichsloser Liebe und selbstvergessener Pflicht. Was für ein dürftiger Wicht nur, der anders lebte! – Also: Nichts wie weg, und zwar ganz schnell!

Seit Arnos Bestattung hatte ich Silvia nicht mehr gesehen, fast eine Woche nun schon. Langsam wurde ich ungeduldig, fing an, mir Sorgen zu machen. War sie krank? Hatte sie das Schwimmen plötzlich aufgegeben? Undenkbar! Ging sie gar in ein anderes Bad? Hoffentlich nicht, denn wo sonst, wenn nicht hier, gab es eine realistische Chance für mich, sie wiederzusehen? Ich hatte von ihr weder Adresse noch Telefonnummer, nicht einmal ihren Nachnamen wusste ich. Vielleicht könnte ich ihn herausfinden, wenn ich *Silvia* und *Trauerrednerin* bei Google eingab, doch dieser Gedanke kam mir immer nur dann, wenn gerade kein Internetzugang in Reichweite war. Was sie wohl gerade machte, womit verbrachte sie ihre Tage, all die Zeit, wenn sie niemanden beerdigte und nicht ihre endlosen Bahnen durchs Wasser zog? Ich wusste wirklich fast gar nichts von ihr.

Dennoch, die Hoffnung, Silvia im Waldbad wiederzutreffen, kam zumindest meiner körperlichen Verfassung zugute. Ich zog meine bescheidenen Bahnen, zwanzigmal hin und zurück, tausend Meter, waren meine Mindeststrecke, und wenn ich genug hatte, las ich im *Mann ohne Eigenschaften*, kam also auch damit Stück für Stück voran. Mein Leben in diesen Tagen bestand aus den täglichen Fahrten zum Waldbad, Schwimmen, Lesen und dem Ausschauhalten nach Silvia.

Nach der zweiten Woche, an einem Donnerstagmorgen, ich hatte soeben mit dem Kapitel *Verwandlung Diotimas* begonnen, sah ich Silvia plötzlich am Beckenrand stehen. Wie gewohnt in ihrem neonblauen Einteiler, die Schwimmbrille schon vor den Augen. Vielleicht bildete ich mir das nur ein, aber sie schien zu zögern, als halte sie etwas davon ab, ins Wasser zu gleiten wie sonst und ihre Bahnen zu ziehen. Schließlich tat sie es doch. Die Uhr hinter den Startblöcken stand auf kurz nach elf. Ab jetzt würde es also dauern, eine Stunde auf jeden Fall, höchstwahrscheinlich deutlich länger, vorher war nicht damit zu rechnen, dass Silvia aus dem Becken kam. Mir blieb also jede Menge Zeit, um mir zurechtzulegen, wie und wo und aus welchem vorgeblichen Grund ich irgendwie an sie herankommen könnte. Doch egal wie lange ich darüber nachdachte, mir dies oder das versuchte vorzustellen, ich hatte einfach keine brauchbare Idee, alles kam mir gleich blödsinnig vor. Warum waren bloß die scheinbar einfachen Dinge immer so wahnsinnig kompliziert?

Du solltest auch besser schwimmen, statt nur hier herumzulümmeln. Zu viel Gechille macht nur matschig. – Silvia! Du lieber Himmel, auf einmal stand sie da wirklich vor mir! – Aber wenn du schon sowieso nicht ins Wasser gehst, na los, komm, wir drehn'ne Runde! Sie streckte mir die Hand hin wie einem Kind, das sich nicht traute. Nun mach schon! Das Kind überlegte nicht lange und griff nach der Hand, die ihm hoch half.

Wir verließen das Waldbad, überquerten die kleine Straße davor, gingen hinüber zum Parkplatz. Gleich dahinter begann schon der Wald, an dessen Randsaum dann ein Ort wie ich ihn hier nicht erwartet hatte. Ornamente von schlichter Symbolkraft verzierten den bröckelnden Mauersturz am Eingang, zwei Hände, die ineinandergriffen, darüber ein Davidstern. Die rostigen Torflügel darunter waren verriegelt durch ein Vorhängeschloss. Ein mehr als hüfthoher Zaun zu beiden Seiten trennte das verwilderte Gelände dahinter ab vom umgebenden Wäldchen. Im Gegensatz zu Silvia hielt ich es für keine gute Idee, hier unbefugt einzudringen, einfach so über den Zaun auf ein fremdes Grundstück, was gab uns das Recht dazu? Zumal nicht

irgendein Grundstück, sondern ein – wenn auch ganz offensichtlich deutlich heruntergekommener – Friedhof. Andererseits, war ein Friedhof rein juristisch nicht auch ein öffentlicher
Raum, damit also ein allgemein zugänglicher? Falls ja, wozu
dann das Schloss am Eingangstor, in seiner Symbolik doch
allzu eindeutig, oder etwa nicht? Während ich noch dastand
und überlegte, hatte Silvia sich schon längst entschieden und
über den Zaun geschwungen. Mit der Leichtigkeit der Jugend,
so selbstverständlich und bedenkenfrei, dass ich nur staunen
konnte. Als ich mich schließlich bemühte, ihr nachzufolgen,
bekam ich zwar mein rechtes Bein einigermaßen problemlos
hinüber, doch das war es dann auch. Ich hing fest, den Zaun
zwischen den Beinen. *Wie ein Affe auf dem Schleifstein*, ich
konnte sie quasi hören, diese Hohnworte meiner Mutter, oft
genug hatte ich sie abbekommen, wenn sie sich wieder einmal
fremdschämte für mich und meine Haltung. Etwa als sie beschlossen hatte, mir an einem Sonntagnachmittag mal eben das
Radfahren beizubringen, weil es ihrer Meinung nach höchste
Zeit dafür war, auf einem geliehenen Damenfahrrad mit für
mich viel zu hohem Sattel. Begleitet von Ohrfeigen bei aus-
bleibendem Lernfortschritt, mit denen sie nicht sparte, sie, die
selbst nicht Fahrrad fahren konnte, genauso wenig wie Schwimmen. Doch all die Backpfeifen damals waren nichts verglichen
mit dem Schmerz, der mir jetzt durch die linke Hüfte schoss.
Schweiß lief mir über Stirn und Gesicht, nur mit größter Mühe
konnte ich mich halten.

Zu all dem Schmerz augenblicklich auch die Angst: was,
wenn jetzt doch passiert war, was nicht passieren durfte?! Wie
blöd war ich eigentlich! Wieso nur hatte ich mich zu sowas
hier hinreißen lassen? War das denn so schwer zu begreifen,
was noch ging für mich und was eben nicht mehr? – Jajaja!
Schon gut, schon gut! Die Schmerzen und die Angst hatten
mich zurückgeholt auf den Boden der Tatsachen, nur dass ich
davon immer noch keinen festen Boden unter beiden Füßen
hatte, ihn mit dem rechten Bein nur gerade eben so berührte.

Ich saß fest auf diesem rostigen Friedhofszaun, arretiert in einer lächerlichen Zwangs- und Zwischenhaltung, ohne Chance auf ein Vor oder Zurück aus eigener Kraft.

Silvia stand, die Hände in die Hüften gestemmt, im kniehohen struppigen Gras zwischen all den verwitterten Grabsteinen um sie herum. Gedankenversunken wie jemand, der versucht, Wirklichkeit und ferne Erinnerung in Verbindung zu bringen, hatte sie von meiner Misere offensichtlich noch nichts mitbekommen. Schließlich streifte Silvia sich die Sandalen ab, ließ sie fallen wie überflüssig Gewordenes. Als gäbe es keine Schnecken und Würmer, keine Disteln und Brennnesseln, keine spitzen, scharfkantigen Steine, getarnt unter all dem wild wuchernden Unkraut. Silvia in ihren kurzen Badeshorts, ihre Beine, diese blanken, wohlgeformten Beine einer Frau, die nichts weiter taten, als dazustehen im langen Wiesengras zwischen Grabsteinen, Beine, wie Beine nur sein können: ein Anblick, der mich Momente lang meine Lage vergessen ließ.

Silvia strich sich mit beiden Händen die Haare nach hinten, führte eine Strähne, die das nicht wollte, die zurück ins Gesicht fiel, mit den Fingern hinters Ohr. Erst dann sah sie zu mir herüber, begriff, was mit mir los war und kam gelaufen. Mensch, Gernot!, sonst sagte sie nichts, sondern machte sich schon gleich ans Werk meiner Befreiung, formte dazu aus ihren Händen einen Steigbügel, wies meinem rechten Fuß den Weg dort hinein, behutsam, als wären meine Knochen aus dünnem Glas. Halt dich fest an mir, sagte sie und ich tat genau das. Stück für Stück kam ich los von diesem Zaun, durchgeschwitzt und erschöpft, aber befreit wie nur was, wenn gleich ebenso erbärmlich. Komm, Silvia nahm mich bei der Hand, als wäre Gehen an sich schon von nun an eine Gefährdung für mich.

Kein einziger Grabstein, der noch aufrecht stand, unterschieden sie sich doch in Ausmaß und Richtung ihrer Neigung. Manche hatten schon allen Halt verloren, waren bäuch- oder rücklings ins Gras gesunken, lange Zeit schon Wachestehende, die nicht mehr konnten.

Nach sorgfältiger Grabpflege sieht es hier aber nicht gerade aus, kaum gedacht war er auch schon raus, dieser dämliche, so überflüssige, aus nichts als beschämter Verlegenheit gesprochene Satz.

Jüdische Friedhöfe sind so, sagte Silvia, ohne mich anzusehen. Für Blumen und all den Kram ist in der jüdischen Begräbnistradition kein Platz. Stattdessen legen Besucher kleine Steine auf die Grabplatten, siehst du? Der Friedhof hier ist gar nicht so vernachlässigt, wie du denkst. Trau nicht dem Augenschein, Gernot.

Und all das Unkraut? Warum kümmert sich niemand darum?

Weil hier alles wächst, wie es wächst, wachsen will und muss. Hier gelten nur die Regeln der Natur. Auch werden Gräber nicht eingeebnet, bloß weil eine Frist vorüber ist. Hier gilt einzig der Takt des Lebens, der Pulsschlag der Erde gibt den Rhythmus und den Lauf der Dinge vor. Die Ruhe der Toten hat absoluten Vorrang, sie bleibt auf Dauer gewahrt, wenn nicht grade Nazi-Vandalen oder andere kranke Arschlöcher sich dagegen vergehen.

Ich konnte nur staunen über Silvias Vertrautheit mit all diesen Dingen.

Du vergisst, dass ich nicht nur Trauerquatschtante, sondern auch Bestatterin bin. Trotzdem, du hast schon recht, da ist noch was anderes, ich habe auch jüdische Wurzeln. – Wurzeln, ein Wort, das so gar nicht zu ihr passte, dachte ich, wie eigenartig das klang aus Silvias Mund.

Ihre Großmutter war Jüdin gewesen, entstammte einer alten jüdischen Familie, geboren in der Nähe von Karlsbad, also Böhmen, das heute nicht mehr so heißen darf. Einflussreich war die Familie gewesen, alles andere als mittellos, erfolgreiche Kaufleute und Tuchhändler, die ihrer Feinde Fratzen- und Hassbild vom Geld-Juden in jeder Hinsicht bedient hatten, schließlich vor den Nazis flüchten mussten. Ein Teil von ihnen ging nach England und Amerika, einige wenige blieben im Elsass, wo sie in Sicherheit zu sein hofften, auf der anderen Seite dieser Grenze, die nicht mehr lange hielt. Schließlich erging es ihnen wie Millionen anderen, die ebenso nicht hatten glauben wollen, was alles möglich wird, wenn man die Welt Besessenen und Technokraten überlässt. Silvias Großmutter überlebte als Einzige aus der Familie, was sie einem der KZ-Ärzte verdankte, der vernarrt in die kaum Dreizehnjährige gewesen war, sie regelmäßig zu sich befehligte, zu Sonder- und Zwischenuntersuchungen, um sich vor der Traurigkeit des Lebens zu bewahren, wie er das nannte. Tag für Tag hatte sie inständigst gebetet, bald, ganz schnell und egal wie umgebracht zu werden wie all die anderen, aber Gott, der Allmächtige, hörte nicht auf das Flehen einer Erblühenden mit schwarzbraunen Sehnsuchtsaugen, ebenso wenig wie der perverse Nazi-Arzt. Vielleicht auch hielt sich der liebe Gott schon lange die entrückten Ohren zu, weil er nicht mehr ertrug, wie seine tolle Schöpfung unter den Händen teuflischer Folterknechte in maßlosen Qualen wimmerte, weinte, flehte, jaulte, schrie und brüllte. Als sie dann später einen Katholiken heiraten durfte, war es Silvias Großmutter nicht schwergefallen, auf Wunsch der Familie ihres künftigen Mannes den jüdischen Gott gegen das christliche Alternativmodell zu tauschen, so oder so, was machte das schon. Also war sie übergetreten zur Religion der Täter, innerlich unbeteiligt, wie man beim Spiel auf dem Sportfeld nach der Halbzeit die Seite wechselt. Was bedeutete schon noch dieses oder jenes Bekenntnis in einer Welt, in der alles seine Bedeutung verloren hatte, einer Welt, in der der Glaube zu nichts mehr gut war und zu nichts führte, nachdem auch das letzte Fünkchen Hoffnung auf göttliche Lenkung und Ordnung, gar Liebe, in Stalingrad verglüht und in Treblinka vergast worden war. Nichts, überhaupt gar nichts war geblieben außer der Gewissheit eines zutiefst naiven Irrtums, den man ehedem Glauben genannt hatte.

Aber wenn da kein Glaube mehr ist, was gibt dann noch Halt?, sagte ich.

Halt! Halt! Dass ich nicht lache! Silvia warf meine Hand weg wie einen dreckigen Lappen, ging mit schnellen Schritten voraus, als gelte es, Abstand zu halten von einem wie mir. Was soll das sein – Halt, hier, in dieser beschissenen Welt! Ich lach' mich tot, Gernot! Vor einem der umgestürzten Steine blieb sie stehen. *Hier ist geborgen*, stand darauf, alles Weitere nicht mehr zu lesen, zu sehr hatten die Zeit und die Witterung dem Stein zugesetzt.

Lange betrachteten wir den Stein, ohne jedes Wort. Bis Silvia erneut meine Hand nahm, mich hinzog zu sich. Ich bin gerne hier. Nirgendwo fühle ich mich so frei wie auf diesem Friedhof. Sie drückte meine Hand, die heiß wurde und schwitzte, so umschlossen von ihrer, so nahe an ihrem Körper, ihrer Wärme. Dahinzuschmelzen durch Nähe, es schien mir möglich in diesem Moment. Wie lange war das her, dass mich – wenn denn überhaupt! – jemand – so!?! – an und in die Hand genommen hatte? Unfähig, mich zu rühren, unfähig, Silvia anzusehen, unfähig auch zu jeder weiteren Blödsinnsfrage, stand ich neben ihr und starrte auf die in Stein geschlagenen Worte: *Hier ist geborgen … Hier ist geborgen … Hier ist geborgen …* – Nein!, ich hatte mich verlesen, wieder und wieder, hatte nicht genau genug hingesehen: *Hier ist verborgen*, war da eingeschrieben.

Du bist der Erste, dem ich diesen Ort zeige, Gernot, meinen Ort. Ein Satz wie eine Frage, auf die ich keine Antwort wusste. Hatte ich auch einen solchen Ort, einen, den ich liebte, zu dem es mich immer wieder hinzog, an dem ich fand, was ich von Herzen suchte, nirgendwo sonst finden konnte?

Komm mit, ich zeig dir was, sagte Silvia, gab mir einen kleinen Stoß mit dem Ellenbogen, zog mich am langen Arm hinter sich her. Und ich ließ mich ziehen von ihr. Na los, komm schon! – Ja, sicher, wie einfach das sein konnte. Ich war mehr als einverstanden, ohne zu wissen womit, wie ein Blinder, der sich ans Licht führen lässt in der Hoffnung, dass ihm davon endlich die Augen aufgehen mögen, stapfte ich hinter Silvia her, die mit weit ausholenden Schritten auf die Gräber am Hang des kleinen Waldfriedhofs zusteuerte. Keine ernsthafte Steigung, dieser Weg durch beinhohes Gras und über unebenen Grund, von

Silvia gar nicht bemerkt, anders für mich und meine Hüfte, die sich biestig sträubte gegen Tempo und Terrain.

Silvia führte mich zu einem auf die Seite gesunkenen Stein, kleiner als die anderen, auch seine Oberfläche von der Zeit gegerbt, doch hier der Name noch gut lesbar, *Amalia Rosenzweig*, ebenso die Daten von Geburt und von Tod. Darüber das Symbol einer Blume mit gebrochenem Stiel und herabhängender Blüte. Silvia gab mir meine Hand zurück, als ob es ihr nun zu viel wurde damit. Lange standen wir vor dem kleinen Stein, wieder schwiegen wir. Bis Silvia sich ins Gras fallen ließ, so plötzlich, dass ich erschrak.

Hier bin ich oft, sagte sie halblaut, als habe sie Sorge, wir könnten belauscht werden. Die Augen machten beim Lächeln ihres Mundes nicht mit.

Kanntest du sie?, fragte ich.

Wie denn wohl?, Silvia verzog den Mund. Wir sind am selben Tag in diese Welt geboren worden, nur dass es bei ihr hundert Jahre früher war. Sonst weiß ich nichts von ihr, nein, Silvia schaute hoch, ohne mich anzusehen, mit dem Blick einer Wachträumerin. *Amalia Rosenzweig*, laut Inschrift Tochter von Abraham und Fanni Rosenzweig, war früh gestorben, am Ende des Sommers 1898, ein Kind noch, das im damals nahenden Herbst dreizehn Jahre geworden wäre.

Du fragst dich bestimmt, was mich gerade hierher zieht, nicht wahr? Silvia streckte sich nach mir, Komm, setz dich, setz dich zu mir, Gernot. Leicht gesagt und freundlich gemeint, für mich aber eine Aufforderung, der nachzukommen schon im Ansatz bestraft wurde. Ich gab mir alle Mühe, mir bei dem Versuch, ganz langsam in die Hocke zu gehen, den Schmerz, der in meiner Hüfte aufflammte, nicht anmerken zu lassen. Silvia sah mir zu mit einem Blick wie ein Kuss, den man einem Kind auf die Stirn gibt, wenn es seine aufgeschürften Hände und Knie zeigt. Ein Blick, von dem ich mich in ganz unvergleichlicher Weise gesehen fühlte, vor dem ich mich nicht zu verstellen brauchte, in dem ich gut aufgehoben war.

Es ist wirklich schön hier, hörte ich mich sagen, als der Schmerz endlich nachließ, die Nässe des Grases mir schon durch die Hose kroch. Von Silvia dazu ein Ja, ein Ja wie ein Altarwort.

Ich versuchte mir Amalia vorzustellen, als ein munteres, blühendes Wesen, ein Mädchen, das im hellen Sommerkleid mit wehenden Kinderlocken durch den Tag stürmte, behütet von Eltern, die sie aufrichtig liebten. Oder war sie ein eher bleiches Kind gewesen, schwach und zerbrechlich schon von Geburt an, ein Sorgen- und Kummertöchterchen, ein zartes Engelwesen bereits zu Lebzeiten in einem Körper, der nicht die Kraft besaß zum Widerstand gegen die Angriffe der Welt und der Tuberkulose? Welche Träume, welche Hoffnungen, welche Sehnsüchte mochte Amalia gehabt haben in diesem ihrem kurzen Leben, das zu Ende ging mitten im Werden? Überhaupt, dieses unausdenkliche Übermaß an Ungelebtem! Wie viele zahllose Entwürfe, vernichtet weit vor der Zeit, wie viele Wege, die nicht gegangen werden konnten, Myriaden von Hoffnungen, Wünschen und Sehnsüchten, aus denen nichts wurde, Leiber verschwunden, Bewusstsein verweht, Geist dahin: *Hier ist verborgen …*

Und du, welcher ist dein Lieblingsplatz, Gernot? Da war sie nun, diese Frage, die ich erwartet wie auch befürchtet hatte.

Ich habe keinen, glaube ich.

Silvia hob die Brauen, lange, als wollte sie mir Zeit geben, meine Antwort zu korrigieren. Wieder griff sie nach meiner Hand, eine Erbarmensgeste diesmal, für einen derart Trostlosen. Echt?

Ich dachte an den kleinen Garten hinterm Haus, dem Haus, in dem ich seit vielen Jahren mit Hildegardt lebte. An den Walnussbaum mittendrin, in diesem Sommer so licht wie noch nie, nachdem die späten Fröste im April seine jungen Blätter fast vollständig zerstört hatten. Ich dachte an die Rundbank darunter, auf der ich zum Abend hin gerne saß, wenn es ruhig wurde rundum in den Nachbargärten, die Rasenmäher und anderen ach so praktischen Gartengeräte und -maschinen nach und nach schwiegen, aus all den privaten Werkschuppen und offenen Garagen keine Lala- und Bumbum-Rhythmen mehr herüberdrangen, schließlich sich auch der Lärm von der Straße her legte. Ich genoss es dann, dort im Restlicht des Tages noch zu lesen oder auch nur ins dunkelnde Grün zu schauen, einfach so.

Dieser Friedhof hier ist eine Art Heimatort für mich, ein Ort, der schon so viele Zeiten überdauert hat, Silvia ließ Amalias Grabstein nicht aus den Augen. Fast jedes Mal nach dem Schwimmen komme ich hierher, es gehört für mich dazu. Erst meine Bahnen im Wasser, dann die Zeit hier, umgeben von diesen Steinen, auf dieser Erde, inmitten der Gemeinschaft derer, die das alles bereits hinter sich gelassen haben, nur so schaffe ich danach den Weg zurück. Wenn es das hier nicht gäbe, diesen Rückzugsort, diese kleine Welt im Abseits, ich könnte die andere nicht mehr ertragen.

Wie meinst du das, was könntest du nicht ertragen? Hatte ich zu leise gesprochen? Silvia schien nicht gehört zu haben. Vielleicht hatte sie aber auch einfach genug von meiner Fragerei.

Das Leben …, alles …, all dieses … – Ach was!, sagte sie nach einer Weile. Das schlichte Vergehen, das ist es, was mich hierherzieht. Seine Präsenz tut unendlich gut, das hier ist ein abgrundtief ehrlicher Ort, weiß du. Wie alle jüdischen Friedhöfe, sie machen dir nichts vor, kein Lug und kein Trug, kein Vortäuschen von Bestand, nichts als nackte Vergänglichkeit. Kein hübsch gepflegtes Mini-Gartengrundstück mit schick designtem Stein, kein Illusionstheater für die, die's eh nie kapieren, die sich festkrallen am kindischen Glauben daran, dass der Tod nichts weiter sei als die Wohnsitzverlegung auf ein jenseitiges Mallorca mit himmlischem Dauerliegeplatz samt All Inclusive bis ans Ende der Zeiten. – Von wegen! Der Tod ist der Sprung hinein ins leere Loch des Nichts. Kein Himmel, keine Hölle, kein Gott! Für mich kein Grund, den Tod zu fürchten, ganz im Gegenteil, Silvia holte tief Luft. Weißt du, dass ich hier auch schon oft über Nacht gewesen bin? Sie setzte sich ins Gras neben Amalias Stein, umschlang ihre Knie mit den Armen, sah hoch in den Himmel. Die Nacht ist eine besondere Zeit, erst recht hier. Dann, wenn die Welt auch sonst für eine Weile schweigt, ist die Stille hier manchmal so dicht, dass man sie hören kann, als würde etwas darin unsagbar sanft schwingen, zarte Wellen von irgendwas, von ganz weit her.

Als wäre ihr ein plötzlicher Einfall gekommen, sah Silvia mich an. Stell dir vor, du hättest die freie Wahl, welchem Toten würdest du gerne zuhören, mit wem sprechen können, wem deine Fragen stellen wollen, Gernot?

Kafka, Franz Kafka, sagte ich, ohne zu zögern. Doch wie kam ich bloß ausgerechnet auf Kafka? Seit meinem Abituraufsatz hatte er in meinem Leben keine Rolle mehr gespielt.

Silvia ließ sich rücklings ins Gras sinken, streckte Arme und Beine von sich, seufzte theatralisch. Oh mein Gott! Das erklärt natürlich einiges! Aber wenn es wirklich so schlimm steht mit dir, dann musst du dringend nach Prag, ist doch klar, warst du schon mal da?

Wo?

Na, auf dem Neuen Jüdischen Friedhof in Prag.

Nein, war ich nicht.

Na dann! Auch Lenka Reinerová liegt übrigens dort begraben, die Grande Dame der deutsch-tschechischen Literatur. Es hieß, wer wissen wolle, wie Kafka Deutsch gesprochen hat, der müsse sie reden hören. Bis 2008 ging das immerhin noch live und in Farbe.

Es gibt so vieles, das ich hätte tun können, tun müssen, aber nicht getan habe.

Also höchste Zeit, damit aufzuhören, alles Mögliche nicht zu tun. Noch ist es nicht zu spät, noch liegen deine faulenden Knochen nicht unter der Erde, Silvia lachte, rollte sich auf den Bauch und wieder zurück. Warst du wenigstens schon mal in Venedig? Kennst du den Friedhof San Michele, die Toteninsel dort? Den Père Lachaise in Paris? Den Cimetière de Montmartre, auf dem Heine sich sein Grab gewählt hat? Tote können einem viel näher sein als Lebende, Gernot, nicht nur auf dem Friedhof. Tucholsky hat einmal gesagt, dass man sich nur selbst besucht, wenn man an ein Grab herantritt. Ist was dran, oder was meinst du?

Na ja …

Silvia setzte sich auf. Sie sah mich auf eine Weise an, dass ich wegschauen musste. Dann fuhr sie sich mit dem Arm langsam über Stirn und Gesicht. Als sie ihn wieder wegnahm, hatten ihre Augen sich verändert. Mit beiden Händen griff Silvia ins Gras neben sich, rupfte Büschel aus, hielt die vollen Fäuste in die Höhe, um sie dann auf einen Schlag zu öffnen. Genug für heute!, Silvia drehte sich auf die Knie, stand ohne Hilfe der Hände auf, mit spielerischer Mühelosigkeit. Ach herrje!

Auf einmal war da dieser Hund. Ohne sich zu rühren, stand er vor dem verriegelten Friedhofstor, ein Tier von hohem und kraftvollem Wuchs, eindrucksvoll von Gestalt und Haltung. Sein schwarzes Kurzfell glänzte in der Spätmittagssonne, reglos hielt er den schmalen, wohlgeformten Kopf erhoben, die großen, nach Fuchsart spitzen Ohren aufgestellt, verharrte er, betrachtend, lauschend, wartend. Doch worauf? Auf den nächsten Schritt? Welchen? Und von wem? Keiner von uns bewegte sich, als wäre der Gang der Dinge angehalten, das Bühnenbild eingefroren, darin ein Schauender und zwei in Augenschein Genommene, die nicht wussten, wie ihnen geschah oder noch geschehen sollte.

Nach einer ganzen Weile bewegte sich der Hund als Erster, neigte seinen Kopf, wendete ihn langsam auf die eine, dann wieder auf die andere Seite, wie einer, dessen Urteil kurz vor dem Abschluss stand. Dann begann er den Zaun abzuschreiten, mit dem Gangmaß dessen, dem mehr als nur alle Zeit der Welt zu Gebote stand. Wir sind gefangen, es gibt kein Entrinnen mehr, das war's, schoss es mir durch den Kopf. Warum auch immer spürte ich dennoch keine Angst. Alles, was ich empfand, war eine eigenartige Ergriffenheit, Ergebenheit gar, wie sie sich wohl nur und erst dann einstellte, wenn alles längst zu spät, jede Hoffnung dahin war und nicht mehr die geringste Aussicht auf eine Wendung zum vermeintlich Guten bestand, die Klinge am Hals bereits in die Haut schnitt, die Metallmündung die Stirn küsste, der Fallschirm sich definitiv nicht öffnen ließ, egal wie stark und wie oft noch an der Reißleine gezogen würde, zu unguter Letzt.

Schließlich hatte der Hund die Einzäunung des Friedhofs einmal ganz umrundet, mir schien, es hatte eine halbe Ewigkeit gedauert. Nun stand er wieder vor dem Tor. Und jetzt? Wie weiter? Was hatte er vor? Was um alles in der Welt mochte ihm an uns liegen, warum beachtete er uns überhaupt, nahm uns derart ins Visier? Und wozu war er gekommen? Hatte er uns etwa lange vorher schon beobachtet, gar nach uns gesucht? Wenn ja, aus welchem Grund? Und in wessen Auftrag? Was hatten wir getan, welchen Fehler gemacht, welche Schuld auf uns geladen, welche Strafe war uns für welches Vergehen auferlegt worden, was drohte uns? Kein Zweifel, dieser Hund war nicht zufällig hier, einer wie er war kein x-beliebiger Streuner, der mal hier, mal dort herumschnüffelte, der erstbesten Fährte folgte. Auch keiner von der Sorte, die nach sich pfeifen ließ, ebenso wenig ein schwanzwedelnder Apportier-Dümmling, der sich, kaum von der Leine gelassen, gleich im Wald verlief. Schon gar nicht einer, der sich duckte oder Männchen machte, vor wem auch immer. Also, warum-warum-warum war er hier? War er ein Bote? Mit welcher Nachricht – für uns? –, die wir nicht verstanden, bisher? – Genug! Ich war schon wieder dabei, mich hoffnungslos in etwas hineinzusteigern! Da draußen vor dem Friedhofstor stand ein Hund. Okay. Und dieser Hund beobachtete uns. Schön und gut. Und ja, offensichtlich nicht irgendein Hund, kein Allerweltsköter. Auch gut. Mehr aber nicht. Also bitte, alles überhaupt kein Grund, sich deswegen um Kopf und Kragen zu fantasieren – klar?

Der Hund hatte Platz genommen, mit geradem Rücken, gestrecktem Nacken, den Kopf erhoben, aufrecht, bereit. Ein mächtiges Krachen von irgendwo oben, etwas war passiert, das ich nicht gleich begriff. Für Momente der Schwebe konnte alles geschehen sein. Was, wenn sich der Himmel über uns aufgetan, einen Riss bekommen hatte? Doch es war kein himmlischer Vorhang in Stücke gegangen, auch war kein Komet eingeschlagen, dafür ein mächtiger Ast von einer der umstehenden Buchen herabgestürzt. Ein Ast, bei weitem groß und schwer genug, um denjenigen zu erschlagen, den er traf, hatte einen der schiefen Grabsteine am Rand des Friedhofs getroffen. Der alte Stein war entzweigebrochen wie ein fauler Zahn. Ich sah zu dem Hund, als erwartete ich etwas von ihm. Doch der zeigte nicht die geringste Regung. Kein Zucken, kein Aufjaulen, kein Schwanzeinziehen, im Gegenteil, in aufrechter Besonnenheit schien er scheinbar Selbstverständliches zu registrieren, bloß zur Kenntnis zu nehmen. Hatte er etwa vorausgesehen, was da stürzen würde, vielleicht sogar gewartet darauf? Und war nun eingetreten, was zu geschehen hatte, gestürzt, was zu Fall kommen musste, die Ordnung der Dinge wieder hergestellt? Der Hund erhob sich. Er sah mich an mit einem langen Blick, als wollten seine Tieraugen eindringen in mich. Hast du verstanden, hast du endlich begriffen?

Was? Was sollte ich verstanden haben? Was hatte das alles hier zu bedeuten? Das Unwahrscheinliche war jederzeit möglich, das allein also keine neue Botschaft. Das Seltene geschieht zwar selten, kann dennoch jederzeit eintreten, klar, und zwar vor allem dann, wenn man es am wenigsten erwartet, auch klar. Ich hatte das alles oft genug erlebt, um die Belanglosigkeit jeder Statistik für das Leben zu kennen. Also konnten auch morsche Äste dann und wann von Bäumen brechen, einfach so, selbst mitten an einem windstillen heiteren Sommertag. Von mir aus auch, um einen porösen Grabstein zu zerschlagen, warum nicht?

Ich drehte mich zu Silvia, die wenig hinter mir stand, den Blick auf den Boden gerichtet, wie auf der Suche nach etwas von Wichtigkeit dort im Gras. Hatte sie etwa nicht gesehen, nicht gehört, was ich gesehen und gehört hatte? War das möglich? Gab es für sie gar auch kein sonderbares Hundewesen, das den Friedhof umschritten, uns eingekreist hatte, ebenso wenig wie das Niederkrachen eines Astes, dicker als ein Männerbein, der einen Grabstein getroffen hatte gleich einem Fallbeil? Hatte das alles sich nicht zugetragen in ihrer Welt, einzig nur in meiner? War es also jetzt doch so weit, war ich dabei durchzudrehen? Nahm die Psychose bereits ihren Lauf, war das die Wahrheit, der ich mich endlich stellen musste? Hatte also längst begonnen, was bis jetzt unerkannt für mich geblieben war, weil eben der Mangel an Einsicht in die eigene Pathologie allzu oft Teil des Krankheitsbildes selber ist? Und wenn dem so war, was hieß das für mich, was blieb mir noch? Ich rang nach Luft. Auf einmal fiel mir das Atmen so schwer, als hätten die Lungen keinen Platz mehr in meinem schrumpfenden Brustkorb. Ich sah hinüber zu dem Stein, den der Ast getroffen hatte: ein gespaltener Steinkörper, der dort im Gras lag wie der zweigeteilte Torso eines durch einen Schwerthieb Erschlagenen. In diesem Moment konnte ich nachfühlen, was Nietzsche überkommen haben mochte in der Szene seines Zusammenbruchs, als er sich dem von seinem Kutscher geschundenen Pferd um den Hals warf, diese Szene, mit der die Zeit des wachen Daseins für ihn zu Ende ging, das Licht seines fiebernden Verstandes auf immer erlosch. Baum, warum musstest du ihn derart zerschlagen, diesen harmlosen Stein, warum!?! Als ich erneut zum Tor schaute, war der Hund verschwunden. Wie ein Traumbild, das sich in nichts auflöst, sobald der Schlaf endet.

Als ich ein kleines Mädchen war, sagte Silvia, war der Gedanke daran, sterben zu müssen, kein Problem für mich. Sie hatte sich, fuhr sie fort, damals vorgestellt, auch als Tote weiterhin zu leben, zwar irgendwie anders, aber dennoch im Diesseits existierend, ein bisschen über allem schwebend, so wie Engel es machten. Wichtig war ihr dabei, dass die Eltern richtig litten unter ihrem Tod, schlecht sollte es ihnen gehen, vor allem dem Vater. Mit dem Gefühl von Schuld sollte er zurückbleiben, mit ganz viel Schuld, zum Zerdrücktwerden viel, der Schuld an einfach allem, besonders am Tod seiner Tochter. Er, der sie schließlich von Anfang an nicht gewollt hatte. Wäre es nach ihm gegangen, sie wäre als namenloses Nichts im Mülleimer gelandet. Aber die Mutter hatte sich dieses Mal nicht gefügt, war nicht mit dem Vater in die Klinik nach Holland gefahren. Grund genug, dass dieses Kind für ihn ein lästiges Anhängsel blieb, wenn er nicht gerade prahlen konnte mit ihr, seiner wohlgeratenen Tochter, der späteren Jugendweinkönigin, deren Bild über Jahre die Flaschen-Etiketten seines Vorzeigeweins zierte. Für die auch eine betriebsbedingte Ehe lange im Voraus schon in Planung war, Ehe schließlich nichts weiter als ein einvernehmlicher Pakt unter Vätern. Dem sich alle anderen zu fügen hatten. So war es schon immer und so hatte es zu bleiben.

Als Kind, sagte Silvia, habe ich gern Beerdigung gespielt. Egal, was ich mit meinen Spielfiguren und Puppen anfing, Vater-Mutter-Kind, Kasperle oder Kaufladen, früher oder später wurde wieder eine Beerdigung daraus. Den kleinen Holzsarg dazu, mein wichtigstes Requisit, hatte ich mir aus einer Zigarrenkiste gebastelt. Bei der Zeremonie übernahm ich alle Rollen selbst, am meisten Spaß machte es mir allerdings, den Pfarrer zu geben. Ich war nicht wie der in unserer Kirche, ich machte alles ganz anders. Bei mir wurden nicht dauernd irgendwelche uralten Geschichten wieder- und wiedergekäut, von Adam und Eva, von Kain und Abel, von Abraham, der sein Kind schlachten will, und einem perversen Gott, der seinen Sohn den Folterknechten ausliefert, ihm tatenlos beim Leiden zuschaut. Mir war wichtig, dass alle, die zur Beerdigung kamen, Freude hatten dabei, am besten richtig Spaß. Schon damals wollte ich, dass sich jeder noch lange und gerne daran erinnerte, dass mindestens so viel gelacht wie geweint worden war, als sie diesen oder jenen zu Grabe getragen hatten, dass alle aus voller Kehle gesungen hatten am offenen Grab und getanzt dazu, dass sie gemeinsam ein Fest des Lebens gefeiert hatten, das weit über alles hinauswies, auch über den Tod und seine scheinbaren Grenzen.

Du bist also Bestatterin geworden, um weiterspielen zu können?

Wenn du es so nennen magst, ja. Manche Kinderträume wiegen eben schwer, man wird sie nicht los, man kann sie nicht hinter sich lassen, sie sind uns nicht bloß aufgegeben, wir *sind* unsere Träume, ebenso wie wir ohne unsere Träume nicht wir sind. Es gibt nur die Wahl, ihnen zu folgen oder sie zu leugnen, um auf Dauer unglücklich zu bleiben, fern von uns selbst ein Leben zuzubringen, das es nicht wert ist, gelebt zu werden.

Silvia hielt ein Gänseblümchen zwischen den gefalteten Händen, drehte es langsam hin und her. Und du, was ist mit dir? Wolltest du schon immer ein Onkel Doktor werden, im blütenweißen Kittelchen, das Stethoskop cool um den Hals und mit gewichtiger Miene sagen dürfen, Na, dann machen Sie sich mal frei! Ist es das, wovon schon der kleine Gernot geträumt hat?

Quatsch! Nein, natürlich nicht. Überhaupt, Spritzen, Blut, Operationen, nie im Leben wäre mir früher die Idee dazu gekommen.

Ach, und warum dann später?

Was weiß ich, keine Ahnung, irgendwie hat es sich so ergeben. Vieles ergibt sich, ohne dass man später genau sagen kann, wie es dazu kam, meinst du nicht?

Wie selbstbestimmt, klingt echt spannend.

Eben nicht, ich weiß, ja, aber … Irgendwann hatte ich Abitur und meinte, es gäbe eigentlich bloß drei Möglichkeiten für ein richtiges Studium: Jura, Theologie oder Medizin. Ich dachte damals wie einer, der das 19. Jahrhundert noch nicht hinter sich gelassen hatte, las Fichte, Schelling, Wieland, Herder, Schiller, auch jede Menge Goethe, später den gesamten Kleist. Ganz schön schräg, findest du nicht?

Schräg schon, aber auch nicht gerade so erstaunlich, zumindest nicht für einen wie dich! Silvia lachte. Erzähl mir mehr von diesem schrägen aufregenden Jüngling von damals, ich kann's kaum erwarten!

Wirklich?

Ja, klar!

Ich verbrachte ganze Tage in Antiquariaten, wenn ich wieder einmal auf der Suche nach etwas ganz Bestimmtem war. Als würde es anders nicht weitergehen für mich, als hinge mein Leben davon ab, ob ich das gesuchte Buch finden, es endlich in meinen Händen halten, es lesen könnte. Wie ein Junkie: Wenn ich mir etwas vorgenommen hatte, musste, musste, musste ich es haben! Das war oft mehr als hart an der Grenze, hat mich so manches Mal völlig fertiggemacht.

Und dann?

Dann habe ich beschlossen, dass Jura nicht infrage kommt für mich, Theologie ebenso wenig, da wäre ich schon am Zölibat gescheitert oder hätte konvertieren müssen, wozu mir der Mut fehlte. Blieb also nur noch Medizin.

Ach du Scheiße! Silvia schlang ihre Arme um mich, zog mich ganz dicht an sich heran. Während ich bloß dastand wie ein alter ratloser Baum, ergriffen von der Wucht solcher Nähe. Silvia holte tief Luft, nahm ihre Arme wieder von mir, sorgsam, mit Bedacht, wie man Verbände von frischen Brandwunden zieht. Auf einem jüdischen Friedhof darf man nicht essen, nicht trinken, kein Holz oder Gras sammeln, auch nicht ziellos spazieren gehen. Jemanden in den Arm zu nehmen ist dagegen nicht verboten, soweit ich weiß. Also, es ist nichts Verbotenes passiert, Gernot, kein Grund zur Sorge, okay?

Silvia lief ein kleines Stück, bückte sich nach etwas, drehte sich zu mir um und wartete mit der Miene einer geduldigen Pflegerin auf mich, dabei ihre Hände auf dem Rücken. Mach mal die Augen zu, Gernot, bitte! Etwas kitzelte mich an der Nase. Riech mal.

Was soll das, was machst du da, was ist das?

Ich hab' gesagt riechen, nicht fragen.

Silvia strich mir mit irgendetwas über die Wangen, die Stirn, um den Hals. Sanft und sacht, an der Grenze zwischen Empfinden und Einbilden.

Und? Silvia lachte, Allzu viel Berührungserfahrung scheinst du wirklich nicht zu haben, fast könnte man denken, du hättest Angst davor. Also, was riechst du, sag schon, Gernot!

Hm ... Gar nicht so einfach, eine eigentümliche Mischung, etwas zwischen Küchengewürz und Massageöl, aber auch mit Kampferaroma und nach Eukalyptus. Keine Ahnung, was hast du da, ich weiß es wirklich nicht.

Das ist Rosmarin, das mit der Küche war gar nicht so schlecht. Meine Oma sagte immer, ein Tag ohne Rosmarin ist ein verlorener Tag. Sie schwor auf Rosmarin. Und als Arzt müsstest du ja eigentlich auch wissen, wofür Rosmarin alles gut ist. Er hilft bei Verspannungen, bei Gicht und Rheuma, selbst bei Zahnschmerzen, heißt es. Und durchblutungsfördernd ist er nebenbei auch noch, Silvia kicherte. Allerdings hat Rosmarin nicht nur medizinische Bedeutung. Als Symbol steht er sowohl für die Liebe als auch den Tod und war in der Antike daher der Venus geweiht. Doch nicht nur im alten Rom, auch hier bei uns trugen Bräute früher einen Rosmarinkranz, bevor später Myrte in Mode kam. Schon die Ägypter gaben ihren Toten Rosmarinzweige mit, um ihnen die Reise ins Totenland mit wohltuendem Duft angenehmer zu machen. Und vor gar nicht so langer Zeit noch warfen Trauergäste Rosmarinzweige ins offene Grab, sobald der Sarg eingebracht war. Am Grab meiner Oma hatten wir einen Rosmarinbusch gepflanzt. Er gedieh derart prächtig, wie er wohl nirgendwo sonst so hätte gedeihen können, der viel zu feuchten Halbschattenwelt eines regendeutschen Vorstadtfriedhofs zum Trotz.

Über das silbrig blaue Leuchten in Silvias Augen glitt ein flüchtiger Schatten. Hier, bitte, nimm, musst ihn ja nicht gleich ganz essen. Steck ihn in die Erde, vielleicht wird ja auch in deinem Garten was draus. Silvia drückte mir den kleinen Zweig an die Brust.

Lass uns gehen, Gernot, ich wollte dir diesen Ort hier zeigen, mehr nicht. Was meinst du, hast du Lust, noch ein bisschen rumzufahren?

Rumfahren?

Ja klar!

Und wozu?

Einfach so! Ohne Ziel, ohne Grund, ohne tieferen Sinn. Unvorstellbar, was? Silvia klatschte in die Hände und lachte.

Wir fuhren aus der Stadt. Eine Weile folgte die Straße dem Flusslauf mit seinen Staubecken, Baggerseen und benachbarten Kiesteichen. Dann weitete sich die Landschaft, Wiesen, Äcker, Felder, einzelne Höfe, eingestreute Dörfer, kleine Ortschaften. Es war unübersehbar Sommer mit aller Pracht und Fülle! Und ich dabei, mittendrin, wie schon seit Jahrzehnten nicht mehr! Am Straßenrand Hinweisschilder für ein Storchen-, sogar ein Heringsfänger-Museum. Dazu zahlreiche Wegkreuze aus Holz, den meisten war anzusehen, dass sie kaum einen Winter hinter sich hatten: LUCA, YANNES, DENNIS, CELINE und andere. Blumenkränzchen in Herzform, Grablichtersammlungen in Weiß und Rot.

Der Sommerwind bauschte Baumkronen, griff Silvia in die Haare, spielte mit den Strähnen auf ihrer Stirn. Wir fuhren so offen wie möglich, die Seitenscheiben herunter, das Schiebedach ganz zurück, ein Rechteck mit nichts als Blauhimmel über unseren Köpfen. Leichtigkeit, so viel, so sehr, dass der Fahrtwind mich mühelos aus dem Sitz hätte heben können, davontragen durchs Dachoffene, wäre ich nicht angeschnallt gewesen. Sicherheitshalber, ist schließlich echt wichtig, wie Silvia lästerte. Jetzt hier zu sitzen, neben ihr, der rätselhaften Rückenschwimmerin, die längst keine Namenlose mehr für mich war, wie unfassbar war das, so wie manche Träume, nur dass dies definitiv kein Traum war, sondern reinste Sommerfreiheitswirklichkeit, von der ich jede Sekunde aufsaugen wollte, um mich später erinnern zu können an jede Einzelheit, weil unvergesslich bleiben musste, was gerade war. Dieses Gefühl! Einfach nur dazusitzen, getragen zu werden durch die Welt eines unvorahnbaren Sommers in Silvias altem Renault-Kastenwagen, den sie mit nur einer Hand und aus dem Handgelenk heraus lenkte, die linke dabei zur freien Verfügung, bereit für alles Mögliche, etwa nach dem Sommerwind zu greifen, Schnellrhythmisches auf die Schenkel zu klopfen, die Hand als Schutzschirm über die Augen zu legen, immer wieder, wenn Silvia die Sicht genommen wurde von all dem überbordenden Licht, das uns umgab. Die Bundesstraße wurde zur Allee, hatte Silvia etwa doch ein Ziel oder fuhr sie wirklich nur so der Nase nach, wie es heißt, egal, wohin die uns führte? Nein, dieses Mal stellte ich keine Frage, ganz bestimmt nicht, nicht jetzt.

Silvia bog ab, fuhr durch einen Flecken mit wenigen Häusern, das Sträßchen wurde zum unbefestigten Weg und führte auf einen kleinen Wald zu, an dessen Rand sie hielt. Keine Wagen sonst auf dem Wendeplatz um einen mächtigen Findling in der Mitte. Wir sind da, ich will dir noch was zeigen. Ihr Stoß mit dem Ellenbogen, als müsste man mich erst wecken, wo ich doch so wach war wie irgend möglich, mitten im Traum dieses Sommertages. Silvias Hand, die wieder nach meiner griff, eine schon fast selbstverständliche Geste. Wir gingen zum Wäldchen ohne jedes weitere Wort, für mich mehr ein Geführtwerden, wohin auch immer. Alles war mir recht, *alles gut!* – sooft kurzformelhaftes Eingeständnis dümmlichster Plattheit gepaart mit rücksichtslos alles einebnender Gleichmacherei, Phrasendresch vom Allerschlimmsten –, in diesen Momenten stimmte es wie nur irgendwas, ja, in der Tat, Alles ist gut, dachte ich.

Weit über unseren Köpfen klopfte ein Specht. Ich sah hoch in das dichte, frische Grün der Buchen, dachte an den Grünspecht, der mich vor kurzem im Garten besucht und so eindringlich betrachtet hatte. Auch wenn er gar nicht so weit entfernt schien, war es völlig unmöglich, den emsigen Vogel zu entdecken. Dennoch suchte ich nach ihm, um loszukommen von der Versuchung, mich des Gebindes unserer Hände wieder und wieder mit den Augen zu vergewissern und diesen unvergleichlichen Moment zu entzaubern mit ungeschickten Seitenblicken.

Mitten auf einer Lichtung stand ein kleiner Steinbau in Pyramidenform, der nur über ein labyrinthisches Gangsystem aus überkopfhohen Hainbuchenhecken – laut Info-Täfelchen *Der Lebensweg* – zu erreichen war. Als gäbe es nur eine einzige Möglichkeit durch die zig Irr- und Scheinwege hindurch, führte Silvia uns zielstrebig direkt zur Pyramide. Ein jung Gestorbener der Grafenfamilie, die auch dem Waldstück ihren Namen aufgedrückt hatte, sei hier vor mehr als hundert Jahren bestattet worden, erklärte sie mir. Schamlos genug, hatte man ihm, dem schon zu Lebzeiten Dauer-Bevorzugten, auch noch dieses dekadente Privileg, ein Luxus-Grab mitten im Wald, zugestanden. Und er musste nicht einmal allein da drinnen vor sich hin modern. Vielmehr hatte hier gemeinsam mit dem Herrn Grafensohn noch seine ehedem minderjährige Geliebte ihre letzte Ruhestätte gefunden.

Alles in allem eine Liebesgeschichte im besten Werther-Format, sagte Silvia, die des jungen Adeligen Wilhelm und der noch viel jüngeren, dazu ausgesprochen schönen, aber leider auch schwindsüchtigen Christine. Offensichtlich waren beide bekloppt genug gewesen, um an die ewige Liebe, die Bestimmung für den*die eine*n Einzige*n und den ganzen anderen romantischen Schmus zu glauben. Der gute Wilhelm hatte das Dämchen noch flugs geschwängert, aber sie starb, noch bevor es zur Niederkunft kam. Und natürlich meinte er, nicht weiterleben zu können mit seinem gebrochenen Herzen, setzte also seinem Leben auch gleich ein Ende. – Bumm! –, das war's. Hier dann hat man sie gemeinsam zur Ruhe gebettet, alle drei.

Mehr noch als der Wald war die Lichtung um die Grabstelle herum Tummelplatz zahlloser Mückenschwärme, für die schweißfeuchte Käsehaut offensichtlich ein Angebot darstellte, dass sie unmöglich ablehnen konnten. Selbst wenn sie keine todbringenden Infektionen übertragen mochten, mit einem anaphylaktischen Schock nach einem Mückenmassenangriff war auch nicht zu scherzen.

Sie werden dich schon nicht umbringen, sagte Silvia und strich mir über die Schläfen, als wollte sie testen, ob ich das aushalte. Ihr Gesicht dabei meinem bis zum Geht-kaum-weniger nah. Ich wollte etwas antworten, in diesen schmalstmöglichen Raum zwischen unseren Mündern hinein, ein alberner Versuch, vielleicht um Zeit zu gewinnen, nicht nur aus Überforderung, sondern auch aus Angst, der Angst, dem nicht standhalten zu können, was bevorstand. Ich spürte, wie der Boden unter mir schwankte, wohl weil die Erdkugel gerade ihre Umlaufbahn verließ. Silvia schob einen Finger zwischen unsere Lippen, Geste ihres stummen Gebotes – Du-sollst-jetzt-nicht …! –, dem ich mich fügte. Weil es nichts mehr zu sagen gab, nicht jetzt.

Nicht nur die Hüfte, auch Rücken und Knie erhoben mächtige Einwände, als bewusste Wahrnehmung wieder bei mir einsetzte. Und doch kam der Schmerz von ganz weit her, so wie der eines anderen, der mich nicht allzu viel anging. Kein Wunder, flutete doch gerade Anti-Serum gegen Lebensübel aller Art meine Kapillaren. Ein paar Minuten, eine Stunde, ein halber Tag, mein Gott, woher sollte ich wissen, wie viel Zeit vergangen war. Zeit, in der nichts und alles geschehen war, Zeit, in der es mir nicht nur die Sprache verschlagen hatte, die ich nun ansatzweise wiederfand.

Warum …?

Weil ich dich mag. Und weil du mir guttust. Darum. Das ist alles.

Beinahe hätte ich *Verstehe* gesagt, was einer glatten Lüge gleichgekommen wäre, vor Verstandes- und Verstehensleistungen war ich bis auf weiteres in Sicherheit.

Kein Grund, mich so anzusehen! – Nein, du bist nicht der obergeile Super-Typ, nach dem ich mich mein halbes Leben lang schon verzehre, sicher nicht. Und ich habe dich auch nicht hier in diesen Märchenwald gelockt, um inmitten von Mutter Natur hemmungslos über dich herzufallen und dir was vorzustöhnen, klar? Dennoch, du bist für mich jemand Besonderes. Du kapierst Dinge, die die meisten nicht einmal ahnen, du tickst anders, eben nicht normal. Deshalb bin ich gern mit dir zusammen, gerne mit dir hier. Ich glaube an den Moment, Gernot, das Gewicht des Augenblicks. Wenn er gekommen ist, muss man ihn nutzen, es gibt immer nur genau eine Chance, aber das weißt du ja selbst. Silvia gab mir einen Stupser mit der Nasenspitze unters Kinn.

Der Juniabend beschloss einen Tag, der allein schon einen ganzen Sommer unvergessen machen kann. Für die einen dadurch, dass die sogenannte Deutsche Elf ihre WM-Ambitionen bereits in der Vorrunde begraben musste, für mich durch die Erkenntnis, dass es sie wirklich gab, die perfekte Harmonie der Dinge, wenn auch vielleicht nur ein paar gedehnte Augenblicke lang. Der Duft der Weizenfelder auf der Weiterfahrt, die Blicke der Menschen aus ihren Gärten, das Abendläuten der Dorfkirchen, alles war, wie es sein musste, alles passte, stimmte, gehörte sich so.

Silvia ließ sich Zeit, fuhr langsam, erneut ohne zu sagen, wohin, nahm manche Wege mehrfach, als suchte sie etwas, dann wieder weiter nichts als geradeaus, als gelte es bloß, den Motor am Laufen zu halten, ihn nicht ausgehen zu lassen. Wir erreichten einen Kanal, vor der Zugbrücke machte Silvia kurzentschlossen kehrt, stellte den Wagen ufernah ab. Wir gingen zur Brücke hinüber, sahen den Schleppern und Lastkähnen bei der Durchfahrt unter uns zu. Silvia winkte jedem der Schiffe, eine einfache Kindergeste, unverfälscht und ehrlich, ich hätte es ihr gern gleichgetan, brachte es aber nicht fertig. Einzig eine Frau reagierte und winkte zurück, auch mit beiden Armen, aus der Fahrkabine der *Jenny*, einem kleinen Frachtkahn, neben ihr ein Mann im Steuerstand, der den Blick nicht vom Wasser nahm. Die Frau hatte die blanken Beine hochgelegt, drückte ihre Füße gegen die Scheibe, wir konnten ihre hellen Fußsohlen sehen.

Am liebsten würde ich mitfahren, jetzt gleich, und du?

Ich zweifelte keinen Augenblick daran, dass Silvia dazu imstande war, von jetzt auf gleich alles zurückzulassen, an

Bord zu gehen, aufzubrechen, wohin auch immer die Reise ging.

Sicher ist das alles ganz anders, als es scheint, Schifffahrt ist bestimmt weit weniger romantisch, als wir uns das vorstellen. Außerdem fahren sie am Ende ja doch immer nur hin und her, vielleicht bis Hamm oder auch mal bis Antwerpen, um dort auszuladen, und schon geht es wieder zurück, reine Routine wie alles, wie überall, dieselben Strecken tuckern, jahrein und jahraus, dachte ich laut.

Silvia hockte sich hin, schob ihre Beine durch die Metallstreben des Brückengeländers, ließ sie wie selbstverständlich hinunterbaumeln, ein Anblick, der allein schon genügte, um mir Unbehagen zu bereiten. Dann, als wäre dieses freie Bewegen in luftiger Höhe noch nicht Freiheit genug, streifte sie die Sandalen von den Füßen, eine nach der anderen fielen sie ins Wasser und gingen unter, ohne dass Silvia ihnen auch nur einen einzigen Blick hinterherschickte.

Silvia schien in Gedanken versunken. Die Hände prüfend auf dem Metall des Brückengeländers stand ich neben ihr, nein, es gab wirklich keinen Grund zur Sorge, was sollte denn schon passieren, solch ein Geländer, grundsolide geschweißt, würde ohne jeden Zweifel halten, ganz sicher, also … Außerdem waren es ihre Sandalen, nicht meine, sie konnte machen damit, was sie wollte. Auch wenn es mich einiges an Mühe kostete, ich sagte nichts dazu. Schweigend sahen wir gemeinsam hinab aufs Wasser.

War ein Schiff vorbeigezogen, warteten wir auf das nächste, lauschten auf das jeweils langsam näherkommende Geräusch der Dieselmotoren, das Rauschen des Wassers unterm Bug, sahen den Wellenzügen nach, die aufgeworfen wurden, sich ausbreiteten und erst ganz erloschen, nachdem das Schiff längst schon wieder außer Sicht war für uns.

Also, was willst du noch, wo willst du noch hin in deinem Leben, Gernot? Silvias Frage, wie gesprochen zum Wasser des Kanals, traf mich unverhofft.

Ich weiß nicht, wo soll ich schon noch hinwollen, was meinst du damit? Ich bin achtundfünfzig …

Tja, dann …!, Silvia strich mit den Fingern der offenen Hand an den Geländerstreben entlang, ein trippelnder Metallton erklang.

Nein, im Ernst, wenn es so weitergeht, werde ich wohl wieder in ein Krankenhaus zurückmüssen, irgend wovon muss ich schließlich leben. Falls man mich überhaupt noch irgendwo nimmt, nach der Geschichte mit der sogenannten Körperverletzung. Schlimmstenfalls kann mir sogar die Approbation entzogen werden, dann ist sowieso Sense.

Bla, bla, bla! Bullshit! Ich hab' nicht gefragt, welche Möglichkeiten man dir gnädigerweise noch zugesteht, auch nicht, was andere von dir wollen oder nicht, ich hab' *dich* gefragt, was *du* willst!

Aber …, weißt du, ich …

Mit einem Ruck zog Silvia ihre Beine zurück, sprang auf, fuhr sich mit beiden Händen durchs Haar, drehte mir den Rücken zu, ging mit schnellen Schritten barfuß auf die andere Seite der Brücke. Ratlos sah ich auf das Wasser unter uns, es war zu einer Fläche von metallischem Grau geworden.

Weiß der Himmel, was für ein tückischer Einflüsterer sich in manchen Momenten unserer bemächtigt und uns mit geradezu idiotischer Gedankenblindheit Dinge sagen lässt, von denen wir nicht im Entferntesten ahnen, was wir lostreten damit. Vielleicht war es auch nur wieder meine Angst vor den unausdenklichen Möglichkeiten, die im unguten Schweigen gären konnten, die mich dazu brachte, auf die dick rot umrandete Warnschrift am Fuß des Brückenbogens zu zeigen. Sieh dir das an: *Das Besteigen ist strengstens verboten!* Als ob irgendjemand wirklich auf so eine Idee kommen könnte, reinster Wahnsinn, findest du nicht?

Der aufflammende Trotz in Silvias Stimme zeigte mir, dass es bereits zu spät war für jedes Zurück.

Klar kann man auf so eine Idee kommen, und wie!

Im nächsten Moment stand sie bereits auf dem Geländer, um sich von dort auf den Brückenbogen hochzuhangeln. Behände und spielerisch, dass es mir den Atem verschlug. Zuerst hoffte ich noch auf einen kurzen Spaß, den sie mit mir trieb, um mir einen Schrecken einzujagen, sie würde sicher nur so tun, gleich dann aber umdrehen, denn wohin sollte das sonst führen? Aber Silvia kehrte nicht um. Mit flinken Griffen zog sie sich am rostigen Brückenbogen hinauf, so selbstverständlich, wie ich nicht einmal eine Stehleiter ersteigen könnte. Dementsprechend stand ich da wie angewurzelt, unfähig, auch nur einen Ton herauszubringen, wozu auch, als ob sie geachtet hätte auf mein Lamento. Außerdem hatte ich schon weit mehr als genug gesagt. Schließlich kreischte ich doch kindisch zu ihr hinauf, Lass das, bist du denn verrückt? Ihr Ja klar, und wie!, schon von weit oben. Und ich komme auch wieder runter, aber erst, nachdem du zu mir raufgekommen bist! Silvia stand jetzt aufrecht auf dem Bogenscheitel, sah, die Hände in die Hüften gestemmt, auf mich herab und lachte.

Natürlich hatten sich bereits die ersten Glotzer eingefunden, machten Bilder mit ihren Smartphones, Fotos von der Wahnsinnigen auf dem Brückenbogen da hoch oben über ihren Köpfen. Vielleicht tut sie es ja wirklich, wer weiß, zuzutrauen wäre es ihr, so wie es aussieht. Also die Handys weiter im Anschlag, bloß nicht den richtigen Moment verpassen, wenn sie plötzlich … – Obacht und aufgepasst! Immerhin, nach dem WM-Aus der Deutschen in Russland nun doch noch ein Public-Viewing-Ersatz, der sich lohnte.

Komm! Komm her! Komm schon, Gernot!

Silvias unmissverständliche Aufforderung, mit offener Hand herunter gewunken zu mir in der Weise, wie man ungehorsamen Kindern deutlich macht, was sie gefälligst zu tun haben, und zwar jetzt und gleich, bevor alle Geduld aufgebraucht war. Allgemeines Gemurmel und Geraune würdigte die willkommene Steigerung der Dramaturgie. Bestimmt passierte gleich was, musste ja, lang konnte das nicht mehr dauern! Erste Rufe: Bist du taub, hörst du nicht, was sie sagt? Na, nu mach schon, worauf wartest du noch, hol sie da runter! Die Zahl der Gaffer wurde immer größer, die Brücke war für Pkw längst nicht mehr passierbar, denn wer dazukam, der blieb auch. Schieber, Drängler, Überholer, Raser, plötzlich hatten sie alle ganz viel Zeit.

Sieh mal, ich kann hier locker stehen, einfach so! Silvia beugte sich vor und zurück, um zu demonstrieren, was alles möglich war dort oben, stellte sich auf ein Bein, hüpfte.

Was ist jetzt, Gernot, kommst du endlich? Ich warte nicht ewig! Silvias Lachen über ihre eigene Pointe würgte mich, ich biss mir in die Fingerknöchel, Schweiß tropfte darauf.

Also, Gernot, zum letzten Mal!

Ich kann nicht! Ich schrie, ich brüllte mir meine Angst heraus, ohne mich zu schämen, meiner Tränen nicht und nicht meiner rasenden Verzweiflung. Bitte! Bitte, bitte, komm da herunter! Silvia!!!

Wovor, sag mir jetzt: Wovor hast du Angst?!?

Ich …

Vorm Runterfallen? – Ha! – Du fällst nicht, vertrau dir! Du fällst nur, wenn du es zulässt, wenn du dich gehen lässt, aufgibst, wenn du nicht mehr willst. Ein Meter, zehn Meter, das sind nur Zahlen, und nur in deinem Kopf, nur da drin wird für dich ein Problem daraus! Scheiß was drauf, Gernot, scheiß auf deine Birne, das bisschen Hirnmatsch da drin, der dich zum Narren hält, dir diktieren will, was du zu tun und zu lassen hast, und dich nur verarscht – Fuck! – Also, was jetzt? Silvia hatte sich gesetzt, im Schneidersitz auf dem Scheitelpunkt des Brückenbogens, ihr Gesicht dem letzten Rest der sinkenden Sonne zugewandt.

Nein, ich bin nicht zu ihr hochgeklettert, habe es nicht einmal versucht, wie hätte ich denn? Stattdessen war ich am Boden herumgelaufen, wie eine Maus auf der Flucht vor der Katze, dabei, durchzudrehen vor Angst, nicht mehr bei Sinnen schon lange bevor die Grenze des Bewusstseins erreicht war, Ohnmacht mich erlöste.

Als ich wieder zu mir kam, war es dunkel. Ich fror wie tief im Eis. Silvia saß neben mir, wir waren allein.

Du hast es verkackt, war das Erste, was sie sagte. Du hattest eine Chance. Und hast sie nicht genutzt. Du hättest hinauswachsen können über den kleinen, auf immer am Boden herumkriechenden Gernot. Echt schade!

Silvia stand auf, ging zum Wagen, stieg ein. Ich wartete darauf, dass sie den Motor anließ und losfuhr. Tat sie aber lange nicht.

Am Beckenrand

Am nächsten Tag regnete es. Bereits in der Nacht war ein Gewitter über die Stadt gezogen, hatte übermächtige Wassermassen heruntergekippt. Aus Sorge, die Kellerräume könnten volllaufen, hatte ich ab kurz nach vier Uhr kein Auge mehr zugemacht, war immer wieder aufgestanden, um nach draußen zu sehen, die Pfützen vor dem Haus zu beobachten, die größer und größer wurden, zeitweise bedrohlich schnell. Erst als der Morgen heraufzog, ließ das Unwetter nach. Die Katastrophe war ausgeblieben, soweit es unser Haus anging (ich dachte immer noch *unser* Haus, obwohl ich schon seit fast drei Monaten allein darin lebte). Immer wieder der Lärm der Martinshörner von der Stadt, von der anderen Seite des Flusses her. Auch den Vormittag über hatte es weiter geregnet, nicht stark, aber stetig. Der anhaltende Regen und meine Übermüdung, beides zusammen nahm ich als hinreichenden Grund dafür, heute mal nicht ins Schwimmbad zu fahren.

Doch auch die nächsten Tage blieben grau, tiefhimmelig und wolkenverhangen. Der nordische Sommer mit seinen ernüchternden Temperaturen und viel zu frischen Winden hatte das für stabil gehaltene Kontinentalhoch der Vorwoche erfolgreich verdrängt. Fünf Tage war ich nun schon nicht mehr im Waldbad gewesen. Mein schlechtes Gewissen ließ mir nur eine Möglichkeit, das Wiedereinsetzen des vielleicht bis in den Herbst hinein pausierenden Sommers abzuwarten war keine Option. Es war Freitag, schon kurz nach zwei, angesichts meiner sonstigen Gewohnheit also eigentlich viel zu spät, zu spät wohl auch dafür, Silvia noch im Waldbad anzutreffen, was nicht dagegensprach, jetzt dennoch aufzubrechen, wollte ich mich nicht weiter hängen lassen oder gar ganz kapitulieren. Außerdem, ja sicher, natürlich wollte ich sie wiedersehen, trotz der Kanalbrücken-Geschichte. Allerdings musste es nicht unbedingt heute sein, beim nächsten Mal erst wäre auch in Ordnung.

Fünf Tage waren keine lange Zeit, und doch hatte ich es schon vermisst, das spröde Lächeln der Frau im Kassenhäuschen, ihr flüchtiges Unterbrechen des Kreuzworträtsels bei jedem eintretenden Besucher. Hatte sie mein Fernbleiben während der letzten Tage überhaupt bemerkt? Fast mochte ich etwas zu ihr sagen, meine Abwesenheit erklären, um sie, die Torwächterin, ins Bild zu setzen, doch sie hatte das Drehkreuz bereits entriegelt und dirigierte mich per Kopfbewegung weiter – drängelnde Unfähigkeit zu warten, bis die Dinge geschehen, weitverbreitete Charakterschwäche mit acht Buchstaben: am Anfang ein *U*, am Ende ein *d*.

Das kurze Heben der Hand, ein fast unmerkliches Nicken, manchmal das Recken eines Kinns, dazu Dialogminiaturen im Morsemodus – Tach! Moin! Und sonst? Jau, läuft. Na dann. Bis denne. Sieh zu! – Kurzsilbige Bedeutungslosigkeiten, bis ins Lächerliche ritualisiert, vorgetragen im Gestus tiefsten Ernstes, wie er nur Kerlen, die zu allem entschlossen sind, zu Gebote steht, Männer eben, die sich nicht mehr mit Inhalten oder gar Einzelheiten aufhalten, wenn es um das Eigentliche geht, von dem ich nichts ahnte, somit auch nicht dazu gehörte. Wenn denn überhaupt je, dann würde das dauern, schließlich war dies mein erster Sommer hier, mithin absoluter Einsteigerlevel, ich war ein Frischling, ein Irgendwer.

Niemand sonst in der Männerdusche, erfreulich wenig los, im Schwimmerbecken sogar noch ganze Bahnen frei. Die meisten Latschenpaare vor den Bänken kannte ich, ebenso die Handtücher dazu, auch, wie da wer wo seine Sachen hinlegte, auf die je eigene Weise. Es tat gut, wieder hier zu sein, Gleiches zu tun wie andere, wenn auch nicht als Gleicher.

Also dann – doch halt, Moment, nur ein paar Tage Pause und schon war ich aus dem Tritt. Sonst machte ich es immer vor dem Duschen, heute dagegen … Wie auch immer, so ging das nicht, keine fünfhundert Meter würde ich schaffen mit diesem Druck auf der Blase. Also! Selbst wenn … – nein! –, auch heute gilt, erst gar nicht drüber nachdenken, denn: was du nicht willst, dass man dir tut … Bitte schön! Selbst wenn es alle anderen so halten mochten, lange kein Grund, sich als Schwein unter Schweine zu reihen. Also dann: noch mal zurück! – Jaahaa!

Doch es klappte nicht. Weil da einer direkt neben mir, kaum angekommen am Porzellan, auch schon lospisste mit unüberhörbar mächtigem Strahl, untermalt von heiteren Posaunenstößen. Währenddessen bei mir noch nicht mal ein erstes Startertröpfeln, völlige Fehlanzeige, Waterloo. Aber eigentlich kein Wunder, wo selbst unter weit weniger widrigen Umständen bei mir nicht gleich auf Anhieb was lief, seit jeher schon. Waren alle Kabinen besetzt, war mein Problem schon zur Schülerzeit quasi unüberwindbar gewesen, wie groß auch immer die Not, an der Pinkelrinne angekommen war Schluss, ging nichts mehr. Dabei war es nicht so sehr die Unterlegenheit beim Vergleich all dessen, was sich fassen lässt in Maß und Zahl, was mir Beklemmung und Verschluss bereitete. Eher diese demonstrative blanke Selbstverständlichkeit, diese plädderne Direktheit des unbeschwerten Einfach-Drauflos, angesichts dessen mir selbst das Allerdringlichste verging. Zu solcherart unfassbar gleichmütiger Souveränität würde ich nie im Stande sein, schon gar nicht im Quasischulterschluss. Nur im sicheren Sichtschutz von Trennwänden konnte es was werden, langsam und in aller Ruhe, meistens jedenfalls.

Auch ohne verhaltenstherapeutischen Beistand habe ich über die Jahre meine Strategien entwickelt, um mit kritischen Klo-Situationen umzugehen. Sie von vornherein zu vermeiden, indem ich zu Hause pinkeln ging, die allerbeste dabei, allerdings nicht immer machbar und auch nicht immer hinreichend. Eine andere: Abwarten. Eine, in der ich es im Laufe der Jahre zu einiger Befähigung gebracht hatte: ausharren, bis die Bühne frei, die Luft wieder rein war. Nicht selten allerdings, dass, wenn da gerade was in Gang kommen wollte, gleich der nächste Ungerufene erschien. Klar, dass dessen Platzwahl auf genau den an meiner Seite fällt, gewissermaßen qua Naturgesetz, Rudelstrullen als Ethno-Rudiment aus früher Vorzeit: *You'll never piss alone*. In diesen Momenten muss dann meine Hauptstrategie greifen, es gilt so lange zu warten, bis der Strom pinkelmächtiger Störenfriede abreißt, eine Zeit, in der ich mich nicht beirren lassen darf und kühlen Kopf bewahren muss. Also tief einatmen, tief ausatmen, entspannen, bis auch der Letzte sich getrollt hat, ich wieder ganz mit mir für mich sein darf und die Dinge endlich ihren Lauf nehmen können, Augenblicke der Erleichterung und des Triumphes, wunderbar!

Wieder unter der Dusche genoss ich es, das warme Wasser über mich hinweglaufen zu spüren. Wie gut es tat, die Augen zu schließen, sich berieseln und berauschen zu lassen. Ich dachte an Silvia, die sich bestimmt krümmen würde vor Lachen, wenn sie wüsste, mit was für Schwierigkeiten ich mich abquälte, weil eben die scheinbar einfachsten Dinge keinesfalls immer einfach sind für mich. Silvia, die ich in diesem Moment ohne Gesicht vor mir sah, dafür umso mehr ihren Körper, ihre Sommerhaut, all das Perlen und Spiegeln darauf, Silvia als Lichtgestalt, hochaufrecht, mit ungebeugtem Rücken, Arme und Beine straff und unermüdbar, dazu ihr flacher Bauch, die schmale Taille, alles frei von jeglichem Mangel oder Zuviel.

Auch wenn ich der Kraft von Wünschen schon lange nichts mehr zutraute, auf dem Weg zurück zum Schwimmerbecken hoffte ich nichts anderes, als gleich Silvia dort zu sehen, Silvia in ihrem neonblauen Einteiler, Silvia auf Bahn 1. Allein der Gedanke, in dasselbe Wasser zu steigen, das auch sie umgab, erregte mich aufgrund der Vorstellung, dass Wasser aus polaren, also zur Fortleitung von Strömen bestens befähigten Molekülen bestand und damit eine Verbindung schaffen konnte von der einen Seite des Beckens bis hinüber zur anderen, einen elektrisierenden Brückenschlag bewirkend zwischen mir zu ihr, die sie dort drüben vielleicht ihre Bahnen zog, kraftvoll, elegant und unbemüht, getragen vom Wasser, das ihren Armen keinen Widerstand bot und in dem ihre Beine sich wie von selbst bewegten, gleichsam schwerelos. Das Nichtschwimmerbecken umlagerten wie üblich Muttertierrotten, von den Logenliegeplätzen nah dem Beckenrand stimmenstark das muntere Treiben der plantschenden Brut dirigierend.

Auf der Bank an Bahn 1 lag kein blaues Handtuch, neben dem Startblock standen nicht ihre Slipper, Silvia war nicht da. Ich war nicht überrascht, trotzdem enttäuscht. Für einen Moment dachte ich an Umkehr, dann heute eben doch nicht, konnte mich aber auch nicht entscheiden, gleich wieder zu gehen, außerdem: Was vergab ich mir schon, wenn ich noch ein bisschen blieb und zumindest ein paar wenige Pflichtbahnen absolvierte. Zudem war *Der Mann ohne Eigenschaften* ebenfalls noch lange nicht ausgestanden und erledigt; als der feuchtigkeitsverklebte Buchbrocken wieder getrocknet war, hatte ich zu meiner Überraschung einen Großteil der Seiten voneinander trennen können, Blatt für Blatt mit scharfem Küchenmesser, sodass er wieder lesbar geworden war, dieser Klumpen Musil, wenn auch nicht mehr in ganzem Umfang, der bisherigen Lektüreerfahrung nach nicht zwangsläufig ein Nachteil. Doch allein mit dem, was ich hatte freipräparieren können, würden sich mühelos noch Wochen, schlimmstenfalls Monate füllen lassen. Plötzlich kam mir eine irrwitzige Idee: Vielleicht ja würde Silvia gerade dann hier auftauchen, wenn ich, versunken in Ulrichs Gedankenlabyrinthe, am allerwenigsten an sie dachte. Und ich würde sie somit gewissermaßen absichtlich-unabsichtlich herbeilesen können, fantasierte ich.

Ein Schrei vom Sprungturm her riss mich aus meinem Gedankengekrause, kein Schrei um Hilfe, sondern um Beachtung – alle mal herschauen! Und schon war der bleiche

Birnenkörper in Deutschlandfarbenbadehose mit dem Hintern zuerst auf dem Weg in die Tiefe, klatschte aufs Wasser und tauchte ab, für eine viel zu kurze Weile, wohl auch der schwabbelnden und wabbelnden Geblähtheit dessen geschuldet, was da heruntergeplumpst war. Auch die Natur in all ihrer Weisheit ist manchmal sträflich fehlbar: Wäre Fett schwer wie Blei, was bliebe der Welt und uns alles erspart auf solche Weise! Aber so? Ich stieg ins Wasser, es war an der Zeit und würde mir guttun, mich zu bewegen, etwas beizutragen zum Abbau eigener Überschüssigkeiten, statt sich weiter in alles Mögliche hineinzusteigern.

Pflichtbahnen erledigt, Gewissen beruhigt. Ich saß auf meinem Handtuch, trocknete vor mich hin, Zeit für den Musil, weiter ging's, Seite 243: Ulrich *ahnt: Diese Ordnung ist nicht so fest, wie sie sich gibt; kein Ding, kein Ich, keine Form, kein Grundsatz sind sicher, alles ist in einer unsichtbaren, aber niemals ruhenden Wandlung begriffen, im Unfesten ...* – Moment mal! Etwas legte sich auf meine Augen – Hände? Mein Reflex, danach zu greifen, wurde durch den Buchbrocken erschwert, die Zeit des plötzlichen Sichtverlusts somit gedehnt, Zeit, in der mir klar wurde, nicht jeder Verlust ist einer, nicht, wenn er mit solchem Wohlgefühl einhergeht, erzeugt von zwei Händen, die es gut meinten und Dunkelheit entstehen ließen zum besseren Erspüren, frei von Ablenkung durch das, was die Augen sehen. Silvia gab lachend mir den Blick wieder frei, mit einem Klaps gegen meine Schulter.

Na du! Besonders bei der Sache bist du ja nicht, so wird das nie was mit deinem Monster-Buch da, oder?

Indem du mir die Augen zuhältst, wird es auch nicht leichter.

Soso, Silvia strich sich das Haar aus der Stirn, wiegte den Kopf, zwinkerte.

Ich hab' dir beim Schwimmen zugesehen.

Ich zuckte zusammen, als hätte sie gesagt, ich hab' dir beim Pinkeln zugesehen.

Und?

Du schwimmst wie eine Kartoffel.

Danke! Vielen Dank! Ich weiß, dass ich keine Kanone im Wasser bin.

Silvia lachte, Aha!

Ich bin nicht dazu geboren, ich bin kein echter Schwimmer, und ich sehe schon gar nicht so aus, ich weiß. Ich bin nicht nur alt, sondern auch fett geworden. Umso mehr: vielen Dank für deinen erbaulichen Hinweis!

Dieser ganz eigene Schmerz, der einen durchfährt, wenn sie ausgesprochen wird, die längst bestens bekannte Diagnose, zumal von einem anderen, gar viel jüngeren, einem dazu noch so maßlos strahlenden lebenssouveränen Sehnsuchtsmund.

Komm schon, Gernot, kein Grund, gleich einzuschnappen – papperlapapp!

Du hast gut reden, gerade du!

Wenn's dich so nervt, dann mach was, änder' was dran, wo ist das Problem?

Ich soll also die Kartoffel eben mal zur Mohrrübe umformen?

Erst mal ihren Schwimmstil, Silvia lachte wieder.

Und wie? Soll ich etwa Schwimmunterricht nehmen, meinst du das?

Musst du wissen.

Und du? Was ist, warum zeigst du mir nicht, wie man es richtig macht? Ein Teil von mir, den ich kaum kannte, hatte sich hervorgewagt mit dieser Frage, viel zu schnell, um das Arsenal meiner üblichen Einwände und Bedenken in Stellung zu bringen. Für ein paar lange Momente schwebte meine Frage zwischen uns, wie eine kleine Spinne, der ich beim Abseilmanöver zusah, mit angehaltenem Atem, wohl ahnend, wie viel davon abhing, dass es halten würde, dieses hauchfeine Fädchen im Wind.

Ich? Warum sollte ich das tun? Nenn mir auch nur einen Grund.

Weil du es nicht mehr mitansehen kannst, zum Beispiel. Oder einfach, weil du es kannst. Und weil du mir gerne hilfst. Vielleicht sogar, weil du …

Silvia prustete. Ich lach mich tot! Seh' ich aus wie Mutter Teresa, oder was?

Zum Glück nicht. Aber wie jemand, der schwimmen kann, und das unheimlich gut sogar. Das würde mir mehr als reichen.

Ach, …

Dieses Ach, das ich für die luftige Vorstufe eines Ja nahm, dazu Silvias Lächeln, das mein Fragen gar nicht so lächerlich machte, allein das tat schon gut, ganz egal, was folgen sollte auf meinen plump-täppischen Vorstoß.

Silvia setzte sich ins Gras neben mir, Schulter an Schulter, rempelte mich wie beiläufig, Tja, mal sehen.

Als ginge es nicht weiter ohne Worte, als ließe sich durch sie etwas bannen, auf das ich andernfalls jeden Einfluss verlor, vielleicht aber auch aus Furcht, Silvia könnte es zurücknehmen, ihr *Mal sehen*, das Spinnenfädchen würde doch noch reißen, erzählte ich ihr von dem Brief, den ich gestern in der Post gefunden hatte. Ein Brief von Fritz, in dem er mitteilte, dass Arno mir etwas hinterlassen hatte, ein richtiges Erbstück, das ich bei Interesse jederzeit abholen könne, einen VW California, noch gut in Schuss, wie Fritz schrieb, obwohl natürlich auch in die Jahre gekommen und lange nicht mehr bewegt. Ganz schön merkwürdig, dass Arno diesen Camper gerade mir vermacht hatte, wieso war er auf die Idee gekommen, so ein Freizeit-Bulli könnte ausgerechnet für mich etwas sein, der ich nicht mal einen Führerschein besaß.

Klingt doch prima, und, wann fährst du los?, fragte Silvia.

Gar nicht, weil ich nicht darf, ich habe gar keinen Führerschein. Außerdem wüsste ich auch gar nicht wohin.

Was Silvia mir nicht glauben wollte, sie hielt meine Führerscheinlosigkeit für einen Scherz, Nein, jetzt mal ehrlich, warum bist du ihn losgeworden, was hast du angestellt, du böserböser Gernot?

Nichts. Gar nichts.

Aha.

Ich habe den Führerschein nie gemacht. Aus verschiedenen Gründen.

Okay, klingt ja geheimnisvoll. Silvias Augen, wie sie strahlen konnten, wenn sie ihren Spaß hatte. Und jetzt brauchst du also jemanden, der das Prachtstück für dich abholt, richtig?

Hast du eine bessere Idee?

Du meinst also, ich soll für dich …? Immerhin, was für ein Aufstieg, von der designierten Schwimmtante zur Privat-Chauffeuse, Hut ab!

Du weißt ganz genau, …

Nee, echt, klingt irre aufregend! Klar würde ich mir mein Leben lang Vorwürfe machen, ein solches Hammer-Angebot ausgeschlagen zu haben, logisch! – Du meinst also, ich habe den Job? Hammer! Wo steht er denn, dein Flitzer?

In Arnos Scheune.

Na, dann los.

Jetzt gleich?

Nein, bloß nicht, besser noch eine Nacht drüber schlafen, meine Fresse!

Das Verladen meines Rades in Silvias Renault war inzwischen fast schon eine gewohnte Übung für mich, ohne Anschrammen und Finger-Quetschen. Zwei überfahrene rote Ampeln und kaum eine halbe Stunde später erreichten wir Arnos Hof, passierten das offene Tor mit den brüchigen Steinpfeilern auf beiden Seiten, von denen je ein grässliches Fabelwesen, halb Affe, halb Satyr, geifernde Blicke auf jeden herabschickte, der in den groben Schotterweg einbog. Beim genaueren Hinsehen bildeten die beiden gar kein Figurenpaar, waren nicht Stück und Gegenstück, sondern die gleiche Figur nur zweimal, ein-eiige Skulpturen-Zwillinge, nichts als eine banale Doppelung also, die als bloße Klonung das auf den ersten Blick Diabolische ins enttäuschend Banale wendete. Ob Arno die beiden da aufgestellt hatte? Wohl kaum. Wahrscheinlich hatten sie schon lange vor Arnos Zeit auf dem Hof dort ihren Platz gehabt, moosüberwachsen, wie sie waren. Und Arno wird es nicht der Mühe wert gefunden haben, sie mit dem Vorschlaghammer herunterzuholen.

Unter den mächtigen Kastanien, die das Haupthaus weit überragten, stand ein Wohnanhänger mit geöffneten Fenstern, als Türersatz ein löchriger Vorhang, der sich im Wind bauschte. Bänke und Biertische, eine mobile Theke unter einem Partyzelt mit flaschengrünem Dach, Tische voll schmutziger Gläser und beschmierter Pappteller, auf dem Grill verkohlte Bratwürste und angebrannte Fleischreste, die keiner mehr hatte essen können oder wollen.

Arnos Hof schien schnell neue Freunde gefunden zu haben, was mich weniger überraschte als auf eine Weise fast schmerzte. Kaum vorstellbar, dass Arno, der seine Einsamkeit hier draußen gesucht und gefunden hatte, dem nach der unsäglichen Episode mit der durchgedrehten Ljudmilla Ruhe und Abgeschiedenheit über alles gegangen waren, dass dieser Arno seinen Einsiedlerhof als Partylocation gutheißen könnte. Das war er also, der Lauf der Dinge, der nicht stehen blieb, nur weil da einer ging. Auf dem Weg zur Scheune sah ich mich immer wieder um, ohne dass sich irgendwo irgendwer zeigte. Dennoch wurden wir bestimmt die ganze Zeit beobachtet, doch von wo und von wem? Was, wenn sich im nächsten Augenblick Hunde auf uns stürzten, während die Partygäste noch ihren Rausch ausschliefen, oder irgendein Verrückter im Verborgenen bereits seine entsicherte Jagdflinte auf uns richtete? Ich atmete auf, als wir unbeschadet die große Scheune erreichten. Dort waren mehrere Fahrzeuge untergestellt, sorgfältig mit Planen abgedeckt, einzig ein grüner Lada mit platten Vorderreifen und polnischem Kennzeichen ohne Schutzüberzug. In der Ecke daneben rosteten Fahrräder vor sich hin. Wahrscheinlich alles noch so, wie Arno es zurückgelassen hatte, als er sich zu seiner letzten Fahrt aufmachte. Bis auf das gute Dutzend hochglanzpolierter Harleys, an deren ausladenden Lenkern Helme mit Wehrmachtsoptik baumelten.

Da drüben, das muss er sein, konstatierte Silvia im Flüsterton. Offensichtlich schätzte sie das denkbar Prekäre unserer Mission nicht so sehr anders ein als ich, ein Umstand, der mich nicht gerade beruhigte.

Gib her!

Was?

Na, die Schlüssel!

Wieso …?

Gernot, sag jetzt nicht, du hast sie vergessen! Du lockst mich hierher, um für dich diese Karre abzuholen, ohne die Schlüssel dabeizuhaben?

Aber ich habe gar keine! Außerdem, woher hätte ich denn auch wissen sollen, dass du gleich …

Ich fass' es nicht, verfluchte Scheiße!

Geht das denn nicht auch ohne, mit irgendwelchen Kabeln, mit denen man was überbrückt?

Schon gut, ich glaub's dir auch so, du hast echt keine Ahnung! Silvia riss die Plane vom Camper, tastete mit der Hand über die Reifen. Hier! Glück gehabt, Spaßvogel! Arno hat es also genauso gemacht, den Schlüssel auf dem linken Hinterreifen deponiert, ich kannte mal einen, der hat mir diese Masche verraten. Silvia hielt ein Schlüsselpaar an einem Ring mit Anhänger in die Luft, ein kleiner Holz-Delphin, dem die Schwanzflosse fehlte.

Sieh mal an, sogar mit Gepäckträger für dein Rad, was willst du mehr? Allerdings nicht gerade konservativ in der Farbwahl, das gute Stück, Silvia lachte. Dem grellgelben VW-Bulli mit froschgrün lackierten Türen war deutlich anzusehen, dass er schon an manchem hatte Anstoß nehmen müssen.

Also, auf geht's, oder wie lange willst du noch hier herumstehen? Wird Zeit, dass wir das Teil bewegen. Silvia ließ den Schlüsselring um ihren Zeigefinger kreisen.

Jetzt?

Nein, bloß nicht, Gernot, lass uns bis Weihnachten warten, wir brauchen echt noch Zeit, um alle Möglichkeiten ganz sorgfältig abzuwägen, jeden Schritt nochmal genau zu durchdenken – meine Scheiße!

Und deiner, was machen wir so lange mit deinem Wagen?

Bleibt hier. Wird schon nicht wegkommen so schnell, und selbst wenn.

Meinst du wirklich?

Silvia war schon eingestiegen, hatte den Motor bereits gestartet, aus dem Auspuff quoll schwarzer Qualm, dazu anfangs unrundes Tuckern wie bei einem alten Trecker, der sich mühte, seinen Rhythmus zu finden.

Wir ließen den Hof hinter uns, niemand, der uns daran hinderte, keiner, der uns verfolgte. Zu meinem Erstaunen nahm Silvia nicht den Weg zurück in die Stadt, den wir gekommen waren, sondern fuhr in die entgegengesetzte Richtung. Und als könnte sie meine Gedanken hören, fragte sie: Oder musst du nochmal zurück, brauchst du noch was aus deinem trauten Heim?

Ich weiß nicht genau, aber, heißt das …?

Ja klar!

Und du?

Ich? Ich brauche nichts.

Du musst also nicht noch mal zu dir zurück?

Zurück? – Was soll ich da? Ich will nicht zurück, ich will nach vorne!

In Gedanken ging ich meine Sachen durch. Was hatte ich dabei? Meine klammen Schwimmsachen, den Musil-Klumpen, mein Portemonnaie mit etwas Bargeld, dem Ausweis und zwei Kreditkarten, zur Sicherheit sagte ich mir die Geheimnummern auf. Sonst nur, was ich am Leibe trug, das T-Shirt, die kurzen Hosen, Sandalen, weiter nichts, keine Sachen zum Wechseln, kein Hemd, keine Ersatzunterhose, kein zweites Paar Socken, keine Regenjacke, nicht einmal eine Zahnbürste. Und dennoch regte sich plötzlich auch bei mir der Wunsch, aufzubrechen, einfach so und sofort! Silvia hatte es geschafft, sie hatte mich angesteckt, und ich genoss das Herzklopfen dabei. Es fühlte sich so gut an! Was für ein Anfang, einer wie noch nie!

In Ordnung, ich glaube, ich bin auch so weit. Es kann losgehen.

Mir den Sitz einzustellen, war ein alles andere als harmloses Manöver. Nach einigem Ruckeln und Ziehen hier und da katapultierte mich die Lehne nach vorn, zeigte mir das Ausmaß der Gefahren, die in unkontrolliertem Vorwärtsdrang liegen konnten. Erleichtert, unverletzt geblieben zu sein, lehnte ich mich vorsichtig zurück, unsagbar froh darüber, jetzt hier in Arnos altem Camper neben Silvia sitzen zu dürfen, die uns wohin auch immer fuhr. Im Handschuhfach hatte sie eine Sonnenbrille mit kleinen runden spiegelnden Gläsern gefunden und sie gleich aufgesetzt. Aus dem Radio kam Metallisches: Hämmern, Dröhnen, Bässe. Alles, was ich dabei vom Text verstand, war

I believe that Satan is dead.
And we race to take his place.
We have seen that Satan is dead.
Rest in peace, we got your disease.

Heiliger Bimbam, so genau hatte ich es gar nicht wissen wollen!

Silvia fuhr auf die Bundesstraße, kein Zweifel, wir waren aufgebrochen, einfach so, unglaublich! Noch vor wenigen Stunden hatte ich im Waldbad bloß gehofft, sie dort zu treffen, und jetzt dieser Hochstart ins Was-auch-immer! Es war später Nachmittag, die Zeit der gereizten Jobheimkehrer, denen es nun um jedes Minütchen ging, das sich auf der optimiert-allerschnellsten Strecke von A nach B vielleicht einsparen ließ. Schachtelmenschen beim Schauplatzwechsel, der nicht den kleinsten Verzug duldete, weg von der Fron, hin zum Lebenseigentlichen. Dem Abziehbildhaus in der Neubausiedlung, der bald oder längst schon abgelebten Liebe darin, die keine Flammen mehr schlägt; dem Feierabendbier, dem Grilltreff mit belanglosen Zufallsmenschen, die man leichtfertig Freunde nennt, dem bisschen ratlosen Gewohnheitssex, falls es denn hoch kommt; und falls nicht, Grund genug für ein nächstes und übernächstes Bier, und die unausweichliche, aber nur kurz aufflackernde Erkenntnis, dass alles viel zu lange schon nicht mehr ist, wie es mal war oder hätte werden sollen. Verlässlich gegen ein Zuviel an unerwünschter Einsicht in das Eigentliche der Dinge hilft Zerstreuung, ob on- oder offline, egal, Hauptsache, die Zeit lässt sich herumbringen und totschlagen, Zeit, in der andernfalls Nachdenklichkeit oder gar Trübsinn drohen, die zu nichts führen, es nur umso schwerer machen, wenige Stunden später wieder einzusteigen ins Hamster-Karussell, durchzustarten in einen weiteren Tag unterm Rad. Und genau deswegen jetzt schnell-schnell!, los-los!, aus dem Weg!, allesamt!, überholen und nochmal überholen, was da nicht sofort zur Seite weicht, weiter und weiter, Hauptsache Vollgas, erst recht dann, wenn man eigentlich gar nicht weiß, warum und wofür.

Ein Himmel aus fast nichts als Blau wölbte sich über uns, einzelne Kondensstreifen darin, die zu flüchtigen Flaumwölkchen wurden. Warmer Wind drang durch die offenen Fenster des Campers, fegte uns um die Köpfe. Ein Insekt, länglich und grün, landete auf der Frontscheibe, ohne sich aus eigener Kraft wieder davon lösen zu können. Vom Fahrtwind dazu genötigt, harrte es aus, ohne sich zu rühren, hockte da mit niedergedrückten Beinchen. Ohne Zweifel waren wir es, die allein Verantwortung trugen an der Misere dieses Tierchens, wir mit unserem Herumgefahre, niemand sonst. Ich überlegte, ob ich Silvia bitten sollte, anzuhalten für einen Moment, um der kleinen Heuschrecke eine Chance zu geben. Doch Silvia begann zu singen und meine Rettungspetition unterblieb, vor mir selbst unzureichend gerechtfertigt damit, dass ich ihr nicht hatte reinreden wollen in ihren Gesang, von dem ich kein Wort verstand. Es klang französisch für meine Ohren, daher mir fast genauso fremd wie Bengali, und doch glaubte ich erahnen zu

144

können, worum es ging in diesem Lied, vielleicht. Der Diesel war laut, der Wind auch, und da lag etwas in Silvias Stimme, das sich anders anhörte als reine Sommerheiterkeit und Aufbruchsleichte, eine gewisse Beklommenheit, eine Betrübnis, ein melancholisches Dunkel auch hinter und unter ihrem Lächeln, allem Strahlen und Leuchten um uns herum zum Trotz. Als wir dann an einer roten Ampel halten mussten, nutzte das Heuschreckchen die Gunst des Augenblicks.

Ich hasse übrigens Autobahnen, nur dass du's weißt, unterbrach Silvia ihr Singen und Summen.

Was immer sie mir damit hatte sagen wollen, mir war alles recht, wie sie fuhr, wie schnell, wie langsam, welche Straßen sie wählte, welche Ziele sie ansteuerte. Eine Weile sah ich aus dem Fenster, als ginge es darum, nur nichts zu versäumen von all dem, was da vorbeizog an uns. Doch die Ortschaften mit den Metastasen der allgegenwärtigen Supermarkt-, Drogerie-, Fast-Food- und Baumarkthandelsketten schienen bald austauschbar, sie wechselten mit brach liegenden Äckern und Feldern, Wiesen, die Bauland geworden, Fluren, die bereinigt waren, nur hier und da noch Dörfer mit Resten von altem Fachwerk um eine Kirche versammelt, stumme Zeugen einer Zeit, als der Kirchturm noch anzeigte, wo die Mitte war, im Dorf wie auch im Leben. Irgendwann fielen mir die Augen zu, der Diesel mit seinem verlässlichen Brummen – lass mal, lass mal nun, musst nicht, musst nun nicht mehr … – wiegte mich in den Schlaf.

Ich sah uns am steinigen Ufer einer Insel sitzen, wir blickten auf das stahlgraue Wasser vor uns. Das ist das Kaspische Meer, was gar nicht stimmt, denn es ist ein See, ein endorheisches Gewässer, weil ohne jede Verbindung zu einem Ozean, belehrte mich Silvia, die etwas erhöht neben mir auf einem Felsbrocken hockte, die Arme um ihre Knie gewunden. Ich hatte nicht die geringste Ahnung, was wir hier wollten und wie wir hergekommen waren. Silvia versicherte mir, dass solche Art von Fragen hier überflüssig, ohne jede Bedeutung sei, es hatte sich so ergeben, das war alles.

Und jetzt? Gar nichts, sagte sie, die Reise hierher sei unwiderstehlich preisgünstig gewesen, weil ohne Rückfahrkarte, erklärte mir Silvia. Das Schiff, von dem wir an Land gegangen waren, hatte nämlich seine letzte Fahrt gemacht, deshalb, du weißt doch, irgendwann ist immer das letzte Mal, Gernot.

Wie bitte?!? Du meinst …?!?, mir fehlten die Worte.

Silvia stand auf, kletterte die Felswand hoch, suchte den Horizont ab, eine Hand über den Augen. Nichts, ganz und gar nichts, kein Land, kein Schiff, kein Flugzeug, nichts zu sehen, wir sind endlich angekommen – wunderbar, findest du nicht?, Silvia strahlte.

Ich wollte antworten, doch alles, was ich zustande brachte, war ein gurgeliges Röcheln an der Schwelle von Traum und Tag.

Hey, Schluss jetzt mit Pennen, – Pause! Wir müssen dringend tanken!

Die beiden Silvias, die eine, die da eben noch oben auf der Felswand stand, und diejenige, die vor mir die Frontscheibe putzte, während sich der Tank des Campers mit neuem Diesel füllte, welche war welche, welche die echte, wenn es überhaupt eine echte und eine unechte gab? Ich sah der einen hinterher, wie sie den ARAL-Shop betrat. Was, wenn ich ihre Rückkehr nicht mehr erleben würde, weil eben dieser Teil des Traumes nicht weiterging und ich allein am steinigen Ufer dieses unglückseligen Gewässers mit falschem Namen zurückblieb und versuchen müsste, mich mit dem offenkundig Unabänderlichen abzufinden? Noch immer war ich mir nicht sicher, wer da gerade an der Kasse stand und die Tankrechnung bezahlte, wenn Silvia doch hoch oben vom Felsen herab übers Wasser spähte, glückselig, weil es kein Zurück mehr gab.

Die Silvia vom ARAL-Shop kam zurück, in der einen Hand zwei getürmte Pappbecher mit Deckel, eine Papiertüte in der anderen.

Du siehst ganz danach aus, als könntest du auch einen Kaffee gebrauchen, hier!

Der Kaffee war heiß, viel zu heiß, um ihn zu trinken, kaum möglich, den Becher auch nur in der Hand zu halten, ohne sich zu verbrennen.

Silvia riss die Tüte auf, Das war das Letzte, sie hatten nur noch eins. Sie brach das Schokohörnchen in zwei Teile, die Füllung quoll heraus, landete auf Hand und Papier, Blätterteig machte seinem Namen alle Ehre.

Guten Appetit, Schnarchnase!

Es dauerte, aber irgendwann war auch für mich die Zeit des Kaffees gekommen, der deutlich besser schmeckte als erwartet, kein fades Gesöff wie befürchtet, fast wie frisch aufgebrüht, schwarz und stark und gut.

Bist du schon mal am Kaspischen Meer gewesen, fragte ich Silvia.

Wie kommst du denn darauf?, war keine eigentliche Antwort, mir dennoch für den Augenblick genug.

Silvia sah mir zu, als beobachtete sie ein Kind bei den ersten selbstständigen Trinkversuchen.

Hätte nicht gedacht, dass du Kaffeetrinker bist, sie lachte, legte den Kopf in den Nacken, strich Blätterteigreste vom Mundwinkel, schmatzte, leckte sich die Fingerspitzen.

Wieso nicht? Wonach sehe ich denn aus, deiner Meinung nach?

Kräutertee und salzarmes Mineralwasser, sie kräuselte die Nase.

Tja.

Was, tja?

Wie sehr man sich doch täuschen kann, oder?

Silvia warf ihren Becher und die Tüte in den Müllbehälter neben der Tanksäule, strich sich die Haare hinter die Ohren, zwei kleine schnelle Bewegungen, als sollten sie unbemerkt bleiben, als ginge es nicht nur darum, ein paar blonden Strähnen die Richtung zu weisen.

Zum See

Ohne Frage sind Städte viel mehr als neutrale Ansammlungen von Häusern, Straßen, Plätzen, also geografische Bezirke, in denen Menschen wohnen, arbeiten, sich umherbewegen. Nicht selten verorten wir Erinnerungen in ihnen, solche und solche. Köln war so ein Ort. Einer, der mir immer noch Unbehagen bereitete, allein das Wort schon: K-Ö-L-N! Hildegardt würde darin einmal mehr ein typisches Symptom sehen, ein Symptom meines Talents, mich maßlos in eine Bagatelle hineinzusteigern, und wenn schon. Dachte ich an Köln, war alles gleich wieder da, die Enge in der Brust, der Druck im Magen, die Unfähigkeit ein Wort herauszubringen. Dieses Köln, das seinen Hohn über mich ergossen hatte und immer noch nicht nachließ damit, mich mit schäbigem Grinsen anzusehen, voll boshafter Häme für einen, der sich dort unvergessbar zum Idioten gemacht hatte, damals, kurz nach dem Studium, als noch alle Wege offenstanden, wie ich zu der Zeit hatte glauben wollen.

Nach Beendigung des Auswahlverfahrens war mir die Anstellung am Physiologischen Institut der Universität bereits so gut wie sicher, als mir der Institutsleiter im Abschlussgespräch klarmachte, welchen *Stellenwert* – allein dieses Wort aus seinem Mund hatte geklungen wie eine offene Drohung – Tierversuche in meiner künftigen Tätigkeit haben würden. Eine Selbstverständlichkeit, ohne jeden Zweifel, dennoch, schließlich wolle er nichts unausgesprochen lassen, Wenn Sie wießen, was ich meine. Und sischerlisch haben Sie nisch dat kleinste Problehmschen damit, nisch waahr? Seinen rheinisch-verschlagenen Singsang, ich habe ihn noch immer im Ohr. Dabei rekelte sich der Herr Groß-Professor in seinem Echtleder-schreibtischsessel mit sichtlicher Vorfreude darauf, meinem Ringen um eine angemessene Antwort beizuwohnen. Unverhohlen nahm er mich ins Visier, seine Augen aus den Untiefen der hellfleischigen Generaldirektorenvisage mit Mehrfachkinn überm schmierweißen Hemdkragen mit zerdrückter Fliege kalt auf mich gerichtet. Die Teigfinger kneteten einen fetten Montblanc, mit dem er tagtäglich abzeichnete, Verträge, Existenzen, Leben. Nachdem alles bis hierher für mich so gut gelaufen war, brachte mich nun diese wie beiläufig gestellte Frage aus aller Fassung. Ich konnte keine Antwort geben darauf, nicht, weil ich keine hatte, schließlich wollte ich diese Stelle doch – oder? –, sondern weil ich außerstande war, auch nur ein einziges Wort hervorzubringen unter solcher Art perfidem Augurenblick, keine Silbe, kein Ja und kein Nein. Ofenheiß war mein Mund und wie ausgedörrt, als wäre eine Stichflamme dort hineingefahren, deren Gluthitze alles versengt hatte, übrig bloß ein stocktrockener Zungenkörper, unlösbar mit dem Mundboden verbacken.

Ein paar Tage später hatte ich dann die schriftliche Absage in der Post, man habe sich für einen anderen Bewerber entschieden, wünsche dennoch das Beste für die berufliche und persönliche Zukunft, blablabla. Ich war erleichtert, auch, schließlich waren Tierversuche doch unausdenklich für mich, doch vor allem gekränkt, wie naiv, wie kurzsichtig, wie sträflich unbedarft war ich gewesen, dafür hatte ich nun die Quittung erhalten. Das Schlimmste aber war für mich nicht, eine aussichtsreiche universitäre Stelle versagt zu bekommen, sondern vielmehr, statt des selbst ausgesprochenen, festen Neins aus Überzeugung die Demütigung einer Absage wegen schlichter Nichteignung ertragen zu müssen, den Volltrottel gegeben zu haben, dem es schon bei der erstbesten simplen Frage alle Sprache verschlug.

Köln, diese bigotte Hochburg von Karneval, Katholizismus und Tierquälerei, mit seinen zahllosen Dreckecken und dem alles überstrahlenden Dom, Sinnbild rücksichtslosester sakraler Paternalität, gelegen an den Ufern des so urdeutschen Altvaters Rhein, längst schon genauso versifft wie die Stadt, diesen Misthaufen Köln, wir hatten ihn endlich hinter uns. Ich atmete auf. Heute wie damals.

Wir durchquerten Euskirchen, kamen nach Billig, einem kleinen südlichen Vorort, der seinen Namen nicht einer Discounterkette verdankte, sondern der verballhornenden Sprechweise von BELGICA VICUS, latinisierte Bezeichnung für ein Straßendorf an diesem Kreuzungspunkt des ehemals römischen Wegenetzes. Vor uns lag Bad Münstereifel, Heino-Stadt, wenn mich nicht alles täuschte. Ich musste wohl etwa zwölf gewesen sein, als ich zum Geburtstag die erste Langspielplatte geschenkt bekam, *Kein schöner Land* von Heino, der gerade Heintje als Sangesidol bei mir abgelöst hatte – weiß der Himmel, was da manchmal geschieht mit einem in diesen verrückten Zeiten des Werdens. Nur wenige Tage später konnte ich sämtliche Lieder auswendig, kindlich vorbehaltsfrei. Wie sollte ich auch wissen, dass es zum Großteil alte Marschlieder waren, Liedgut aus den Sangesbüchern der deutschen Wehrmacht, das ich da ahnungslos trällerte. In den frühen Jahren der Republik stießen sich keine Zensurbehörden an diesen Texten, im Gegenteil, die junge BRD wollte schon wieder *Zu Land ausfahren*, der Enzian blühte hoffnungsvoll blau, auch auf die schwarz-braune Haselnuss ließ man nichts kommen, im Gegenteil.

Wir fuhren im Abenddämmer weiter Richtung Eifel durch ein Stück Landschaft mit mäßigen Höhen und wenig bemerkenswerten Tiefen, abgesehen von einer Handvoll wassergefüllter Maare, trichterförmige Erdmulden vulkanischen Ursprungs, die ihr Entstehen vorzeitlichen Dampfexplosionen verdankten. Insgesamt eine Gegend dazu bestimmt, zügig durchfahren zu werden, unausweichliche Transitstrecke eben, wollte man den deutschen Südwesten schnellstmöglich hinter sich bringen, was, wie ich inzwischen vermutete, Silvias Plan war.

Noch neunzig Kilometer bis Trier. Die einzige Sommerferien-reise gemeinsam mit den Eltern hatte ich nahe der alten Römer-stadt verbracht, ganze zwei Wochen. Nur dass selbst dafür das Geld nicht reichte. Also hatte Vater bei der Kunden-Kredit-Bank, einem rechtskonformen Schurken-Laden mit Wucher-zinsen, die erforderliche Summe aufgenommen. Doch es gibt keinen richtigen Urlaub im falschen, und so nahm schon kurz nach unserer Ankunft in dem Winzerort bei Trier Vaters Zahn-vereiterung ihren Lauf. Während draußen die Moselsommer-sonne über den Weinbergen auf- und wieder niederging, wälzte er sich fieberträumend in durchschwitzten Hotelbettlaken, bis schließlich ein Zahnarzt am Stadtrand, ein bürstenhaariger Weißkopf mit solider Fronterfahrung noch, der keine Sommer-ferien machte, Vater den fauligen Backenzahn samt vereiterter Wurzeln aus dem Kiefer grub. Als es Vater wieder besser ging und der Urlaub so gut wie zu Ende war, folgte der eigentliche Höhepunkt der Reise, die Begegnung mit Nicolaus Cusanus, eigentlich Nicolaus Cryfftz. Er war Universalgelehrter an der Schwelle zur Neuzeit gewesen, zeitlebens Krebs in der Reuse einer feudalistischen Kirche, die sich an ihm verfehlte, er sich dagegen nie an ihr. Cusanus, der größte Denker, den das Land um die Mosel bislang hervorbringen konnte, hatte schon zwei Jahrhunderte vor Galilei postuliert, dass die Erde nicht der Mittelpunkt des Kosmos sein könne, sondern sich kreisförmig – ein Planet unter anderen – durch unser Sonnensystem bewege. Wir, das heißt Vater und ich, besuchten Geburtshaus, Kirche und Stift dieses großen Mannes: Lateinische Schriftzüge an den Mauern, Gelehrtenluft ferner Jahrhunderte, bis unter die hohen Decken gefüllte Bibliothekswände, die damalige Summe allen Glaubens, Denkens und Wissens um Gott, den Himmel und die Welt. Ein unbestimmtes Empfinden zwar, zugleich war ich mir gewiss, gerade ganz nahe dran zu sein an einer Porta Magi-ca, einer zuvor nicht einmal geahnten Pforte, die bereit war, sich mir zu öffnen, ich brauchte nur anzuklopfen und hindurchzu-treten, so oder so ähnlich hatte es sich angefühlt, noch heute kann ich es spüren. Danach mein erster Wein in einer kleinen Schenke am Marktplatz, kalter Riesling vom Fass, Ein Glas auch für den jungen Herrn hier, sehr wohl, von knorriger Hand auf den rohen Holztisch gestellt. Nie mehr, so sehr ich auch danach suchte, war ein Wein dem wieder gleichgekommen, den ich hatte kosten dürfen an diesem unvergesslichen Sommerabend, als ich in Flammen stand, mein persönliches Ur-Pfingsten erlebte, als ich glaubte, verstanden zu haben, worauf es ankam für mich und mein Leben, und mich danach verzehrte, seinen, Cusanus' Spuren zu folgen. Ich schwor mir, alles daranzusetzen, um fließend Latein sprechen und schreiben zu können ganz wie er, erfüllt von naiver, unschuldiger Liebe zu etwas übermächtig Großem, lange bevor der erste blonde Mädchenzopf in der Kirchenbank vor mir meine Sichtweise der Welt grundlegend veränderte, mich um Schlaf, zum Teil auch Verstand brachte. Merkwürdig, wie schließlich alles so anders hatte kommen können, wo meine Zukunft mir an diesem Abend in Bernkastel doch so ganz und gar und unausweichlich vorgezeichnet erschienen war. Dabei ist das Schlimmste an all den dann folgenden Irrwegen ja gar nicht so sehr die jeweils falsche Richtung gewesen, denke ich heute, sondern die vernagelte Konsequenz, mit der ich auf ihnen beharrt habe, mich also weiter und weiter verlief, mein ureigenes eigentliches Ziel mehr und mehr aus den Augen verlor.

Los jetzt, genug gechillt!, Silvia boxte gegen meine Schulter, Komm schon, Schluss mit dem Herumgehänge! Über mich hinweg öffnete sie die Beifahrertür, frische, kühle Nachtluft zog ins Wageninnere. Bis auf einzelne Lichter in größerer Entfernung war es dunkel.

Jetzt machen wir erstmal ein bisschen Zwischenstation, sagte Silvia.

Aber wo sind wir denn überhaupt?

An irgend'nem Stausee.

Und wozu, was wollen wir hier, so mitten in der Nacht?

Na, was wohl, du Trantüte: schwimmen natürlich, was denn sonst?

Aber …, es folgte einmal mehr einer meiner vergeblichen Versuche, doch noch Einfluss zu nehmen auf den von Silvia festgelegten Lauf der Dinge.

Was denn …?!

Meine Badehose, die ist noch lange nicht wieder trocken. – Klar, kaum mehr als ein ziemlich kläglicher Versuch.

Dann wird's höchste Zeit für eine neue Erfahrung, Gernot, meinst du nicht? Oder hast du etwa Angst, unterzugehen so ganz ohne? Mach dir mal keinen Kopf, die Augen der Finsternis werden dir schon nix weggucken!, Silvia lachte, zog mich am Arm aus dem Wagen, na los, beweg dich, alter Mann!

Nur wenige Meter bis zum Ufer, auf denen Silvia im Laufschritt das Wenige abstreifte, was sie an sich trug. Ein kleiner Aufruhr des Wassers, kurzer Wellentanz der Lichtspiegelungen auf dem See, sanftes Schwappen gegen den Ufersaum, Silvia hatte sich nicht aufhalten lassen. Während ich noch unschlüssig dastand, einen Moment lang versucht, Silvias Sachen einzusammeln – ja, und dann? Ich fror, ein Frieren von innen bei pochendem Herzen. T-Shirt und Unterhemd schaffte ich fast auf einen Zug, blieb allerdings im ersten Hosenbein hängen und sah mich schon fallen, als ich so grade eben im wirklich allerletzten Moment meinen verhedderten Fuß doch noch freibekam.

Das Wasser war kühl, ja, doch nicht annähernd so kalt wie befürchtet. Dennoch sprang mich Angst an wie ein gräulicher Kobold aus der Dunkelheit. Was, wenn Silvia vorhatte, ans andere Ufer zu schwimmen, was, wenn ihr dabei die Kräfte ausgingen, ihr sonst so verlässlicher Körper den Dienst versagte oder sie von ungeahnten Mächten gepackt und nach unten gezogen würde? Dies war kein zahmer Pool, dies war ein unbekannter See, ich wollte gar nicht wissen, wie groß und wie tief, und es war Nacht! Wie würde der See reagieren, wenn Silvia ihn herausforderte mit ihrer schrecklichen Furchtlosigkeit, würde er stillhalten, sie einfach gewähren lassen wie der Brückenbogen überm Kanal?

Ich stand im hüfthohen Wasser, meine Füße schon bis über die Knöchel eingesunken im sandigen Ufergrund. Ein zitternder Kümmerling, der es immerhin geschafft hatte, seine paar Klamotten abzuwerfen und sich sogar ohne Badehose in den See zu trauen, während Silvia natürlich nicht darauf gewartet hatte, dass ich mich nach und nach aus den Klamotten pellte. Warum eigentlich nicht, warum denn nicht, verdammt noch mal! Meine Angst kippte um in Wut, die es mir leichter machte, weiter und tiefer hineinzugehen in den See, auf rutschigem Steinuntergrund mich zu wappnen für das Bevorstehende, um dann, den Körper gespannt wie ein Bügelbrett, mich mit ersten hektischen Armschlägen aufs Wasser zu legen, ohne zu wissen, wohin eigentlich weiter inmitten dieser Seedunkelheit. Ob Silvia sich vielleicht bloß versteckte vor mir? Gut möglich, dass sie gar nicht so weit weg war, ganz im Gegenteil, und sich eins kicherte über das Männchen da, das sich einmal mehr allzu leicht zum Narren machen ließ und machte. Was aber, wenn sie schon längst in einen Strudel geraten war, weil der See nicht so wollte wie Silvia in dieser Nacht? Na los, hatte sie gesagt, und mich dann einfach abgehängt, ohne sich auch nur ein einziges Mal umzudrehen zu mir, Na los, alter Mann, haha, wirklich sehr lustig! Geradezu weggelaufen war sie vor mir, hatte mich abgeschüttelt, hinter sich gelassen. Klar, ging ja auch alles leichter ohne mich, diese alte Trantüte, die nicht auf Brückenbögen herumklettert und nicht bei drei im See ist. Ich fühlte mich elend, von Silvia ausgetrickst, bedroht vom See, der Dunkelheit, irregeführt von Arno und seiner blöden Idee, ausgerechnet mir seinen alten VW-Bus anzuhängen, ohne den wir nicht hier wären, ohne den ich jetzt nicht diese Heidenangst um Silvia haben müsste, die irgendwo da draußen war. Aber bitte schön, es lag nicht in meiner Verantwortung, Silvia war schließlich alt genug, um zu wissen, was sie wollte und was sie tat. Und ganz egal, was auch geschehen war oder würde, helfen konnte ich ihr sowieso nicht. Ich drehte um, stapfte zurück, stieg aus dem Wasser. Die Sichel des Mondes spießte sich durch eine Wolkenlücke direkt über mir. Die Lichter auf der anderen Seite des Stausees waren erloschen. Das Wasser lag ohne jede Regung da, glatt und schwarz und schwer. Ich fror, splitterfasernackt wie ich war, so viel nackter noch als ein nur Unbekleideter, bis aufs Letzte bloß und ohne jede Hülle. Ratlos sah ich an mir herunter, ja, wirklich, stimmt schon, absolut lächerlich, kleiner, alter Mann!

Ich machte mich auf den Weg zurück zum Camper, ging so schnell wie ich nur konnte, ohne noch einmal zum See zu schauen. Doch mit jedem Schritt vom See fort wurde ich unsicherer: War das, was ich hier gerade tat, wirklich das Richtige? Bewegte ich mich nicht vielmehr in die völlig falsche Richtung? War es nicht ganz einfach meine Pflicht umzukehren, statt beleidigt abzuziehen? Also doch wieder zurück? Nein! Dieses Mal nicht! Nein! Dennoch, als ich den Camper erreicht hatte, war da etwas, das mich daran hinderte, einfach einzusteigen, so, als wäre alles in Ordnung, als wäre Silvia nicht noch immer da draußen, irgendwo auf diesem See. Ich umkreiste den Camper, ging wieder und wieder um ihn herum, ich weiß nicht, wie viele Runden ich drehte, bis das Gefühl der Verunsicherung und Unruhe langsam nachließ. Nach einer Weile hatte sich auch mein Atem wieder beruhigt, ich stand da, lauschte hinein in die Tiefe dieser Nacht, die unirdisch still war. Hoch über mir spannte sich ein unbegreiflich weiter schallloser Raum. Auch vom See her nicht das geringste Geräusch. Als hätte sich alles Bewegte und Bewegende zurückgezogen in die höchsten Höhen oder auf seinen äußersten Grund.

Auf der anderen Uferseite glitten zwei Fahrzeuge mit Alarmleuchten lautlos durch die Dunkelheit, zwei stumm blinkende Nachtraupen, die an der jenseitigen Grenzlinie des Wassers entlangspukten. Ein Schauder vor diesem See überkam mich, Ekel und Abscheu angesichts all der möglichen Grässlichkeiten, die sich in ihm tummeln mochten, zahllose kalte Augen, stachelzähnige Mäuler, glitschige Schuppenleiber. Ich stieg in den Camper, zog mich wieder an, setzte mich, ohne Licht zu machen, auf den Beifahrersitz und wartete. Ich wurde müde, sah stumpf der Zeit am Armaturenbrett beim Vergehen zu, bis zu dem Moment, an dem sie sich in vier giftig grüne Nullen verwandelte, zwei Zahlenzwillinge ohne eigenen Wert, auf Abstand zueinander gehalten von einem falsche Erwartungen weckenden Doppelpunkt.

Etwas Nasses legte sich an meine Wange, umschlang meinen Hals, der See mit seinen dämonischen Tiefen, war er gekommen, um nun auch mich zu holen?

Mein Gott, du hast mich zu Tode erschreckt!

Kein Wunder, Tod ist meine Spezialität!, Silvia klatschte mir mit der Hand auf den Nacken, Ich dachte, du hättest mich längst bemerkt.

Wie denn wohl, wenn ich eingeschlafen bin und du dich so anschleichst!

Papperlapapp!, Silvia hüpfte aus dem Camper, ein splitternacktes Rumpelstilzchen im blassen Mondlicht, gepackt von einem Lebenslustanfall! Dann holte sie eine Decke aus dem Wagen, breitete sie aus auf dem nachtfeuchten Gras, ließ sich rücklings darauf fallen, die Hände unterm Kopf verschränkt.

Was ist? Na, komm schon, Gernot, ich beiße nicht, nicht dich, bestimmt!

Schulter an Schulter lagen wir nebeneinander, sachter Wind ging übers Gras, der Raum über uns jetzt wolkenlos und sternenklar. Das Gedankengeschwirre in meinem Kopf, dazu der Blick in diese Grenzenlosigkeit ganz-hoch-oben-weit-draußen, die alles Sehen, Verstehen, Erfassen um jedes Maß überstieg, kein Wunder, dass sich mir bald alles drehte. Ich schloss die Augen. Ja, egal, was weiter werden würde, so viel war sicher, in diesem Augenblick lag ich hier neben Silvia, auf einer kleinen Deckeninsel ungeschützt unter dem unauslotbaren Raum, zwei Nichtse, ohne die allergeringste Bedeutung fürs große Ganze, diesen

Himmel, dieses Universum – und dennoch! Und wie!

Weißt du, was heute für eine Nacht ist, Gernot?

Die verrückteste Nacht, die ich je erlebt habe. Und die erste Nacht seit wer weiß wie lange, die ich draußen verbringe, noch dazu ohne die geringste Ahnung, wo ich überhaupt bin.

Ein Flugzeug zog seine Bahn über den Sternenhimmel. Hinter abgedunkelten Kabinenluken schliefen, träumten, wachten Menschen in ihren Sitzen, hatten ihre Reisehoffnungen und ihr gesamtes Leben einem Unbekannten, einem wildfremden Menschen anvertraut, der da ganz vorn, geschieden von ihnen durch die Trennwand des Cockpits, über Kurs und Richtung, Ankommen oder Absturz verfügte, gemeinsam mit dem Unbeeinflussbaren, dem Zufall, den Mächten des Himmels oder der ewigen Finsternis. Wie war das möglich, solches jeder Ratio zuwiderlaufende Sichanvertrauen? Guten Abend, hier spricht Ihr Kapitän! – Was für ein Humbug! Wie leichtgläubig Menschen doch waren, wie vorschnell bereit auszublenden, wovon sie nichts wissen wollten, weil schon nicht geschehen würde, was nicht passieren durfte. Als gäbe es das alles gar nicht, die jederzeitige Möglichkeit, unaufhaltsam zu sinken, den unrettbaren Todestaumel der Maschine, den durch nichts mehr zu verhindernden Crash, das Zerschellen in den nächsten zwei, drei Minuten nach der zwangsläufigen Abfolge von Druckverlust, Sauerstoffmangel, Bewusstseinsausfall: Leiber, die beim Aufprall zerplatzten, Fleisch, das verbrannte, Stahl, der schmolz. Bald schon nach Bekanntwerden einer wieder mal neuen Tragödie irgendwo im Nirgendwo flackern in allen Medien die obligaten Katastrophen-Nachrichten auf, gefolgt von den üblichen Ritualen und Inszenierungen: Betroffenheitsbekundungen von Frau Minister und Herrn Mächtig-Wichtig, Angehörige und Freunde der Opfer, die nicht wissen, wohin mit aller Verzweiflung und Trauer, also Kerzchen anzünden, Bildchen aufstellen, Blümchen, später auch Kränze niederlegen, während die Untersuchungen zum Hergang des Unglücks nach und nach aufgenommen werden, aber nur stockend vorankommen, der üblicherweise erschwerten Umstände wegen. Doch völlig egal, was da auch aufgeklärt und gefunden wird, es gibt keinem einzigen Menschen sein Leben zurück, all dieses Getue!

Warum ist das wichtig?, fragte Silvia.

Was?

Na, wo wir sind.

Ach so …, das meinst du …, tja … Ich weiß nicht, vielleicht ist es ja auch gar nicht so wichtig …

Auf jeden Fall ist heute Nacht Sommersonnenwende. Die erste Hälfte des Jahres ist schon wieder rum, Gernot, der zweite, der letzte Teil beginnt.

Vom See her erreichte uns ein kalter Luftzug, als hätte sich ein Schacht geöffnet. Leichter Wind kam auf, brachte Erd- und Laubgeruch mit sich. Die Wende des Sommers, wie oft schon hatte sie sich zugetragen in meinem Leben, unbemerkt und unbeachtet von mir, bis zu diesem heutigen Tag, der gerade geboren wurde aus dieser kürzesten der Nächte.

Es gibt für diese Nacht eine Menge Riten und Bräuche, nicht alles davon ist Quatsch, auch wenn du das vielleicht denkst, Silvia sah nach oben, mit schräg gelegtem Kopf.

Du meinst all dieses schräge Hexenzeug, Furien, die auf Besen reiten, Kobolde, Irrlichter?

Blödmann!, Silvia drehte sich zu mir, gab mir einen Klaps auf die Stirn. Sommersonnenwende ist ein Fest, ein mächtiges Fest der puren Freude an diesem einen und einzigartigen, unwiederbringlichen Leben, kein alberner Hokuspokus von Runzelweibern mit Warzennasen. Die Natur steht in voller Blüte, trägt schon erste Früchte, also Grund genug, zu feiern bis in den Morgen, der so früh nur einmal kommt. Mit Feuer-Ritualen, die alle Dunkelheit vergessen lassen, die Orakelkraft besitzen. Nahm etwa der Rauch dieser Feuer den Weg über die Felder, wuchs bei den Menschen früherer Zeiten die Hoffnung auf reiche Ernten. Man tanzte ums Feuer, nackt, Menschen bekleidet mit nichts als einem Gürtel aus

Beifuß und Eisenkraut, überhaupt gilt Nacktheit in dieser Nacht seit jeher als bedeutsames Symbol, Sinnbild für die Verbindung zur Ursprünglichkeit und zum Urgrund allen Daseins.

Jede Menge animistischer Aberglaube also.

Nenn es, wie du willst!, Silvia war aufgestanden, die Arme vor dem Körper verschränkt, sie zitterte.

Wie wenig hätte es gebraucht, um nur das zu tun, was am nächsten lag. Den Arm um eine Frierende legen, ihren bibbernden Körper an mich heranziehen, ihn mit dem anderen Arm umschließen, um zu teilen, was nottat für sie: die Wärme des anderen, meines Körpers – *dies ist mein Leib*. Und …? – Ich begriff es erst, als alles schon zu spät war: wieder hatte ich es verkackt!, war es das, was Silvia gerade über mich dachte? Warum konntest du aber auch nicht wenigstens ein paar winzige Augenblicke länger genau so stehen bleiben, Silvia, Augenblicke, die ich noch gebraucht hätte!?

Diese Nacht ist eine gute Gelegenheit, um nachzudenken über das, was vorbei ist, und über das, was noch kommen kann, in diesem Jahr, in diesem Leben, dauert schließlich nicht ewig, sagte Silvia. Sie war auf Abstand gegangen, sah mich an, Auge in Auge, wie es so heißt, standen wir uns gegenüber, wenige Schritte voneinander entfernt. Silvias Blick so eindringlich wie auch auf eigentümliche Weise wehmütig, der Blick einer verletzten Kriegerin, dachte ich. Von ferne hupte ein Wagen, mehrere Hunde, die Antwort gaben, viel zu laut, viel zu lang.

Silvia griff nach der Decke, legte sie sich um, nicht einmal das hatte ich hinbekommen, auch diese Chance vertan, herrje! Während ich ratlos weiter nur dastand, schoben sich Bilder Tanzender vor das der realen Silvia, Tanzende, die Haut glänzend von Schweiß, erfüllt von der ekstatischen Magie der Mittsommernacht, Männer und Frauen, die sich um ein Feuer bewegten, nackt, wie sie auf diese Welt gekommen waren, nackt und entblößt, wie sie früher oder später wieder sein würden, Tänzer, die das Leben feierten, diese mysteriöse, allzu flüchtige

Episode zwischen Geburt und Tod, die wir hinter Masken und in Verkleidungen durchstolpern und dabei so oft die falschen Dinge für die wichtigsten nehmen, das Wesentliche wieder und wieder zu spät begreifen.

Silvia zog die Decke fester um sich. Ein kleines Feuer sollten wir aber schon machen, das sind wir ihr schuldig, dieser Nacht, was meinst du, Gernot? Außerdem hat in der Mittsommernacht jeder einen Herzenswunsch frei. Du brauchst dazu nichts weiter als ein Stück Papier, einen Stift und was zum Funkenschlagen.

Ich machte mich daran, den Camper zu durchsuchen, fand im Handschuhfach einen Kuli und einen kleinen Ringblock, dazu in der Besteckschublade unter den Gasplatten ein Plastik-Feuerzeug mit einer Sonne darauf wie von Kindern mit Fingerfarben gemalt, daneben in Schreibanfängerschrift *Le Midi*. Zu meinem Erstaunen funktionierte es auf Anhieb. In der Zwischenzeit hatte Silvia schon alles für unser Sommersonnenwendfeuerchen vorbereitet. Dürre Zweige, trockenes Gras, Blätter vom Vorjahr, Zeitungsreste, alles in einem Ring aus Ufersteinen zu einer kleinen Pyramide aufgeschichtet, die schnell Feuer fing. Sie waren im Nu verbrannt, unsere Wunschzettelchen, Silvia pustete in die Aschereste, die der sanfte Nachtwind mit sich nahm. Was du in dieser Nacht träumst, hat gute Aussicht, in Erfüllung zu gehen, flüsterte Silvia, die Welten sind sich nämlich so nah wie sonst nie.

Wir stiegen in den Camper, legten uns hin. Doch an Schlaf war nicht zu denken, zumindest nicht für mich. Ich sah hinaus auf den See, seine Oberfläche glatt wie eine straff gezogene Plane, darüber schon ein Hauch von Frühlicht. Von Silvia auf der Lattenrostliege über mir, zu der sie wortlos hochgeklettert war, kein Laut, keine Bewegung. Also rührte auch ich mich nicht. Wieder und wieder zogen die Bilder des Tages und der vergehenden Nacht an mir vorbei, hielten mich wach. Ob Silvia wirklich schlief? Oder lag sie, ebenso wie ich, bloß da, die einzigen Bewegungen die des Atmens und der schlaflosen Lider?

Wie lange schon hatte ich nicht mehr im selben Raum mit einem anderen Menschen die Nacht verbracht? Wie also zur Ruhe finden, wenn da über mir, kaum mehr als eine Armeslänge entfernt, eine Frau liegt, nicht irgendeine, sondern die Rückenschwimmerin aus dem Waldbad, Silvia, mit der gemeinsam ich aufgebrochen und auf dem Weg war, ohne zu wissen, wohin. Was sich so gut und so kribbelig und so wunderbar verrückt anfühlte. Während die Gedanken ihre Kreise drehten, einer den nächsten anstieß, der unkontrollierbare Gedankenstrom mich hier- und dorthin mit sich zerrte, lag ich weiterhin reglos da mit dem Gefühl, mein Kopf werde von innen wundgerieben von all dem, was da drinnen herumschwirrte in einer Tour. Mein Herz begann zu klopfen, schneller und heftiger, als ginge es um viel, wenn nicht um alles, nichts weniger als mein Leben. Was, wenn dieses Rasen und Pochen kein anderes Ende nehmen würde als durch einen plötzlichen Knall, eine stumme letztendliche Implosion. Doch nichts dergleichen geschah. Das Herzklopfen endete wie es begonnen hatte, sozusagen von selbst. Als schließlich das Morgenlicht heraufzog, war es wie eine Erlösung, Magie eines Neubeginns, vor dem alle Nacht weichen musste. Ich sah ihm zu, staunend und dankbar, als sähe ich es zum allerersten – vielleicht auch allerletzten – Mal, dieses Aufstrahlen der noch schläfrigen Frühwelt, das Spiegelbild des Sonnenlichtes auf dem See, sein verheißungsvolles Glitzern: Auch nur einen einzigen Augenblick von all dem zu versäumen, wäre ein nicht wiedergutzumachender Fehler. Vom Ufer klang erstes Erwachen herüber, Ruf und Gegenruf einiger Wasservögel, Stimmproben des Lebens, das erneut begann, Fragen zu stellen an den beginnenden Tag, der das Tuch der Stille vom See zog.

Die Querstreben des Ausziehbettes über mir, siebzehn Holzleisten, ich zählte sie wieder und wieder, als gelte es, bei der Frage ihrer Anzahl messerscharfe Sicherheit zu erlangen und jeden nur erdenklichen Fehler auszuschließen. Siebzehn, ja, ganz sicher, siebzehn schmale Hölzer wie die Rippenbögen eines beachtlichen Tieres, das dort reglos über mir ruhte. Und je länger ich es anstierte, dieses Holzrippentier, desto mehr verschwammen seine Konturen, bis der Lauf der Fugen und Linien sich schließlich vollends zu einer einzigen Fläche über mir schloss.

Nicht wach, aber auch nicht schlafend irrte ich umher im flirrenden Grenzland zwischen Tag und Traum, aus dem ich plötzlich von einem Krachen herausgerissen wurde, als wäre die Erde geborsten, der Himmel über uns hereingebrochen, oder beides. Ich wartete auf den Schmerz, der doch nicht ausbleiben konnte nach solcher Zerstörungswucht in nächster Nähe. Schwebende Kürzestmomente nervaler Schockstarre, bevor die Schmerzen losbrechen, das Blut in Flammen steht, der Körper zerteilt wird, verwandelt in eine einzige aufgeplatzte Wunde, alles Innen nach außen gekehrt. Ich fasste mir an die Brust, aus der zu meinem Erstaunen kein Blut schoss, dafür raste und hämmerte es dort wieder und noch mehr als zuvor, aber immerhin, ich war noch am Leben. Klopfen, Trommeln und Schlagen wie von hunderten Fäusten, jedoch nicht nur in meiner Brust, wie ich nun begriff, sondern ebenso von oben herab, auf das Dach des Campers. Dem ersten Krachen folgten weitere, mit gleicher grimmiger Gewalt. Beim Blick aus dem Seitenfenster war außer einer Wand aus Wasser nichts zu erkennen, dahinter verschwommene Stichflammen, begleitet von erneutem Dröhnen und Grollen, das den Wagen erzittern ließ. Wie schnell die Dinge sich wandelten, vom makellosen Morgen bis zur Apokalypse: nur ein kleiner Schritt. Zorniges Prasseln, Wüten und Tosen, die Schleusen des Himmels offener denn je, vielleicht auch die der Hölle, falls es sie doch gab, es hatte den Anschein. Gut möglich auch, dass der Himmel wieder einmal mit Meteoriten nach uns warf, das hier war kein bloßes Gewitter, es war ungleich mehr, ein Kampf infernalischer Kräfte, die alles aufboten bei dieser Entscheidungsschlacht über dem See. Der See! Mein Gott, ja, der See!!! Wir müssen weg, weit genug weg vom Ufer, los, schnell! – Erst jetzt, bestimmt viel zu spät, schoss mir das durch den Kopf. Vielleicht hatte das Wasser uns längst erreicht, leckte an den Reifen, schwappte gegen das Bodenblech, um den Camper im nächsten Moment mit sich zu reißen, ein Spielball der Gewalten nur noch, der See würde ihn sich holen zu einem kurzwährenden Tanz auf den Wellen.

Völlig unmöglich, dass Silvia da oben noch schlief, wenn doch, war es allerhöchste Zeit, sie zu wecken. Ich rief ihren Namen in den Weltuntergangslärm, ohne Antwort. War das möglich, dass Silvia so ein Inferno einfach überschlief und nichts hörte? Aber hieß es nicht auch von Gottes Sohn, er habe so schlafen können, draußen auf dem Schiff in schwerer See, während seine Anhänger umkamen schon allein vor Angst? Blieb nur die Hoffnung auf eine weitere Gemeinsamkeit unserer See-Geschichte hier mit der biblischen Erzählung, die, des guten Ausgangs, für den es allerdings bislang keine Anzeichen gab. Silvia! Mensch, Silvia, steh auf, schnell, hörst du denn nicht!, mein Klopfen auf ihren Schlafsackkokon, der zu nichts zusammensank, leer und verlassen, wie er war. Nein!!! Großer Gott, nein!, sag, dass das nicht wahr ist, das kann, das darf nicht sein!!! Um Himmels willen, NEIN!!!

Mit aller Kraft riss ich die Schiebetür des Campers auf, achtete nicht auf den Schmerz, der mir in die Hüfte schoss, als ich mit einem Satz heraus war, zu rennen versuchte, ohne wirklich zu wissen, wohin. Meine nackten Füße versanken im Schlamm, ich rutschte aus, fiel, kroch weiter, auf allen vieren, Knie und Hände tief im Dreck, ich heulte, ich schrie, ich wimmerte aus Angst, Ohnmacht und auch Wut.

Plötzlich endete die Regenflut wie abgeschnitten, als wäre ihr auf Befehl augenblicklich Einhalt geboten worden. Dann sah ich Silvia – oder täuschten mich meine Sinne, war es so weit, ging meine Einbildung mit mir durch? Sie saß dort auf einem hölzernen Bootssteg, den Rücken mir zugewandt, den Blick hin zum See, auf eigenartige Weise entrückt. Was hatte das zu bedeuten, was war los, was tat sie da? Konnte es sein, dass sie die ganze Zeit so dagesessen hatte, während die Welt unterging um uns herum? Einfach so, als ginge sie das alles überhaupt nichts mehr an? – Quatsch! Andererseits … Silvia hatte die Beine zu einer Art Schneidersitz verschränkt, was mir schon wehtat beim Hinsehen nur. Von Silvias Anblick schien mir eine stumme Mahnung auszugehen: Bleib! Bleib, wo du bist, komm bloß nicht näher, lass mich!!! Also ließ ich es, stand nur da, ein alter Narr, durchnässt und verdreckt, der schließlich umkehrte, statt weiterhin Silvia anzuglotzen, ohne doch recht zu verstehen. Dabei hatte ich längst genug gesehen, vielleicht viel zu viel schon, was nicht bestimmt war für meine Augen, eine Vision, die zwischen zwei Herzschlägen aufgeblitzt war, gefolgt vom Entsetzen über eine Sekundenerkenntnis, die mich durchzuckte, als hätte ich etwas Unausdenkliches erblickt. Also umdrehen, nichts wie zurück zum Camper, und dann Schluss damit! Nein, nein und nochmals nein! Als ob sie je gelingen könnte, die Flucht vor dem Verfügten, als ließe sich dem Unabänderlichen durch Davonlaufen Einhalt gebieten, als genügte gar eine Drehung des Körpers, um auch den Lauf der Dinge zu ändern, unmöglich zu machen, was schon ist oder bald sein wird, ob es uns passt oder nicht.

Zurück am Wagen wusch ich mich sparsam mit dem Wasser, das der Camper noch an Bord hatte, rieb mir mit einem groben Handtuch die Haut, bis sie glühte, zog mich an – eine alte Jogginghose und ein ärmelloses T-Shirt waren Glücksfunde, für die ich mehr als dankbar war! – und stellte den Mokka-Kocher auf die Gasflamme. Das Kaffeepulver aus der Dose mit dem angerosteten Deckel roch staubig und alt, doch besser solchen Kaffee als keinen. Ich war gerade dabei, verklumpte Trockenmilchreste mit einem abgebrochenen Plastiklöffel kleinzustößeln, als Silvia plötzlich in der offenen Tür stand. Wo kommst du jetzt her, wo warst du, mein Gott, ich bin fast umgekommen vor Angst um dich! Ein Täuschungsversuch ohne jedes Nachdenken im dämlichsten Vater-Ton, für den ich mich gleich ärgerte und auch schämte, doch da war er schon heraus.

Am See, ich war am See. Und es war herrlich!, Silvia rieb sich mit den Händen über Arme und Schenkel.

Tja, wenn man lebensmüde ist, schon! – Ein Kommentar, auf den Silvia nicht reagierte, als hätte sie ihn gar nicht gehört. Sie zog sich die wenigen nassen Sachen vom Körper, griff nach dem klammen Handtuch, das ich auf dem Tisch hatte liegen lassen. Das Wasser sprudelte im Kaffeekocher, überlaufende Tropfen rannen herab, fielen zischend in die Gasflamme.

Warum, warum tust du so was? Ich verstehe das nicht! – Und warum, warum konnte ich es immer noch nicht lassen, mein Nachundnachgefrage?! Vielleicht, weil ich nicht wusste, wohin mit meinen Augen? Himmel noch eins! Silvia *nach dem Bade*, ein Anblick wie ihre Badeschwester *Susanna* von Lovis Corinth, ein Bild, das ich vor Jahren im Folkwang-Museum gesehen hatte und nicht mehr vergessen konnte. Doch Silvia-Susanna, das war kein Akt in Öl auf Leinwand, sondern ganz und gar leibhaftig und lebendig, und wie zum Greifen nahe noch dazu.

Wieso, was tue ich denn? Silvia rieb sich über Hals und Gesicht, frottierte sich die Haare.

Du provozierst es, du forderst es heraus, das Schicksal. Kein Wunder, wenn du irgendwann … – Ach was …!

Silvia hob nacheinander die Arme, trocknete sich die Achseln, zwei blanke helle Polstergruben, schauen und schaudern, wie sehr beieinander beides, nicht nur in der Sprache.

Tu ich das?

Oh ja! Und wie! Da draußen tobt ein Unwetter, und du hast nichts Besseres zu tun, als mal eben zum See zu spazieren. Gott weiß was hätte dir passieren können, oder etwa nicht?

Ist aber nicht. Und selbst wenn. Oder hattest du etwa Angst, dass du nicht mehr wegkommst von hier, allein mit dem Wagen und noch dazu mit einer verkohlten Leiche im Gepäck, Silvia lachte. Aber hast ja recht, einfach total unzumutbar, wie rücksichtslos von mir, nicht daran zu denken, dass Gernot sich gerade in die Hosen macht, weil es ein bisschen regnet und rumpelt.

Mach dich nicht lustig, ich hatte unheimlich Angst um dich!

Quatsch!

Kein Quatsch.

Angst um dich …, unheimlich Angst um dich …, äffte Silvia mich nach, Schwachsinn! Wenn ich das schon höre! Ich lach' mich tot!

Ist das dein Verständnis von Freiheit, bei solch einem Mordsgewitter an den See zu gehen, wo jedes Kind weiß …

Scheiß was drauf, was jedes Kind weiß, es kotzt mich an, dein Klugscheißergewäsch! Nur weil dir bei jedem Froschfurz gleich die Düse geht! Grab dich doch ein, du Schisser, na los, dann bist du vor allem sicher. Mach, was du willst, aber halt mich da gefälligst raus! Irgendwann erwischt es einen sowieso, warum nicht als kleiner Blitzableiter, zack und weg! Von jetzt auf gleich durch einen extra geilen Mega-Stromstoß im schönsten Sommer an einem solchen See, es geht verdammt viel beschissener, müsstest du doch wissen, Dr. Gernot Lohmann! Der Tod, der Tod! Er kann mich mal, dieser Tod, soll er doch kommen, das Riesenarschloch, ich hab' keine Angst, oh nein, im Gegenteil, ich ficke ihn! Silvia schmiss das Handtuch in die Ecke, bebte am ganzen Körper, die Fäuste geballt, bereit zum Kampf oder zum Sprung, in welchen Abgrund auch immer.

Alles, was an Ess- und Trinkbarem im Wagen zu finden war, hatte ich auf das ausklappbare Wandtischchen gestellt. Ein Glas mit hart gewordener Nougat-Creme, eine angebrochene Tüte bröckeliger Zimtschnecken, die ähnlich rochen wie das Kaffeepulver, Knäckebrot und gesalzene Erdnüsse, eine Fischkonserve, Hering in Tomatensoße, sowie zwei Tüten Discounter-Wein, rot und weiß. Silvia hatte am Kaffee nur genippt, dann den Tetrapak mit dem Roten aufgerissen, den Kaffee aus dem Fenster gekippt, ein paar zu schnelle, zu große Schluck Wein genommen, direkt aus der Packung, sich mit dem Arm über den Mund gewischt, ohne sich um das rote Rinnsal zu kümmern, das ihr am Hals herunterlief. Wir saßen beieinander, und doch jeder für sich, aßen und tranken ohne ein weiteres Wort.

Der Camper war im Schlamm der Wiese tief eingesunken. Am späten Nachmittag kam ein Bauer mit seinem Traktor vorbei, bereit, uns zurück auf die Straße zu ziehen. Es gefiel mir, wie beim Anfahren auf der Uferstraße der Schlamm von den Reifen gegen das Wagenuntere pladderte. Ich sah zurück auf den See, der im Licht der schon wieder tiefer stehenden Sonne fiebrig glänzte. Keiner von uns sagte etwas. Es gab nichts zu sagen, es war gesagt, was hatte gesagt werden können. Wir fuhren wieder, es ging weiter. Und wir waren noch immer zusammen, trotz allem, das zählte für mich. Und auch wenn es bis zur Unerträglichkeit abgedroschen klingen mag, in diesen Abschiedsmomenten vom See schien mir in der Tat wirklich alles gut.

Angehalten

Weil ich mich abgrundtief ekelte vor diesen Rastplatz-
toilettenbuden, Brut- und Austauschstätten für alles zwischen
Menschen irgend Mögliche, hatte ich fürs schnelle Pinkeln
zwischendurch den straßennahen Grünstreifen vorgezogen,
nicht bedenkend, dass dort bereits die Hinterlassenschaft
eines anderen Klohausphobikers viel zu gut getarnt im
morgenfeuchten Gras verborgen sein könnte, um von mir
früh genug bemerkt zu werden. So bekam ich dann die Quittung für mein Ignorieren des an diesem Ort Gebotenen, die
Strafe für mein soziopathisches In-die-Büsche-Strullen folgte
auf dem Fuße, genauer gesagt an der Sandale. Und auch wenn
es mich wahnsinnig wurmte, als der Trottel dazustehen, der
keine Augen im Kopf hatte, um zu sehen, wo er hin- und
hineintrat, noch schwerer zu ertragen war das unbestimmte
Gefühl, dieser morgenfrühe Fehltritt könnte bloß der Auftakt zu ganz anderem sein, das der Tag noch für uns bereit-
hielt. Eine bange Ahnung beschlich mich, die Vorstellung,
irgendwo könnte eine unsichtbare Schlinge schon begonnen
haben, sich zuzuziehen Stück für Stück. Auf einmal schien
mir jedes Unheil, jede denkbare Katastrophe mehr als nahe,
nur noch einen Fußbreit entfernt schlimmstenfalls. Was etwa,
wenn Silvia sich schon längst auf und davon gemacht hatte,
während ich noch hier auf dem Grünstreifen herumstelzte,
vergeblich loszuwerden versuchte, was zäh im Profil meiner
Sandalensohle klebte. Entsprechend groß mein Schrecken, als
Silvia beim Camper dann wirklich nicht zu sehen war. Zwar
stand der Wagen nach wie vor an Ort und Stelle, doch wo
war Silvia? Was war los, was um Himmels willen war passiert?

In welch prekäre Situation hatte sie sich dieses Mal gebracht? Oder war sie einfach weggelaufen, weil es ihr reichte, weil sie endgültig genug hatte von mir? Was, wenn sie gar Opfer einer Entführung geworden war, hatte man sie verschleppt, wer, wohin? Ich musste schnellstens die Polizei …! Schweiß brach mir aus. Meine Angst und der penetrante Gestank frischer Scheiße, jedes für sich genommen schon kaum zu ertragen. Mein Gott, wo bloß war Silvia?

Trotz meiner Reinigungsversuche im Gras hatte ich eine schmierige Trittspur hinterlassen. Ekelig und einfach nur peinlich, das war ich also, ein stinkender Kacke-Breittreter! Kein Wunder! Dann, endlich, entdeckte ich Silvia! Sie saß hinten im Wagen, durch die Seitenscheibe hindurch sah ich wie sie sich vornüberbeugte mit zusammengekniffenen Augen und verzerrtem Gesicht, ein Krümmen wie unter heftigsten Schmerzen, die Arme fest vorm Bauch verschränkt, als ließe sich so Schlimmeres verhindern. Mit aller Vorsicht öffnete ich die Seitentür, aus Sorge, jede kleinste Erschütterung könnte ihr weitere Schmerzen bereiten.

Was ist passiert? Was hast du? Wo tut es dir weh?, flüsterte ich, hilflos und unbeholfen, als ob Schmerzen erträglicher würden durch das Mitteilen von Was und Wie und Wo. Erst nach einer Weile antwortete Silvia, Was soll schon sein?, mehr gestöhnt als gesprochen durch aufeinandergepresste Lippen.

Aber ich habe doch Augen im Kopf, ich sehe doch, wie schlecht es dir geht.

Ach ja?

Was ist los, was ist mit deinem Bauch?

Nichts, gar nichts. Nicht der Rede wert, meine Tage, ein bisschen mehr als sonst, das ist alles, vergiss es. Silvias Gesicht war bleich und schweißnass, blass fast wie bei einer Sterbenden, dieser Gedanke durchfuhr mich wie eine Stichflamme. Das Zittern ihrer blutleeren Lippen, unklares Vorzeichen von denkbar Vielem, vor dem mir graute.

Wo genau tut es dir weh, darf ich mal sehen?

Sie schüttelte schwach den Kopf, Geste des Mach-was-du-Willst und zugleich ein Zurückweisen, deutlich genug: Lass mich, kapier doch endlich …! – Scheiße!, fauchte Silvia, und ich hatte keine Ahnung, was im nächsten Moment geschehen könnte, ob sie sich wie ein waidwundes Tier, mit aller Kraft zur Wehr setzen würde, käme ich auch nur ein weiteres Stückchen näher. Trotzdem ließ ich nicht locker, wenngleich auf Abstand. Hast du so etwas schon mal gehabt?

Jeden Monat ein Mal, Silvias geraunzte Antwort, die mich ganz und gar nicht beruhigte, im Gegenteil.

Das glaube ich dir nicht.

Dann lass es! Silvia nahm eine Hand vom Bauch, presste sie gegen den Mund, drehte sich ruckartig zur Seite, sprang auf und war auch schon aus dem Wagen, um sich im Schwall zu über-geben, wie aus einem Eimer, den man umkippt, kam es aus ihr heraus. Dann, auf rissigem Asphalt kauernd, quälendes Würgen und Spucken von kaum noch was. Bis ich endlich neben ihr knie-te, die Küchenrolle, die ich im Wagen hatte suchen müssen, in der einen Hand, in der anderen zwei, drei abgerissene Stück Papier, hatte Silvia schon für sich gesorgt, war sich über den Mund ge-fahren mit bloßer Hand. Sie besah die glasigen Schlieren darauf, so als suchte sie nach etwas darin. Ihr Blick voller Widerwillen und Abscheu gegen so viel mehr, so schien es, als das bisschen glitzernde Spucke auf dem Rücken ihrer Hand. Inzwischen hatten sich Leute um uns gesammelt, glotzend und neugierig, angelockt von dem, was es hier zu sehen gab: eine Frau, die sich das Leben aus dem Leib kotzte, zitternd auf dem Boden herumkroch, am Ende ihrer Kräfte, dazu ein hilfloser Trottel, der nichts Besseres zu tun hatte, als ihr Wischpapier hinzuhalten, das sie nicht brauchte.

So kannst du nicht weiterfahren, rutschte mir wieder einer meiner Blödsinnssätze mit erwartbar paradoxer Wirkung heraus, den Silvia sogleich parierte. Und wie! Wirst schon sehn …, von wegen!, wobei sie eine neue Welle Übelkeit niederkämpfte, sich dann auf die Beine quälte. Meinen Versuch, sie zu stützen, schüt-telte sie ab. Ist gut, Gernot, echt, geht schon wieder … , lass mal!

Du musst in ein Krankenhaus!

Ihre Lippen zuckten, einen Scheiß muss ich, kapiert! Nicht jeder, der mal kotzt, muss gleich ins Krankenhaus. Ich dachte, du bist Arzt!

Genau, deswegen ja.

Fuck!, sie schlug mit der offenen Hand in die Luft.

Hast du deinen Blinddarm noch?, begann ich mit dem Harmlosesten, verbot mir anderes zu denken, als ließe sich Schlimmeres und Schlimmstes bannen auf solche Weise, weil nicht mal im Entferntesten sein durfte, was alles sein könnte, auf gar keinen Fall.

Ja, Onkel Doktor, alles noch drin und dran, tipptopp und vollständig, quasi fabrikneu, und jetzt hör endlich auf zu nerven, okay? Silvia probierte ein Lächeln mit gepressten Lippen.

Egal, trotzdem, komm, wir fahren jetzt ins Krankenhaus. Mein Appell, vorgetragen im Ton von Kinder-Gequengel, als ließen sich Erfolgsaussichten mit solcherart Nachdruck auch nur einen Deut erhöhen, aber ich wusste mir keinen besseren Rat. Wir fahren jetzt ins Krankenhaus, hahaha!, überhaupt führen *wir* nur dann, wenn Silvia fuhr, andernfalls fuhren *wir* gar nicht und nirgendwohin. Nicht nur, weil ich keinen Führerschein besaß, mir also das notwendige Plastikkärtchen mit Amtsstempel fehlte, sondern weil ich auch nicht die geringste Ahnung hatte, was zu tun war, um ein Fahrzeug in Bewegung zu versetzen, zu bremsen, wieder anzufahren. Bislang hatte es mich mit einer Mischung aus Stolz und Trotz erfüllt, das Leben eines Auto-Totalverweigerers zu führen, jetzt aber bekam ich die Quittung dafür. Was bisher in Ordnung und gut gewesen war, soweit es nur mich betraf, genügte nun nicht mehr. Wie maßlos lächerlich also meine verbale Selbstüberschätzung, zu der ich mich aufgeschwungen hatte aus blanker Angst, weil ich Unheil ahnte.

Wir fahren jetzt ins Krankenhaus, was für eine lächerliche Pronomensanmaßung! Gesteigert noch durch den taghellen Wahnsinn, der mich zu der Frage verführte: Kannst du mir nicht einfach sagen, wie das geht, was muss ich tun? Meine

Bitte um einen Crashkurs im Fahrzeugführen war Ausdruck purer Panik. Ich hatte fürchterliche Angst, alles zu verlieren, was mir wirklich wichtig war, Silvia, die gemeinsame Zeit mit ihr, unsere Zeit, uns.

Spinn nicht rum! Mit drei gezischten Worten warf sie mich zurück auf den Boden der Realität und des Möglichen. Du kommst vielleicht auf Ideen! Silvia spuckte letzten schaumigem Schleim, achtete nicht mehr auf die Schlierfäden, die ihr von Nase und Kinn hingen. Nachdem das große Krampfen überstanden schien, blieb ein Schluckauf, mit dem Silvia sich wegdrehte von mir.

Wo willst du hin?

Aufs Klo, wenn du nichts dagegen hast, Herr Obermedizinalrat! Oder wär's dir lieber hier, zur Erbauung des geneigten Publikums?

Silvia schwankte über den Rastplatz. Mit größter Mühe gelang es ihr, die Metalltür zur Damentoilette gerade weit genug zu öffnen, um sich hindurchzwängen zu können. Als die Tür hinter ihr ins Schloss schnappte, spürte ich eine kleine Erleichterung, obwohl ich wusste, dass es keinen Grund gab dafür.

Silvia war lange weg, viel zu lange, um mir keine Sorgen zu machen um sie. Was, wenn sie zusammengebrochen war, wenn, wie immer in solchen Fällen, niemand etwas mitbekommen hatte, weil ja nie irgendwer irgendetwas gehört oder gesehen haben wollte, wenn da einer umkippte und liegenblieb.

Ich war kurz davor, eine Frau, die neben unserem Camper aus ihrem roten BMW-Cabrio stieg, darum zu bitten, nach Silvia zu schauen, als sie endlich wieder herauskam, noch blasser, noch gebeugter. Eine Hand auf dem Bauch, hievte sie sich auf den Fahrersitz, ließ den Motor an. Und weil mir nur zu klar war, dass es keinen Zweck haben würde, sie von etwas abbringen zu wollen, das sie sich in den Kopf gesetzt hatte, ganz egal, wie absurd oder gefährlich es auch sein mochte, unternahm ich diesmal erst gar keinen solchen Versuch mehr. Stattdessen entschied ich zwischen den beiden Optionen, die Silvia mir ließ bei laufendem Motor, und stieg ein, solange es noch ging.

Wahrscheinlich ist einfach irgendwas schlecht gewesen von dem Zeug, was wir gegessen haben, das meiste eh bestimmt längst übers Datum, Silvia schien mehr zu sich selbst zu sprechen als mit mir.

Und warum habe ich dann nichts? Diese Frage, die sich zwangsläufig stellte, sprach ich nicht aus. Vielleicht wollte ich trotz allem nur allzu gerne glauben dürfen an Silvias Scheinerklärung, die sie für mich zurechtgebogen hatte, ähnlich wie man Kinder manchmal zu beruhigen versucht mit an den Haaren Herbeigezogenem, in der Hoffnung, dass somit weitere Fragen ausbleiben, weil sie die wahren Gründe hinter dem offensichtlichen Scharadenspiel nicht durchschauen, die kleinen Dummerchen.

Ist eben so, den einen trifft's, den anderen nicht, was weiß ich. Hatte sie meine Gedanken gelesen? Wie als Antwort darauf nickte sie, ein mattes Nicken mit schwerem Kopf, dazu ein beißendes Lächeln, bei dem ich erschrak.

Du solltest auf jeden Fall wenigstens ausreichend trinken, bitte!, ich hielt ihr die Flasche mit Mineralwasser hin, den Deckel schon abgeschraubt.

Jetzt nicht!

An Silvias Stelle nahm ich ein paar tiefe Schluck aus der Plastikflasche. Das lauwarme Wasser schmeckte fad und abgestanden. Und war wahrscheinlich auch längst übers Datum.

Silvia fuhr und fuhr, ohne ein Wort, ohne jeden Blick zur Seite, ihre Bewegungen auf das Mindestmaß des Erforderlichen reduziert: Lenken, Gas geben, Bremsen, Blinken, das Wechseln der Gänge, dazu weiterhin den Kopf möglichst oben- und die Augen offenhalten, alles im Sparmodus einer unnachgiebigen maschinenhaften Unbeirrbarkeit. Ob sie damals schon wusste, was ich nur unheilvoll fürchtete, ich habe es nie erfahren.

Auf einmal weitete sich die Landschaft beidseits zu einem breiten Flusstal, wir überquerten die Mosel. Ein Panoramablick, postkartenkitschig und zugleich einfach schön. Grüne Hänge, an denen nichts wuchs außer Wein, kleine Ortschaften, die sich am Ufersaum drängten. Wein galt, abgesehen von meiner Initiationserfahrung mit Vater auf dem Marktplatz von Bernkastel, in der gesamten Familie sonst als reines Frauengetränk, vorbehalten besonderen Gelegenheiten, Geburtstagen, Taufen, Hochzeiten, dann aber nur die lieblichen Tropfen, für Tanten und Großmütter gleichbedeutend mit *lecker*, während die Männer Pils aus Tulpen mit Goldrand tranken, dazu Klaren. Man prostete sich zu mit glühenden Wangen, es roch nach Kölnisch Wasser und Bratenfett. Krieg, Vertreibung, erzwungene Flucht, all die maßlosen Entbehrungen, sie lagen lange genug zurück, waren ein für alle Mal vorbei, so glaubte man, fast alles war wieder gut, zumindest für die meisten. Vater Rhein und Vater Staat, alles wie es sich gehörte, die alte Ordnung aufs Neue hergestellt, also hoch die Tassen, *Grüß mir die Rosel von der Mosel, Trallalala, Alte Kameraden!*

Wir erreichten Saarlouis, der Ortsname wie ein Versprechen, alles Deutsche so gut wie hinter sich zu haben. Ein Versprechen auch das Schild an der nächsten Ampelkreuzung gleich hinterm Ortseingang, rotes Kreuz auf strahlweißem Quadratgrund, demnach nur zwei Kilometer von hier bis zum Marienhaus-Klinikum. Das wäre jetzt die Chance, doch ich sagte nichts, Silvia konnte ihn schließlich genauso sehen wie ich, diesen Appell unmittelbar vor unseren Nasen, von dem sie aber ganz offensichtlich auch weiterhin nichts wissen wollte, im Gegenteil. Die Ampel sprang auf Grün und Silvia gab Gas, als wären wir unter Beschuss. Erstaunlich genug, aber es schien ihr in der Tat wieder besser zu gehen, vielleicht hatte sie also doch recht und ich mich bloß in etwas hineingesteigert, wieder einmal, und es gab keinen Grund, Gespenster zu sehen – ich hätte viel, sehr viel gegeben dafür.

Da folgt uns einer, Silvias erste Worte, als wir die Stadt schon hinter uns hatten.

Bist du dir sicher?

Silvia blinkte, fuhr auf den Seitenstreifen der Bundesstraße, blieb mit Warnblinker stehen, als gelte es, kindliche Blasennot zu entlasten oder auf Pannenhilfe zu warten. Im Rückspiegel ein grauer Opel, der ebenfalls hielt.

Den meine ich, siehst du?

Kaum hatte Silvia den Motor abgestellt, fielen ihr auch schon die Augen zu. Ein paar Minuten lang geschah nichts. Der Opel blieb weiter stehen hinter uns, ich wagte nicht, mich zu rühren, um Silvia nicht hochzuschrecken aus ihrem Blitzschlaf, das Metronom der Warnblinkanlage beharrte auf seinem gleichförmigen Rhythmus.

Ein Streifenwagen mit Blaulicht eilte heran, scherte filmreif vor uns ein, postierte sich schräg vor dem Camper, kaum mehr als eine Handbreit entfernt, als gelte es – zweifellos höchste Alarmstufe! –, jeden geringfügigsten Fluchtversuch unmittelbar im Keim zu unterbinden, nun, wo die eine halbe Ewigkeit schon steckbrieflich Gesuchten endlich gefunden und gestellt werden konnten. Zwei schlaksige Schuljungen in Uniform stiegen aus, sichtlich bemüht um schneidigen Auftritt und fehlerfreien Start des einstudierten Rollenspiels. Der eine klopfte an die Seitenscheibe, während der andere auf Abstand blieb, klar, Rückendeckung musste sein, gut gelernt, man wusste ja nie. Erst auf das dritte Klopfen hin öffnete Silvia die Augen, die Scheibe dann bei der übernächsten Aufforderung von draußen.

Guten Tag, Sie wissen sicher, warum wir Sie anhalten?

Eiswasserlächeln trifft Milchbubengesicht.

Niemand hat mich angehalten, ich entscheide selbst, wann ich wo stehen bleibe.

Hm, tja …, Ihnen wird zur Last gelegt, kurz nach Verlassen der Ortschaft eine Sperrfläche langstreckig überfahren zu haben, eine Zivilstreife hat Sie dabei beobachtet. Sie haben somit in unzulässiger Weise verkehrswidrig und -gefährdend gehandelt. Sie müssen dazu jetzt nicht Stellung nehmen.

Silvia lachte kurz auf. Ach ja?

Bitte Ihren Führerschein und die Fahrzeugpapiere dazu, und steigen Sie bitte aus.

Als Silvia beim Öffnen der Tür die Verkörperung der Staatsmacht am Oberarm streifte, huschte ein Schatten über die glatte Knabenstirn, ein kleiner Regiefehler, der sofort begriffen wurde: Stimmt ja, in jedem Fall besser, sich einen Schritt weiter zurückzuziehen. Auch der Fahrer des grauen Opels hinter uns stieg nun aus, ein Würfel im Karohemd, der sich mühte, Strecke zu machen, aufzuschließen zu den beiden Streifenjungens. Speckig der Haarkranz, spiegelnd auch die Sonnenbrille, der Atem so schwer nach all den Metern bis zu uns hin auf eigenen Beinen. Immer noch kurzatmig, brachte der Dicke sich in Position zwischen den Kadetten. Zwieback-Doppel meets Bier & Fastfood, Recht und Ordnung in Vollzugsformation. Klar, die beiden Jungpolizisten und der schwer schnaufende Schwabbel-Kubus kannten sich, klar auch, dass es der Dicke war, der die Fäden zog und das Sagen hatte, eigens erschienen nun, um seine Polizei-Welpen in aller gebotenen Gründlichkeit am konkreten Beispiel zu instruieren. Sie taten mir leid, diese beiden, die vor Kurzem noch Räuber und Gendarm gespielt hatten, jetzt waren sie in ein Spiel geraten, das sie Kopf und Kragen kosten konnte, je nachdem, wer mit ihnen was spielte. Den Charakter und die Berechtigung zur Selbstachtung, beides konnte man verlässlich einbüßen in all den Jahren, die noch vor ihnen lagen, im Dauerwettstreit um Schulterklappensternchen und Besoldungsstufen, um Boni, Sonderzahlungen und diverse Zuwendungen, einem Gerangel, bei dem man nicht immer weiß, wer auf welcher Seite steht, welche Seite die richtige oder nur die bessere ist und wann sie flugs gewechselt werden muss.

Ein Bein über das andere geschlagen, stand Silvia an den Camper gelehnt, die Arme verschränkt, während der Dicke und seine Adepten sich im Schutz des Streifenwagens zusammenrotteten, um die Datenlage oder was auch immer zu klären. Der Fette erteilte Anordnungen, strotzend vor Unentbehrlichkeit. Als schließlich die Möglichkeiten, das dienstliche Tun in die Länge zu ziehen, sämtlich ausgeschöpft schienen, brachte einer der Polizeibuben die Papiere zurück.

Es liegt bislang nichts gegen Sie vor, bleibt also die begangene Ordnungswidrigkeit, das heißt für Sie 120 Euro und einen Punkt.

Mit zwei Fingern hatte Silvia ihren Führerschein entgegengenommen, ohne die Arme voneinander zu lösen oder einen Blick für den Überbringer zu erübrigen.

Sie können jetzt gleich zahlen oder später, in jedem Fall brauche ich hier Ihre Unterschrift, er hielt Silvia Block und Kugelschreiber hin, Tauschpfand für freie Weiterfahrt. Die Erleichterung in seinen Augen, als Silvia ihm beides abnahm, gefror im nächsten Moment, als ihn dann doch Silvias Blick traf. Was bloß unternehmen gegen solches Besehenwerden, wie sich wappnen, wie sich schützen gegen den Angriff solcher Augen, Silvias Bann-Blick, vor dem man nur in Deckung gehen konnte, besser noch das Weite suchte. Silvias Unterschrift: Kulistriche wie Schnitte ins Papier. Dann hielt sie Block und Stift hin, am langen Arm, so, da, jetzt nimm schon und verzieh' dich, Bürschchen!

Das hatte er auch ohne ein gesprochenes Wort sehr gut verstanden, tat wie ihm bedeutet wurde, mehr als froh, es hinter sich zu haben, und nun nichts wie weg. Das Auf Wiedersehen nur gemurmelt, wohl nie und nimmer so gemeint, dennoch dienstlich korrekt, dressiert war eben dressiert. Bürschchen eilte zurück in den Schutzraum des Streifenwagens, der sich, wie auch der nach Lastenaufnahme erneut tief liegende Opel, gleich in Bewegung setzte. Sie waren wieder frei, die beiden Grünschnäbel, frei und unversehrt, und sie waren ohne jede Frage Helden geworden an diesem Tag, die zwei Buben in ihrem blau-weißen Polizei-Mobil.

Auf einmal kam ein Zittern über mich, jetzt, wo vorbei war, was auf der Kippe gestanden hatte bis zum Schluss. Es war nichts passiert, niemandem etwas geschehen, sie hatten nicht versucht, uns festzunehmen, und Silvia hatte sich mehr als zusammengerissen, alles war im Rahmen geblieben, Gott sei Dank! Silvia konnte sogar ihren Führerschein behalten, da war einzig diese Geldstrafe, ärgerlich zwar, aber zu verkraften, eine verschmerzbare Kleinigkeit. Doch mein Körper begriff noch nicht, dass die Gefahr vorüber war. Oder täuschte ich mich? Oft ist es ja gerade der Körper, der recht behält, weil er sich so viel schwerer irre machen lässt als der sogenannte Verstand, der haftet am Oberflächlichen, sich aufreibt am Belanglosen, dabei jedoch die eigentliche, die echte Bedrohung, das heranrollende Unheil verkennt. Wir fürchten, die Partie in einem Kinderspiel zu verlieren, um viel zu spät erst zu begreifen, dass es um nicht weniger als das Ganze gegangen war, das auf dem Spiel gestanden hatte, nunmehr aber für immer verloren war, weil wir in dem unmerklichen Vibrieren das bevorstehende Beben nicht erkannten.

Ich hatte den Eindruck, dass es Silvia wirklich wieder besser ging und die Ursache ihrer Bauchkrämpfe also wohl doch nur eine Harmlosigkeit gewesen war, mit dem Ergebnis einer folgenlosen funktionellen Störung. Für den Moment klammerte ich mich an diesen klinischen Hilfsbegriff, so häufig missbraucht, um völlige Ahnungslosigkeit zu bemänteln, wenn trotz allem das Kind einen Namen haben muss. Als Ausweichdiagnosen erlaubte ich mir eine Gallensteinkolik, vielleicht noch eine Ovarialzyste, die sich entleert haben mochte, und je öfter ich mir diese Möglichkeiten vorsagte, desto mehr war ich bereit, mir auch zu glauben.

Mach dir keine Sorgen über die 120 Euro, das kriegen wir hin.

Klar, Papa!, schnaubte Silvia, Von mir kriegen sie die jedenfalls nicht, nie, nie im Leben, darauf kannst du Gift nehmen!

Ich werde das schon erledigen, dachte ich und bildete mir

ein, damit sei alles vom Tisch. Wie oft überhören wir so viel von dem, was gesagt wurde, nehmen nur auf, was wir zu hören bereit sind, das alte Lied. Statt also zu fragen, wie genau sie das eben gerade gemeint haben mochte, ließ ich es bleiben, glaubte, es wäre besser so. Schließlich wusste ich, wie Silvia reagieren konnte, wenn ihr eine Frage gegen den Strich ging.

Ich hatte die ganze Zeit befürchtet, du könntest ausrasten, wer weiß, wie es dann weitergegangen wäre, bestimmt wären wir nicht so glimpflich davongekommen.

Silvias Antwort eine Grimasse mit weit aufgerissenem Mund, dem Zeigefinger darin, als wollte sie ihn hinter der Zunge festhaken.

Für diese Kinderkadetten sind wir doch nur gefahrlose Übungsobjekte. In der Zwischenzeit lassen sie Yusuf und seine Kanacken-Kumpels unbehelligt durch die Spielstraße nebenan hämmern, weil die Bübchen für so einen keine Eier haben, diese Lappen!, Silvia spuckte auf den Boden, stieg in den Wagen. Na los, oder brauchst du eine Extra-Einladung, Gernot?

Als ginge es ihr um jede Minute, nichts wie raus aus diesem Ihre-Papiere-bitte-Land, trat Silvia das Gaspedal, der Camper ließ Gummi auf der Straße. Wir überquerten einen flachen Flusslauf mit breiten Geröllstreifen zu beiden Seiten, verließen eine Bundesstraße, um auf eine andere zu wechseln. Der erste Ortsname auf französischem Boden lautete Creutzwald, was ich beim ersten flüchtigen Hinsehen als Creutzfeldt las, Namensplatzhalter einer grausamen Krankheit, Gottlob äußerst selten, ursächlich eine Proteinose mit veränderter Eiweißfaltstruktur, imstande, ihre Fehlbildung anderen Eiweißen einfach aufzuzwingen, bis schließlich nichts mehr blieb als der Weg in den allumfassenden zerebralen Zelltod und die Hirnerweichung, in Grauen und Siechtum.

Silvia überfuhr die Grenze, als gelte es, ein rettendes Ufer zu erreichen, diese Grenze, die zum Glück keine mehr war, markiert nur durch ein Schild mit Sternenkreis auf blauem

Grund, dazu das Wort FRANCE in der Mitte, dieses Wort, das so eigenartig intensiv nach Freiheit klang, Freiheit, die nicht immer und für jeden hielt, was sie versprach, eine Erkenntnis, noch neu genug, um nicht schon wieder ganz vergessen sein zu können, kaum achtzig Jahre jung.

Und jetzt, wohin weiter?

Wart's ab. Silvia parkte den Camper am Rand einer Apfelbaumwiese, holte den Tetrapak mit dem Weißwein hervor und hielt ihn mir hin. Bienvenue en Alsace, Gernot!

La Petite-Pierre

Ich hatte mich schon daran gewöhnt, nicht zu wissen, wo wir waren und wohin wir fuhren, wir waren im Elsass, das genügte mir. Bald würde es Abend werden über einer Gegend, die mit nichts überraschte, eine Hügellandschaft ohne Besonderheiten, keine Burgen, Schlösser, Befestigungsanlagen, keine Hinweise auf Hünengräber, Saurierspuren oder Meteoriteneinschläge. Mal wechselten baumlose Hügel mit bewaldeten, dann wieder mit flachem Land, hier und dort ein Bach oder auch ein kleiner See, alles in allem ein gesichtsloser Landstrich. Wer mit allem Menschlichen seinen Abschluss gemacht hatte, der konnte es nicht besser treffen als in dieser entvölkerten Ödnis, wo die Anzahl der Gehöfte, die wir seit der Grenze zu Gesicht bekommen hatten, an einer Hand abzählbar blieb. Die Fahrt ging über schmale Schlagloch- und Rüttelstrecken, Wege, die offensichtlich nur für das Bewegen von Landmaschinen, Traktoren und schwerem Gerät vorgesehen waren – ich durfte erst gar nicht daran denken, was geschehen würde, wenn uns ein solches Monster entgegenkäme! –, nicht aber für einen in die Jahre gekommenen Camper, der hier schon bei kaum mehr als Schrittgeschwindigkeit wenig Zweifel daran ließ, den Grenzen seiner Traktions- und Verwringungsstabilität bedrohlich nahe zu sein. Der Gedanke an eine Panne und was das in dieser gottverlassenen Gegend bedeuten würde, kroch mich wieder und wieder an, doch jedes Mal gelang es mir für gewisse Zeit, ihn erneut von mir wegzuschieben, während der Camper weiter tapfer über ruckelige Straßen rappelte, Wegstrecken, auf denen sich Fuchs und Hase jederzeit in aller Ruhe Gute Nacht sagen konnten, ohne alle Gefahr, dabei unter schnelle Räder zu geraten. Selbst wenn uns – unwahrscheinlich genug – eine Panne erspart bleiben sollte, früher oder später würden wir auf diesen Wegen an ein Ende kommen, so oder so, eine Stelle, von der aus keine Weiterfahrt mehr möglich wäre, weil umgefallene Bäume, ein Erdrutsch, eine eingestürzte Brücke aus spätrömischer Zeit die einzige Straße unbefahrbar machten, für die es keine Alternative gab. Weil außer uns auch niemand hier je eine brauchte.

Orientierungssinn war noch nie meine Stärke gewesen, zudem gab die Gegend wenig genug her, um Orientierung zu ermöglichen, keine Ortsschilder, keine Straßenbezeichnungen, keine markanten Wegpunkte. Dennoch hatte ich seit einiger Zeit den Eindruck, dass wir mehr oder weniger im Kreis fuhren, zum zweiten, zum dritten Mal schon. Wieder standen wir an einer Stelle, wo die Strecke sich ohne Richtungsschilder gabelte: Wohin also diesmal, links in den einen Wald oder rechts in den anderen?

Wie nah der Wald an die maroden Straßen drängte: Als wollte er überdeutlich vor Augen führen, wer hier das Sagen hatte. Und ganz egal, wie sehr wir uns auch erdreisten würden, seinen Raum zu durchkreuzen, bliebe es nur eine Frage der Zeit, bis die natürliche Ordnung wiederhergestellt war und der Wald sich zurückgeholt hatte, was allein ihm gehörte, von jeher schon. Dann würden sie wieder geschlossen sein, diese Schneisen durch seinen Leib, die Natur brauchte keine Asphaltstraßen, so wenig wie den Menschen. Welche Bedeutung hatte es also, welchen Weg wir heute wählten, wohin er uns führte, wo wir uns aufhielten für eine Weile, um dann weiterzuziehen und zu verschwinden? Was davon war schon wichtig angesichts dieser so ernüchternd belanglosen Angelegenheit, die wir unser Leben nennen?

Ich sah zu Silvia und schloss dann die Augen, um das Nachbild zu betrachten, zu prüfen, worin der Unterschied zum Original bestand, wenn ich die Augen wieder öffnete. Ihr müdes Gesicht im Profil, der dennoch entschlossene Ausdruck darauf. Was bleiben wir in der Erinnerung derer, die uns ehemals gesehen, gekannt, geliebt haben, diese Frage ging mir durch den Kopf. Wer weiß das schon, liegt doch so viel davon in den Augen des Betrachtenden. Und genau deshalb gab ich mir nun alle Mühe, so genau hinzusehen wie möglich, mir jede einzelne Kontur, jede Wölbung, jedes Grübchen, jedes noch so geringfügige Detail dieses Gesichtes einzuprägen, jetzt, in diesem Moment, der so nicht wiederkäme.

Erst als Silvia den Wagen anhielt und den Motor abstellte, bemerkte ich, dass wir eine Ortschaft erreicht hatten. Der von wenigen Häusern mit Fassaden aus dunklem, grobem Stein, den Resten einer Befestigungsmauer und knorrigen Bäumen umgebende Platz machte den Eindruck einer mittelalterlichen Filmkulisse im Dornröschenschlaf. Niemand zu sehen, kein neugieriger Blick aus einem der kleinen Fenster, kein streunender Hund, keine struppige Katze, die sich um eine der Hausecken drückte oder uns aus sicherer Entfernung beobachtete. Einziger Hinweis auf Leben an diesem Ort eine Gruppe von Dohlen, die sich unter einem der Bäume zeternd über was auch immer hermachte.

Miels et Fromages stand in geschwungener Schrift auf dem Holzschild über dem Eingang des kleinen Ladens am unteren Ende der holperigen Gasse, kaum mehr als einen Steinwurf von den Resten einer Burganlage entfernt, die ganz nah am Felsenabhang, mit weitem Blick über Wald und Tal, errichtet worden war. Auf dem groben Dielenfußboden neben dem Ladentisch lag ein Hirtenhund mit dunkelbraunem Fell, fast farbgleich mit den Bodenplanken. Ich nahm ihn erst wahr, als er sich träge bewegte, den schweren Kopf für einen Moment hob, um ihn gleich wieder zwischen die Pfoten zu legen, die wässrigen Augen dabei weiter auf uns gerichtet, vor allem auf mich. Ich erschrak, nicht so sehr über die Anwesenheit des Tieres und auch nicht darüber, dass es gerade mich nicht aus den Augen ließ, sondern darüber, wie er mich anblickte, einer, der genau Bescheid wusste, der deutlich sah, was ich nicht einmal ahnte, dem nichts verborgen blieb, der in dem, was er sah, lesen konnte: das, was gewesen war, und ebenso das, was noch kommen würde. Also gut, los jetzt, heraus mit der Sprache, worum geht es hier, was meinst du, sag schon, Schluss mit der Geheimnistuerei! Welches Urteil ist verhängt? Gibt es noch eine Chance oder ist ohnehin alles längst zu spät? Hör auf, dich in dieses Hundeschweigen zu hüllen, bitte, sprich mit mir!

Silvia fragte den alten Mann hinter der Ladentheke etwas auf Französisch, außer Bonsoir verstand ich kein Wort. Ihre Stimme beim Wechsel der Sprache war gleich eine andere, die Sprache der Denker und Täter eingetauscht gegen die der Troubadoure und Chansonniers, statt Hegel und Heidegger Charles Aznavour und Gilbert Bécaud, der Stechschritt der Silbenkohorten gewandelt zu schmeichelndem Wohlklang werbenden Wortegesangs. Was sie wohl gefragt hatte? Erstaunlich nicht nur der veränderte Klang ihrer Stimme, plötzlich zeigte sie eine fast mädchenhafte Schüchternheit, Unruhe ergriff ihre Hände, die nicht stillhalten konnten, wieder und wieder wanderten die Autoschlüssel durch ihre Finger und fielen schließlich zu Boden, sodass der Hütehund ein zweites Mal seinen massigen Kopf hob, für kurze Zeit seinen Blick abwandte von mir. Nach einigem Zögern folgte die Antwort des Alten, mit einer Stimme, die sich wohl ein Leben lang gegen Wind und Wetter hatte behaupten müssen, ein vom Leben draußen gegerbtes Französisch, das sich Zeit ließ, während der Alte sich, die Brauen nach oben gezogen, keine Mühe gab, sein Erstaunen über das Erfragte zu verbergen. Nachdem das Wesentliche gesagt schien, wechselte er in ein rumpeliges Deutsch-Französisch, wohl als Geste der Höflichkeit mir gegenüber, dem bis hierhin Ausgeschlossenen. Überrascht, plötzlich Mithörer zu sein, zuckte ich zusammen.

Es tut mir leid, de toute façon, madame, dennoch … – er betonte auf der zweiten Silbe, die er entschweben ließ wie ein Atemwölkchen nach erlesenem Rauchgenuss –, vielleicht darf ich Ihnen, peut-être … kann ich Ihnen trotzdem, j'espère, une autre kleine Freude bescheren … Bitte, s'il vous plaît, schauen Sie hier, diesen Honig, unser ganzer Stolz, das Gold unserer nimmermüden Bienen, ein Miel de forêt, wie Sie ihn auf Gottes gutem Boden nicht noch einmal finden, ein Aroma, ich treibe nicht über, wenn ich Ihnen sage, er ist … insurpassable, einfach zum Sterben gut, verstehen Sie?

Silvia zog ihre Hand zurück, als wäre sie geschlagen worden auf diese Hand, die sie dem Alten schon entgegengestreckt hatte. Ihr Erschrecken überraschte den Mann, gerade wollte er noch etwas sagen, etwas vielleicht Beschwichtigendes, da fiel ihm Silvia schon mit einem aufblitzenden Merci in das noch nicht gesprochene Wort, durchtrennte damit, einem Kälteschnitt gleich, jeden weiteren Sprechversuch des Alten. Schon war sie aus dem Laden, hatte die Tür ins Schloss geworfen hinter sich, als gelte es, jegliches Nachstellen und Hinterherlaufen zu unterbinden, mögliche Verfolgung zu verhindern, durch wen oder was auch immer. Ich hätte ihr nacheilen können, wenn ich in der Lage dazu gewesen wäre, doch die mittelalterliche Gasse mit dem gelenktoxischen Kopfsteinpflaster ließ das gar nicht zu. So sah ich ihr nur hinterher, Silvia, der Fliehenden, deren Flucht ich damals nicht verstand.

Ich kehrte um, ging zurück in den Laden, der Alte hatte sich nicht von der Stelle gerührt, stand da, versunken in Gedanken, in der Hand das Glas mit seinem Ausnahmehonig, der ausgeschlagen worden war, wer konnte das begreifen? Ich schaute ihn an, diesen Mann mit seinem von schon viel mehr Weiß als Grau durchwirkten Vollbart, seiner in tiefe Querfalten gelegten breiten Stirn, der grobporigen Nase, die schon so einiges abbekommen hatte, den vielen Fältchen um die dunklen Augen, die gerade keinen Grund für ein Lachen fanden. Bis hierhin hatte ich von ihm als *dem Alten* gedacht, doch wer weiß, war ich denn wirklich der jüngere? Wie verlässlich ist schon der Augenschein, wenn er vergleicht, was nicht vergleichbar sein kann: zwei Leben. Als wäre er überrascht, dass ich noch da war, blickte nun auch der Mann mich an und verstand gleich, worum es mir ging, ja, genau, um nichts weniger als eben dieses Glas seines sterbensguten Honigs. Er fand als Erster von uns beiden zur Sprache, ein paar kurze Worte, vermutlich der Preis. Ich legte einen Zwanzig-Euro-Schein auf die Theke aus derbem Holz, bedeutete ihm wortlos meine Bitte, nicht durch Rückgeld beschämt zu werden. Dann nahm ich den Honig und verließ den Laden. Ich hörte die Tür hinter mir schwer ins Schloss zurücksinken, ein Geräusch wie die Versicherung von Unumkehrbarkeit.

Silvia war nirgends zu sehen. Ob sie dieses Mal doch ohne mich weitergefahren war? Ich sah auf das Honigglas, das schwer in meiner Hand lag, als erwartete ich von ihm eine Antwort. *Le rucher de plaisirs – MIEL de FORÊT – Miel de nectar de fleurs et miellat de forêt*, stand auf dem sonnengelben Etikett. Mühsam entschlüsselte ich die Worte, ein Leseanfänger mit nichts als dürftigstem Grundwortschatz: Genuss, Wald, Nektar, Blüten, weiter kam ich nicht. Oben auf dem Schraubdeckel war eine übergroße pollen-panierte Biene abgebildet. Diese durchscheinenden Flügelhäutchen, kaum zu glauben, dass sie es fertigbrachte, damit nicht nur in der Luft zu bleiben, sondern sich sogar gezielt fortzubewegen. Ihr Facettenauge schien mich zu mustern: Was weißt denn du schon, armer Idiot! Einen Moment lang war ich drauf und dran, das Glas gegen die Hauswand zu werfen. Was war los, worum ging es hier eigentlich, was hatte das alles zu bedeuten? Warum musste Silvia uns gerade hierher kutschieren, in dieses Kaff Gott weiß wo, was hatte sie gewollt in diesem Klüngelladen und warum stellte sie sich plötzlich so hysterisch an, nur weil dieser Imker, der liebte, was er tat, und der es gut meinte, ihr ein Glas seines erlesenen Honigs anbot?

Ich ging die Gasse hinauf, dorthin, wo Silvia den Camper abgestellt hatte. Es war mir gleichgültig, ob sie auf mich wartete oder nicht, ob der Camper noch dastand oder sie längst über alle Berge mit ihm war. Ich hatte keine Lust mehr, mir Gedanken zu machen, wie es weiterging, so oder so, was konnte ich schon am Lauf der Dinge ändern, es war mir auf einmal alles egal, ganz und gar schnurzpiepegal. Was Silvia betraf, musste sie sich weiß Gott nicht viel Mühe geben, um unerreichbar zu sein für mich, allein Schritt zu halten mit ihr auf dieser Holpergasse lag außerhalb meiner Möglichkeiten. Ihr plötzliches Verschwinden, diese Art, sich fluchtartig davonzumachen, sollte sie doch, was konnte ich ändern daran? So war sie eben, voller Überraschungen, undurchschaubar, Silvia, die Unverstehbare, auch die Getriebene, wovon auch immer.

Silvia war nicht ohne mich weitergefahren. Sie hockte am Rand des Marktplatzes auf einer kleinen Plastikbank mit abgebrochener Lehne, das Kinn auf die Hände gestützt, ohne aufzuschauen, auch als ich näherkam. In den steinernen Bottich neben der Bank lief Wasser mit beständig flüsterschmalem Strahl, *Pas d'eau potable*, war auf einem Schild zu lesen. Das Gebäude dahinter, die École Primaire, erinnerte mit seinen groben Quadersteinen eher an eine Festung als eine Grundschule. Es war zu einer Zeit errichtet worden, in der Lehranstalten noch Bildungsbastionen waren, Bollwerke gegen Unkenntnis und Unwissen, gegen die Ohnmacht aus Ahnungslosigkeit und all die Übel, die daraus erwachsen konnten. An der Wand zum Schulhof hing eine Erinnerungstafel mit Bild, das Schwarz-Weiß-Foto eines Mannes mit Stock und Hund in verschneiter Landschaft, der Text darunter: *Poète – Partisan – Resistance*, Worte, die keine Übersetzung erforderten. Der Mann, mit Schneestiefeln und im dicken Mantel, mochte schon lange durch die tief verschneite Landschaft gewandert sein. Er wirkte verfroren mit seinen zusammengekniffenen Augen, kalt der Blick daraus, der Nacken gestreckt, der Kopf gehoben zu einer Geste des Abstandnehmens, als taxierte er die Kamera vor sich, weil er zweifelte an der vorgeblichen Harmlosigkeit eines solchen Bilderschussapparates. Einer, der sich nichts vormachte und nichts vormachen lässt, so mein Eindruck, dieser Mann mit dem Stock in der Rechten, keinem bloß zur Unterstützung bei Gang und Wanderung, eher ein schwerer Stecken, ein Knüppel, einer, dem recht zu vertrauen ist, der tut, was er soll, wenn es darauf ankommt. Der Hund an der Seite des Mannes ein kleines zottelfelliges Tier, frei und ohne Leine, wendete den Kopf nach hinten, einem Gehöft zu, einem grauen Hof, der sich unter ausladenden Winterbaumgerippen duckte. Dieser Hund, eine Art Terrier, der an den weißen der beiden Wappentier-Ikonen auf *Black & White Blended Scotch Whisky* erinnerte, war nichts weniger als ein bloßes Hündchen, kein flauschig-fluffiges Kuscheltier, sondern im Gegenteil einer, der sich verbeißen konnte, allzeit bereit, wachsam und auf der Hut, einer, dem nichts entgeht in dieser Welt aus Eis und Schnee und der vielleicht schon im nächsten Augenblick anschlägt und nicht mehr zu halten ist, sollte sich nur das Geringste rühren im Rücken seines Herrn.

Wie Silvia so dasaß, die Arme vor dem Bauch, in fester Selbstumarmung, gab sie das Bild einer durch und durch Frierenden. Ich stand neben ihr, hielt das Glas MIEL de FORÊT mit beiden Händen umklammert und sagte kein Wort. Um nicht einzudringen in das Schweigen, das Silvia umgab, wie der Schutzwall ihrer Arme. Schließlich, ohne den Kopf zu heben, als antworte sie auf meine nicht gestellte Frage: Der da, der auf dem Foto, das ist mein Vater, mein biologischer und einzig richtiger, Antonin Chartaud. Und als sei es nötig, die Plausibilität des Gesagten zu prüfen, wanderte mein Blick sogleich auf die Tafel mit den Lebensdaten, 1912 bis 1994, rein rechnerisch also durchaus möglich, aber was sind schon Zahlen, wenn es um eine Lebenswahrheit geht. Poète – Partisan – Papa, er war also nicht nur im Schnee herumgestapft, dieser Knüppel-Mann, im Winter seiner Jahre noch hatte er offenbar geliebt, in einem Alter, in dem den meisten der Körper lange schon nicht mehr Quell von Lust, sondern vor allem Last geworden ist.

Es hieß, sprach Silvia weiter nach einer Weile, er habe stets mehrere Beziehungen zugleich gehabt, so wie er sich sein gesamtes Leben nicht nur auf einer Spur allein hatte bewegen können, da gab es immer ein Auch, ein Außerdem. So war er eben, ein Mensch, der seinen eigenen Regeln folgte. Ob die Frauen voneinander wussten, schien ihm nicht besonders wichtig gewesen zu sein, dennoch zeigte er sich durchaus geschickt im Arrangement seiner Verhältnisse, Taktik und Einsatzplanung gehörten schließlich zu seinen Stärken, nicht nur als Kopf einer Untergrund- und Schattenarmee. Silvia machte eine Pause, bevor sie weitersprach. Noch ein Jahr vor seinem Tod, als ihn schon keiner mehr wirklich verstand, da er immer eigenwilliger als ohnehin schon geworden war, heiratete er zum vierten Mal, aber nicht meine Mutter, die ihm kaum mehr als eine flüchtige Affäre gewesen war. Daher auch biografisch ohne Bedeutung, ihr Name blieb unerwähnt in der langen Reihe der Damen, die Capitaine Alexandre, wie er genannt wurde, ergeben nahegestanden hatten.

Er ist eine Schlüsselfigur der Résistance hier in der Region gewesen, Silvia holte tief Luft, als hätte all die Erinnerung sie Kraft gekostet, ein Drahtzieher aus dem Hintergrund, ein Mann ohne Gesicht, von dem es fast keine Fotos gibt aus der Zeit.

Und du bist dir ganz sicher?

Womit?

Dass er dein Vater ist, oder war.

Sicher, was soll das heißen: *sicher?* Worin bist du dir denn für dein Leben sicher, Gernot? Meinst du einen DNA-Test oder so was, ist das die Art von Beweisen, die dir geben, was du *Sicherheit* nennst? Ich lach' mich tot!

Antonin, Alexandre oder wer er sonst noch war, ich habe ihn nie zu Gesicht bekommen. Meine Mutter und er hatten schon längst keinen Kontakt mehr, als ich geboren wurde, wahrscheinlich wusste er nicht einmal von meiner Existenz. Wozu auch, was hätte das für ihn geändert? Einer wie er brauchte kein weiteres Kind, keine weitere Tochter. Er wollte nur leben für seine Idee von Freiheit, und für die Poesie, von der seine Bücher zeugen, diese anderen Kinder, die er hinterlassen hat, bleibende Spuren eines Lebens zwischen Terror und Ekstase, Gefahr und

Rausch, das er mal mit dieser, mal mit jener Frau teilte, die ihm wahlweise Muse, Quell der Inspiration, Stachel im Fleisch oder willfährige Dienerin seiner Mannbarkeitsfantasien war. Wo hätte da Platz sein sollen für noch ein Kind, eines wie mich? Kinder, das waren für ihn doch eh bloß Nebenwirkungen, Folgeerscheinungen und Beziehungsbodensatz, etwas, das gelegentlich überblieb, wie Zigarettenkippen, Patronenhülsen, oder Stiefelabdrücke im Schnee. Gut, wenn sie sich vermeiden ließen. Besser also, dass er gar nicht erst von mir wusste. Besser für uns beide, denke ich heute.

Und dein anderer Vater?

Du meinst den Winzer, den meine Mutter geheiratet hatte, damit es nicht dauernd irgendein scheiß Gerede gab? Ich weiß bis heute nicht, ob dem überhaupt klar war, dass er an seinem Tisch ein Kuckuckskind durchgefüttert hat, von meiner Mutter hat er nichts erfahren, bis zum Schluss nicht, so viel ist sicher. Zumindest hat er mich genauso beschissen behandelt wie meine jüngere Schwester, wenngleich vielleicht aus ganz anderem Grund.

Mein Blick wanderte wieder zum Porträt. Die Zeilen darunter vermutlich ein Zitat von Alexandre-Antonin:

SI NOUS HABITONS UN ÉCLAIR, IL EST LE COEUR DE L'ÉTERNEL, las Silvia, die ich darum gebeten hatte. Es klang wie ein Bekenntnis.

Und was heißt das bitte?

Was fragst du mich, was weiß denn ich!

Es würde mir genügen, wenn du es mir einfach übersetzt.

Einfach übersetzt, einfach übersetzt!, blaffte Silvia, Wie soll das gehen! Wer weiß schon, was genau welches Wort bedeutet, in dieser oder der anderen Sprache. Zwei Sprachen, das sind zwei Welten. Und allein in der einen wirklich zu begreifen, was genau einer meint, wenn er dies oder das sagt, ist doch schon so gut wie unmöglich, oder? Übersetzen, das heißt irgendwelche Entsprechungen suchen, wo keine sein können, vergleichen, was unvergleichlich ist, so wenig wie das eine Ufer eines Flusses mit dem anderen. Übersetzen ist nichts weiter als Schaffen von Missverständnissen. Also, schnapp dir ein Wörterbuch, Gernot, aber lass mich in Ruhe mit deinem Gefrage! Wort für Wort nachschlagen kannst du doch auch selbst, um dann wenigstens sicher zu sein, dass es deine eigenen Irrtümer sind, die du da verstehst.

Ich habe aber jetzt kein Wörterbuch dabei, also bitte, tu mir den Gefallen, dies eine Mal!

Du kannst vielleicht nerven, echt! Also gut: *Wenn wir einen Blitz bewohnen, ist er das Herz der Ewigkeit* – Und, bist du jetzt irgendwie schlauer? Das ist genauso kryptisches Gesülze wie der andere Kram, den er reichlich von sich gegeben hat. Und wofür ihn gerade die am meisten bewunderten, die am wenigsten kapierten. Gegen Ende seines Lebens wurden seine Verse immer noch schräger. Nachdem ihn als Dichter keiner mehr verstand, hieß es, seine Sprache sei nun sehr hermetisch, gleichbedeutend damit, dass das Beklopptsein nun offensichtlich geworden war. Jedenfalls stolzierte er schließlich, umgeben vom Glorienschein seines aberwitzigen Geschwafels langsam aber sicher hinein in die endgültige Vollverblödung. Das war's dann mit dem großen Antonin, der für ein paar Unbelehrbare dennoch einige Zeit lang weiterhin als wesentliche Stimme dieses Landes galt. Manche brauchen halt immer ein bisschen länger, um zu schnallen, was Sache ist. – Okay! Schluss jetzt! Genug davon! Um sich mit diesem ganzen Schwachsinn herumzuschlagen, dafür gibt es ja extra die ausgesuchten Klugscheißer auf den Lehrstühlen der Unis, die das meiste sowieso viel genauer wissen, als Antonin es selbst je hätte auch nur erahnen können.

Weißt du, was ich auch nicht verstehe?

Was denn noch?

Warum wolltest du herkommen, Silvia, was hast du hier gesucht? Erinnerungen?

Pah, was weiß ich! Außerdem, was geht das dich an?

Ach, komm schon, den Alten da im Laden vorhin, was hast du ihn gefragt?

Als hätte ich sie geohrfeigt, warf Silvia den Kopf zur Seite, stützte die Hände auf die Schenkel, wie um das Gleichgewicht nicht zu verlieren. Nach einer Weile hielt sie mir wortlos den Arm hin, also half ich ihr auf und fragte nicht weiter. Inzwischen war es dunkel geworden. Feiner Regen setzte ein, als wir zum Camper gingen, meine Hand immer noch an Silvias Arm, eine Guter-Onkel-Geste, die den Anschluss nicht verlieren wollte. Der Camper stand inzwischen als einziges Fahrzeug auf dem abendlichen Halbrund des Platzes. Und – albern oder nicht – ich hatte den Eindruck, dass er auf uns wartete, mehr noch, dass auch ihn eine Art Wiedersehensfreude erfasste, ein Aufatmen, als wir uns ihm näherten, die Türen öffneten, einstiegen, als hätten wir das seit jeher am Ende eines Tages so gemacht.

Wie selbstverständlich hatte Silvia die Sitzbank umgeklappt, die Liegefläche zurechtgemacht und sich hingelegt, wo bislang mein Schlafplatz gewesen war. Hieß das, dass mir jetzt nur noch der Weg über die kleine Leiter nach oben auf den knatschenden Lattenrost blieb? Allein das Hochklettern schon eine absehbare Tortur für mich und meinen ungelenken Körper, ganz abgesehen davon, dass ich irgendwann auch wieder nach unten musste, womöglich mehrmals in der Nacht.

Was ist, worauf wartest du? Oder hast du Bedenken, der Platz hier könnte nicht reichen für uns zwei Turteltäubchen?

Nein, … doch …, ich meine, ja, schon …

Also. Keine Angst, ich tu dir und deiner Hüfte nichts, versprochen. Alles, was ich brauche, ist mal wieder eine Schulter zum Anlehnen, ist das okay oder gibt's auch da irgendwelche Probleme, die ich noch nicht kenne?

Silvias Gesicht im Halblicht der Straßenlaternen, das gleichförmige Strömen ihres Atems bei halb geöffnetem Mund, die Wärme ihres Körpers, der Duft ihrer Haut, unmöglich, dabei seine Ruhe zu finden! Als Mumie im Wachkoma lag ich neben ihr, während Silvias Kopf an meiner Schulter ruhte, ganz nahe und doch so weit weg, mit dem Ausdruck eines Kindes, das sich hingab, in Schlaf und Traum sank mit einer selbstverständlichen Leichtigkeit, um die ich sie so sehr beneidete.

Mir schmerzte meine Hüfte, während mein Hintern halb überm Abgrund der Polsterfläche schwebte. Irgendwann hielt ich es nicht mehr aus, drehte mich ein bisschen zur Seite.

Wie lange schon, Gernot?

Erst als Silvia ihre Frage wiederholte, begriff ich, dass ich mir ihr Flüstern nicht eingebildet hatte. Wie lange schon?

Wie lange schon was, was meinst du damit?

Wie lange schon hat kein Mensch mehr so nahe bei dir gelegen?

Was ..., warum fragst du? Ich weiß nicht, ich führe kein Tagebuch darüber.

Ach ja? Aber mal ehrlich, warum weichst du aus, was ist so schlimm an dieser Frage?

Nichts, nichts ist schlimm daran, überhaupt nichts, wieso sollte ...

Aha.

Mein Gott! Ja, es ist länger her, ja, du hast recht, und das weißt du doch auch ganz genau!

Ja? Sollte ich? Silvia kicherte, ihr warmer Atem strich über meinen Hals.

Hildegardt und ich, wir schlafen lange schon nicht mehr in einem Raum. So wie wir auch seit Jahren in verschiedenen Welten leben. Dazu kommen meine Schlafstörungen, ich schlafe keine Nacht durch, auch dann nicht, wenn ich hundemüde bin. Ein paar Stunden, wenn es gut geht, dann ist es, als legt sich ein Schalter um in meinem Hirn. Was auch immer ich versuche, von da an ist es vorbei mit Schlafen, ich liege wach, wälze mich hin und her, bis der Wecker schellt. Irgendwann ist Hildegardt deswegen der Kragen geplatzt, ich konnte das sogar verstehen.

Silvias Faust auf meiner Brust, Druck und Nachdruck, Hab' ich mir schon so ähnlich gedacht, armer alter wachmüder Mann!

Warum fragst du mich überhaupt, wenn du doch ohnehin alles weißt?

Warum, warum, warum?!? Wenn du dich nur selbst sehen könntest! Liegst die ganze Zeit da wie ein Bügelbrett, total bekloppt! Entspann dich endlich, ich bin nicht ansteckend, ich werde nicht über dich herfallen, dir nichts tun, was du nicht willst, kein Grund zur Sorge also, klar?

Dann bin ich ja beruhigt. Ich wundere mich sowieso die ganze Zeit schon, warum du überhaupt mit mir losgezogen bist. Was hast du davon, was erwartest du, aus welchem Grund hast du dich eingelassen darauf?

Vielleicht hatte ich Lust auf was Außergewöhnliches, so einen richtigen Wahnsinnstrip mit einem verklemmten älteren Knacker, der es längst hinter sich hat.

Lass das, bitte!

Weißt du denn immer ganz genau, warum du das eine lässt, das andere aber tust? Die ewige Suche nach Gründen, warum dies, warum das! Scheiß drauf! Was zählt, ist, was gerade ist, der Augenblick, dieser Moment, nur die Gegenwart hat Bedeutung, der Rest ist vorbei und gelaufen und all der Quatsch, den du dir für morgen zurechtlegst, kommt sowieso anders, oder nie. Das mit dir hat sich so ergeben, weißt du ja selbst, und es hat sich ok angefühlt. Dank Arno. Hat er gut gemacht. Diese Biker-Beerdigung, mein Gott, du mit deinem grottigen Kapuzenanorak zwischen diesen Kerlen in ihren Lederkutten. Du sahst so entwaffnend arglos aus. Ein kleiner grauer Spatz, der sich verflogen hatte, falsch gelandet war, mitten in einem Krähenschwarm. Du hast mich angerührt, ein altes Kind, das dastand und sowas von staunte, herrlich schräg war das. Natürlich habe ich mich nicht in dich verliebt, nein, das bestimmt nicht, aber na ja.

Verstehe, es liegt also daran, dass ich ein bisschen komisch, ein bisschen lächerlich bin, ein ganz drolliges Kerlchen halt, an dem man seinen Spaß haben kann. Du bist nicht die Erste, die mir das sagt. Vielen Dank.

Ach komm, jetzt nicht die Tour! Silvia nahm meinen Kopf wie ein verletztes Tier in beide Hände, gab mir einen langen Kuss auf die Stirn.

Ich schloss die Augen, es gab nichts mehr zu tun für sie. Durch diesen Kuss sank etwas hinein in mich, wie in einen Brunnenschacht ohne Boden, die Mitte von allem, einen entgrenzten jenseitigen Raum. Und in dieser unauslotbaren Tiefe löste sich alles auf in nichts und wieder nichts, Leben, Alter, Tod waren nur noch Worte, belanglos, bedeutungsentleert, wie alles Begriffliche, wo es nichts mehr zu begreifen gab.

Mitten in die Nacht hinein krachte und knatterte es wie von Geschützen. Detonationen, Waffenlärm, Kampfgetöse, die Pforten der Hölle, sie schienen plötzlich aufgesprengt. *Poète, Partisan, Résistance* – Worte, die wie in Leuchtschrift vor meinem Bewusstsein aufgleißten, ja klar, es war Krieg, mein Gott! Und wir mittendrin, es war also soweit, unsere Tarnung war aufgeflogen, man hatte uns verraten, entdeckt, aufgespürt, und jetzt ging es um alles! Das Feuer auf uns war eröffnet, wir standen unter Beschuss, nur noch eine Frage der Zeit, bis Granaten den Boden um uns herum aufrissen, Abgründe gähnten, Leiber darin versanken, Fleischfetzen verschlungen wurden von klaffenden Erdmäulern, die sich gleich wieder schlossen unter der nächsten Explosion. Etwas huschte mit einem Satz über mich hinweg, riss die Seitentür des Campers auf, die zurück ins Schloss fiel, ein Geräusch, als würde die Bordkanone in Position gebracht. Ich sah aus dem Fenster, noch immer ohne zu begreifen, als Silvia bereits aus dem Wagen gesprungen war, einer Fallschirmjägerin gleich, die sich aus dem Flugzeug nach draußen stürzte, mit allem Furor dem Feind und seinem Feuer entgegen.

Schließlich begriff ich, was los war. Auf dem nächtlich leeren Parkplatz hatte sich eine Gruppe Jugendlicher versammelt, Halbstarke, die sich gegenseitig vorführten, was alles möglich war mit ihren Mofas und Mopeds, Spielzeugen für Kinder, die keine mehr sein wollten, und sich gerade deshalb kindischer aufführten als nur irgendwie. Das Quieken und Kreischen der Mädchen, dazu das Spätstimmbruchgegröle der Jungs, die Zigarettenrauchen übten und nicht ahnten, was ihnen bevorstand, als Silvia schon auf sie zuschoss, eine wild gewordene Furie, die sich gleich den Größten und Lautesten packte, ihn vor sich her schubste wie einen Hampelmann, ihn an- und zusammenschrie, während der sich erst gar nicht zur Wehr setzte gegen das, was da auf ihn losging, diese entfesselte blanke Wut. Schon bald darauf schlug in den Gesichtern der anderen die johlende Empörung um in grinsende Scham über einen solchen Anführer, der nicht taugte, wenn es wirklich einmal hart kam. Wer weiß wohin das hier noch führte, also besser nichts wie weg! Und so suchten sie schleunigst mit ihren Mopeds das Weite, kaum dass die Mädchen hinten aufgesprungen waren. Auch der Anführer trollte sich, stolperte davon, um nicht noch mehr zu verlieren als nur sein Gesicht. So plötzlich, wie die Horde aufgetaucht war, war sie dann auch schon wieder verschwunden, Blitzkrieg Marke Silvia.

Mal ehrlich, was hast du dem denn da gesagt?

Dass ich ihm die Eier abschneide, wenn er sich nicht auf der Stelle verpisst! Und dass ich verdammt genau weiß, wovon ich rede, weil er ganz bestimmt nicht der Erste ist.

Damit schien die Sache für Silvia erledigt. Sie kroch zurück auf die Liege im Camper, drehte sich herum, schlief ein fast noch im selben Moment. Da war es wieder, das Säuseln ihres sanft strömenden Atems durch den halb geöffneten Mund. Auf das ich lauschte, während an Schlaf für mich nicht zu denken war. Ich lag neben ihr mit offenen Augen, stierte in das Halblicht der Parkplatzlaternen, fragte mich, ob sie nicht doch jeden Augenblick zurückkehren würden, die erledigt geglaubten Moped-Helden, mit entsprechender Verstärkung, einem neuen Plan und frisch angetrunkenem Mut.

Doch statt der zweiten Welle, die nicht kam, klopfte es gegen den Wagen. Es war bereits hell, demnach hatte ich auch eine gute Weile geschlafen. Ich sah heraus und erkannte einen untersetzten Mann in blauem Hemd mit Uniformmütze, der deutlich machte, den Camper mit bloßen Händen wegschieben zu wollen. Was war denn nun schon wieder los? Der Mann gab keine Ruhe, in heller Aufregung zeigte er auf den Bus, dem wir im Halbrund dieses Platzes, der nicht nur Treffpunkt der Dorfjugend, sondern offenbar auch Wendeschleife für den hiesigen Busverkehr war, wohl den Weg verstellten. Das Schild, auf das der herumfuchtelnde Uniformmützenmann mit wieder und wieder gestrecktem Arm zeigte, es gab möglicherweise Auskunft darüber, jaja, schon gut, aber wir hatten es trotzdem leider nicht gesehen, herrjeh!

Silvia, die ich erst wecken musste, sprang ein zweites Mal auf, und für ein paar Momente fürchtete ich um das Wohl des Mannes da draußen, der nicht ahnen konnte, was alles möglich war in solchen Fällen. Nur im Slip und mit verrutschtem T-Shirt und wohl auch noch nicht ganz wach saß Silvia mit einem Satz hinterm Steuer, ein Anblick, der den Herrn in Dienstblau erstaunlich schnell besänftigte, alle Eile und Entrüstung schien auf einen Schlag wie verflogen, derartig unverhofft kommt eben gar nicht oft. Sein Gruß mit der Dienstmütze entblößte den klebrigen Haarkranz darunter, eine Entdeckung, die nicht notgetan hätte. Doch Silvia sah ihn gar nicht erst an. Auch dann nicht, als er nicht aufgab, seinen dienstbeflissenen Gruß zu wiederholen, während Silvia Gas gab, den Wagen wendete und ganz am Rande des Platzes dicht an der alten Mauer mit einem Ruck zum Stehen brachte.

Zeit für einen Kaffee, meinst du nicht, nach einer solchen Nacht? Silvia zog ihr T-Shirt aus, ohne sich umzudrehen, streifte sich ein anderes über, das sie im Camper gefunden hatte. NIGHTWISH stand da quer über ihrer Brust, geschwungene weiße Schrift auf tiefschwarzem Grund.

Und dann?

Dann geht's weiter, Gernot. Oder denkst du, wir sollten hier in diesem gelobten Land noch eben drei Hüttchen bauen, eins für dich, eins für mich und eins für die Poesie des Widerstands?

Weiter

Wir fuhren durch einen dieser elsässischen Puppenorte mit den üblichen Requisiten: Vor der Kirche ein grober Sandsteinbrunnen, verwittert vom Einwirken der Jahrhunderte, dazu ein Marktplatz frei von Konsumkettenfilialen und Plunder-Discountern, dafür Bäcker und Metzger, Boulangerie und Boucherie. Was so hieß, sollte nie weichen müssen! Worte mit Zuckerguss, reinste Gaumenschmeichelei, kein Gedanke dabei an Gluten und malignes Weizenmehl, ohne Betäubung kastrierte Ferkel oder geschredderte Küken, dafür Träumereien von knusprig Geröstetem, Zartmürbem, das auf der Zunge zerging, oder festlichem Bratenfleisch mit feinster Soße. Pharmacie und Bureau de poste, Horte der Linderung von Leiden und Sehnsucht, dazu, um den Dreiklang zum Wohle des Leibes und der Seele zu vervollständigen, die Librairie, unverzichtbar wie auch die kleinen Pensionen und Hotels, von denen viele versprechen, Bonne Auberge zu sein, nicht zuletzt Mairie und Police, Bausteine eines nahezu ausgestorbenen Lebensidylls, Reste davon anzutreffen nur noch in Schwarz-Weiß-Filmen, oder der schwindenden Erinnerung alsbald Dahingehender.

Wir hatten den Camper am Rande des Marktplatzes abgestellt, waren eine kleine Runde durch den Ort spaziert, hatten einen Blick in das kühle Dunkel der Kirche geworfen, hier und da in die Schaufenster kleiner Läden geschaut, nicht selten darin Verstaubtes, Vergilbtes und Verblichenes, das nicht den ersten Sommer dort zubrachte. Über dem Zulauf des Marktbrunnens wachte ein geiferndes Zwischenwesen, Teufel und Drachen, spitzzähnig, seine überlange Steinzunge sprang aus dem weit aufgerissenen Maul. Ich hatte Hunger wie schon lange nicht mehr, tief und grabend, ich brauchte unbedingt etwas zu essen, und zwar ganz bald. Daher kam der Marktwagen unter den Platanen am Rande des Platzes wie gerufen. Eine kleine Menschentraube drängte sich unter der rot-weiß gestreiften Markise, Lachen und Stimmengewirr schallten herüber, wohlklingendes Sprachgemenge, von dem ich nichts verstand. Der Drachenteufel überm Brunnen grinste auf mich herab, Du gehörst nicht dazu, kapiert? Also versuch's erst gar nicht, du hast keine Chance! Daher also meine Bitte an Silvia: Ich krieg das nicht hin, für dich dagegen doch kein Problem. Holst du mir was, bitte?

Ach du liebe Güte, Mensch, Gernot!, Silvia verdrehte die Augen, schlug mir aber meine Bitte nicht ab, so kindisch sie ihr auch erscheinen mochte.

Ich ging zurück zum Camper, fort von der Brunnenfratze. Zum Glück hatte Silvia nicht abgeschlossen, so wie sie nie etwas abschloss, auch den Bauwagen nicht, in dem sie lebte, wie ich erst später erfuhr. Abschließen, eine Tür verriegeln, freien Eintritt und Durchgang verhindern, für viele eine Selbstverständlichkeit, erst recht, wenn es ums eigene Hab und Gut geht dabei. Nicht so für Silvia. Wer abschließt, hat Angst, etwas, das Silvia nicht kannte, fast nicht. In diesem Moment war ich ihr doppelt dankbar, dafür, dass sie etwas zu essen besorgte und dafür, dass sie den Schutzraum des Wagens offen gelassen hatte für mich. Ich würde ihn nicht verlassen, bis Silvia zurückkam, nahm ich mir vor.

Versunken in Gedanken über Schutz, Rückzug und Alleinsein hatte ich niemanden kommen sehen und erschrak, als jemand mit den Fingerspitzen gegen die Seitenscheibe tippte. Im ersten Moment glaubte ich, dass der Mann, der mich mit breitem Grinsen aus fast zahnlosem Mund durchs Fenster ansah, etwas erbetteln wollte, vielleicht auch nur als Vorwand, gut möglich. Also aufgepasst, bloß nicht die Tür öffnen! Ob er versuchen würde, es mit Gewalt zu tun? So einer war er nun aber doch nicht, oder? Wer weiß, woran lässt sich schon ablesen, wann wer zu welchen Mitteln greift, wenn er nicht bekommt, was er will? Egal, ich war fest entschlossen, mich nicht zu rühren, er würde schon wieder abziehen, wenn ich nur stur genug blieb und nicht reagierte. Tat er aber nicht, strich stattdessen mehrmals um den Wagen, stellte sich schließlich direkt davor, lachte mich an durch die Frontscheibe. Mir blieb nur, die Augen zu schließen vor diesem zudringlichen Breitgrinsegesicht, um ihn auszublenden, diesen Kerl, der offenbar keine Hemmungen kannte. Es stand zu befürchten, dass er einer Schmeißfliege gleich umso lästiger würde, je mehr man versuchte, sie loszuwerden. Ich öffnete die Augen wieder, er war immer noch da, sah mich unverwandt an mit dem Ausdruck dessen, der genau zu wissen glaubte, wer gewinnen würde früher oder später bei diesem Spiel um Macht und Ohnmacht, er, die Katze, die jede Schliche kannte und genau wusste, was sie zu tun hatte, und ich, die ratlose Maus, gefangen im Camperkäfig. Doch was wollte er denn nun eigentlich? Weshalb bedrängte er mich? Schon wieder klopfte der Kerl an die Scheibe, zeigte erst auf sich, dann auf mich, mit beiden Händen. Hielt er den Camper etwa für ein Tafel-Mobil? War es das? Ich sah hinüber zum Marktwagen, das Gedränge davor war kaum weniger geworden, und doch hatte Silvia es inzwischen weiter nach vorne geschafft, immerhin. Schon klopfte der Kerl erneut! Vielleicht könnte ich mich ja freikaufen, ihn mir mit ein, zwei Euro vom Hals schaffen? Jedenfalls musste ich etwas tun, von allein würde der nicht verschwinden. Wille gegen Wille, ein ungleiches Duell, weil einer davon meiner war. Und der da draußen von allem, was hier vonnöten war, sicher mehr hatte, mehr Unverschämtheit, mehr Ausdauer, mehr Erfolgserfahrung mit Belagerungsmanövern dieser Art, mehr Freiraum und Freiheit. Während er nach Lust und Laune vor dem Wagen hin und her spazierte, mich angriente und feixte, saß ich fest, in meiner Schutzfalle gefangen. Dieser Gedanke allein genügte schon, um mir den Schweiß auf die Stirn zu treiben. Plötzlich wich der Kerl mit tanzenden Schritten zurück – was denn nun? Nicht etwa, dass er sich jetzt hier am Ende noch auf offener Szene … Da erst erkannte ich, was er am Gürtel unter seinem Bauch trug: ein Schachfeld mit Steckfiguren. Ach so! Verstanden. Okay. Nun hatte ich ja gesehen, was er mir so Wichtiges hatte zeigen wollen, also konnte es damit doch auch endlich gut sein, oder? Nein, offensichtlich nicht! Er baute sich breitbeinig vor dem Camper auf, deutete mit offener Hand auf das Spielfeld aus hellen und dunklen Quadraten, die Figuren darauf. Ich kurbelte das Fenster einen Sprechspalt weit langsam herunter, äußerste Geste meines Entgegenkommens, nicht der Kapitulation. Gleich trat der Kerl heran und begann, durch den Fensterspalt hindurch auf mich einzureden.

Bonjour Monsieur! Mein Herr, haben Sie Lust? Bestimmt haben Sie, ich lade Sie ein! Sein charmant-melodisches Französischdeutsch, nur wenige Worte genügten, schon begann mein Widerstand ein Stück weit zu schwinden.

Lust worauf?

Nun, was soll ich sagen, sehen Sie doch, sehen Sie her, auf ein kleines Spiel!

Aber ich kann gar kein Schach, ich kann nicht spielen, und selbst wenn, …

Ein unechter Ausdruck des Erstaunens ging über sein Gesicht. Was meinen Sie, wollen Sie sagen, Sie haben keine Fähigkeit zum Spiel? Oh non, non, non! Sie können spielen, glauben Sie mir, sicher können Sie, jeder kann das, jeder, wirklich jeder! Der Mensch ist geschaffen für das Spiel. Niemand kann leben ohne. Das Leben selbst ist ein einziges großes Spiel, nicht wahr?

Ich rede vom Schach, den Regeln für das Spiel mit den Figuren, ich weiß nicht, wie man sie setzt, wer was darf und was nicht.

Ach ja, die Regeln, jaja, stimmt, die Regeln, sicher. Aber, pas de problème, wenn es das ist, das lernen Sie schnell, sozusagen im Handherumdrehen, glauben Sie mir, ich zeige Ihnen, wie es geht.

Schon möglich, doch selbst wenn ich weiß, wie die Steine zu setzen sind, weiß ich immer noch nicht, welcher Zug Sinn macht und welcher nicht. Alles, was ich anstellte, wäre ohne Plan, ohne System, ohne Strategie oder Ziel, verstehen Sie?

Oh là là, oui, oui, Sie haben recht, er kraulte sich durch den dünnen Bart auf fahler, pickeliger Wangenhaut. Sie meinen, was man nicht ganz genau kennt, darauf darf man sich nicht einlassen, nicht wahr? Alles muss immer ganz klar sein, oh ja! Keine leichte Sache, so etwas … Oui, oui, wirklich nicht … Hm …, verstehe. Oui, oh ja, und was ist schon leicht, sobald man es genauer betrachtet, nicht wahr?, wieder dieses breite Grinsen. Eh bien! Doch sehen Sie es einmal so, mein Herr, glauben Sie mir, ich brauche keinen formidablen Gegner, der mich in wenigen Zügen Matt setzt. Das kann ich selbst gut genug, bien sûr! Ich möchte Sie einladen, dazu, Ihr Leben für kurze Zeit gemeinsam mit mir derselben Sache zu widmen, diesem Spiel. Ich will Sie nicht zu irgendeinem Unfug verführen, bestimmt nicht …, oh nein! Doch was könnten Sie Besseres tun, bis Ihre schöne Freundin zurückkommt, was meinen Sie? Also bitte! Nutzen wir unsere Chance!

Sollte ich, sollte ich nicht? Ich war hin- und hergerissen und ärgerte mich darüber. Warum nur war dieser Kerl so versessen darauf, gerade mit einem wie mir zu spielen? Was steckte dahinter, was wollte er wirklich? Sein pennerhaftes Aussehen, sein Auftreten, seine Art zu reden, die nicht dazu passte, was für ein merkwürdiger Mensch.

Machen Sie sich keine Sorgen, Sie grübeln zu viel. Ich will Sie nicht betrügen, nicht berauben, Ihnen nichts nehmen, versprochen, da ist kein Trick, überhaupt nicht, glauben Sie mir. Sagen wir, das hier – er sah an sich herunter auf das vor seinen Bauch geschnürte Schachfeld – ist meine Art, mit Menschen in Verbindung zu treten, meine eigentliche Sprache.

So war das also, der Kerl war ein Soziopath, der sich ins Spiel der Könige flüchtete. Wo blieb Silvia nur? Eben war sie doch schon fast dran gewesen. Nicht, dass ich das hier nicht auch allein hinbekam, dennoch …

Man erfährt viel über einen Menschen, wenn man mit ihm spielt, der Kerl ließ nicht locker. Spielen ist wie lieben, man kann sich nicht verstellen dabei. Und, ja, Sie haben recht, für beides gibt es ein paar Regeln, *Berührt ist geführt,* oder *Regina regit colorem,* solche Sachen. Es gibt Bauernopfer, Fesselungen, Zugzwänge und Zwangszüge, aber das wissen Sie ja selbst.

Für einen, der es mit Menschen nicht so hatte, konnte sich der Kerl ganz schön verbeißen, sobald er einen am Haken glaubte. Aber da irrte er sich. Wie lange brauchte Silvia denn bloß noch?

Der Bauchschach-Heini hatte sich ganz offensichtlich in Fahrt geredet, ging in die nächste Runde: Schach spielen heißt erkennen, dass man verlieren wird, immer, früher oder später. Am Ende steht die Niederlage. Ganz egal, wie oft man gewinnt, ganz egal, wie man spielt, ganz egal wie gut. Er senkte seinen Kopf, drückte seine Stirn gegen die Seitenscheibe. Ich sah auf seine schütteren Haare, die schuppige Kopfhaut voller Borken und Kratzspuren.

Ja, der Kerl nervte, und wie! Aber er hatte auch recht, was noch mehr nervte! Der große Wurf, das endlich erreichte Ziel, der lange ersehnte Durchbruch, der unverhoffte Gewinn, was auch immer uns gelingen kann oder auch geschenkt wird, alles nur Pyrrhussiege. Und wir wissen das auch, wollen aber dennoch an Dauer glauben, wie trotzige Kinder. Bis wir irgendwann erkennen müssen: das war's, kein Plan B mehr, keine weitere Option, kein weiterer Zug mehr frei. Schachmatt. – Ja, wirklich, er hatte recht.

Der Mann nahm seinen Kopf wieder zurück, stützte sich mit der linken Schulter gegen die Wagentür, wirkte plötzlich kraftlos und erschöpft. Seine Hände, jetzt erst sah ich genauer auf seine Hände, erschrak beim Anblick der Verunstaltungen seiner

Fingergelenke, Ergebnis rheumatischer Zerstörung über lange Zeit schon.

Er begann, die Figuren in Startformation aufzustellen, erst Weiß, dann Schwarz. Wissen Sie, für die Leute bin ich nichts als ein Wohnungsloser, einer, der sich herumtreibt, ein SDF, *sans domicile fixe*, so nennen sie solche wie mich. Das ist einer dieser Sterne, die sie dir auf die Jacke heften, auch heute noch, die Schablonenmenschen. Egal! Genug jetzt, Sie sind Weiß, fangen Sie an, bitte.

Noch einen Moment zögerte ich, dann öffnete ich langsam die Beifahrertür. Der Schach-Mann streckte mir Bauch und Spielfeld entgegen. Ich griff nach einem Bauern aus der Mitte, setzte ihn ein Feld nach vorn.

Auch er zog einen Bauern.

Und weiter? Noch einen Bauern?

Spielen Sie, spielen Sie, nicht nachdenken, spielen Sie so, wie Sie atmen, ein Atemzug – einatmen, ausatmen –, eine Figur nehmen und setzen. Versuchen Sie nicht, das Spiel zu steuern, non, non, lassen Sie das Spiel sich selbst spielen, Sie sind nicht der Spieler, glauben Sie das nicht, Sie sind nur die Hand des Spiels, nicht der Kopf, schon gar nicht seine Seele.

Ich setzte den zweiten Bauern.

Erneut tat er es mir nach.

Dann nahm ich meinen linken Springer, seine knotigen Finger wiesen auf die Felder, die mir offenstanden dafür, ich setzte. Auch er griff nach seinem linken Springer, machte ein weiteres Mal spiegelbildlich denselben Zug.

Ich sah ihn an.

Er legte seinen verkrüppelten Zeigefinger zwischen die rissigen Lippen. Ich nahm den zweiten Springer.

Sein nächster Zug überraschte mich nicht mehr.

Sie denken schon wieder, nicht denken, nicht denken, ziehen Sie! Ziehen Sie schnell, einfach so, stellen Sie sich vor, dies wären die letzten Minuten Ihres Lebens, verschwenden Sie keinen Moment davon an die Dummheit des Denkens.

Wir spielten weiter. Ich hörte auf, mich zu fragen, warum ich tat, was ich tat. Und der Mann hörte auf, meine Züge zu spiegeln. Schnell waren meine Figuren aufgebraucht, nur ein Turm, die Königin und mein König standen noch.

Silvia, endlich kam sie zurück mit zwei flachen Pappkartons von mehr als Lenkradgröße.

Das hat echt eine halbe Ewigkeit gedauert, stöhnte sie und ließ sich neben mir auf den Fahrersitz fallen. Ein unwiderstehlicher Duft nach warmem Käse, Schinken und Zwiebeln stieg mir in die Nase. Und als wäre er geradezu Luft für sie, dieser schmuddelige Mann neben mir mit seinem Schachfeld, darauf unsere kleine Partie, die gerade ihrem erwarteten Ende entgegenging, gab Silvia mir einen Klaps gegen die Schulter, Na los, Gernot, ich denke, du hast Hunger, oder glaubst du etwa, kalt schmeckt es besser!

Der obere hier ist für dich, nun nimm schon! Und während ich noch überlegte, wie ich es wohl am besten anstellte mit dem Essen, wie ich am geschicktesten teilen könnte mit dem Schachmann, hatte Silvia von ihrem Karton schon den Deckel heruntergerissen, den Flammkuchen darin zusammengeklappt und hineingebissen wie eine Verhungernde. Den Schachmann würdigte sie weiterhin keines Blickes. Als ich mich wieder zu ihm umdrehte, sah ich, dass er verschwunden war, einfach so, wie in ein Loch gefallen, als hätte es ihn nie gegeben, als hätte ich ihn nur geträumt. Scham überkam mich, ich hatte mich ablenken lassen von Silvia, und ich hatte den Schachmann verraten, für einen duftenden Flammkuchen, einen Flammkuchen, von dem wir beide hätten satt werden können.

Was ist denn nun, Gernot?, raunzte Silvia mich an. Komm mir jetzt nicht mit der Nummer Ich-mag-aber-keinen-warmen-Käse! Silvia hatte sich den Sitz zurückgestellt, aß halb im Liegen, die Fersen aufs Armaturenbrett gestützt, schmatzte, leckte sich Finger und Lippen. Ich sah auf ihre Füße, bestaunte das beredte Spiel ihrer Zehen, die nicht stillhielten, Kleinlebewesen in fortwährender Bewegung, die sich wanden, beugten, streckten, nach Laune und in Lust. Unter den Katzen des Örtchens schien sich schnell herumgesprochen zu haben, dass hier Aussicht auf einen Happen außer der Reihe war. Durchfahrende Fremdlinge, in der Hochgestimmtheit erster Sättigung sicher bereit, etwas fallen zu lassen von ihrem Vielzuviel. Eine der Katzen, eine grauweiße mit Stummelschwanz und nur einem Auge, hielt sich im Hintergrund, während alle anderen gierig die Hälse reckten, zu den offenen Türen hineindrängten. Wie es wohl zur Verstümmelung der Grauweißen gekommen war? Hatte man ihr den Schwanz gezielt abgetrennt, aus tierärztlicher Indikation, nach einem Unfall etwa, bei dem sie auch ihr linkes Auge eingebüßt hatte, oder womöglich aus reiner Tierquälerei? Als wäre der Verlust eines Auges nicht schon schlimm genug, war das arme Tier somit doppelt gestraft. Gestraft? Wieso gestraft? War da immer noch dieser Kinderglaube in mir, an den lieben Gott, der straft und schenkt, je nachdem? Wie tief dieses kindische Denken doch saß, naiver Kopfspuk, der im Unterbewussten noch immer sein Unwesen trieb, sicher verborgen vor seinen natürlichen Feinden, der Tageshelle von Verstand und Vernunft.

Die da hinten, die ist wie du, Gernot!, Silvia wies mit dem Kinn auf das verstümmelte einäugige Tier, lachte mit vollem Mund. Du würdest dich auch nicht trauen, vorne mitzumischen, selbst wenn's um noch so was Leckeres ginge. Stattdessen dich hinten herumdrücken, mit dem Leben und seinen Ungerechtigkeiten hadern, und dich darüber ärgern, dass sie dir nichts übriglässt, diese böse, böse Welt, nicht wahr?

Und wenn schon. Dreiste und Drängler gibt es schon genug. Ich muss da nicht mitmachen, ich brauche das nicht für mich.

Wohl gesprochen, alter entsagungsvoller, weiser Mann! Was aber, wenn du mal so richtig Lust auf was hast, was dann?

Was weiß ich.

Silvia prustete. Ich bin schwer beeindruckt von so viel Entschlossenheit, und so beherrscht! Alle Achtung! Trotzdem, willst du nicht langsam mal anfangen zu essen, bevor die Katzen sich ihren Teil holen?

Ja, doch, klar, allein wie das schon duftet!

Kann sein.

Findest du nicht?

Keine Ahnung, ich rieche so gut wie nichts.

Wie meinst du das, du riechst nichts?

So wie ich es sage, dass ich eben nicht riechen kann – peng! –, ganz einfach, ist doch nicht so schwer zu kapieren, oder? Ob was duftet oder stinkt, egal, ich kriege das quasi nicht mit. Ist scheiße, hat aber auch seine Vorteile. Inzwischen habe ich mich daran gewöhnt, ist halt so, gibt Schlimmeres, Silvia lachte bemüht, wischte sich mit dem Unterarm über Mund und Nase.

Und wie lang geht das schon so?

Wie lang, wie lang! – Oh, Mann! Willst du die ganze Geschichte?

Ja. Bitte.

Silvia nahm das letzte Stück, schnappte geradezu danach, fast eine Raubtiergeste. Wie schnell sie gegessen hatte!

Okay, ich mach's kurz. Es war eine Abtreibung, Abruptio legalis, wie ihr Mediziner dazu sagt.

Ich bin kein Mediziner, Silvia, ich bin Arzt.

Ist ja schon gut, Herr Dr. Lohmann, ist ja gut. Jedenfalls war es ein Eingriff, der mit geltendem Recht in Einklang stand, wie es so schön heißt. Die Erzeugung des Kindes, das ich auf keinen Fall austragen sollte, dagegen ein Straftatbestand, umso widerlicher, da es in der eigenen trauten Familie dazu gekommen war. Dass er genau genommen ja nur mein Stiefvater war, machte es nicht besser. Meine Mutter hatte davon gewusst, aber Schweigen war ihr noch nie schwergefallen. Ich war noch nicht mal ganz sechzehn, habe eine ganze Zeit erst gar nicht richtig geschnallt, was da los war mit mir. Als ich dann endlich kapierte, hatte er längst alles geplant, dafür gesorgt, dass das Kind schnellstens wieder wegkam. Und ich hab' wie ferngesteuert mitgemacht, wie eine Bekloppte ohne eigenen Verstand. Als ich aus der Narkose erwachte, war ich zuerst erleichtert, es war vorbei, wie ein schräger Traum. Später dann fühlte ich mich umso beschissener, habe tagelang gekotzt, nichts gegessen, nicht getrunken, wollte nicht mehr. Dass ich nichts mehr riechen konnte, habe ich erst gemerkt, als ich nach und nach wieder anfing, was zu essen, alles aber gleich fad und nach nichts schmeckte. Das mit dem Schmecken ist zum Teil wiedergekommen, das Riechen nicht. Ich kriege nicht mit, wenn einer nach Schweiß stinkt, wenn Milch schlecht geworden oder Fisch vergammelt ist. Für den Fall, dass mal irgendwo Gas austritt und mich keiner warnt, war's das, ich werde es im Leben nicht merken. So wenig wie ich Pisse von Chanel No 5 unterscheiden kann, wieder mühte sich Silvia um ein Lachen.

Du bist wahrscheinlich der einzige Mensch mit Anosmie nach Abruptio.

Toll, und was hab' ich davon?

Ich wollte nur sagen, dass plötzlicher Riechverlust viele verschiedene Gründe haben kann, schweres Schädel-Hirn-Trauma, Virus-Infektion, Nervenläsionen unterschiedlicher Art, zerebrale Tumoren, bei dir dagegen …

Es gibt eben Verletzungen, die sind schlimmer als bloß ein Schlag gegen die Birne.

Für viele ist so eine Abruptio nichts weiter als eine kleine ambulante OP, dazu noch in Vollnarkose.

Scheiß was drauf! Kleine OP! Weil – ratsch-ratsch-kratz-kratz – die Sache flott erledigt ist, deshalb?

Ich bin nicht dieser Meinung, ich sehe das anders. Und das weißt du auch.

Anders als Silvia fand ich die psychologische Deutung ihrer Anosmie nicht sehr überzeugend, aber das machte es nicht besser. Zugleich wusste ich, was für eine Riesenangst mir eine plötzliche Riechstörung einjagen würde. Weil ich sofort an Schlimmstes denken müsste, den Hirntumor, die zerebralen Metastasen, eine fokale Neuritis als Vorbote einer MS, den Beginn einer generalisierten Enzephalopathie, ihren alsbaldigen

Übergang in Demenz und Siechtum. Glücklicherweise kam das alles bei Silvia nicht in Betracht, dafür lag es viel zu lange zurück. Außerdem hatte ich nicht vor, an dem zu rütteln, was für sie einen Sinn ergab.

Wär' ich'ne Hündin, wäre das alles natürlich ein Drama, Silvia rieb sich mit dem Handrücken die Nase, aber so ... Mit schnellen Bewegungen riss sie den Flammkuchenkarton in Stücke, die sie unter den Sitz stopfte.

Die Erinnerung an eine Reihe verschiedener Düfte stieg in mir auf, frisch gerösteter Kaffee, warmer Apfelstrudel, Vanillesoße, Heu in der Wärme eines Junitages, Sonnencreme auf noch junger Haut, Vaters Rasierwasser, das ich inzwischen selbst benutzte, Heckenrosen wie die am Rande des Pausenhofs der alten Grundschule, die es schon lange nicht mehr gab. Erst hatte sie aufgehört, Schule sein zu dürfen und war zur Zuflucht für Geflüchtete geworden, doch schließlich galt auch ihre Nutzung als Übergangswohnheim und Notbehelf für Menschen, die sonst kein Dach über dem Kopf hatten, als nicht mehr akzeptabel, und so fiel sie ganz flott dem Rückbau zum Opfer. Solider Backstein, der zwei Weltkriege und eine Menge mehr überstanden hatte, gegen die gezielte Wucht der Abrissbirne war er chancenlos. An gleicher Stelle erstand ruckzuck eine exklusive Wohnanlage für hoch solvente Greise. Auf einmal war alles wieder so lebendig, so unmittelbar: die weißgetünchten Wände der Klassenzimmer hinter dickem Mauerwerk, darin wurmstichiges Holzgestühl, inschriftenübersäte Klapppulte, sobald man sie öffnete, stieg einem ein vergleichsloser Geruchsmix in die Nase, Überreste von Bleistiften und Radiergummikrümel, alte Äpfel, Mandarinenschalen und Leberwurstbrote, nasse Handschuhe, durchgeschwitztes Turnzeug und vieles mehr hatten hier über Generationen hinweg eingewirkt. Dazu draußen der Pausenhof mit seinen rumpeligen Pflastersteinen, dem Moos in den Lücken dazwischen, wie das alles duften konnte nach einem Gewitterschauer, wenn der Boden dampfte. Und schließlich – ach, herrjeh, ja! – der Duft flüchtig berührter Mädchenhaut, erhitzt vom Laufen, Verstecken, Fangen und sich wieder Entziehen. Ich sah Hannah wieder vor mir, deren Haar nach grünem Apfel roch und neben der ich als ihr Banknachbar das schönste Jahr meines Schülerlebens verbracht hatte, Hannah, die später nach dem Abitur nichts und niemand mehr hielt in deutschem Land, diesem auf immer Täterland. Für Jahre ging sie nach Israel, die kurze Zeit ihrer ersten Ehe verbrachte sie in Rom, später lebte sie in London und New York, nachdem sie es als Designerin nach ganz oben geschafft hatte. Hannah, die Halbwaise mit dem tiefschwarzen Apfelshampoohaar aus dem Vorstadthinterhaus, hatte schon als Vierzehnjährige ganz genau gewusst, was sie wo und wie und von wem wollte: Irgendwann würde sie diejenige sein, die den Preis bestimmte und die Bedingungen diktierte. Damals hatte ich keine Vorstellung davon, was sie damit meinte und wie sehr ernst es ihr damit war und blieb.

Und du, hast du auch schon mal im Leben was für immer verloren? Silvias Frage klang wie eine Anklage, wohl weil sie bei mir einen Mangel an Verlusterfahrung vermutete. Ach, vergiss es …! – Als wenn das so einfach wäre, Silvia.

Der Schachspieler blieb verschwunden. Dennoch wurde ich das Gefühl nicht los, fortwährend beobachtet zu werden. Bestimmt hielt er sich ganz in der Nähe verborgen, ließ uns nicht aus den Augen. Es hätte mich nicht überrascht, ihn plötzlich an einer Hausecke, aus einer Querstraße, hinter einem Busch hervorspringen zu sehen, um mich erneut in sein Spiel hineinzuziehen. Doch ein nächstes Mal würde es nicht geben, ich würde mich nicht noch einmal einwickeln lassen von ihm. Schach war sein Spiel, das Spiel seines Lebens, nicht des meinen. Das Brett mit den vierundsechzig Feldern vor seinem Bauch, ihm mochte es alles bedeuten, alles, was er zum Leben brauchte. Ich dagegen? Wie war es bei mir? Weswegen und wofür lebte ich? Warum stand ich Morgen für Morgen auf? Was wünschte, wollte, erwartete und erhoffte ich, noch? Ich hatte auf ihn herabgesehen, diesen Kerl mit seinem Schach-Bauchladen, der seine

Antwort gefunden hatte auf die Frage, wofür er lebte, hatte ihn innerlich belächelt mit dem Hochmut des doppelt Ahnungslosen, der sie nicht einmal ahnt, diese seine eigene Ahnungslosigkeit. Und jetzt schämte ich mich. Auch dafür.

Wir fuhren weiter, kamen zunächst erneut durch kleine Orte wie Filmkulissen, viel zu schön eigentlich, um echt zu sein, um dort wirklich zu wohnen und zu leben. Wir hatten eine alte Natursteinbrücke über einen schmalen Flusslauf genommen, eine Weile führte die holperige Straße hinaus auf anfangs flaches Land, freie Felder, um dann unmerklich, aber stetig anzusteigen, schließlich zur Serpentinenstraße zu werden, deren Windungen mir ohne jedes Ende schienen, jede folgende Kurve enger als die soeben heil überstandene. Ohne dass Silvia sich davon beeindruckt zeigte oder gar das Tempo drosselte.

Nach unzähligen Haarnadelkurven, halsbrecherischen Streckenabschnitten zwischen Felsen und Abgrund, bei denen ich immer wieder die Augen zukniff, die Hände im Türgriff verkrallt, den Rücken gegen die Sitzlehne gepresst, erreichten wir wie durch ein Wunder eine Art Hochplateau. Ich war schweißnass, zitterte am ganzen Körper, immer noch im Spitzkurvenmodus, als Silvia schon aus dem Wagen sprang, außer sich vor Begeisterung, Ist das nicht der Wahnsinn, diese Sicht, diese Weite, diese irre Landschaft! Schau dir das an, Gernot, das da, da hinten, das sind keine gezackten Wolken, das sind die Alpen!

Der Geröllweg vom Plateau aus nach oben schlängelte sich ähnlich wie die Straße, viel zu schmal, um nebeneinander zu gehen, vielleicht auch gut so, damit nicht einer den anderen mit sich in die Tiefe riss, sollte er versuchen müssen, letzten Halt zu finden, den die an besonders prekären Stellen in die Felsen gerammten Handläufe aus verwittertem Bruchholz nicht würden bieten können. Doch natürlich war es für Silvia keine Frage, wohin sie wollte, und zwar jetzt und sofort! All meine Einwände, auch den, dass es nicht mehr lange dauern würde bis zum Einbruch der Dunkelheit, schlug sie aus, papperlapapp, kannst ja hierbleiben, Schisser!

Schon nach einem kurzen Stück bergan rang ich um Atem, was angesichts des steilen Aufstiegs, des alles andere als tritt-festen Untergrunds und meiner begrenzten physischen Fitness nicht erstaunlich war. Mein letzter Versuch, das Unvermeidliche zu verhindern, der Hinweis, all die Wunder dort oben würden sich unseren Augen auch morgen noch in gleicher Pracht und Schönheit darbieten, zerschellte an Silvias Ungeduld, Vergiss es, heute ist der Tag, scheiß auf morgen!

Silvia schritt voran, legte ohne jede Spur von Anstrengung ein Tempo vor, das auch halbwegs geübte Normalbeiner und Nicht-Hüftinvaliden sicher alsbald überfordert hätte. Für sie war der Anstieg offensichtlich gar keiner, auch bemerkte sie nicht einmal, dass der Abstand zwischen ihr und dem älteren Herrn mit dem Beinleiden, der das Unmögliche versuchte, sich zunehmend vergrößerte. Der Blick zurück war eben nicht ihre Stärke, Augen hatte sie nur für das Vorne und Oben, und so marschierte sie gipfelwärts wie magnetisiert von einer Kraft, die mich nicht erreichte. Dafür machte sie Silvia zunehmend unerreichbar für mich und die Botschaft meines keuchenden Atems, im Wettstreit mit dem Hämmern eines Herzens, das zwar irgendwie wollte, doch nicht konnte, wie es sollte. Ich schwitzte, stöhnte, meine Hüfte glühte, schmerzte wie in Säure getaucht, ich heulte, aus Wut, Verzweiflung und Hilflosigkeit, die Tränen verschleierten mir den Blick und die Sicht. Eine gute Gelegenheit eigentlich für einen falschen Schritt auf diesem ver-dammten Weg, einen Tritt ins Leere, auf dass alle Hinfälligkeit ein für alle Mal ein Ende fände, denn wo willst du schon noch hin mit dir, du wieder einmal Abgehängter, begreif endlichend-lich, du schaffst es nicht mehr, du kommst nicht mehr mit, hast allen Anschluss längst verloren, zu Silvia, zum Leben, zu dir, du Verirrter, du Wrack, du Jämmerling! Die Sache ist gelaufen, deine Zeit dahin, wenn es sie denn je gegeben haben mochte! Genutzt hast du sie nicht und nun ist es zu spät, nichts mehr zu ändern, also hör auf, den vergeudeten guten Tagen hinter-her zu jaulen, jetzt, wo die Gegenwinde schärfer und kälter wehen. Dennoch, du bist nicht ohne Wahl, es gibt noch Optionen, Alternativen zum banalen halsbrecherischen Sturz, ein gelungener finaler Herzkasper zum Beispiel. Vielleicht würde dann doch noch etwas von mir bleiben, ein kleines Wegkreuz, gar ein Gedenktäfelchen, das wäre deutlich mehr als nichts, dazu noch in allerbester Lage, schließlich das Entscheidende, wenn es um Immobiles geht auf längere Sicht. Zudem könnten Szenario und Dramaturgie weitaus banaler sein, wenn man das letzte Mal auf der Strecke blieb: Gernot Lohmann, ein alter Sack, kratzte hier in luftiger Höhe ab, als er allen Ernstes versuchte, einer Frau nachzusteigen, viel zu jung und viel zu wenig wirklich interessiert an ihm, er dagegen viel zu schlaff und schwerfällig, rein körperlich, und auch sonst. Sei's drum, jedenfalls ist er hingegangen, ein für alle Mal liegen geblieben, nicht so ganz im Frieden mit der Welt und sich, aber wem gelingt das schon?

Schließlich war Silvia doch stehen geblieben, sah mit einer Mischung aus Staunen, Ungeduld, vielleicht auch Mitleid zu mir herunter. Nein, ich kann wirklich nicht mehr, ja, es ist so schlimm, ich lasse mich ganz und gar nicht hängen, wollte ich zu ihr hinaufbrüllen, sparte mir aber allerletzte Kraft und Luft. Wenn schon der Schmerz kaum zu ertragen war, dann dieser Silvia-Blick ebenso wenig. Worauf wartete ich noch, warum schleppte ich mich nicht bis an den Rand dort, zwei, drei Schritte höchstens, und brachte es hinter mich! Ich hatte es übersatt, wann also, wann, wenn nicht jetzt? – Stattdessen ließ ich mich auf den nächstbesten Stein sinken, dabei ein Stich tief in der Leiste wie von einem offenen Messer in der Hosentasche. Schon der helle Nachhall dieses Schmerzes war Grund genug, mich nicht mehr zu rühren, nichts mehr zu wollen als nur hier sitzen und sitzen zu bleiben, ohne jeden Gedanken an Auf und Weiter, gar Vor, auch nicht an Zurück. In all meinen Jahren als Notarzt, wie viele hatte ich gesehen, die gesprungen waren, als es nicht mehr ging. Von Brücken, Baukränen, sogar Getreidesilos, aus Hochhäusern, in Aufzugsschächte hinein, auch aus

dem Korb eines Heißluftballons kurz vorm Ende des geburts-
täglichen Rundflugs. Ich hatte sie am Boden liegen sehen mit
ihren zerborstenen Schädeln, abgerissenen Gliedmaßen, auf-
geplatzten Leibern, hatte zusammengesucht und eingesammelt,
was vor Kurzem noch ein äußerliches Ganzes gewesen war,
gewartet, bis die Polizei endlich eintraf, den Unglücksort ab-
sperrte und der schnell wachsenden Zahl Neugieriger den Zugang verwehrte. War der Totenschein ausgefüllt, kehrte ich
zur Rettungswache zurück, ein grausiges Engramm mehr in
der Bilderreuse der Seele, weiterer Stoff für Horrorträume, an
denen es mir nie mangelte.

Ich griff mir in die Leiste, als ließe sich dort durch bloßen
Gegendruck Linderung schaffen. Der Schmerz hatte nach-
gelassen, etwas anderes war an seine Stelle getreten, ein feines
Pieken, das sich als zerknickter Tabletten-Blister herausstellte,
Ibuprofen 600, und sogar noch drei drin. Gnadenzeichen
des Himmels oder bittere Ironie in einem Spiel, das ich nicht
durchschaute? Ich konnte mich nicht daran erinnern, die Pillen
eingesteckt zu haben, wie also mochten sie in meine Hosentasche geraten sein? Wenn es sie gab, diese Hand Gottes, die
einem Maradona geholfen hatte, vielleicht war in meinem Fall
einer seiner Engel tätig geworden, hatte mir das Ibu zugesteckt,
still und unerkannt.

Silvia war zurückgekommen, hinter ihr das himmelweite
Abendstrahlen der schon tief stehenden Sonne.

Lass mal, geh du ruhig weiter, kümmere dich nicht um mich.
Ich hoffte auf ein schnelles Einsetzen der Wirkung des trocken
heruntergewürgten Bitterklümpchens, das sich da gerade in
meiner Magenschleimhaut verbiss.

Muss ich nicht, Silvia hockte sich vor mich, ihre Hände auf
meinen Knien.

Du glaubst, ich bin ein Weichei, stimmt's?

Müsste ich erst prüfen!, sie lachte, warf den Kopf in den
Nacken, Und wenn schon. Silvia stand auf, griff nach einem
faustgroßen Stein, schleuderte ihn den Abhang hinunter. Der

Aufschrei, den ich – warum auch immer – erwartete, blieb aus.

Ich scheitere an dem, was für dich ein Kinderspiel ist.

Na und? Kein Problem, für mich! Falls es bei dir anders ist, dann gib dir doch die Kugel oder mach sonst was! Wird dir schon was einfallen, oder? Du bist schließlich der Narkose-Onkel, der sich mit all dem geilen Zeug auskennt, nicht wahr?

Meinst du das ernst?

Bitterernst! Silvia klatschte die Hände zusammen, Wann hast du dich eigentlich zum letzten Mal so richtig lebendig gefühlt, Gernot, wann, wenn überhaupt?

Wenn du zum Lebendigfühlen auch den Schmerz zählst, ist es nicht lange her.

So meine ich das nicht, aber gut, ist schon okay.

Ich bin nicht wie du, ich kann nicht, was du kannst.

Woher weißt du das, warum bist du dir nur in so vielem so beschissen sicher? Wann hast du dich jemals richtig gehen, die Dinge einfach ihren Lauf nehmen lassen? Vielleicht ist alles viel einfacher und schmerzloser, als du glaubst. Ja, kann schon sein, dass dich deine Hüfte tierisch nervt, dass dies und das nicht mehr richtig rundläuft, na und? Mach was aus dem, was noch geht! Und steh dir dabei nicht dauernd selbst im Weg. Hab' Spaß an ein bisschen Risiko, trau dich was – wenn nicht jetzt, wann dann? Hör auf, alles im Griff haben zu wollen, klappt eh nicht. Fang an zu tanzen, Gernot, jetzt, jetzt gleich, hier, und hör nicht mehr auf damit. Noch am Rande der eigenen Grube tanzen, das ist es, kapier endlich, hey, wach auf!

Schon war Silvia auf das Mäuerchen neben uns gesprungen, kaum mehr als eine lockere Schichtung bröckeliger Steine, und begann zu balancieren auf dem schmalen Grat, Fuß vor Fuß zu setzen, eine Seiltänzerin am Abgrund, jauchzend vor Übermut. Ich konnte nicht hinsehen, es war unerträglich, meine Hüfte schmerzte zwar sofort wieder, als ich mich hochstemmte, aber ich musste weg, einfach nur weg, wollte nicht schuldig werden durch mein Zuschauen. So gut es irgend ging, trottete ich weiter, biss die Zähne zusammen, im Nacken die Angst, jeden Moment könnte geschehen, was ich nicht einmal denken wollte. Nach einer Weile holte Silvia mich ein. Ich hörte ihre Schritte näherkommen, war fest entschlossen, meine Erleichterung darüber nicht zu zeigen. Offenbar hatte Silvia entschieden, mich nicht zu überholen. Sie blieb hinter mir und meinen Schleich- und Schleppschritten zurück, als wäre ich ab jetzt derjenige, der voranging, sie diejenige, die folgte.

Das Licht schwand zusehends. Kaum waren wir oben angekommen, versanken die letzten Schimmer des Tages hinter den Hügelketten in der Ferne. Schnell wurde es erbärmlich kalt. Wir suchten vor dem Wind und seiner Kühle Schutz hinter dem breiten Sockel eines Heldenstandbildes, aufgestellt zu Ehren von irgendwem nach irgendeinem Krieg, irgendwann, einmal mehr zu viel. Inzwischen war es dunkel geworden, viel zu dunkel, um jetzt noch in die Finsternis hinein zurückzugehen. Auch war es zu kalt, scheißkalt, wie Silvia fluchte. Bekleidet nur wie für eine kurze Abendrunde in lauer Luft waren wir beide nicht im Mindesten vorbereitet auf solche Kälte mitten im Sommer. Vielleicht also kam es jetzt, unser beider baldiges Ende, gemeinsames Erfrieren statt Todessturz jeder für sich. Bis zur Rückkehr des Tageslichts würde genügend Zeit verstreichen, um unsere Körperkerntemperatur stetig bis zur kritischen Grenze abfallen zu lassen, damit verbunden sukzessive Bewusstseinstrübung bis zum sanften Sterben im Kältedelir. So würden wir langsam hinübergleiten in das Reich, in dem schließlich auch alle Zeit gefriert. Wie viele blieben ohne alle Nähe auf ihrem allerletzten Weg, so gesehen hatten wir also Glück. Wie auch immer das hier ausginge, wir waren zu zweit, ein Gedanke, der mir erstaunlicherweise die Angst nahm, zumindest für Augenblicke.

Silvia war sich sicher, auf der anderen Seite der Hochfläche eine Art Wetterstation gesehen zu haben. Und sie glaubte zu wissen, in welche Richtung wir zu gehen hatten, um dorthin zu gelangen. Dass wir in dieser wolkenverhangenen Nacht die

Station schließlich sogar erreichten, schien mir allein schon ein Wunder. Dass zudem unweit des festungsartigen Metallbaus eine alte Berghütte stand, die Tür mit nichts als einem rostigen Riegel behelfsmäßig versperrt, ein weiteres. Wir tasteten uns durch den kleinen Raum, stießen gegen allerlei Gerümpel, einen Stapel von Plastikstühlen, einen Tisch, darauf – das nächste Wunder – einige Kissen und grobe Decken. Keine Frage, es gibt sie wirklich, diese Momente, in denen man nicht umhin kann zu akzeptieren, dass die Dinge dieser Welt von mehr als nur dem Zufall bestimmt werden, dass da irgendwo irgendwas irgendwie Einfluss nimmt, so oder so. Durch die trüben Butzenscheiben drang flüchtig schwaches Mondlicht in die Hütte, wie ein sanftes Lächeln von ganz weit her.

Es roch nach Muff, feuchtem Dreck und Schimmel, doch egal, wir hatten ein Dach über dem Kopf, ein Dach und grobe Steinwände, die uns umgaben, hatten einen weihnachtlichen Stall gefunden, mitten im Sommer auf irgendeinem Bergplateau im französischen Grenzland. Was folgte, war eine dieser Nächte, die unvergessen bleiben, im Schutz dieser Hütte, unserer Rettungsinsel inmitten der Bergdunkelheit. Es dehnten sich die Stunden, die wir im Sitzen verbrachten, gehüllt in kratzige Decken, durch die schon wer weiß was alles gekrochen war und seine Spuren hinterlassen hatte. Fortwährend pendelte ich zwischen benommener Wachheit und dahindämmerndem Halbschlaf, auch dank des Schmerzes meiner Hüfte, der nicht bereit war, Nachtruhe zu geben, ebenso der klammkühlen Hände und Füße wegen, die nicht allzu viel Wärme fanden unter zerschlissenem Deckenzeug aus grobem Stoff.

Jeder für sich auf seinem Stuhl, schwiegen wir in die Dunkelheit. Durch die Lücken der groben Steinwände drangen die Stimmen der Nacht herein, raue Vogelrufe, kurze, spitze Tierschreie, das Rütteln des Windes am Dachstuhl mit seinen lockeren Schindeln. In die Stille dazwischen mischten sich Geräusche von Klein- und Kleinstbewegungen überall im Raum, auch das stetige Graben der Holzwürmer an den Dachbalken, ihr Knabbern und Knuspern. Und immer wieder huschten wieselflinke Beinchen über den Boden, angezogen wohl auch von der Restwärme unserer Körper, hin und her, vor und wieder zurück, viel zu viele, viel zu nahe. Leben, das nicht lassen konnte davon, sich zu regen, während wir ein wenig Schlaf oder auch nur etwas Ruhe suchten für die verbleibende Zeit dieser Nacht.

Irgendwann am Ende der Wegstrecke hin zum Morgen stürzte ich in einen Traum wie in eine Gletscherspalte. Jemand kam auf mich zu. Dem Gang und der Gestalt nach eine Frau. Sie trug ein dunkles, wallendes Gewand, eine tunikagleiche Tracht mit Skapulier und überweiter Kapuze, die ihr Gesicht verbarg. Etwas baumelte am leuchtendweißen Gürtelband ihres Ornats, etwas, das aussah wie ein Paar metallener Zimbeln. Die Frau ging an mir vorbei, ohne mich anzusehen. Mit harmonischer Leichtigkeit, der ganz eigenen Eleganz einer geborenen Tänzerin, umschritt sie ein offenes Grab. Wieder und wieder goss sie aus einem Kelchgefäß Wasser hinein, danach über den Erdhaufen daneben, der vor Feuchtigkeit fett und saftig glänzte. Sie ließ nicht nach mit ihrem segnenden Gießen, während die Jahreszeiten hinweggingen über das weiterhin geöffnete Grabstelle. Herbststürme, Frost, Schnee, Frühlingssonne und Sommerhitze folgten aufeinander, bis die Zeit gekommen schien, den Erdhügel abzutragen, das Grabloch endlich zu füllen damit. Sobald dies geschehen war, kam zum Vorschein, was zuvor im Erdhaufen verborgen lag, ein Ei mit einer Schale von weißestem Weiß, das schon erste feine Risse bekam. Sicher nur noch Augenblicke, die Schale bot schon fast keinen Widerstand mehr, ja, jetzt gleich …! – Da durchfuhr mich ein Beben, das mich aus Schlaf und Traum riss, wie ein Schusssturz nach oben. Ich fror, ich zitterte, vor Kälte, auch vor Enttäuschung, unerlöst noch von diesem Traumerleben, betrogen um das Wunder, wer oder was da aus dem schon fast geborstenen Ei schlüpfen würde. Knapp davor, vom Stuhl zu rutschen, hielt ich mich mit Mühe noch darauf, mit schmerzender Hüfte und prallvoller Blase, allerhöchste Zeit, das sonst Unvermeidliche abzuwenden, solange es noch ging. Ich stemmte mich hoch, tastete die Steinwand entlang zum Ausgang, legte, kaum vor der Tür, zitternd und mit Mühe alles Notwendige gerade noch schnell genug frei, staunte über mein Stöhnen wie das eines Fremden neben mir. Dieses reinste Wohlgefühl, diese Lust durch Erleichterung! Was für eine Wonne durchflutete mich, während aller Druck meinem Unterleib entwich. Schließlich schlich ich zurück in die Hütte, schloss die Holztür, die in den Scharnieren quietschte. Silvia drehte sich von einer Seite auf die andere, stöhnte wie unter großer Last, atmete schwer, Laute einer, die sich schindet in Schlaf und Traum, die sich quält, Berge himmelauf stürmt, Mauern niederreißt, Steine von Gräbern rollt, und wer weiß, was sonst noch alles. Nach kurzer Pause folgte leises Wimmern, Seufzen, Hauchen auf der Grenze von Lust und Schmerz, als winde sie sich unter Nadelstichen, schließlich das Schlussorakel, Kauderwelsch und Nuschelworte, geflüsterte Beschwörungsformeln, rätselhaft und unverstehbar, bis auf ein einziges Wort, so klar und unmissverständlich, dass ich zusammenzuckte: *Egal …!*

Ich nahm meine Decke vom Boden auf, hüllte mich auf meinem Stuhl widerwillig noch einmal damit ein. Als ich erneut erwachte, war es bereits hell.

Zeit aufzustehen, du Langschläfer, sagte Silvia, den Rücken mir zugewandt, während sie schon aus der Hütte trat, die Tür offen stehen ließ hinter sich.

Wortlos stiegen wir zum Parkplatz hinab, als hätten wir uns eine Nacht lang leergeredet aneinander und alles wäre gesagt, nichts mehr übrig, was noch auszutauschen bliebe zwischen uns. Der Camper stand immer noch als einziges Fahrzeug auf dem Parkplatz unterhalb der Gipfelstation. Wie ein großes einsames Tier, das geduldig ausgeharrt hatte und uns jetzt umso erstaunter betrachtete nach all den Stunden der Nacht und unserer Abwesenheit, in seinen Scheinwerferaugen die stumme

Frage aller unverhofft Zurückgelassenen. Von einem Augenblick auf den nächsten überfiel mich eine ungeheuerliche Mattigkeit, ich fühlte mich ausgelaugt und zerschlagen, als wären wir die ganze Nacht über auf schwerer Tour unterwegs gewesen. Nichts wünschte ich mir sehnlicher, als mich zu verkriechen, unterzuschlüpfen im warmen Bauch unseres Campers wie im Inneren eines Walfisches, aufgenommen, verborgen, beschützt vor aller Unbill dieser Welt, drei Tage und drei Nächte, mindestens, bis wir dann weiterziehen würden, Silvia, der Camper und ich, nach Ninive oder sonst wohin.

Die Nacht in der Kapelle

Am nächsten Morgen erwachte ich von einem Klopfen. Schwere, überreife Tropfen fielen auf das Wagendach, zunächst hier und da, zögerlicher Auftakt, der noch seinen Rhythmus suchte, Regenfinger, die den Camperkörper perkutierten, ihn absuchten auf schwache Stellen hin. Ich schreckte hoch davon wie auf ein Sirenensignal. Es ist Regen, versteh doch, einfach nur Regen, wie er schon zahllose Male fiel, seitdem du sehen, hören, denken kannst, nichts weiter, versuchte ich mich zu beruhigen, ohne Erfolg. Ich musste aufstehen, sofort. Und als hätte er genau darauf gewartet, brach noch im selben Moment ein mächtiger Schauer los, entlud sich prasselnd auf dem Dach des Campers. Auch Silvia schlief nicht mehr. Sie saß am Fenster und schaute in den Regen, einen Kaffeebecher mit den Händen umschlossen, als ließe sich Halt daran finden, oder Wärme, oder beides. Und während aus dem Schauer ein Wolkenbruch wurde, sah Silvia weiter wie in Erwartung einer Offenbarung reglos nach draußen, während die Wassermassen, die da auf uns niedergingen, mir alle Ruhe nahmen. Auch als der Regen schon durch undichte Stellen am Rand der Dachluke drang, in steter Folge neben ihr auf den Boden tropfte, schien Silvia nur Augen für das Draußen zu haben, als ginge das Geschehen im Wageninneren sie nichts an.

Die Regenflut ließ nicht nach, im Gegenteil, getrieben von mächtigen Böen schlug das Unwetter ein auf die Wände des Campers. Am Boden hatte sich bereits eine Pfütze gebildet, der Regen begann, das Wageninnere zu erobern, als Silvia plötzlich aufsprang, sich im Nu das bisschen abstreifte, das sie am Körper trug, die Schiebetür aufriss mit einer Kraft, die nicht nur aus ihr kommen konnte. Eine Woge Wasser schwappte ins Wageninnere. Als ließe sich dadurch Schlimmeres verhindern, versuchte ich, die offene Tür wieder zu schließen, doch da spürte ich eine Hand, die nach mir fasste, mich hinauszog ohne Chance zur Gegenwehr. So folgte ich Silvia, dieser Verrückten, die vielleicht wirklich gerade dabei war, den Verstand zu verlieren, an diesem Unwettermorgen auf einem Berg ohne Namen. Wie einer, der sich aus einem zum Kentern verurteilten Boot ziehen lässt, gab ich den Schutz des Campers auf, um in die Fluten zu stürzen, augenblicklich nass bis auf die Knochen, wie es so heißt, eingesunken im Matsch. Schon beim Versuch der ersten Schritte strafte mich der giftige Schmerz in der Hüfte für den Schwachsinn, in den ich mich da hineinreißen ließ. Die triefnasse Unterhose hing schwer an mir herab, ich musste sie halten mit einer Hand, die andere auf der schmerzenden Hüfte, ohne zu wissen, was und wie jetzt weiter. Barfuß und gefühlt gehunfähig stand ich da, unter einem Morgenhimmel, aus dem es auf der einen Seite weiterhin regnete, während auf der anderen ein Regenbogen sich zu spannen begann, wie ich noch keinen je gesehen hatte, ein Bogenpaar, über dem Farbenband des einen ein weiterer Bogen, gleichsam das schwächere Abbild des farbtiefen Originals.

Silvia rannte, hüpfte, stolperte über die Wiese gleich neben dem Parkplatz, die tief unter Wasser stand, rutschte aus, fiel hin, stand im selben Moment schon wieder, um weiterzulaufen, sich im Kreis zu drehen, ein Rad ums andere zu schlagen wie eine losgelassene Besessene, verlassen von all den Geistern, die sie hätten hindern können an diesem Rasen, Tollen und Toben. Das ein Ende fand, als sie plötzlich innehielt, das Gesicht den Regenbögen zugewandt. Dann brach sie aus in ein Lachen, das überging in etwas, für das ich keinen Begriff hatte, jubelnder Irrsinn vielleicht, der jauchzende Wahn einer Entgrenzten, die aufgehört hatte, an sich zu halten, sich überhaupt an etwas noch zu halten, schon gar nicht, sich zurückhalten zu lassen von irgendwas oder irgendwem. Silvia warf sich ins schlammige Gras, eine Faunin, die sich im Dreck rollte, nackt wie sie war, wieder hochsprang, um sich der Länge nach in die nächste Riesenpfütze fallen zu lassen, in der sie dann auf dem Rücken liegen blieb, Arme und Beine von sich gestreckt, immer noch lauthals lachend, ein unbändiges Lachen, das nur langsam verebbte, schließlich kaum noch vernehmbar, glucksendes Nachlachen in sich hinein.

So wie wir aussehen, können wir unmöglich zurück in den Wagen. – Ein Gedanke, den ich auch besser für mich behalten hätte.

Ach ja? Silvias Augen funkelten mich an, ich wollte gar nicht wissen, was das jetzt wieder bedeuten konnte.

Wenn wir den Restinhalt unseres Wasserkanisters geschickt einsetzten, ließe sich vielleicht der gröbste Dreck beseitigen, dachte ich. Also machte ich mich daran.

Und ich? Willst du etwa, dass ich so bleibe, Mister Saubermann?, da war sie, die Silvia-Frage, die ich befürchtet hatte. Na los, Gernot, worauf wartest du? – Das Leuchtweiß ihrer Zähne strahlte durch die Schlammpackung auf ihrem Gesicht. Arme und Beine weit ausgebreitet, stand sie vor mir, dass mir schwindelte vor so viel bloßer Körperunmittelbarkeit. Zwar ersetzte meine Sparwaschung mit dem restlichen Wasser aus dem Kanister kein Schaumbad, aber immerhin, ich tat mein Möglichstes. Lass mal, den Rest mach ich besser selbst, nicht, dass du mir noch in Ohnmacht fällst, so wie du dich abmühst, spottete Silvia.

Und wohin fahren wir jetzt? Diese Kinderfrage konnte ich zwar nicht mehr zurücknehmen, aber zumindest korrigieren: Wohin fährst *du* uns jetzt? Darin verborgen all die Fragen, die ich nicht stellte: Wie soll das alles weitergehen? Wohin bringst du uns, wohin bringen wir uns, wohin soll das führen mit uns? Silvia lachte nur, gab Gas und sah nach vorn. Und ich fragte nicht noch einmal, wozu? Es würde so weitergehen, wie es weiterzugehen hatte, das genügte mir in diesem Moment.

Wir waren bestimmt schon wieder Stunden unterwegs, als mich einmal mehr bedrängte, was keinen langen Aufschub duldete. Kannst du mal kurz, egal wo, nur bitte mach schnell! Silvias Lächeln, ihr Blick von der Seite, ihr Nicken, Ja klar, für das ich ihr höchst dankbar war. Sie nahm die nächste Ausfahrt, wir verließen die Bundesstraße, die uns zurück durch die Eifel führte. Silvia hielt den Camper vor einer kleinen weißgetünchten Kirche, die wie gerufen kam mit ihrem angrenzenden Friedhof, den Hecken, Büschen und Bäumen darum. Mit dem letzten Quäntchen Selbstbeherrschung und schweißnasser Stirn schaffte ich es auf die Rückseite der Kapelle. Jetzt nur kein unachtsamer Fehlgriff – nicht, dass sich da noch irgendwo irgendetwas verhakte oder verklemmte im allerletzten Moment. – Geschahaafft! Ja!!! Nichts auf der Welt, das mich noch aufhalten konnte, auch nicht all die Fliegen und Mücken, die diesen Ort des wahren Paradieses umschwirrten.

Nachdem aller Druck gewichen war, wurde die Welt wieder weit, ich sah, wofür ich im Tunnel hochpeinlichster Not keine Augen gehabt hatte. Etwa die Epitaphe beidseits des Kapelleneingangs, graugrüne Steine, gegerbt von der Witterung der Jahrhunderte. Darauf Großbuchstaben in unregelmäßiger engster Setzung, der Text auf dem linken Stein dadurch so gut wie unlesbar, deutlich besser dagegen der andere:

ET MORTUUS EST?
QUID MIRARIS NEC TAMEN RIMARIS
FLORIS ET RORIS VANITATEM?

Darunter für eine oder zwei Zeilen der Stein gesplittert, die Schrift somit verloren, dann weiter:

CHRISTIANUS HARRUS
ARTIS MEDICAE LICENTIATUS ET PRACTICUS FELICISSIMUS
ANNUM AGENS 34TVM.

Demnach also einer, den es wesentlich jünger erwischt hatte. Für mich gab es, so gesehen, wirklich keinen Grund, zu klagen. Schließlich hatte ich mein Leben noch, zickende Hüfte hin oder her, es ging immer schlimmer, klar.

DECERPSIT DIE 8. AUGUSTUS 1732
EST COMMUNE MORI.
QUID HAESITAS LECTOR?

Warum ich noch zögerte? Na ja, warum wohl? Weil ich Scham empfand, Scham, ein solcher Lebensjammerlappen geworden zu sein, obwohl ich doch so sehr beschenkt war mit dieser einzigartigen Gabe des Lebens, das ich immer noch leben durfte, wenn auch nicht mehr alles rund lief, was war das schon im Vergleich. Ich hatte das Glück, noch leben zu dürfen, ich hatte Silvia getroffen, wir waren gemeinsam unterwegs, alles zusammen ein unfassbarer Volltreffer in der Lebenslotterie, eigentlich völlig unglaublich in Anbetracht der viel wahrscheinlicheren Alternativen: nie je gewesen zu sein oder eben längst schon nicht mehr, beides für alle Ewigkeit.

Die dunkle Holztafel am Friedhofseingang bemerkte ich erst jetzt, nachdem ich ein paar Minuten zuvor kopflos daran vorbeigehastet war:

Cosmas- und Damian-Kapelle
Erbaut zwischen 1530 und 1560
1640 durch einen Dachreiter ergänzt

Cosmas und Damian, heilkundige Zwillingsbrüder, der Legende nach hatten die beiden zu ihrer Zeit viele Leidende behandelt, im Gegenzug dann versucht, sie zum Christentum zu bekehren. Das dollste Ding, das ihnen nachgesagt wurde, war die erste Beintransplantation. Die zwar zunächst gelungen schien, nur hatten die beiden ein zumindest optisches Kompatibilitätsproblem ignoriert und in allzu heiliger Kreativität einem weißen Mann das Bein eines Menschen von dunkler Hautfarbe drangebastelt. Kunst oder Kunstfehler, damals wohl noch keine Frage von Belang. Überhaupt schienen die beiden nicht nur ein gerütteltes Maß an Humor besessen zu haben, sondern auch sieben Leben, zumindest aber ein ausgesprochen dickes Fell. Denn es war Kaiser Diokletian, dem Veranlasser der letzten und massivsten Christenverfolgung im Römischen Reich, nicht eben leichtgefallen, sie kleinzukriegen. Alle seine Versuche, die beiden zu ertränken, zu verbrennen, mit Steinen oder Pfeilen töten zu lassen, blieben erfolglos, erst die Intrige eines Kollegen führte schließlich zu ihrer Enthauptung und ließ sie Märtyrerstatus erlangen. So gesehen schon damals vieles wie heute, wer die richtigen Kollegen hat, braucht sonst keine Feinde.

Inzwischen war auch Silvia ausgestiegen, kam mir durch das Friedhofstor entgegen. Komm, lass uns da mal rein – sie zeigte auf die Kapelle –, ich bin neugierig, wie es da drinnen wohl aussieht. Silvia als interessierte Sakralbauten-Touristin, wieder eine Facette an ihr, mit der sie mich überraschen konnte.

Warum auch immer hoffte ich, die kleine Kirche würde – wie zumindest bei katholischen Gotteshäusern sonst allgemein üblich – außerhalb offizieller Andacht- und Messzeiten geschlossen sein. Es sei denn, der neue Organist brauchte noch ein bisschen Übung an Manual und Pfeifenwerk, oder auserwählte Ministrantenneulinge wurden mit pastoraler Sorgfalt eingeführt in die Kunst gottgefälligen Liturgieschauspiels und wohlbemessenen Altarballetts.

Silvia bemerkte mein Zögern, verdrehte die Augen, Was ist denn nun schon wieder? – Ach egal, mach, was du willst! Mehrere Stufen auf einmal nehmend war sie schon die Steintreppe hoch zum Eingang hinauf. Ich stapfte ihr hinterher, über abgewetzte Stiegen, in die zahllose Füße Mulden gegraben hatten. Füße all der mit mancherlei Bürde Belasteten und Beladenen, die sich mit schwerem Schritt darüber hinweggeschleppt hatten; was für ein Tross durch die Zeiten, schnaufend, betend, flehend, bettelnd, bußfertig und in aller Demut auf der sehnsüchtigen Suche nach Beistand und Hilfe, nach Vergebung und Erbarmen, in der Hoffnung auf himmelgesandte Kraft oder gar ein kleines Wunder.

In dem rostigen Riegelschloss steckte ein klobiger Schlüssel von alter Art.

Sieh mal!

Ich sehe ja, aber lass uns doch lieber … – Klar, mein viel zu halbherziger Versuch, Silvia von etwas abzuhalten, scheiterte. Und so ließ sich die blankgegriffene Metallklinke wie befürchtet – seit wann spürte ich Unbehagen beim Betreten eines Gotteshauses? – willig herunterdrücken, Scharniere quietschten ohne Gegenwehr, schon gut, ich hatte verstanden, es sollte offenbar so sein. Mein letztes Innehalten auf der obersten Stufe, mit dem ich vergeblich versuchte, die Zeit zu dehnen, die sich doch nie und nimmer und von niemandem an- oder aufhalten lässt, ebenso wenig wie der Lauf der Dinge – wenn man schon aufgestanden war, weil beim Namen gerufen, sich zögernd aufmachte ins Vorne, an die Tafel, um Gleichungen mit viel zu vielen Unbekannten und der einzigen Gewissheit zu lösen, dass es kein Zurück gab. Ich folgte Silvia, hinein in das Halbdunkel dieser kleinen Kirche, spürte meine schweißnassen Hände, das Klopfen meines Herzens, als ginge es um Gott weiß was, und nur ich, ich wusste nicht, um was.

Silvia schritt durch den schmalen Mittelgang geradewegs auf den Steinaltar zu, wie eine, die sich auskannte, die einen vertrauten Raum betrat. Von der Decke der kleinen Apsis herab bis vor den Altar hing an langer Kette ein kunstvoll gearbeitetes silbernes Weihrauchgefäß, einziger Schmuckgegenstand in dem sonst kargen Kirchenraum. Ich setzte mich auf einen der Stühle in der hintersten Reihe, eine Gewohnheit aus Schülertagen, dem Ausgang immer so nahe wie möglich, man wusste ja nie. Silvia stand hinter dem Altar, einem grob behauenen Monolithen, stemmte die Hände in die Hüften und sah hoch zur Decke, von der sich der Putz an zahlreichen Stellen gelöst hatte, als suchte sie nach etwas in diesem eigenartigen Kartenbild. Wie still es war. Nicht das geringste Geräusch, kein einziger Laut, nicht das leiseste Knacken im Gebälk des Dachstuhls, ein Ort der getilgten Töne, als befänden wir uns in einem Raum außerhalb aller üblichen Welterlebbarkeiten.

Dann schlich sich doch etwas hinein in diese Brunnenschachtstille, ein Schlurfen wie von groben Stiefeln hinter der Tür, zu groß oder zu schwer für den, der sie trug, der die angelehnte Tür ins Schloss zog, den Schlüssel herumdrehte, zwei Bewegungen wie in einem Zug, zu schnell, um noch verhindert zu werden. – Wir waren eingeschlossen!!! Eine Sekundenerkenntnis, die mir beides verschlug, Atem und Stimme. Regungslos lauschte ich wie auf den Nachklang eines Urteils, gegen das jeder Einspruch zu spät kam, geschehen war geschehen, längst hatte sich das Schlurfen wieder entfernt.

Mein nächstes Luftholen geriet zu einem merkwürdigen Seufzen, einem verkorksten Jammer- und Stöhnlaut. Silvia lachte, dass es nur so widerhallte von den nackten Wänden, diese Art von Lachen wie über ein Alltagsmissgeschick, eine Tapsigkeit oder einen Versprecher, eine Lächerlichkeit, die wider allen Willen offenbarte, was doch verborgen bleiben sollte. Ihr Lachen steckte mich an, obwohl mir noch eben nichts ferner gelegen hatte, es wurde ein gemeinsames Lachen daraus, dessen Grund ich nicht begriff, das aber umso befreiender war, jetzt und hier. Wir waren eingesperrt und lachten, wir lachten vielleicht gerade deshalb, weil es so absurd war, vielleicht auch, weil es etwas von dem Wenigen ist, was einem noch bleibt im Bewusstsein plötzlicher Unausweichlichkeit. Silvias Lachen wurde bald zu einem Prusten, jedes Mal, wenn sie mich erneut ansah, brach es aus ihr hervor. Irgendwann stand ich auf, ging zur Tür – vielleicht irrten wir uns ja, hatten uns verhört –, drückte die Klinke, nochmal und nochmal, rüttelte daran, doch vergeblich, wir waren eingeschlossen, es bestand nicht mehr der geringste Zweifel daran.

Und jetzt, was machen wir jetzt?

Tja, was schon, Gernot? Viele Optionen haben wir nicht, oder was meinst du? Allerdings könntest du schon mal anfangen, einen kleinen Stollen zu graben, durch den wir uns dann in ein, zwei Wochen ins Freie retten, ich finde, das hätte was.

Aber es muss doch noch irgendwo sonst einen Weg nach draußen geben außer dieser Tür …

Zeig ihn mir, ich lass mich gern von dir überraschen, Gernot!

Doch die einzigen direkten Verbindungen zur Außenwelt, die ich entdecken konnte, waren zwei halboffene Fensterluken hoch oben in den Seitenwänden. Selbst wenn Silvia sich auf meine Schultern stellte, blieben die Maueröffnungen auch mit ausgestrecktem Arm sicher unerreichbar, außerdem viel zu klein, nicht einmal einem Schulkind wäre es möglich gewesen, sich dort hindurchzuzwängen.

Jetzt komm schon, Gernot, krieg dich wieder ein! Jemand hat uns eingeschlossen, na und, vielleicht aus Schusseligkeit, vielleicht auch nicht, egal. Wir werden's überleben, möglicherweise, die Chance ist zumindest größer als Null. Also stell dich nicht so an, kein Grund, den Kopf hängen zu lassen.

Aber was, wenn es kein Zufall ist, wenn ein Plan dahintersteckt, wenn die da draußen uns eingesperrt haben, um in aller Ruhe unseren Camper auszuräumen, oder noch schlimmer, schon längst auf und davon sind damit?

Dann ist es eben so. Ändern kannst du eh nichts, bleib locker, entspann dich!

Entspann dich, entspann dich, ja, wie denn? Ich kann mich nicht entspannen, schon gar nicht auf Kommando! Und selbst wenn, was meinst du, was soll ich dann als Nächstes tun, wenn ich so total super-entspannt bin?

Nichts.

Nichts? Wie: nichts?

Du musst nichts tun, weil es nichts zu tun gibt, ganz einfach. Nimm es wie es ist, Punkt!

Trotzdem, ich begreif das nicht, wer macht so etwas, schließt ab, ohne auch nur …

Scheißegal! Kapiert!?! Irgendein Volltrottel, der böse Wolf, ein Triebtäter, der Teufel persönlich oder jemand, der einfach nur ein bisschen Spaß daran hat, uns einen kleinen Schrecken einzujagen. Na und? Gönn ihm doch die Freude! Oder hast du etwa Angst?

Quatsch!

Na, dann ist doch alles prima. Wir sitzen im Trockenen, haben sogar ein Dach über dem Kopf und wissen, wo wir die Nacht verbringen.

Und weiter? Was ist morgen?

Morgen ist erst morgen. Wer weiß schon heute, was morgen wird.

Und wie stellst du dir das vor, hier die Nacht zu verbringen? Wo willst du bitte schön schlafen? Ich bin nicht mit dem Camper losgezogen, um erst eine Nacht in einer zugigen Berghütte durchzuzittern und als Nächstes in einer Kapelle am Arsch der Welt weggesperrt zu werden!

Ach, du Armer! Aber wenn du mal schauen magst, Kissen gibt es genug, und was die nächtliche Kühle angeht, wird uns schon was einfallen, alter Mann!, Silvia drückte mir die Faust gegen die Schulter. Kannst allerdings auch versuchen, ein kleines Feuerchen mit den alten Stühlen und Bänken hier zu machen.

Haha! Ich fror, ich hatte Hunger, und ja, ich hatte Angst. Alles natürlich halb so schlimm. Und schon gar kein Grund, sich anzustellen. Klar.

Hast du eigentlich gesehen, Gernot, dass die Kapelle hier Cosmas und Damian geweiht ist? Demnach befindest du dich in bester Gesellschaft, sozusagen im Haus von Kollegen.

Super, und was habe ich davon?

Die zwei sind schließlich die Schutzheiligen der medizinischen Berufe, ist das nichts?

Wirklich prima! Wenn das so ist, kann uns natürlich nichts passieren! Aber woher weißt du das alles eigentlich?

Woher, woher, ich weiß es halt! Ist mir in meiner Erziehung nicht erspart geblieben, dieser ganze Kirchen-Klimbim und Heiligen-Scheiß, erst katholische Familie, dann Nonnen-Internat, alles nur vom Feinsten und mit allem, was dazugehört, die ganze Klaviatur von Bigotterie und Sadismus inklusive des Missbrauchs durch den Herrn Vater im trauten Heim – aber das weißt du ja inzwischen.

Oh Gott, ja, bitte entschuldige, war eine blöde Frage ...

Also gut, Erzählzeit. Ein Mal noch, du kriegst jetzt den Rest meiner Story und dann ist Schluss mit solchem Quatsch, klar?

Ja. Ja, sicher.

Es gibt da auch nicht mehr viel zu erzählen. Außer, dass ich wegmusste damals, so schnell wie möglich raus aus diesem Dreck. Und das konnte nicht bis zum Abi warten. Also bin ich los, zuerst nach Frankfurt, von wegen Sehnsucht nach großer Stadt und dem vollen Leben, blabla. Wenn schon unter die Räder, dann richtig, Hauptsache, nicht vergammeln und vor die Hunde gehen in diesem bürgerlich verlogenen Wir-spielen-heile-Welt-Winzermilieu, zwischen Schinden im Weinberg und Touristenarschkrichererei. Ich hab's geschafft, mich über Wasser zu halten, irgendwie, mit allem, was sich grade so ergab, war Verkäuferin, Messe-Girl, Unterwäsche-Model beim Otto-Versand, hab' in Hotels gejobbt, tagsüber Klos geputzt, abends und nachts dann unterwegs als Servicekraft für Wünsche aller Art. Schließlich war ich sogar für ein paar Wochen Aushilfe bei einem gestörten altersgeilen Urologen mit Oberlippenbart. Morgens musste ich dem immer den Mantel ausziehen und abends wieder zum Reinschlüpfen hinhalten. Wahrscheinlich ging ihm jedes Mal einer ab dabei. Schließlich traf ich in Frankfurt dann auch den Vater meines Sohnes.

Du hast also doch ein Kind, einen Sohn?

Jaja ...

Hast du ihn geheiratet?

Wen?

Na, den Vater deines Sohnes.

Blödsinn! Außerdem war der schon verheiratet, mit Mutter Kirche, dem lieben Gott, der Heiligen Jungfrau und all den anderen Hirnfürzen. Ulrich, oder Bruder Michael, wie er sich nannte, offiziell und nach außen hin war er Mönch, Benediktiner-Chorherr, klingt toll, nicht? In den Orden eingetreten mit kaum achtzehn, aus Angst vor dem Leben und angesichts aussichtsloser Beziehungsunfähigkeit. Das hatte ich nur erst viel zu spät geschnallt. Die von ihm so sehr verehrte Mutter hatte sich früh umgebracht, zerstört von einem Arsch der Sonderklasse, einem Kerl mit zahlreichen Qualitäten: Säufer, Schläger, Sadist und Soldat. Dem sie etwas hatte durchgehen lassen, aus dem Ulrich geworden war. Der nach dem Tod seiner Mutter aus Schiss vor diesem Monstrum zur Oma floh, die ihn vor seinem Erzeuger und der Welt versteckte. Doch als auch sie starb, wusste Ulrich nicht mehr, wohin, stürzte sich als Novize bei den Benediktinern direkt rein in die nächste Katastrophe. Von da an fand sein Leben hinter Klostermauern statt, von denen er sich Schutz und Halt erhofft hatte, die ihn aber stattdessen in einem Männerknast der besonderen Art gefangen hielten. Einem Ort der sublimen Vergewaltigung von Körper und Seele, die Gitterstäbe so lebenstötend wie unsichtbar, die Drangsalierungen feinsinnig, hinterhältig und verlogen, die Bekenntnisformeln so heuchlerisch wie die Anstaltsklamotten lächerlich. Immer weiter auf der verzweifelten Suche nach Orientierung und Zugehörigkeit, war er blind dafür, zu erkennen, dass sich wegzuschließen absolut keine Lösung ist, sondern nur der beste Weg ins unausweichliche Desaster. Irgendwann ertrug er den Blick in den Spiegel nicht mehr, weil die Visage, die ihn von dort ansah, mehr und mehr der seines Verursachers glich, dieser Widerlingsfratze, die er sich am liebsten herausgeschnitten hätte aus diesem Kopf, der nicht seiner sein konnte und es doch war. Mit grade mal zwanzig die ewigen Gelübde abzulegen, was für eine Lachnummer, wenn es nicht so unmenschlich und grausam wäre! Er hatte es in dem Irrglauben getan, sich selbst zu therapieren, indem er sich jeden Rückweg abschnitt. Doch therapieren wovon? Total bekloppt, aber er hat verzweifelt daran geglaubt. Obwohl es die Spatzen von den Dächern pfeifen, dass man zwar jeden anderen bescheißen kann, nur nicht sich selbst. Trotzdem, eine Zeitlang schien dieser Wahnsinn sogar zu klappen, völlig verrückt. Und in genau dieser Zeit sind wir uns begegnet, zwei, die abgekommen waren von der Spur. Weil mir Menschen inzwischen nur noch als Tote erträglich waren, hatte ich die Ausbildung bei einem

Bestatter begonnen, eben dem Bestatter, den auch die Mönche riefen, wenn einer von ihnen es mal wieder geschafft hatte. Eines der kaum genutzten Besuchszimmer im Kloster war unser geheimer Treffpunkt, ich hatte sogar einen Zweitschlüssel für diesen Raum, der das Japanzimmer genannt wurde, wegen der an den Wänden hängenden Holzdruckimitationen. Darunter ein Bild mit toten Fischen, Leiber mit blasser, blaugrüner Schuppenhaut, große leere Glubschaugen, die von der Wand auf mich herabstierten, während Ulrich, ohne mich ansehen zu können, sich mit kindischer Unbeholfenheit an mir abmühte, oh Mann! Und ich dummes Huhn bildete mir anfangs sogar ein, ihm gutzutun, wenn ich ihn machen ließ, ihm zu helfen, dem mit seinem grundverkorksten Scheißleben gar keiner helfen konnte. Als es so weit war, wollte er natürlich um jeden Preis, dass ich das Kind wegmachen ließ, unseren kleinen Besuchszimmerfisch, bloß keinen Skandal, logisch! Doch für mich kam das nicht infrage, ich habe keinen einzigen Augenblick daran gedacht, dieses Leben am Leben zu hindern. Kurz vor der Geburt dann hat Ulrich sich davongemacht, mit einer Überdosis von allem, was er an Tabletten, Pulvern und anderem Zeug hatte sammeln können. Sie fanden ihn in seinem Zimmer, nachdem er bereits mehrere Tage weder zum Gebet noch zum Essen erschienen war. Doch über all das legten sie bloß ganz schnell ein gottgefälliges Mäntelchen aus Stille und Schweigen. Damit nicht das Geringste nach außen drang, schon gar nicht an Presse und Medien. Der Rest ging der Ordensleitung, dem Abt und der brüderlichen Gemeinschaft gepflegt am Kuttenarsch vorbei. Außerdem geschieht ja gottlob nichts unter der Sonne, was nicht dem Ratschluss des Allerhöchsten folgt. Also, bitte schön, Schwamm drüber, weg damit und fertig!

Silvia holte tief Luft, sah für ein paar lange Atemzüge hoch zur Decke. Für einen Moment nur streifte mich ihr Blick, dann sprach sie weiter, wie zu einem Unsichtbaren.

Aus der Zeitung erfuhr ich später, dass auf dem persönlichen PC des so weit vor der Zeit aus diesem Leben gegangenen Mitbruders größere Mengen illegal pornografischen Inhalts sichergestellt werden konnten. Es hatte also doch eine undichte Stelle gegeben, der Abt musste seinen Stuhl räumen und wurde weit genug weg auf eine vakante Bischofsstelle bugsiert. Die Wege des Herrn führen den Gerechten eben immer nach oben, so oder so. Im offiziellen Totenbrief des Klosters hieß es, Bruder Michael habe zu den Menschen gehört, die den Härten des Lebens leider Gottes nur wenig entgegenzuhalten hatten. – Kotz!

Im Nachhinein kapiere ich immer noch nicht, wie ich es so weit hatte kommen lassen können, irgendwann glaubte ich wohl sogar, eine Spur verliebt zu sein in diesen Ulrich-Michael-Totalschaden, der vor allem eines war: lebensunfähig! Wie auch sein Kind, das ich zwar zur Welt brachte, so wie ich es mir vorgenommen hatte, das jedoch wenige Wochen danach an einem sehr seltenen Herzfehler starb. Du kennst ja bestimmt das Syndrom des Ein-Kammer-Herzens, oder? Mindestens drei OPs wären notwendig gewesen für eine Mini-Überlebenschance als Hirnkrüppel und Pflegefall. Und schon die erste davon ging daneben. – So, fertig, das war's, mehr gibt's nicht, Ende der Märchenstunde. Du bist dran, Gernot. Silvia sah mich an, tippte mir mit dem Zeigefinger gegen die Brust.

Ich glaube, ich brauche erstmal ein bisschen Pause, nach all dem, was du da eben mal so heruntererzählt hast, ganz schön viel und ganz schön happig, findest du nicht?

Wenn du meinst. Aber ich denke, dass du mir jetzt zumindest auch ein Stück deiner Geschichte schuldig bist, oder?

Das ist nicht fair!

Egal!

Tja. Aber was soll ich dir da erzählen …?

Deine Geschichte, Gernot. Deine Wahrheit. Dein Leben. Ein Stück davon.

Hm …, und wo soll ich anfangen …?

Irgendwo, mittendrin, scheißegal!

Also, ich wurde geboren, in einer langweiligen Stadt, als einziges Kind langweiliger Eltern. Typischer deutscher

Mittelstand, sie kamen über die Runden, aber nicht mehr. Doch allein dafür haben sie sich ziemlich abgemüht. Ich habe es ihnen nachgetan, vielleicht deshalb, weil ich sie nicht enttäuschen wollte. Schule, Abitur, Studium. Keine großen Probleme. Lange Zeit war ich Arzt, im Grunde genommen gar nicht so ungern und gar nicht so schlecht, wie ich denke. Aber das ist auch vorbei. Im Augenblick habe ich keine Ahnung, wie alles weitergehen soll.

Hat ja zum Glück auch nicht mehr allzu lange, der gute alte Gernot, was?

Na ja. Stimmt schon.

Pah! Woher willst du das wissen?!

Es gibt Statistiken.

Spinner! Was hilft dir eine Statistik, wenn es um dein eigenes, dein ganz persönliches Leben geht! Aber sag mal, wenn du dein Leben noch einmal leben könntest, würdest du es in gleicher Weise tun, würdest du alles wieder so machen?

Was weiß ich … Ja. Vielleicht.

Gernot!!! Weich nicht aus!

Ich weiche gar nicht aus.

Na gut, beweis es! Oder hast du schon wieder Angst?

Ja, hatte ich, vor allem Möglichen. Und vielleicht war ich damit gar nicht so grundanders als Bruder Michael, aber das sagte ich nicht. Nicht jetzt und nicht hier, im Bannkreis von Silvias Augen.

Stell dir also vor, alles, was du ab jetzt tust, tust du zum allerletzten Mal. Silvia legte den Kopf auf die Seite, betrachtete die Kette des Weihrauchgefäßes, an der ihr Blick hochkletterte zur Decke des Altarraumes, Stück um Stück.

Und warum sollte ich das tun?

Weil es gar nicht so unwahrscheinlich ist, oder? Was, wenn diese Kapelle unser gemeinsames schnuckeliges Grab wird? Wenn es richtig mies läuft, kann es Wochen dauern, bis hier mal wieder einer reinschneit. Was meinst du, wie lange kämen wir ohne Essen und Trinken aus?

Schwer zu sagen, kommt drauf an, hängt davon ab, in welcher Verfassung ein Mensch ist. Nach dem, was ich dazu weiß, schafft kaum einer länger als zehn Tage.

Immerhin, nicht schlecht, klingt doch sogar ziemlich gut.

Was?!?

Zehn Tage sind deutlich mehr als nichts, also! Grund genug, die Zeit zu nutzen, das Beste daraus zu machen.

Und wie bitte stellst du dir das vor?

Silvia griff nach der Schachtel Streichhölzer, die auf dem Altar lag, zündete die Kerzen darauf an. Ihre übergroße Schattengestalt flackerte auf der Kapellenwand, bevor sie sich langsam wieder herumdrehte, auf mich zukam, mir ihre Arme umlegte. Atemwärme streifte meinen Hals.

Lass …, antwortete Silvia kaum hörbar auf eine ziellose Bewegung meiner Hände. Dem sanften Druck ihrer Nase unter meinem Kinn gab ich unter Zittern nach. Silvia löste sich von mir, legte ihren Zeigefinger auf meinen Mund. Nach einer Weile nahm sie den Finger wieder von meinen Lippen, behutsam, wie man ein Pflaster löst von einer frischen Wunde. Von irgendwoher kam ein Luftzug, versetzte die Altarkerzen ein paar Atemzüge lang in Unruhe, Zeit genug für Silvia, sich von dem Wenigen zu trennen, was sie am Leib trug. Unfassbar die Selbstverständlichkeit ihres Tuns, ebenso das Ergebnis dieser Verwandlung vor meinen Augen, die nicht wussten, wohin, die rettungslos überfordert waren von der an die Netzhäute brandenden Pixelflut.

Oft genug hatte ich in meinem Leben die Erfahrung gemacht, dass es gut war, mit dem Schlimmsten – wenngleich noch so Unwahrscheinlichen – zu rechnen, um vorbereitet zu sein auf das, was geschehen würde oder könnte. Ich hatte Übung darin, alle unmöglichen Unglücke herbeizufantasieren. Das vollständige Gegenteil davon allerdings überstieg nicht nur meine Vorstellungskraft.

Silvia nickte mit ernstem Gesicht. Während ich nach ihren Händen suchte, wohl um Halt an ihnen zu finden, nun, wo meinen Beinen nicht mehr zu trauen war. Doch sie entzog sich meinem tastenden Bemühen. Für Momente standen wir einander gegenüber wie zwei Tanzschüler in der ersten Stunde, wenn plötzlich die Musik aussetzt. Dann nahm Silvia meine Hand, führte sie hoch an ihren Mund, hielt sie davor und begann ihr küssend etwas einzuflüstern, eine Botschaft, ein Geheimnis, bestimmt nur für das Allerinnerste meiner schweißnassen, hilflosen Hand. Wenn man einen Stern ganz genau betrachten will, so lautet eine Empfehlung, muss man zunächst vorbeisehen an ihm, und genau das tat ich, ich sah über Silvias Schulter hinweg auf den Altar mit seinen drei Kerzen, von denen das Flämmchen in der Mitte soeben erlosch. Wachsduft verströmte sich in den Raum.

Silvias Hände auf ihrem Weg über mein Gesicht, mit geschlossenen Lidern, als wäre ihr das äußere Sehen zu einer Störung geworden, die sich ausschalten ließe auf diese Weise, erkundeten ihre Finger meine Nase, meine Stirn, die Jochbögen, Hals und Mund. Verweilten hier und dort, wie um sich einzuprägen, was da wo wie, glitten dann weiter und nochmal weiter, Schritt für Schritt für Schritt. Dabei kein einziges Wort, die Worte hatten ihre Zeit gehabt. Stattdessen Finger auf stetigem Vormarsch, um Grenzen zu erreichen und zu überschreiten, sanft und unaufhaltbar. Magie der Berührung, Fingerwunder auf bloßer Haut, Ars magica et mystica, und nur eine Antwort auf all die Fingerfragen: Ja!!! Was aber, wenn diese Finger fänden, was missfallen musste, wo doch an Mängeln diesem Leib nie Mangel war, die Ohren zu groß und zu abstehend, darauf schon die starren Borsten des Alters, der Nasenrücken mit dem Narbenzug aus Schülerzeit, das schlaffe Kinnfleisch, die schlappen Wangen, statt sattem Dreitagebart nur dürftige Stoppelinseln, auch auf dem schildkrötigen Faltenhals? Gebt gut acht, aber nicht zu sehr, ihr Fingerbeeren, erschaudert nicht, ihr zarten Fingerwesen, bei eurem Kindertanz über ein Gräberfeld!

Ganz und gar in ihren Händen zog Silvia mich mit sich nach unten. Ihr Herzschlag dicht an meinem Ohr, ein fester ruhiger Takt, besonnenes Schreiten eines beneidenswert jungen Herzens, so schnell nicht aus der Ruhe zu bringen, während das meine nicht mehr zu halten war, nur noch rannte und rannte. Silvia begann sich zu wiegen, hin und her zu bewegen, und damit auch mich, das alte Kind an ihrem Leib. Silvias Summen dabei, das mir durch und durch ging, mich ins Schwingen und Schweben versetzte, mich ausfüllte und zugleich davontrug. Silvia führte und ich folgte. Ich wollte, was sie wollte, wenn überhaupt noch irgendwas. Ein Boot ohne Steuer und Ruder trieb hinaus auf offene See, nur die Ewigen wachten über seinen Weg, stimmten ein in das zeitlose Lied. In guten Händen wunderbar, Aufbruch, Übergang und Wandlung, hymnisches Mantra eines Zwei-Wort-Gebets an der Atemgrenze: ja-bitte, ja-bitte, ja-bitte! Meine nasse Stirn auf ihrer feuchten Haut, Silvias Rütteln an meinem Hals, ihre rauen Flüsterworte, wie recht sie hatte, ohja-ohja-ohja!!! Silvias Stimme, die immer noch die ihre, dennoch auch die einer anderen war, Stimmen, die gurrten und gluckssten und seufzten und klagten, schließlich sich hinaufschwangen in letzte Höhen, während alle Bodenlosigkeit nach und nach wieder Grund fand und zurückkehrte, was außer sich gewesen war, so ganz und gar.

Die zwei Kerzen auf dem Altar brannten noch, fahles Licht fiel durch die kleinen Fensterluken oben in den Steinwänden, das Rufen der Nachtvögel drang herein, dazu ein abgebrochener Hahnenschrei, als hätte das Tier im Moment des Beginns plötzlich gemerkt, dass es noch nicht an der Zeit war. In der schwindenden Dunkelheit das Hin und Her von Tierstimmen, Echorufe einer dem Morgen zustrebenden Sommernacht. Wir zogen uns an, um dann weiter eng beieinanderzuliegen, Silvia zusammengerollt, die Knie vor dem Bauch, ich in ihrem Rücken, mein Gesicht an ihrem Nacken geborgen. So waren wir eingeschlafen, trotz der Kühle, die sich über uns gelegt hatte, waren in den Schlaf gesunken wie in einen tiefen Brunnenschacht, in einen Schlaf, der so nötig war wie zugleich auch bare Verschwendung in einer Nacht wie dieser.

Nicht gleich deuten konnte ich das Geräusch, das mich hochschrecken ließ, Metall auf Metall, ein Stochern mit irgendwas, wieder und wieder, kurzes Innehalten, Klimpern und Klockern, ein nächster Versuch, dann noch einer und noch einer, schließlich – wohl als keine andere mehr blieb – die richtige Wahl. Die Kirchentür wurde geöffnet, herein kam ein weißbärtiger Mann mit wirrem Haar und schlurfenden Schritten, zweifellos den Schritten dessen, der hier zugesperrt, uns eingeschlossen hatte. Der Mann erschrak, zum Glück nicht zu Tode, blieb für einen langen Moment stehen bei der Tür, dabei eine Hand wie zum Schutz auf der linken Brust. Dann schleppte er sich weiter, zum Mittelgang, offensichtlich entschlossen, sich nichts weiter anmerken zu lassen von seinem Erschrecken und Staunen. War es also so weit, fing er jetzt doch an zu spinnen, konnte denn sein, was er da sah, die beiden, die sich da aufsetzten, diese blühend junge Frau, der lange schon nicht mehr junge Mann? Er wusste, dass sein Hirn Risse bekam, täglich mehr, dass Erinnerung ihn immer öfter täuschte, doch das hier, wie war das möglich, wie in Gottes Namen mochten die zwei nur hier hereingekommen sein? Die Augen zu Schlitzen verengt musterte er mich, schwache, zerfaltete, alte Augen, die aus dem Licht kamen und ihre Zeit brauchten, noch immer nicht ganz gewöhnt waren an das Kapellenhalbdunkel. Sein Guten Morgen, mit dem er uns schließlich begrüßte, knarzte in der Mundart derer, deren Vorvorundnochvoreltern einst weit nach Osten gezogen waren, geflüchtet aus deutscher Armut und verlockt von den blumigen Versprechen einer cleveren Zarin. Dem Alten folgte eine Frau in sackartiger Kittelschürze, die erst jetzt eintrat, ein runzeliges Weiblein mit Knittergesicht, altersübergroßer Nase, erbskleinen Äuglein unter einem Kopftuch, das sie tief über die Stirn gezogen hatte, als wollte sie so verbergen, was immer sich nur verbergen ließ von ihrem Kopf und von sich. Den Rücken weit gebeugt, schien allein das Aufschauen schon Last und Mühe genug, ihre Haltung Tribut all der Menschen, die sich nicht lebenslang ausruhen auf den Knochen anderer, stattdessen Jahr um Jahr und bis ans Ende die eigenen hinhalten für den Luxus und die Bequemlichkeit derjenigen, die sich das leisten konnten. Die Frau trug Eimer und Besen bei sich, hielt sich – anders als der Mann – nicht mit Schauen und Staunen auf. Wohl hatte sie sich vieles abgewöhnt über die Jahre, das Wundern und Verstehenwollen sowieso und sparte sich lange schon auch alles Grübeln, das ja doch nie zu etwas führte, bestenfalls zu Verrücktheit und Irrsinn. Die Dinge lagen einfach, wenn man sie nahm, wie sie waren, egal, welche Flausen sich andere in den Kopf setzen ließen. Seit jeher hatte sie im Schatten gelebt, sichtbar einzig, was ihre Hände wirkten, die Frucht ihrer Arbeit, wenn auch die nur flüchtig, kaum je von Dauer. Also begann sie auch sogleich, sich daranzumachen mit Besen, Eimer und Lappen, den Gang zu fegen, das Holzgestühl von Staub zu befreien, während der Mann noch nicht ganz fertig zu sein schien mit uns und dem Rätsel unserer Gegenwart.

Schließlich gab er sich einen Ruck, latschte an uns vorbei zum Altar, kratzte mit dem Daumennagel Wachs von den Kerzenhaltern und vom Altarstein, rückte die beiden Buchsbäumchen davor hin und her, bis er Einverständnis grunzte mit deren Anordnung im Raum.

Die Tür stand weit offen, höchste Zeit also für uns zu verschwinden. Es gab keinen Grund, den beiden Fleißigen weiter zuzusehen, ihnen gar im Weg zu sitzen. Beim Aufstehen der Morgengruß meiner Hüfte grell und spitz, wie hatte ich nur vergessen können, ja, Himmelherrgott, willkommen zurück, wieder gelandet auf Erden! Wir traten aus dem Dämmer der Kapelle in das Licht eines frisch geborenen Morgens, gingen hinaus, als tauchten zwei Tiefseewesen an die Oberfläche eines Tages, der noch alles vor sich hatte. Schöpfungsmorgen – von woher auch immer mir dieses Wort in den Sinn kam –, ohne nachzudenken, sprach ich es flüsternd vor mich hin und noch einmal nach, wie eine Zauberformel, die einzig mögliche Antwort auf eine Frage, nach der ich mein Leben lang gesucht hatte. Ein Morgen von alles durchstrahlender Klarheit wartete auf uns, wann je hatte ich es so tief empfunden, das Wunder des Lebens und des Leben-Dürfens, allen Grenzen, erst recht den kleinlichen des Körpers zum Trotz.

Silvia drückte kurz meine Hand, wie um mich vorzubereiten, auf das, was kommen sollte. Hast du Hunger?

Ja. Und wie!

Na, dann lass uns was essen. Was hältst du von Pizza?

Pizza? Jetzt? Am frühen Morgen?

Klar, was denn sonst, nach einer solchen Kirchennacht gibt es nichts Besseres als richtig fette Pizza und ein ordentliches Glas Wein dazu!

Schon ihr kleiner Schubser genügte, um mir mein bisschen Gleichgewicht zu nehmen. Silvias Lachmund! Ihre Zähne, wie wunderschön, dachte ich, durch und durch ebenmäßig – hier traf es wie ganz selten nur, dieses Wort, das zu Recht aus dem Gebrauch gekommen ist in einer wesenlosen Kunst- und Konstruktionswelt, die sich zu Tode überoptimiert ohne wahrhaftes Ebenmaß.

Pizza, ja logisch, Pizza, na klar!

Es heißt, Gespenster sterben am Licht. Vielleicht waren es nichts als Gespenster, die mich lange, viel zu lange verfolgt, bedrängt, gefangen gehalten hatten und die in dieser Kapellennacht ihre Macht über mich hatten einbüßen müssen. Es schien mir, als sähe ich mit anderen Augen, hörte mit anderen Ohren, fast auch, als ginge ich ein wenig mit anderer Hüfte. Ich hielt Silvias Hand, jetzt drückte ich ihre, immer wieder, wie um ganz sicher zu sein, dass dies alles keine Einbildung war, dass ich nicht träumte. Ich wollte sie nicht wieder loslassen, diese Hand, so wie ich nicht wollte, dass je aufhörte, was gerade begann. Meine Hoffnung, plötzlich war sie so himmelhoch groß, und alle Zuversicht so zweifelsfrei und so verteufelt jung.

Der Camper war nicht gestohlen worden, wieder einmal waren meine Befürchtungen völlig überflüssig gewesen. Er stand immer noch dort, wo Silvia ihn abgestellt hatte, die Fahrertür einladend geöffnet, vielleicht zu einladend, als dass jemand sich getraut hatte, darauf einzugehen. Bevor wir losfuhren, nahm ich Silvia in die Arme, drückte sie an mich, so fest ich nur konnte. Sie antwortete mit einem Wonnelaut von tief drinnen und einem Lächeln, das noch eine ganze Weile auf ihren Lippen schwebte.

Zurück

Der übernächste Tag begann regnerisch, mit mehr Wind als angenehm, als hätte mit der weiteren Fahrt in Nordrichtung auch das Wetter sich dem nun angeglichen. Wir hatten Frankfurt bereits eine Weile hinter uns gelassen, als es einen plötzlichen Schlag tat, wie von unten gegen den Motor, der augenblicklich verstummte. Mit dem verbliebenen Schwung rollte der Camper aus voller Fahrt weiter, schaffte es soeben noch bis in die Zufahrt eines Parkplatzes an der Autobahn in Höhe Gießen, wohin Silvia ihn im allerletzten Moment und mit erstaunlicher Geistesgegenwart umlenken konnte. Allerdings war der Camper dort, wo er im Kurvenbereich zum Stehen kam, ein hochgefährliches Hindernis, viel zu spät zu erkennen für den nächsten übernächtigten Trucker, der hier ebenfalls abfahren würde.

Und jetzt? In Autoangelegenheiten hatte Hildegardt stets eine sichere Antwort auf Fragen dieser Art parat, eine kleine Karte in Gold, Nachweis ihrer Mitgliedschaft beim ADAC, verbriefte Pannenhilfe garantiert. Dieses güldene Kärtchen trug sie allzeit griffbereit im Handy-Etui mit den wohlsortierten Steckfächern bei sich, kein Suchen nach Frauenart, nicht bei Hildegardt, für die es immer einen Plan B gab und die ganz genau wusste, wo sie das dazu Notwendige fand, Fehlgriffe so gut wie ausgeschlossen. Ich dagegen begann als Erstes im Handschuhfach zu kramen, im Grunde genommen eine von vornherein aussichtslose Aktion, als wäre Arno einer gewesen, der vorgesorgt hätte für einen solchen Fall. Ein Paar benutzte Plastikhandschuhe, Schraubenschlüssel in verschiedenen Größen, eine Rolle schwarzes Isolierband und einige ölverschmierte

Lappen, aber kein Kärtchen in Gold. Und Silvia, die sich lustig machte über mein Herumgewühle ohne Ergebnis.

Darf ich euch helfen?

Unaufdringlicher konnte einer nicht fragen, der gewiss zu helfen wusste, so gleich mein erster Eindruck, schon als ich seine Stimme hörte. Dazu dieser offene Blick, offen wie sein Hemd, ein junger Mann mit blonden Haaren, am Hinterkopf zu einem Knoten gebunden, sein warmes Lächeln mit wunderbar jungen und weißen Zähnen, ein Lächeln, das es bestimmt gut meinte mit jedem, dem es galt. Er stand neben dem Wagen, auf Silvias Seite, die die Fahrertür schon geöffnet hatte, um nach dem Grund für den scheinbaren Schlag gegen den Motor zu sehen. Dieser junge Mann, er tauchte genau zur rechten Zeit auf, fast ein bisschen zu sehr im richtigen Moment, um an den reinen Zufall glauben zu können. Bei jedem anderen hätte sich grelles Misstrauen einem solchen Helfer ex nihilo gegenüber geregt, erst recht bei mir, der ich nicht mehr daran glaubte, dass solche Glücksfälle sich einfach ergaben in der wirklichen, der sogenannten echten Welt. Doch waren sie gleich wie weggewischt, alle möglichen Bedenken, fort jede Spur eines Verdachts auf andere als gute Absichten beim Blick in dieses Gesicht mit dem lebensoffenen, ehrlichen Strahlen darin. *Darf ich euch helfen*, diese Frage, vorgetragen fast im Ton einer Bitte, die nicht lange ohne Antwort blieb.

Ja, sicher, sagte Silvia, die sich schon wieder ans Steuer gesetzt hatte, mit einem kurzen Blick zu mir, den ich auch ohne Erklärung gleich verstand und sofort ausstieg, schließlich wurde der Wagen nicht leichter mit mir als Zusatzfracht, klar. Unser Helfer machte sich daran, den Camper aus der Zufahrt und somit der Gefahrenzone zu schieben, als wäre nichts selbstverständlicher als dies, mit der vollen Kraft seines Körpers und seiner Jugend, einer Kraft, die einzusetzen ihm sichtliche Freude bereitete, ihn weiterhin lächeln ließ. Als die Sache erledigt war, der Camper an sicherem Ort stand, strich er sich die Haare aus der Stirn und fragte, Wo wollt ihr hin?

Wieder so ein Kurzsatz, offenbar seine Spezialität, diese aufs Wesentliche verknappten Fragen.

Zurück, antwortete Silvia. Wollte sie ihm zeigen, dass es noch kürzer ging? Sie bewegte den Kopf in Fahrtrichtung, als wäre damit alles Wissenswerte über Weg und Ziel gesagt.

Ich kann euch mitnehmen, ich fahr bis nach ganz oben. Sein Ganz-Oben, das war die Nordsee, wie er uns dann erklärte, nach und nach wurden sie nun länger, seine Sätze. Er wollte auf eine Insel, egal welche, alles Weitere würde sich finden, wenn er erst einmal dort wäre. Und der da?, er zeigte auf den Camper.

Bleibt hier, was sonst, erwiderte Silvia, als gäbe es mehr nicht zu sagen zu einem Gefährt, das unbrauchbar geworden war, von jetzt auf gleich nur noch Schrott auf Rädern. Dieses Abschiednehmen von einem auf den nächsten Augenblick erschreckte mich. Standgericht nach Silvia-Art, ruckzuck, basta, fertig, und schon war die Sache erledigt für sie, Ende der Durchsage. Lasset die Toten ruhn.

Ein letztes Mal kochte ich im Camper Kaffee, Silvia teilte das letzte trockene Schoko-Hörnchen in drei nicht ganz gleiche Teile. Zur Stärkung, bevor es weitergeht, sagte sie, doch unser Helfer lehnte höflich dankend ab, das schokoüberzogene Hörnchenstück zumindest, den Kaffee dagegen werde er trinken, sogar sehr gerne, aber bitte schwarz, ohne Milch oder Weißer oder sonst was darin. Und warum? Weil er vermeiden wollte, Dinge zu tun, die so unnötig wie unnütz sind, beim Essen eben all das Fettzeug und der Zuckerkram, bloß um dem Hirn eine künstliche Lust zu bereiten, die wie alles Künstliche doch mehr schadet als man glaubt. Daher bitte er um Verständnis, er wolle keineswegs unhöflich erscheinen, pardon.

In seinem Wagen saßen wir gedrängt und mit gebeugten Rücken, Silvia kauerte hinter dem Beifahrersitz, ich dicht neben ihr, mit meinem Daypack-Rucksack auf den Knien. Die Embryonalhaltung erlaubte nicht die kleinste Bewegung, entsprechend vehement klagte meine Hüfte, allein deshalb schon blieb, was danach kam, von beachtlichem Erinnerungswert für mich. Der alte Honda, in den wir uns gefaltet hatten, war wie ein flacher Silberfisch, viel zu niedrig für Nicht-Asiaten, erst recht für den blonden Samurai da am Steuer, der fast im Liegen fuhr, somit der Notsitzraum hinter ihm, auf den mein Körper sich komprimierte, für solcherart Fracht denkbar unbrauchbar.

Ich heiße übrigens Manuel, sagte er, aber alle nennen mich Manu. Und falls ihr euch wundert, warum ich grade dieses Auto und kein anderes fahre: weil ich es liebe, ganz einfach. Und in der Liebe hat man eben keine Wahl, die ist, sobald wir lieben, eh schon getroffen, eine Binsenwahrheit, oder nicht? Derweil drückte Manuels Schädeldecke gegen das Wagendach, obwohl er mit eingezogenem Nacken am Lenkrad saß. Auch wenn der Wagen für ihn bestimmt sein mochte, war er definitiv nicht für ihn gemacht.

Dieser Manuel mit seinen zwanzig-plus Jahren Leben – wenn es hochkam, die Hälfte meiner Zeit –, ich konnte nicht umhin, ihn weiter anzustaunen, diesen jungen Kerl mit seinem zum Knoten zusammengeführten vollen Blondhaar, wodurch die Stirn frei von allem war, das stören könnte, vielleicht auch, um sie bei Bedarf unverhüllt zu bieten, diese Stirn, die nicht anders konnte als sich aus diesen fast zwei Metern über dem Boden zu fast jedem herabzuneigen, zu dem er sprach, mit dem Ausdruck einer entspannten Selbstgewissheit, die ich ihm neidete, und wie! Im Schutz dieser Stirn lagen Augen mit einem Blick von berührender Klarheit, fast noch die Augen eines Kindes, zwei Spiegel von reinstem Blau, die noch nichts hatte betrüben können, mochte man meinen.

Manuel begann von sich zu erzählen. Die Schule hatte er mitten in der elften Klasse verlassen, davon überzeugt, dort nichts mehr lernen zu können, nichts jedenfalls, was er für sein Leben brauchte. Kurz danach war er zur Bundeswehr gegangen, zu den Pionieren, es folgten mehr als zwei Jahre Afghanistan, ein Land in großer Armut, dazu nichts als Hitze, Sand und Angst – von allem mehr, als einer ertragen kann, ohne aus der Spur zu geraten, sagte er. Dazu der Tod allgegenwärtig, ein sinn- und nutzloser Tod, wobei er schon lange nicht mehr glaube, dass es ihn gebe, einen Tod angefüllt mit Sinn. Er hatte Glück gehabt und war am Leben geblieben, im Gegensatz zu manch anderem, mit dem er kurz zuvor noch im Zelt gesessen, Karten gespielt und gemeinsam gelacht hatte. Dessen Träume auch seine Träume gewesen waren, wie all die Träume der Frauen und Männer, die sich in diesem Land nach einem Danach verzehrten, der Zeit, wenn ihr Dienst für Angelas Deutschland endlich Geschichte sein würde, eine Geschichte, nach der sie sich zugleich – völlig bekloppt, aber wahr – auch zurücksehnen würden, wie er inzwischen wisse. Denn in der herbeigeträumten Zukunft würde es so etwas nie mehr geben, einen solchen Zusammenhalt, ein solches Einer-für-den-anderen, etwas tief Archaisches, wie es sich nur erleben lässt, wenn man Tag für Tag ganz nah am Abgrund steht und nie weiß, wann er kommt, der Stoß über den Rand hinaus. Er hatte darauf nicht warten wollen, hatte vor der Zeit den Dienst quittiert und sich dadurch die Schlusszahlung versaut, diese gute Stange Geld für den Übergang und Einstieg ins bürgerliche Leben. Der war ihm auch nicht gelungen, was aber nicht am ausgebliebenen Entlassungsgeld gelegen hatte. Und jetzt, was weiter? Er hatte keine Pläne, keine Ziele, keine Wünsche, außer dem einen: Geige zu spielen. Womit geklärt war, was sich in dem weißen Hartschalenkoffer befand, den er bei unserem Einstieg von den Rücksitzen zu sich auf den Beifahrerplatz genommen hatte, um ihn dort anzuschnallen mit einer Behutsamkeit, als ginge es um ein völlig wehrloses, höchst zerbrechliches Wesen, von dem es selbst den harmlosesten Anprall fernzuhalten galt und dessen unbedingtem Schutz Manuels seine ganze Hingabe und Fürsorge galt, als hinge am Schicksal der in diesem Tragekoffer geborgenen Violine, an ihrer Unversehrtheit und ihrem Wohl nicht weniger als sein eigenes Leben.

Hinausplanen über den Augenblick, Afghanistan habe sie ihm abgewöhnt, diese bürgerliche Dummheit, sagte Manuel, schob sich, erst links, dann rechts, die knopflosen Hemdsärmel über die Ellenbogen und gab Gas. Als er seinen rechten Arm auf den weißen Lackkoffer neben sich legte, sah ich auf seinem Unterarm eine Tätowierung, XXIV.V.MMXVI, ein Datum wohl, vielleicht das einer zweiten Geburt?

Kennt ihr das, dass man Heimweh hat nach einem Ort, an dem man noch nie war?, fragte Manuel nach hinten gegen den Lärm des Motors. Seine Frage schien keine Antwort zu erwarten, eher eine Art Schlusswort zu sein. Also schwiegen wir und lauschten gemeinsam dem Schnurren des Motors, Verlässlichkeit Made in Japan, während Nordhessen in verhaltenem Sonnenschein an uns vorbeizog. Silvia, die Nackenstütze des Beifahrersitzes unmittelbar vor Augen, schien wie hypnotisiert davon, Daumen und Zeigefinger damit beschäftigt, wieder und wieder ihre Lippen zu umkreisen, während die Gedanken hinter diesem starren Blick – so kam es mir vor – fortwährend Kreise zogen um etwas noch Ungeklärtes, ein Rätsel, das hartnäckig genug war, um nicht mal eben gelöst zu werden oder gar schon erledigt zu sein.

Vor Paderborn standen wir plötzlich ohne Vorwarnung im Stau, es folgte das Übliche: Gasse bilden, und schnell, schnell, vordrängeln, solange es noch ging, die besten Plätze nur für die Cleversten, hitziges Hin- und Hergewechsel von einer Spur auf die andere und wieder zurück, noch war das Rennen um die günstigsten Positionen im Stillstand nicht entschieden, konnte geschnitten und geschoben werden, bis schließlich alles stockte und stand. Doch noch bevor es so weit war, hatte Manuel geblinkt, die rechte Spur verlassen, war auf den Standstreifen gefahren, hatte den Motor seines Honda abgestellt.

Passt gut, findet ihr nicht? Genug gesessen, mir jedenfalls reicht's.

Etwas in mir wollte Einwand erheben, warum denn, warum gerade jetzt, wie sollten wir da wieder hineinfinden, wenn wir ihn einfach so aufgaben, unseren derzeitigen Platz im Stau? Vielleicht ginge es ja auch gleich schon weiter, und dann?

Manuel sah mich an und lächelte. Da war es wieder, dieses Lächeln, dem ich auszuweichen versuchte, weil ich nicht damit gerechnet hatte, dass auch er offenbar mithören konnte, was in meinem Kopf gesprochen wurde. Dieses Lächeln, das frei war von Überheblichkeit oder Spott, ganz im Gegenteil, sanfte Nachsicht lag darin: Ja klar, du hast recht, wir könnten es machen wie alle, immer kann man es so machen wie alle anderen, aber lass mal, wir tun es nicht.

Manuel löste den Sicherheitsgurt vom Geigenkoffer, nahm ihn in den Arm, stieg aus und über die Leitplanke, legte den Koffer dort ins Gras, befreite sich vom Hemd, den Schuhen. Dann breitete er seine Arme aus und brachte sie hoch über dem Kopf wieder zusammen, als wollte er den Himmel stützen, mindestens aber berühren. Es folgte ein Recken und Strecken, überall hin, ein blonder Hüne, der merkwürdige Gymnastik machte, halbnackt und barfuß im Grünstreifen am Rand der Autobahn, als wäre er ganz für sich und allein auf der Welt. Biegen und Beugen, Wogen und Wiegen, nicht nur im Stehen auf je einem Bein, auch auf allen vieren so und andersherum. Ich konnte nur staunen, nicht allein über all diese Bewegungen, die Geschmeidigkeit und Harmonie solch eines jungen Körpers, für sich genommen schon Grund genug, um Bewunderung oder gar Begehren wachzurufen. Noch mehr beeindruckte mich Manuels Unbefangenheit, die Freiheit, die er sich nahm und mit der er genau das tat, was er für sich brauchte und wollte, wann und wo auch immer, völlig egal.

Auf der anderen Seite der Leitplanke war die Autobahn bereits gestaut so weit das Auge reichte, ein Heer an Fahrzeugen zum Stehenbleiben verdammt, die Menschen festgesetzt in ihren ausgebremsten Käfigkisten, während Manuel in der Anmut eines Tänzers und mit der natürlichen Kraft seines Körpers dem Fluss seiner fortwährenden Bewegungen folgte. In einem solchen Körper leben zu dürfen, was für eine Gnade, ein Geschenk Gottes, das nur denen zuteilwird, in denen seine Liebe unmittelbar Gestalt annimmt. Ich dagegen, wie war es um mich bestellt? Ich verspürte Scham, angesichts meines Alters und der vielen Zeichen von Abbau und Verfall, die ebenso unübersehbar waren wie Manuels Jugend und ihr Segen. Dabei beließ ich es aber nicht, sondern ärgerte mich auch noch über diesen Stau, den Verursacher solch wiederholter Erkenntnis, als ließe sich mit dem Ärger über das eine der über das andere beiseiteschieben. Eine Milchmädchenrechnung, klar. Trotzdem ärgerte ich mich weiter, zusätzlich noch darüber, dass ich mich überhaupt ärgerte über Unabänderliches, ein Ärgern, das zu nichts weiter führte als zu weiterem Ärgern, ärger und ärger. Wie anders dagegen dieser große Junge dort, der mir vormachte, wie es ging und nichts an sich heranließ, was da nicht hingelangen sollte, den es nicht im Geringsten berührte, wenn von jetzt auf gleich alle Räder stillstanden. Wozu auch Eile, wenn man Zeit hatte wie er, allein schon rein statistisch. Ich fühlte mich wie in der Geschichte von Hase und Igel, ich der Hase, dem der Atem längst schon viel zu schnell ausging, dort der Igel in seiner Jugend, der kein Double nötig hatte, um mir zu zeigen, was für ein Wicht ich war, zu sehr und zu lange schon abgehetzt und abgerackert auf Kreisbahnen, Irr- und Nebenwegen, in Sackgassen gestrandet. Keinen Deut besser als all diejenigen da in ihren Zellen auf Rädern, Hektiker des Stillstands, die sich vergeblich ein, zwei Beruhigungszigarettchen ansteckten, die andere Hand auf der nervösen Suche nach Alternativrouten am Navi. Doch die waren allesamt derzeit unerreichbar, illusorisch, aus dieser Zwangskarawane zu entkommen, die sich noch immer keinen Meter gerührt hatte. Vor der nächsten Zigarette der besorgte Blick auf das Smartphone, das seinen Namen so völlig zu Unrecht trägt; Reflexe der Hilflosigkeit und Ohnmacht, als wäre von diesem kleinen Technik-Unding etwas wie Erlösung zu erwarten. Und wenn schon nicht die, dann wenigstens eine Antwort auf die allervordringlichsten Fragen: Warum? Wie lange noch? Wann geht es endlich weiter?

Manuel war mit seiner Gymnastik fertig, zog Hemd und Schuhe wieder an, holte eine Wasserflasche aus seinem Honda, trank, ohne abzusetzen und in einer Menge, als wollte er duschen von innen. Bevor die Flasche ganz leer war, hielt er sie mir hin. Doch wer weiß, wann wir die nächsten notwendigen Örtlichkeiten erreichen würden, daher winkte ich ab, Vielen Dank!, besser nicht, nein, trink lieber du.

Als Nächstes öffnete Manuel den weißen Hochglanzkoffer mit der Geige darin. Beides gehöre zu seinem täglichen Pensum, Yoga und das Geigenspiel, ohne dieses Grund- und Gesunderhaltungsprogramm sei es kein Tag für ihn, der zähle. Erst Yoga und die Geige machen aus vierundzwanzig Stunden einen Lebenstag, sagte er.

Und was spielst du so?, fragte Silvia.

Dies und das, ganz verschieden, je nachdem, er folge da keinen Regeln. Schon allein der Gedanke an Regeln beim Geigenspiel, oh nein.

Stattdessen bevorzuge er eine Mischung aus Eigenem und Gehörtem, von hier und dort, Nachgespieltes, aber auch Sachen, die sich aus dem Augenblick ergaben, Momentgeburten der Fantasie, Tonfolgen, die er genauso schnell wieder vergesse, wie sie ihm von woher auch immer in den Sinn gekommen waren. Ohnehin könne er sich Melodien nicht allzu gut merken, umso wichtiger deshalb das regelmäßige Wiederholen und Üben des Wenigen, was er nicht dem Vergessen überlassen wolle. Eine Zeit lang habe er sich ausgiebig mit Musiktheorie beschäftigt, sich manchmal völlig darin verstiegen, bis ihm klar geworden war, wie weit ihn das von dem wegführte, was er eigentlich wollte und brauchte für sich.

Aber das ist eine Phase gewesen, sagte Manuel, die ich hinter mir habe, wie einiges andere auch, zum Glück. Am wichtigsten sei ihm, beweglich zu bleiben, der Intuition zu folgen, dem Lebendigen seinen freien Lauf zu lassen, das Leben nicht unter einem Aschemantel aus Theorien zu ersticken. Schließlich, fügte er hinzu, lernt man eine Sprache auch nur durch

Sprechen, nicht durch Memorieren von Wörterbüchern und Grammatiken.

Ich fragte ihn nach dem Alter seiner Geige, eine Verlegenheitsfrage, aber da war sie schon heraus, gestellt aus der Sorge, er könnte sonst mein Schweigen als Desinteresse missdeuten.

Gut hundert Jahre alt, erwiderte Manuel, gefertigt von einem ungarischen Geigenbauer, noch vor dem Ersten Weltkrieg.

Alajos Werner hatte sie gebaut, erzählte er weiter, in Budapest, im Jahr 1910, damals noch nicht einmal vierundzwanzigjährig, also etwa in dem Alter, wie er, Manuel, jetzt. Er liebe sie nicht nur für ihren angenehm müßigen, dabei gereiften, sogar zuweilen kraftvollen und immer ausgewogenen Klang, sondern umso mehr, weil sie ein Geschenk von einem sei, der vor der Zeit hatte gehen müssen, ihm jedoch am Herzen liege wie sonst niemand, schon gar kein Lebender.

Wie mickrig ich mir vorkam gegenüber diesen beiden, dem früh vollendeten, wenngleich schon lange toten Geigenbauer und diesem höchst lebendigen Jungen hier, diesem Manuel, der mich auf so unvertraute Weise faszinierte. Mich, einen dieser dünnhaarigen Grauschädel, deren Körper immer seltener taten, was ihnen mit sooft schwer belehrbarer Sturheit zuweilen unsinnigerweise abverlangt wurde.

Bald schon waren wir nicht mehr nur zu dritt hinter der Leitplanke. Erst gesellte sich ein junges Paar zu uns, dann ein glatzköpfiger Mann schwer schätzbaren Alters, sonnengebräunt mit Nackentattoo. Seiner Bräune nach zu urteilen, war es diesem Haarfreien offenbar gegeben, den Großteil seiner Zeit andernorts zu verbringen als in diesem Land aus Schatten, Regen und Wind. Zwei Frauen entstiegen einem gelben Saab-Cabrio und schlenderten Arm in Arm herbei, setzten sich auf die Leitplanke, ohne die Umarmung zu lösen. Manuel hatte begonnen, auf seiner Geige zu spielen, die Augen geschlossen, den Blick nach innen gekehrt, gerichtet worauf auch immer, jedenfalls abgewendet von allen und allem, das ihn umgab. Wir standen beieinander wie in einer typischen Roadmovie-Szene, so kitschig wie echt, ein Zusammenfinden am Rand des Üblichen, das sich wie von selbst ergeben hatte. Nach und nach wurde es größer, unser Grüppchen hinter der Leitplanke, weitere Stau-Aussteiger schlossen sich an, die es wie wir drangegeben hatten, dieses dumpf-blöde Dastehen und Warten auf etwas, was derweil nicht ging und wohl auch nicht so bald wieder ins Rollen kommen würde. Stattdessen scharten sie sich um Manuel, der für unsere Augen und Ohren zauberte, allen noch im Stand laufenden Motoren jenseits der Leitplanke zum Trotz. Er schmiegte seine Violine an sich mit einer innigen Zartheit und Hingabe, die zutiefst berührte, zugleich aber auch verunsicherte, denn stand es uns zu, die beiden weiterhin so unverhohlen zu beäugen und zu belauschen bei ihrem Tun, diesem Liebesakt einer alten Geige mit einem der afghanischen Hölle entronnenen Jungen auf dem Weg hoch zur Küste, auf irgendeine Nordseeinsel, welche auch immer. Eine Insel, um dort allein zu sein, allein mit ihr, seiner Werner, fern von allem, was ihm längst nichts mehr bedeutete.

Als Manuel geendet hatte, verabschiedete sich der haarlose Alte mit stummer Dankesgeste, das junge Paar winkte in die Runde und wandte sich ebenfalls zum Gehen, die beiden Frauen verschwanden, wie sie gekommen waren, als untrennbarer Doppelkörper Arm in Arm, auch alle anderen gingen. Schon begannen die Autoschlangen sich langsam wieder in Bewegung zu setzen, viel schneller als erwartet. Der Stau löste sich auf wie ein Knoten, der sich bereitwillig öffnet, sobald man aufhört, unentwegt daran herumzuziehen. Handbremsen wurden gelöst, Wagen kamen ins Rollen, Motoren liefen sich erneut warm, hier und da ein Hupen, Abschied vom Staunachbarn und aufmunternder Ausdruck des Wunsches auf baldige unbeschadete Ankunft nicht nur für sich selbst. Auch wir drei verließen den Schutzraum hinter der Planke ohne Eile, jeder in seinen Gedanken und schweigend. Wir zwängten uns aufs Neue in Manuels Honda, es konnte weitergehen. Der Stau hatte uns gegeben, hatte uns beschenkt mit Unerwartbarem, nun nahm der Strom der Fahrzeuge uns wieder auf.

Noch achtundneunzig Kilometer bis Hannover, hatte ich eben gelesen, als Manuel, ohne sich umzudrehen, nach hinten fragte, welche Ausfahrt er zu unserem Bestimmungsort nehmen solle. Bestimmungsort, das hörte sich an, als gelte es, sich in Acht vor dem zu nehmen, wofür es stand. Manuel blickte in den Innenspiegel und ich versank in seinen Augen, Wunscherfüllungsaugen, um die ein Lächeln spielte, das zu erwidern ich nicht verhindern wollte, wohl wissend, ich konnte nicht Gleiches mit Gleichem entgelten. Und dann? Wohin und wie weiter nach einem solchen Tausch der Blicke?

Halt an der nächsten Raststätte, sagte Silvia. Da wollte sie aussteigen und zu Fuß weiter, allein! – das Ausrufezeichen dahinter war nicht zu überhören. Dann sah sie zum Fenster hinaus, als wollte sie den Umgang mit möglichen Nachfragen an ihren Hinterkopf delegieren. Manuel hielt ganz am Rand der Rastanlage, jetzt, kurz vor Ferienende spätsommerlich übervoll, schon die Zufahrt war bis auf einen schmalen Spurkanal kaum passierbar, zu beiden Seiten standen LKW-Riesen, dicht an dicht. Hier und da hockten Männer in Gruppen zusammen, unrasierte plauzige Kerle in schmierigen Unterhemden und kurzen Hosen, die rauchten, lachten, grillten und über Gasflammen in zerbeulten Töpfen Büchsenessen kochten. Sie gebärdeten sich, als gehörte er ihnen, dieser ostwestfälische Rasthof, weil das Sagen schließlich immer die haben, die über mehr verfügen, mehr PS, mehr Masse, mehr dickes Fell, und die sich einfach nehmen, was sie wollen. Demzufolge war die Rangfolge klar, alles Aufbegehren dagegen zwecklos: Erst kamen die Trucker-Könige aus Polen, der Tschechei und Putins gefräßigem Großreich, danach lange nichts, erst dann der dürftige Rest.

Ihre Umhängetasche über der Schulter stieg Silvia aus, drehte sich aber, fast schon im Gehen, dann doch noch einmal um.

Sie sah mich mit der Andeutung eines Kopfschüttelns an, als könne sie nicht begreifen, warum auch ich ausgestiegen war. Vielleicht aber war selbst sie für Momente ratlos, wie ein Abschied nach einer solchen Fahrt zu bewerkstelligen wäre, nach einer Fahrt, die so ganz anders geendet hatte als erwartet, erst mit einem Motorschaden und jetzt noch einmal hier, am Rand der Autobahn. Sie umarmte mich, ihr Mund nah an meinem Ohr.

Mach's gut, Gernot, es war echt schön mit dir, danke.

Dann nahm sie mein Gesicht zwischen ihre Hände, sah mich an, als wollte sie sich jede Einzelheit einprägen, ein für alle Mal. Sie küsste mich erst auf die Stirn, dann auf den Mund, dass es mir vollständig jede Rede verschlug. Aber was blieb auch noch zu reden, wenn man so geküsst wurde, ein Küssen wie ein Segnen, Immunisieren gegen das, was noch kommen sollte. Auf einmal hatte ich keine Vorstellung mehr von dem, was man Zukunft nennt, gar einer gemeinsamen, dabei doch bis gerade eben noch auf einfältige Weise gehofft, dass wir eine haben könnten, so oder so. Ich hatte mir Dauer ersehnt, ein naiver Reflex, und absurd dazu, wo das Schicksal doch keine Chance auslässt, uns zu zeigen, dass es keine Dauer gibt, am wenigsten für das, was wir halten möchten wie sonst nichts, unser Leben. War ich nicht alt genug, um nicht mehr anfällig zu sein für solchen Irrsinn? Es braucht so wenig, ein Virus auf Abwegen, eine Zelle, die sich nicht mehr an die Regeln hielt, ein kleinstdenkbarer Übertragungsfehler, unkorrigiert in der ribosomalen Matrix, und schon ist sie losgetreten, die Kaskade des Übels, der unaufhaltsame Weg eingeschlagen, der nur einen Endpunkt kennt, den definitiven, so sehr wir uns auch einbilden, es gehe noch anders, dieses eine und einzige Mal könne doch ein Wunder möglich sein in dieser Welt, die sonst keine eigentlichen Wunder kennt, nur den Zufall und seine fatalen Gesetzlosigkeiten.

Manuel war im Wagen sitzen geblieben. Mit aufgestellter Hand winkte Silvia ihm zum Abschied, dann ging sie mit schnellen Schritten davon, ohne sich ein weiteres Mal umzudrehen, vorbei an dem Schild *Für Unbefugte verboten!*, unübersehbare Warnung am Anfang eines Sonderweges, der vom Parkplatz wegführte. Ich schaute Silvia hinterher, bis das Bild verschwamm, was nicht am Bild lag, sondern an meinen feuchten Augen, die ich frei zu wischen versuchte, was nicht gleich gelang. Nichts mehr zu sehen von Silvia, als ich wieder so weit war.

Zurück im Wagen, verkroch ich mich hinter Manuel, beide Notsitze nun für mich allein, stützte meine Hand auf den freien Platz an meiner Seite, auf den ich starrte und starrte, ohne zu begreifen, wieso da jetzt nur noch meine Hand war, wie konnte das sein? Manuel fuhr weiter. Versprich mir, dass nie mehr jemand sonst dort sitzen wird, wollte ich sagen, ihm meine Kinderbitte vorbringen, bekam aber keine einzige Silbe heraus. Auch Manuel schwieg, steuerte den Wagen über Straßen, die ich wiedererkannte, die mir vertraut waren, aber was bedeutete das schon.

Manuel würde mich dahin zurückbringen, von wo ich gekommen war, hin zu dem Haus, das schon lange nicht mehr mein Zuhause war. Dorthin würde ich zurückkehren können, aber niemals ankommen, geschweige denn heimkehren, und schon gar nicht wissen, wie dann weiter. Ich hatte, was man behördlicherseits einen festen Wohnsitz nannte, noch, ja, dazu eine amtliche Meldeadresse, die man hersagen konnte, schön der Reihe nach: Straße, Hausnummer, Postleitzahl, Stadt, und die Manuel in sein Navi hätte tippen können, um ohne jede weitere Frage verlässlich dorthin zu gelangen. Doch diese Angaben führten für mich an keinen Ort mehr, sie führten nur noch zu einem Nichts.

Manuel brachte mich bis vor die Tür eines Hauses, für das ich noch den Schlüssel besaß. Ein Haus am Stadtrand, wie es dort viele gab, nicht alt, nicht neu, in keiner Weise besonders, in mancher Hinsicht bestenfalls zweckmäßig, vor allem jedoch viel zu groß für zwei, die längst nicht mehr gemeinsam darin wohnten, dabei randvoll gestopft mit nichtigen Dingen, bedeutungslosem Plunder, hinfälligen Staffagen eines Lebensentwurfes, für den sich niemand mehr interessierte. Ich brauchte erst gar nicht die Tür aufzuschließen, um hineinzugeraten in das, was mich schon hier am Vorgartentor anwiderte.

Ich suchte in meinem Rucksack nach meinem Portemonnaie, nahm einen Schein heraus, doch Manuel lehnte ab, sanft, aber bestimmt.

Bitte nicht, nein, es war doch schön, dieses Stück gemeinsamen Weges, nicht wahr?

Sicher, ja, aber was stattdessen, wie durfte ich ihm danken, wenn nicht mit Geld?

Komm, wir nehmen uns noch einmal richtig in den Arm, schlug er vor, und dann freuen wir uns von Herzen darüber, dass wir uns begegnen durften, was für ein Glück, findest du nicht?

Manuel breitete seine Arme aus, Arme wie große Flügel, zum Schutzsuchen und Versinken darin. Ich schloss die Augen, barg meine Stirn an seiner Brust, beugte den Nacken unter dem sachten Druck seiner Hand. So umfasst und überragt zu werden, wie wohl das tat. Ich sog ihn ein, den Duft seiner Haut, Sommer- und Jugendhaut, ließ mich halten und halten, wann hatte ein Mann mich je so umfangen, mir solches gewährt, wann überhaupt je ein Mensch?

Mit dem kleinen Rucksack neben mir auf dem Boden stand ich noch immer draußen vor dem eigenen Tor, ausgesetzt wie an wildfremdem Ort, geeignet als Anfangsszene für niveaulose Melodramen, wo man gleich schon zu Beginn ahnt, dass es nichts werden kann mit dem Happy End. Ein kurzes Aufbrausen des Motors, schon war Manuel um die Ecke, noch ehe ich mich versah, diese Ecke, um die wir eben noch gemeinsam gekommen waren. Ich rührte mich nicht von der Stelle, bestaunte eine leere Chipstüte, die der Wind im Rinnstein vor sich hertrieb, und wartete, als könnte ich durch mein Warten zwar nicht rückgängig oder gar ungeschehen machen, was war, dafür aber vielleicht am Eintreten hindern, was noch kommen mochte. Sicher hatte Manuel mit seinem flachen japanischen Flitzer längst die Bundesstraße Richtung Norden erreicht, die direkteste Verbindung von hier zu seiner Insel, weit weg von alledem, was man völlig zu Unrecht das Fest-Land nennt.

Gundas Anruf

Ich schreckte hoch vom Klingeln des Telefons in der Dunkelheit. Gunda war am anderen Ende. Wenn Silvia überhaupt eine Art Freundin hatte, dann Gunda, die zugleich auch in gewisser Weise ihre Vermieterin war. Ich kannte Gunda noch gut aus ihrer Zeit als Anästhesie-Schwester, wir hatten einige Jahre zusammengearbeitet, bis Gunda genug hatte vom Klinikunwesen, alles hinschmiss und aufs Land zog, um nicht mehr weiterhin das Falsche im falschen Leben zu tun. Und, merkwürdig genug, wie manchmal die Dinge zueinanderkommen, wenige Tage nachdem sich Silvia an der Raststätte davongemacht und mir verboten hatte, ihr zu folgen, war ich – wie man so sagt, durch Zufall – Gunda nach Jahren wieder begegnet, beim Zahnarzt, ich hatte einen Prophylaxe-Termin, Gunda eine verlorene Füllung. Die kurze gemeinsame Wartezeit war lang genug dafür gewesen, dass ich – der nächste Zufall – von Gundas Untermieterin erfuhr, dieser Frau, die in den alten Bauwagen gezogen war, der auf dem Gelände des Blumenhofs stand. Gunda brauchte nicht viel zu erzählen und mir war sonnenklar, wer sie war, diese Frau, die Bauwagenbewohnerin. Und auch ich brauchte nicht viel zu sagen, Gunda hatte sehr schnell begriffen, wer diese Frau für mich war, auch wenn sie es fast nicht glauben konnte: Sag bloß, Gernot, du? In echt …? Das Schicksal hatte mir also die Spur von Silvia in die Hände gespielt, ich hatte die Chance, und trotzdem, ich habe das Naheliegendste, wenn auch mir Verbotene, nicht getan, ich hatte nicht den Mut, mich blicken zu lassen bei Silvia, geschweige denn, nach ihr zu sehen, mich um sie zu kümmern. Keine Woche war seit unserem Treffen im Wartezimmer vergangen, und jetzt dies: Wie ein Hieb traf mich Gundas Aufruf, dieses Unheilsversprechen aus drei Worten: Komm her, sofort! Viel zu spät reagierte ich aus zerplatztem Schlaf, fragte, was denn geschehen sei, doch Gunda hatte schon aufgelegt. Wie früher, wenn sie zur Unzeit im Bereitschaftsdienst angerufen hatte: Polytrauma! Los, mach schnell!

Dem Gefühl nach war es noch tiefste Nacht. Und inmitten der Finsternis, von einem Moment auf den anderen stürzte alles jäh ineinander, hatte ein übermächtiges Beben das Zentrum der Dinge erfasst. Von nun an würde nichts mehr sein wie zuvor, die Welt mit einem Schlag eine andere – so viel war mir gleich klar, auch ohne dass Gunda hatte weiterreden müssen. Ich wusste Bescheid, wenn auch noch nicht genau. Mit einem Satz war ich aus dem Bett, unsicher, ob ich den Beinen trauen konnte und ohne auf den Schmerz in der Hüfte zu achten, während mein Herz alles gab, raste und hämmerte bis hoch hinauf in Hals und Schläfen. Anziehen, irgendwas, irgendwie, dabei das Allernötigste greifen, Geld, Brieftasche, Lesebrille. Dann wankte ich zur Tür, das Flattern der Hände war nicht zu bändigen, unmöglich, den Schlüssel einzufädeln – dann also nicht, wozu auch, ich musste los, los-los-los, grade weil es zu spät war, viel zu spät, längst schon!

Die Tür fiel hinter mir ins Schloss, in die Nachtstille hinein weit vor allem Morgen. Die Schuhe nicht geschnürt, stopfte ich die Senkel seitlich hinein, damit sie nicht in die Speichen gerieten, das nicht auch noch. Ich bewegte mich wie ein Betrunkener, zugleich schreckensklar, hörte auf dem Weg zum Gartenhaus, zu meinem Rad, meinen Atem keuchen. Dazu ein neuer Aufschrei meiner Hüfte, als ich versuchte, mich mit einem Ruck auf den Sattel zu schwingen, standrechtliche Strafe für diesen gedankenlosen Rückfall in ein altes Muster, eingebrannt über Jahrzehnte, noch immer nicht ganz gelöscht vom Schmerz der letzten Zeit.

Weiter, irgendwie weiter. Ich stampfte in die Pedale und gegen allen Schmerz, starrte auf den Lichtkegel vor mir, wie er sich auf nachtdunklem Grund seinen Weg suchte. Der Dynamo surrte arrhythmisch wegen der holprigen Fahrt, die viel zu trockene Kette knirschte beim Lauf über die Zahnkränze, das Tretlager knackte. Ich wusste, ich war ihm einiges schuldig, meinem Rad, dennoch, nicht jetzt streiken, halte bitte-bitte durch, dieses eine Mal noch! Kein Licht sonst bis auf den Schein meiner Fahrradlampe und die rundnadelspitze Mondsichel hoch oben, deren kaltes Glühen durch immer neu gerissene Wolkenlücken gleißte. Ich fuhr von Gundas Worten getrieben an den Grenzen des mir Möglichen. Mein Körper pochte und zitterte, so erreichte ich die Stadtgrenze, dann das freie Feld hinter der Bahnunterführung, noch nicht angekommen an meinem Ziel, dem Blumenhof, und doch eigentlich bereits am Ende. Ich hatte keine Luft und keine Kraft mehr für den Anstieg der Straße hoch zum Stadtrandwald, brauchte eine Pause, unbedingt, eine klitzekleine Pause, Himmel hilf, für ein paar Atemzüge nur! Als ich kurz anhielt, fuhr die Kühle der Frühherbstnacht mir wie eine Hand aus Eis unters Hemd, kroch den schweißnassen Rücken hinauf bis zum Nacken. Wattiger Bodennebel überdeckte die Felder, aus den Ackerfurchen stieg Septemberfeuchte, Geruch offener Erde über dem Land.

Endlich erreichte ich Gundas Blumenhof hinter den Pferdeweiden, schaffte es irgendwie herunter vom Rad, ohne der Länge nach hinzuschlagen dabei. Dafür stolperte ich kurz danach bei dem Versuch, den Seitenständer schnell-schnell auszustellen, ihn aber verfehlte und so den letzten Rest Gleichgewicht verlor. Das Rad fiel auf die Seite in den knirschenden Schotter des Hofplatzes, einen Wadenkrampf lang wand ich mich am Boden daneben. Als ich es schließlich wieder hochschaffte, ließ ich Rad dann Rad sein und hinkte los, dämlich dankbar für jeden Schritt, der gelang. Schritte wie auf schwerer See hin zu der halboffenen Tür mit dem Neonröhrenlicht hinter trübem Milchglas.

Ein einziger Blick genügte, nein, ich hatte mir nichts eingebildet, Fürchterlichstes war geschehen. Gundas Gesicht fleckig und rot, Augen und Wangen verquollen wie nach Schlägen, dazu die Tränen, die ihre Wangen nur so herunterliefen. Sie sah mich an ohne ein Wort, zog die Nase hoch, ein, zwei, drei Mal, ohne die Hände aus den Taschen zu nehmen, als wären sie gelähmt oder einfach nicht mehr zuständig. Dann Gundas langsames Nicken, eine wie gehauchte Geste, die das Schlimmste bestätigte.

Ja, es stimmt, es ist wahr, es ist das, was du denkst, genau so!

Noch stand ich vor der offenen Tür, zwischen Gunda und mir die Metallschwelle am Boden, die ich nicht übertrat, wie die allerletzte Grenze zwischen Irrtum und Albtraum. Für einen Augenblick schien es, als wollte Gunda nach meiner Hand greifen, aber es blieb beim kurzen Impuls einer Bewegung, die kraftlos kehrtmachte auf halbem Weg. Viel zu spät hatte ich darauf reagiert, auch zu langsam, als dass Hand und Hand sich noch hätten erreichen können. Gunda ließ mich weiter dort stehen, wo ich stand, drehte sich weg von mir, eilte nach hinten, als gelte es, im Inneren des Hauses plötzlich Flammen zu bändigen, Gefahr abzuwenden im allerletzten Moment.

Es dauerte eine ganze Weile, bis ich Gunda wieder hörte, das harte Geräusch ihrer Holzclogs auf dem Fliesenboden, als ihre Schritte eilig näherkamen. Ohne mich anzusehen, flüsterte sie heiser, Wo warst du, wo warst du nur die ganze Zeit? Ich wusste keine Antwort, aber Gunda wollte auch keine, weil was nur so klang, keine Frage, sondern eine Anklage war.

Ich verstehe es nicht! Ich begreife es einfach nicht! Warum …, warum hat sie das getan? Sag's mir, Gernot, sag es mir!

Gunda legte beide Hände auf den Mund, als ließe sich so jedes weitere Wort verhindern.

Hast du etwa nicht gewusst, was los war? Das soll ich dir glauben? Willst du mir erzählen, dass du wirklich der Einzige bist, der nichts mitbekommen hat? – Verdammte Scheiße!, ihr Luftholen war halb erstickt von neuen Tränen. Wir hätten es verhindern müssen – wir – du! – Gerade du!!!

Ich wollte schreien: Was, um Himmels willen, was hätten wir verhindern müssen, Gunda, was genau?!?, brachte aber keinen Ton heraus.

Die Polizei war bei mir, gestern Abend.

Gunda sah zur Seite, als ließen sich keine weiteren Worte finden, mit meinem Blick auf ihrem Gesicht, auf ihrem Mund, der sich mit jeder Silbe quälte. Ich habe so was immer befürchtet, Gernot, ich weiß auch nicht, warum, böse Vorahnung, wenn es das denn gibt. Aber nie, nie hätte ich geglaubt, dass ... – nein! Ich dachte, das ist alles nur Spinnerei, meine kindischen Ängste, hysterisches Weibergetue. Gunda verbarg ihr Gesicht in den Händen, ließ sich gegen die Wand sinken, rutschte daran herunter, kauerte auf den Bodenfliesen. Ich bin sofort hin, aber ich durfte sie nicht sehen, sie ließen mich nicht zu ihr, nicht jetzt, nicht in diesem Zustand, sagten sie, und auch nicht vor Abschluss der gerichtsmedizinischen Untersuchungen, frühestens in ein paar Tagen. – Und du?

Zwei Worte, die genügten, mir die Kehle zu verschnüren, zwei Worte wie ein Steinhagel grausamster Vorwürfe: Warum hast du nicht? – Wie konntest du nur? – Was bist du für einer? UND DU?!!! Eine zweisilbige Dornenrute, die geplatzte Seelenhaut aufriss, bei jedem Hieb tiefer drang: UNDDU-UNDDU-UNDDU-UNDDU???

Gunda zog erneut den Rotz hoch, warf den Kopf in den Nacken: Ich glaube das einfach nicht, ich kann das nicht glauben, ihr beiden wart doch gemeinsam unterwegs, die ganze Zeit. Willst du mir sagen, du hast nichts gemerkt und wusstest nicht, wie es um sie stand, wie beschissen es ihr ging? Wie ist das möglich, wie geht das ... ??? Erklär mir das, los, Gernot, erklär's mir! – Scheiße!!! Verflucht!!! Warum hat sie sich dir nicht ..., warum habt ihr nicht ..., mein Gott, warum?!?

Weil sie nicht wollte, dass ich sie begleite, als sie sich an der Raststätte davonmachte, antwortete ich, weil sie *allein* sein wollte und ich sehr wohl wusste, dass es ihr ernst damit war, da sie nie etwas nur so dahinsagte, was sie nicht auch genau so meinte. Also hatte ich sie gehen lassen, ihre Bedingungen akzeptiert, hatte ich denn eine Wahl?

Gunda war aufgesprungen, einen Moment lang dachte ich, um besser einschlagen zu können auf mich. Aber selbst wenn, ich zog nicht einmal den Kopf zwischen die Schultern. Gunda hatte mich nicht geschlagen, bloß angeschrien: Du stehst nicht mal im Telefonbuch, wieso!?! Woher sollte ich wissen, wo du überhaupt wohnst, ich hatte keine Ahnung, wie ich dich hätte erreichen können! Erst nachdem ich Silvias gesamte Sachen durchwühlt, den Bauwagen auf den Kopf gestellt hatte, fand ich deine Nummer in einem ihrer Notizbücher! – Ach, Scheiße!

Gunda wischte sich mit dem Ärmel durchs Gesicht, ging wieder nach hinten, während ich blieb, wo ich war, mich nicht rührte, nur vor mich hinstarrte, auf den Fliesenboden des alten Bauernhauses. Das Kachelmuster aus schwarzen und weißen Rauten, viele davon schon gebrochen, ergab ein Riesenschachbrett in Schräglage, hier und dort hatte jemand auszubessern versucht, neue Fliesen eingefügt, die nicht genau passten, an den Rändern überstanden, deshalb gebrochen oder von vornherein schief eingesetzt worden waren, die Arbeit eines Pfuschers, Dilettanten oder einfach nur Ahnungslosen.

Gunda kam erneut zurück, hielt mir eine Zeitung hin, viel zu nah vors Gesicht, um etwas lesen zu können, aber darum ging es wohl auch nicht, vielmehr um einen weiteren Beweis meiner Ignoranz, mit dem sie jetzt vor meiner Nase herumwedelte: Hier! Noch Fragen?

Silvias Geschichte füllte eine ganze Seite gleich zu Beginn des Lokalteils: NACKTE TODESSPRINGERIN IM IDA-BAD.

Darunter ein Foto vom Sprungturm mit dem Zehner.

Frau mittleren Alters aus unerklärlichen Gründen verbotenerweise in nächtliches Freibad eingedrungen …

Der Sprungturm sei schon gesperrt gewesen, hieß es, das Wasser im Becken bereits abgelassen, nachdem der Freibadbetrieb aufgrund anhaltend schlechter Witterung mit dem letzten Augusttag eingestellt worden war. Dennoch hätte die Frau sich unrechtmäßigen Zugang zum Gelände des stillgelegten städtischen Betriebes und dem Sprungturm darauf verschafft.

Unrechtmäßiger Zugang, Empörung, Kopfschütteln und Naserümpfen am kleinbürgerlichen Frühstückstisch. Ja, wie konnte man denn bloß! Und das bei uns, und dann noch im Ida-Bad, unglaublich! Ein Selbstmord als solcher, schön und gut, aber auf diese Weise! So eine konnte ja nicht bei Trost sein, total irre, wer so was machte.

Nach ersten Angaben der Polizei handelt es sich bei der Toten um eine Frau von etwa dreißig bis fünfunddreißig Jahren, über deren Identität jedoch zum gegenwärtigen Stand der Ermittlungen noch keine letzthinnige Klarheit gewonnen werden konnte.

Letzthinnige Klarheit, was für ein Vollidioten-Deutsch!

Derzeit kann nicht ausgeschlossen werden, dass es sich bei der Todesspringerin vom Ida-Bad um eine psychisch Kranke handelt, ließ sich ein Polizeisprecher vernehmen, die, dem Verletzungsmuster und -ausmaß nach zu urteilen, sich mit dem Kopf zuerst in die Tiefe gestürzt hatte. Von einem Fremdverschulden werde derzeit nicht ausgegangen.

Die gesamte Umgebung hatte man nach Silvias Kleidung abgesucht, aber nichts finden können, auch später nicht. Sie hatte sie also leer ausgehen lassen, all die Wichtigtuer, die Profischnüffler und Superspezialisten in ihren lächerlichen Plastikstramplern, die da *Tatort* spielten. Silvia hinterließ ihnen nichts, keinen Abschiedsbrief, nichts Persönliches, nichts, das sie auswies, nur ihren zerstoßenen Leib auf den Kacheln des Schwimmbeckens, der dalag wie ein zerschellter Vogel, als hätte sie im Sprung noch die Arme weit ausgebreitet. Und sie wäre wohl auch noch länger eine Unbekannte geblieben, wenn nicht trotz aller Entstellung der Bestatter, den man schließlich rief, in ihr die Berufskollegin erkannt hätte, wie ich später erfuhr.

Geheuchelt und widerlich die Bestürzung des über alle Parteigrenzen hinweg hochgeschätzten Oberbürgermeisters Holger Reichmann, für den dieses Unglück laut Zeitungsbericht geradezu nicht in Worte zu fassen war. Kein Wunder, was konnte der überhaupt in Worte fassen, die man ihm nicht zuvor für den verlogenen Mund zurechtgekaut hatte. Dass ein Mensch seinem Leben auf derart drastische Weise ein Ende setzen müsse, so rundweg unbegreiflich sei das für ihn wie sicher auch für alle Mitbürger*innen. Und dann noch im schönen Ida-Bad! Das der ach so betroffene Reichmann wohl als von Silvias Körper besudelt ansah, dieser Haufen Dreck im Anzug, der seine stets nur dem Gemeinwohl geweihten Amtsgeschäfte mit Winkelzügen und schmierigen Tricks aller Art und auf allen Ebenen abwickelte, mit Schein- und Schattenmanövern, bei denen es immer nur um das eine ging: mit dem richtigen Dreh, dem gewieften Kniff zu glänzen, fein raus und mit sich im Reinen zu sein, auf der richtigen Seite zu stehen, wenn es drauf ankam. Überall hatte er seine Finger im Spiel, keine Masche war ihm zu billig, keine Anbiederung zu widerwärtig. Und es hinderte ihn keinerlei Schamgefühl daran, sich öffentlich über eine zu erheben, die ehrlich in den Tod gesprungen war, ohne faulen Zauber, ohne Netz oder sonst irgendwas. *In unserem schönen Ida-Bad!* – Für dessen Fortbestand und Renovierung Reichmann sich gerade im letzten Wahlkampf so überaus pressewirksam und erfolgreich eingesetzt hatte mit allem, was einem wie ihm politisch, ökonomisch, sozial und auch sonst zu Gebote stand. *Einen Magneten unseres schönen Ortes, unserer geschätzten Heimat*, hatte er genannt, was nichts anderes als ein stinknormales Freibad wie tausend andere war, einzig recht hübsch am Hügel gelegen und dadurch mit freiem Blick auf eine Landschaft, die zwar nicht viel bot, worauf das Auge länger weilen wollte, aber frei war er eben schon, dieser Blick, erst recht wohl, wenn man oben auf dem Zehner stand, in der Zeitlosigkeit des Moments und an der Schwelle zur Ewigkeit.

Ein morgendlicher Spaziergänger habe die grausige Entdeckung gemacht, so der Zeitungstext weiter, und sofort Alarm geschlagen. Der Mann stehe immer noch unter Schock und werde psychologisch betreut. Sicherlich der Beginn einer 1a-Frührentner-Karriere, klarer Fall von posttraumatischer

Belastungsstörung mit allem was dazugehört, garantiert therapieresistent, ich konnte ihn geradezu vor mir sehen, diesen Musterbürger. Als die Rettungskräfte schließlich eintrafen, sei die Frau bereits tot gewesen – mein Gott, nicht auszudenken was, wenn nicht! *Das Ereignis* (was für ein Wort!) *müsse sich in der Nacht oder den frühen Morgenstunden zugetragen haben, so der Notarzt. Man gehe davon aus, dass sich die Frau im Schutz der Dunkelheit Zutritt zum Gelände des Ida-Bades verschafft hatte.* – Dieses popelige Ida-Bad, als wäre es ein heiliger Hain, auf dessen gesegneten Boden Silvia ihre wohlgeformten Füße gesetzt und den Ort somit besudelt, verschandelt, auf immer entweiht hatte. Wie es mich anwiderte, dieses Ekelpack, diese Zeitungs-ratten, Reichmann, dieser schmierige Scheißkerl im italieni-schen Maßanzug samt seinen hochgeschätzten Wähler*innen und was sonst noch dazugehörte, all diese aufgescheuchten und bestürzten Kotzbrocken mit ihren geheuchelten Betroffenheits-visagen. – Ach, Silvia!

Und ich? Was war mit mir gewesen? Was hatte ich getan, wie hatte ich sie zugebracht, diese Nacht von Freitag auf Samstag, in der Silvia viel zu allein war, um anders zu entscheiden oder ihren Entschluss gar noch rückgängig zu machen? Nein, ich hatte keine Erinnerung an diese Nacht, so sehr ich mich auch mühte, da war nichts weiter als ein schwarzes Loch in meinem Gedächtnis, eine ganze Nacht wie aus meinem Hirn gestanzt.

Silvias Körper, dem ich so nahe gewesen war, den ich hatte berühren, halten, lieben dürfen, war zu etwas geworden, das ein Zeitungsschmierer eine *grausige Entdeckung* zu nennen wagte. Und zwar nicht irgendeiner dieser üblichen dumm-dreisten Hohlköpfe von der Stange, sondern einer der Ekelhaftesten, Wehmann, Kai Wehmann, dieses pomadige Arschloch mit aufgestelltem Kaiser-Wilhelm-Bart, leitender Lokalredakteur des *Buckenberger Volksfreunde*s – *Seit 1879 das Blatt für Ihre Region* – ein Mensch ohne jedes Schamgefühl, einer, der keine Grenzen kannte, schon gar nicht die von Anstand und Sitte, der es von der Pike auf beherrschte, in Müll und Morast zu wühlen, alles und jeden dort hineinzuzerren, einer ohne Moral, ohne jedes Wertgefühl, durchdrungen von perfider Hinterhältigkeit und einem Bluthund-Spürsinn für jede sich nur irgend bietende Chance auf das nächste reißerische Ding. Ich kannte Wehmann aus der Klinik, wie oft hatte er sich dort in der Notaufnahme herumgedrückt, ein Aasgeier, dessen bloße Anwesenheit alle nur ankotzte. Dennoch traute sich niemand, ihn einfach rauszuschmeißen, im Gegenteil, jeder fürchtete, ansonsten der Nächste zu werden, den Wehmann öffentlich an den Pranger nagelte und nach allen Regeln der journalistischen Kunst fein säuberlich durchgeißelte und zur Unperson machte. Das aus dem Fenster geworfene weibliche Baby in der Türken-Meile der Innenstadt, der Familien-Clan mit Wurzeln in Gott weiß welchem Irrglauben, der nach dem Tod eines Angehörigen die Klinik mit Steinwürfen stürmte, die Messerattacke auf den katholischen Priester am Ostersonntagmorgen mitten in der Eucharistie, das waren Bilder und Stoffe, aus denen Wehmann Großes fürs Lokale komponierte. Sein Meisterstück gab die Story des Albaners, der sich von seiner deutschen Frau außerehelich betrogen und somit um seine Ehre gebracht sah, ihr deshalb den Schädel mit einer Axt spaltete, um ihre Leiche danach am Hals an die Anhängerkupplung gefesselt durch den Ort zu schleifen. Wehmann hatte *Das Massaker in der Vorstadt* mehrtägig über die Lokalseiten gestreckt und die Gräueltat sogar noch zu einem Roman ausgeschlachtet, was ihm nicht nur beträchtlichen pekuniären Erfolg beschied, sondern auch einen für die Verhältnisse eines Provinzklecksers vielbeachteten Auftritt bei der Frankfurter Buchmesse, der Bühne nur für die Besten der Besten. Also auch für Wehmann. Keine Frage, dieser Wehmann brachte alles mit, was für den Erfolg nötig war, in jedem Dreckwinkel kannte er sich aus und spielte raffiniert auf sämtlichen Klaviaturen, um sein hochgeschätztes Lesepublikum mit dem Gewünschten zu bedienen. So erlaubte er sich auch, im Tone des beflissenen Aufklärers darauf hinzuweisen, dass so ein Sprung aus großer Höhe wie im vorliegenden Fall zu den sogenannten harten Suizidformen gezählt werden musste. Was eben bedeute, dass, wer so vorgehe, in der Regel über ein Höchstmaß an Entschlossenheit verfüge, die Zarten und Weichen im Land machten es anders. Deshalb auch stünden gerade Todesspringer*innen in den seltensten Fällen unter Drogen- oder Alkoholeinfluss. – Silvia und sich Mut antrinken, was für eine absurde Vorstellung! Mehr Mut, als sie im nüchternen Zustand schon hatte, brauchte kein Mensch. Ich erschrak darüber, wie selbstverständlich auch ich bereits begann, in der Vergangenheit von ihr zu denken.

Gundas peinvolle Frage danach, ob ich sie denn nicht noch einmal sehen wolle? Nein – nein – oh nein! Das wollte ich nicht, auf gar keinen Fall! Auch wenn Gunda das nicht begriff und tausend Gründe dafürsprachen, sich anders zu entscheiden – nein! Ich hielt Gunda die Zeitungsseite hin, wollte es schnellstmöglich wieder loswerden, dieses Dreckding, aber für Gunda schien ich nach meiner Verweigerung nicht mehr zu existieren, sie hatte sich abgewandt. Also ließ ich das nutzlose Stück Papier einfach fallen, auf den kalten Boden aus weiß-schwarzen Rauten mit den vielen Brüchen darin.

Zwischen Gunda und mir war alles gesagt, uns blieb nur noch das Schweigen in seiner Unerträglichkeit, mir schließlich die Flucht. Ich verließ das Halblicht des Hofeingangs, um das Weite zu suchen vor Gundas Schluchzen, ihrem Unverständnis für mich, ihren Vorwürfen und der Verachtung darin, vor Wehmann und seinem gottlosen Geschmiere und vor allem vor dem, was geschehen war und um nichts in der Welt hätte geschehen dürfen: weil doch gerade erst begonnen hatte, so anders und so einzigartig, was nun auf einen Schlag für immer zu Ende war. Ich rannte humpelnd zu meinem Rad, das im Hof auf der Seite lag wie ein waidwundes regloses Tier, lief so schnell wie irgend möglich mit dem Lenker in den Fäusten aus dem Tor, als bliebe mir nicht mehr die geringste Zeit, nicht einmal die, um aufs Rad zu steigen.

Ich hatte den kleinen Bauernflecken schon hinter mir gelassen, als ich das erste Mal stehen blieb. Ich zitterte am ganzen Körper, rang, die Fäuste um die Lenkergriffe gekrallt, um Luft, rutschte beim ersten Versuch, nun doch aufzusteigen, gleich wieder ab von dem Pedal. Nachdem es mir schließlich gelang, das rechte Bein im Zeitlupentempo über den Sattel zu bewegen, verlor ich erneut den Halt. Das Oberrohr des Fahrradrahmens fuhr mir zwischen die Beine, der Schmerz schoss mir in die Lenden und bis hoch ins Hirn, ich schrie, ich jaulte, ich jammerte, und endlich kamen mir die Tränen. Ich weinte, als wäre etwas geplatzt in mir, eine letzte Membran, die noch dem Druck der Tränenflut hätte standhalten können. Mir war, als würde ich alles auf einmal herausheulen, alle Verletzungen und alles Unverheilte fortspülen mit dem nicht nachlassenden Strom der Tränen. Fort auch alle Reue und Scham, alle nicht wiedergutzumachende Schuld, einschließlich der übergrößten, nicht da gewesen zu sein für Silvia!

Den Lenker, an den ich mich noch immer klammerte, ich gab ihn aus den Händen, für Momente schien das Rad sich selbst zu halten, um dann doch auf die Seite zu kippen, in den Streifen Niemandsland, nicht mehr Straße und noch nicht Acker, aus dem der Sommer schon gewichen war und auf den auch ich mich nun fallen ließ, ein zuckendes Häuflein Elend, das nicht mehr konnte und nicht mehr wollte, erst auf die Knie sank wie zum Gebet, dann nach vorn, mit dem Gesicht in die nachtfeuchte Erde.

Wie ein Kind flehte ich: Bitte, bitte, lieber Himmel, lass es nicht wahr sein, sag, dass alles bloß ein böser Traum ist! – Als gäbe es sie, die Umkehrbarkeit der Dinge, den anderen Ausgang einer Geschichte, in der das letzte Wort doch längst schon gesprochen ist. Ich bettelte, winselte in wunder Verzweiflung, von Verstand keine Rede mehr, da war nur noch dieser Aufschrei eines so gut wie Verrückten: Sag, dass es noch nicht vorbei ist, mach, dass es weitergeht, lass es noch nicht zu Ende sein mit uns, mit unserem Lebenssommer, der so groß war, Herr, größer als alles je vordem!

Was dann mit mir passierte, kann ich nicht sagen. Das erste Morgenlicht war mehr zu ahnen als bereits zu sehen, jedenfalls fühlte es sich nicht mehr nach Nacht an, als ich wieder zu mir kam. Ich lag eingehüllt in einem Schlafsack unter einer der Brücken am Kanal. Hinter mir, an der mit Graffiti übersäten Wand des Brückenfußes, lehnte mein Rad. Mir gegenüber auf dem Boden hockte ein Mann unbestimmten Alters, den Hinterkopf von einer Kapuze bedeckt, sein Gesicht wie verborgen hinter einem undressierten rotblonden Bart, vor sich eine silberne Kanne, die auf einem Spirituskocher brodelte. Für einen Moment nur sah der Mann mich an, um sich dann wieder Kanne und Flamme zuzuwenden. Dann öffnete er ein flaches Fläschchen, kippte einiges davon in einen Becher, goss aus der Kanne dazu: Hier, trink, tut gut. Er sprach mit hartem Akzent und rauer Stimme. Und auch, wenn ich wusste, wie gut ich mich irren kann, ich glaubte meinem Gefühl, das mir sagte, dem hier kannst du vertrauen. Diesem Fremden in seinen abgetragenen Klamotten, der nach der Asche vieler Feuer und kaltem Tabak roch und offensichtlich gewöhnt war an das Leben ohne die üblichen Annehmlichkeiten, ein Dach über dem Kopf und gemauerte Wände, eine Schulter zum Anlehnen, Bett und Bad. Ich fasste den gereichten Becher mit beiden Händen, nahm einen tiefen Schluck, es schmeckte nach Fisch, nach Hochprozentigem und auch nach Kaffee, vor allem aber war es warm und tat gut, was auch immer ich da trank, der Fremde hatte nicht zu viel versprochen. Nur für kurz setzte ich den Becher ab, um gleich weiter zu trinken, die Wärme zu genießen, die mich schon durchströmte, mir durch und durch ging, in den Kopf stieg.

Wer sind Sie? Wo haben Sie mich gefunden? Wie haben Sie mich und mein Rad hierhergebracht? Warum kümmern Sie sich überhaupt um mich? Der Alkohol löste mir die Zunge und gab Mut für solches Fragen, das der Mann geschehen ließ, ohne gleich zu antworten.

Ich bin einer, der viel unterwegs ist, mehr muss keiner wissen, sagte er schließlich, seinen Blick auf den Kanal gerichtet. Jetzt erst sah ich das kleine Rundzelt dort am Ufer, den Klappstuhl davor, daneben die Angelrute, die im Wasser hing, den großen Rucksack, camouflage-oliv. Der Mann goss, was noch in der Kanne war, in einen zweiten Becher, trank aus und stand dann auf, um nach der Rute zu sehen. Auch ich leerte meinen Becher, ergab mich gerne der Schwere, die sich über mich legte.

Als ich erneut erwachte, war es heller Tag und der Mann nicht mehr da. Zelt und Angelrute standen noch an ihrem Platz, den Rucksack hatte er offenbar mitgenommen. Auf dem Boden neben mir lag ein Stück verknitterte Zeitung, am Rand hatte eine im Schreiben ungeübte Hand mit schwarzem Filzstift eine Nachricht hinterlassen: *pass auf glück ist nicht immer giebt nur ein leben alles gute.*

Mit schwerem Kopf und einem Mix aus Schwindel und Schweben kroch ich aus dem Schlafsack, die Zunge klebte am ausgetrockneten Gaumen, im Magen eine vage Regung zwischen Übelkeit und Hunger. Mühsam richtete ich mich auf, nicht nur die Hüfte, auch der ganze Rest tat mir weh. Eingehüllt in den dicken Schlafsack hatte ich geschwitzt, nun fröstelte mich. Ich wankte zum Rad, schob es hoch auf die Brücke, was mich all meine Kraft kostete, schwer atmend blieb ich stehen, sah herunter auf den Kanal. Ein Kohleschiff kam näher, im Steuerhaus ein stämmiger Weißbart im Unterhemd, *Glückauf* stand vorne auf dem Bug. Mit behäbigem Tuckern passierte das Schiff die Brücke, ich drehte mich nicht um, sah der *Glückauf* nicht hinterher, sondern blieb stehen, wo ich war, beobachtete die Schaumwellen auf dem Wasser bis zu ihrem Verschwinden. Ich wartete, bis die Wasseroberfläche wieder dunkel und glatt wurde, jede Spur von der *Glückauf* und ihrem Kapitän verschluckt hatte, als hätte es beide nie gegeben, nicht in dieser Wirklichkeit. – Nein, ich wollte Silvia nicht noch einmal sehen, auf gar keinen Fall. Ich war mir ganz sicher.

Worüber Wehmann sich in seinem Artikel nicht hatte das Maul zerreißen können, weil selbst er nicht hatte wissen können, was sich später erst dem Gerichtsmediziner offenbarte, war die Tatsache, dass Silvia nicht allein vom Zehnmeterturm in ihren Tod gesprungen war. Sie war schwanger gewesen, und zwar im doppelten Wortsinn. Schwanger von einem Tumor, gegen den nichts mehr helfen konnte, und schwanger im Sinne der besten Hoffnung, seit wenigen Wochen erst. Was den Krebs an der Bauchspeicheldrüse betrifft, diesen Tumor in der Tiefe des Leibes, ist er immer noch ein Urteil ohne Wenn und Aber, kaum länger als ein halbes Jahr lässt er den meisten, gerechnet vom ersten Erkennen, den ersten indirekten Zeichen, dem Gelbwerden der Haut, den ersten Schmerzen. Silvia war all dem zuvorgekommen, war niemandem auf den Leim gegangen, auch nicht sich selbst, den eigenen irrsinnigen Hoffnungsfantasien. Sie hatte sich die Freiheit der eigenen Schritte bewahrt bis zum von ihr selbst bestimmten Schluss, bis ganz nach vorn an die Kante der Zehnmeterplattform, und darüber hinaus. Gemeinsam waren sie in diese Nacht ohne Morgen gesprungen, sie, der Krebs und der gutartige Lebenstumor in ihrem Leib, von dem sie gewusst haben mochte oder auch nicht.

So unerträglich es für mich gewesen wäre, die tote Silvia noch einmal zu sehen, so unmöglich schien es mir auch, dabeizustehen, wenn ihre Asche der Erde zurückgegeben wurde. Gunda gegenüber hatte irgendwann einmal Silvia klipp und klar geäußert, dass jeglicher Grabstätten-Firlefanz für sie nicht infrage kam, nie und nimmer, einzig akzeptabel nur das Einstreuen ihrer Asche auf namenloser Erde. Wagt nicht, mich einzuschließen, nicht mal als Aschehäufchen, hatte sie gedroht, verstehst du, hast du das kapiert? Gunda hatte es ihr versprechen müssen.

Im letzten Moment hatte ich mich dann aber doch umentschieden, hatte mich von Gunda und Sergej mitnehmen lassen, schickte mich in etwas, das mir noch kurz davor völlig unvorstellbar gewesen war. Da standen wir also beieinander am Rande des Nordfriedhofs mit Blick hinunter auf Fluss und Schleuse, Gunda, ihr Freund Sergej und der Bestatter, der Silvias Asche über die lichte Grasfläche verteilte, als wollte er nachsäen dort, wo es das Grün am schwersten hatte. Ich stand da, sah dabei zu wie von allem abgekoppelt, als schwebte mein Ich durchs Zeitlose, in raumlosen Räumen, ohne Empfindung, selbst ohne ein Gefühl der Leere, geschrumpft zu einer Seelenspore, die sich kaum mehr kannte, nicht mehr verstand, die nichts mehr wusste und wissen wollte, nichts mehr hoffte.

Wieder Friedhof, das zweite Mal in einem Jahr, Erinnerungsbilder von Arnos Beerdigung tauchten auf, Bilder aus dem noch jungen Jahr und doch die eines anderen Lebens, einer anderen Zeit, als der Sommer und alles, was er schenkte, noch vor uns lag, ein Sommer, der sie alle aufwog, die namenlosen Sommer davor. Ich hatte geträumt und an verrückte Möglichkeiten geglaubt, hatte mir eingebildet, dass doch noch nicht aller Tage Abend gekommen war für mich, hatte gezittert und gebebt vor Hoffnung und Neugier auf so viel unbekanntes, neues Leben. Mit Silvia. Doch das Feuer dieses Sommers war auf einen Schlag erloschen, zu Asche und Staub geworden, zur Erde zurückgekehrt.

Als wir gingen, nahmen mich Gunda und Sergej in ihre Mitte, als wollten sie so verhindern, dass ich vom Weg abkäme. Ich spürte Gundas Hand auf meinem Arm, ihren sachten Druck. Komm, wir bringen dich nach Hause, sagte sie.

Wo soll das sein?, dachte ich nur, ließ es aber bei ihren Worten. Sergej hielt den Wagen vor dem Haus, das ich betrachtete, wie ein um die Welt und darüber hinaus Gereister, der zurückkehrte, sich erinnerte, nach und nach. All die vielen Jahre, die ich hier zugebracht hatte, gemeinsam mit Hildegardt, mehr oder weniger. Um Gottes willen! Nein! Nicht wieder da hinein, nicht in dieses Haus, nicht jetzt, nicht irgendwann, nie mehr, nicht zurück, allesallesalles, nur nicht das! Ich zog den

Schlüsselbund aus der Hosentasche, hielt ihn über den Gully am Bordstein, ließ ihn fallen.

Na komm!, sagte Gunda nur, hatte wieder ihre Hand auf meinen Arm gelegt, zog mich sanft und doch bestimmt zurück zum Wagen, führte mich wie ein Kind, das sich verlaufen hatte. Komm mit, ich weiß einen Platz für dich.

Sergej nickte und setzte den Wagen erneut in Bewegung, den Motor hatte er laufen lassen.

Was zunächst nur als Unterschlupf gedacht war, als Unterkunft fürs Erste, zur Überbrückung für gewisse ungewisse Zeit, Silvias Bauwagen auf Gundas Blumenhof, wurde mir zur Bleibe für länger, bis jetzt. Hier hatte Silvia gelebt, an diesem Ort in ihrer Zeit, hier und nur hier konnte ich tun, was noch zu tun für mich blieb.

Ganz oben

Lange Zeit war ich nicht zu mehr imstande, als bloß vor mich hin zu existieren. Tage und Nächte kamen und gingen ohne jede Bedeutung für mich, Morgen oder Abend, Licht oder Dunkel, was machte es für einen Unterschied? Ich war der Rest von etwas, das an und für sich seinen Sinn verloren hatte, ein Verbliebener, sämtliche Verbindungen gekappt zu dem, was man oft viel zu leichthin das Leben nennt, ein Torso mit erhaltenen biologischen Grundfunktionen, mein Herz schlug erstaunlicherweise weiter, ich holte weiterhin Luft, trank und aß, wenn auch beides nur selten und wenig und ohne jeden Durst oder gar Appetit, ich ging auf die Toilette, wusch mich sogar manchmal, wenn es anders nicht mehr ging. Den Bauwagen verließ ich nur selten, Silvias Bauwagen, den Gunda mir überlassen hatte und der mir zum Rückzugsraum wurde, zu Hort und Höhle, zur Bleibe, solange ich wollte. Ich schloss mich ein darin, allein mit mir, meinen kreisenden Gedanken, meinem Schmerz, meinen Erinnerungen, meiner Trauer und auch all den Dingen, mit denen Silvia sich umgeben hatte, die sie berührt, von denen sie Gebrauch gemacht, an denen sie Spuren hinterlassen hatte, sichtbare und andere.

Immer wieder meinte ich, Silvias Stimme, ihr Lachen von draußen über den Hof zu hören, jeden Moment würde sie die Tür zum Bauwagen öffnen, hereinkommen, als wäre nichts geschehen. Wie oft war sie mir in meinen zerrissenen Träumen begegnet, wenn der Schlaf mich nur für kurze Zeit überkommen hatte, das unvermeidbare Erwachen mich zurück in die Wirklichkeit warf. Wie sehr ich mich auch dagegen wehrte: Silvia war tot, sie war tot, tot – tot – tot!!! Es war eingetreten, wofür es eigentlich kein Wort gab, wenn aber doch überhaupt eines, dann dieses: Katastrophe, diese viel zu oft und zu leichtfertig missbrauchte Begriffschiffre aus dem Altgriechischen, die für die totale Umwälzung, die völlige Vernichtung, die unwiderrufliche Wende hin zum unvordenklich Schlimmsten steht, auf das nichts mehr folgen kann, in einer Romanhandlung so wenig wie im Leben.

Ich vermied jeglichen Kontakt zu Menschen. Schon die Vorstellung ihrer Gegenwart war mir unerträglich. Nur selten konnte ich mich zu einem kurzen Gang über den Hof aufraffen, jederzeit bereit, sofort umzudrehen, falls Gunda, Sergej oder sonst jemand auftauchen sollte, bloß niemanden sehen, schon gar nicht irgendwas gefragt, zum Sprechen genötigt werden. Wenn es absolut unvermeidlich war, fuhr ich mit dem Rad zum kleinen Supermarkt am Stadtrand, ohne je ein Wort mit irgendwem zu wechseln: Gut möglich, dass die Kassiererinnen dort mich für stumm oder geistesgestört oder beides hielten, es war mir egal, sollten sie von mir denken, was immer sie wollten, was ging es mich an. Zurück auf dem Blumenhof, die Bauwagentür wieder sicher hinter mir geschlossen, verfiel ich erneut in die Katatonie zeitlosen Dämmerns, kreiste im Karussell meiner Erinnerungen. Bilder, Szenen, Sätze flackerten in Dauerschleifen durch mein Hirn, noch mal und noch mal, beste Voraussetzungen, um tatsächlich verrückt zu werden an dem, was nicht mehr war.

Ich unternahm nichts gegen diese Dauerfolter des Erinnerns, wehrte mich nicht, wie denn auch, womit? Tag für Tag hockte ich in meiner Bauwagenzelle, tat weiterhin selten einen Schritt vor die Tür. Es kam mir vor, als wäre ich angekommen am Ende einer langen und beschwerlichen Reise, nicht am Ziel, dafür aber an der Endstation, letzter Halt, Ihr Zug endet hier. Und jetzt? VIVERE NON NECESSE EST, ich konnte mich nicht erinnern, wo ich ihn schon einmal gehört oder gelesen hatte, diesen Satz, der auf einmal da war, von einem Unsichtbaren aus dem Irgendwo eingeflüstert. *Zu leben ist nicht notwendig.*

Dass wir leben ist nicht nötig, es geht auch ohne uns, es geht auch ohne unser Leben weiter, ohne dass wir teilhaben, wir sind nicht erforderlich für das Leben, es kann ebenso gut ohne uns. Ja, klar. Wie gut, dass es diesen Satz gab, dass da jemand ausgesprochen hatte, wie die Dinge wirklich lagen. VIVERE NON NECESSE EST, das genügte mir, es lag sogar Trost darin.

Fühlte ich mich schuldig? Wie wohl nicht! Ich hatte keinen Einfluss auf den Lauf der Dinge genommen, vielleicht auch nicht nehmen können, was mich aber nicht von Schuld freisprach. Ich hatte Silvia allein gelassen, weil sie es von mir verlangt hatte, ich braver Idiot! Mit einer morbiden Freude an der Lust, mich selbst zu quälen, saß ich fest in einem Gefühlsbrei aus Trauer, Schuld und Selbstmitleid. Bis ich an einem kühlen und klaren Morgen Anfang Oktober – ich hatte seit langem das erste Mal wieder mehrere Stunden tief geschlafen – aufstand und wie selbstverständlich damit begann, den Bauwagen aufzuräumen. Bis dahin hatte ich fast nichts angerührt, so gut wie nichts verändert, keiner Kanne, keinem Blumentopf, keiner Kerze, keinem Stift, keinem Zettel eine andere Stelle zugewiesen. Ich hatte die Wiesenblumen in ihrem Gurkenglas belassen, auch nachdem alles Wasser längst verdunstet war und die Blumengerippe mit ihren ausgedörrten Köpfen nur noch totenstarr über den Rand hingen. Die ganze Zeit über hatte ich aus ein und demselben Becher getrunken, denselben bunten Plastikteller benutzt, dasselbe Tomatenmesser mit der abgebrochenen Zinke, denselben verbogenen Teelöffel. Und jedes Mal, wenn ich etwas davon wieder brauchte, es in dem wandmontierten Ausgussbecken neben der Tür abgespült, ohne mir je die Mühe zu machen, das Wasser dafür eigens auf dem kleinen Elektrokocher zu erwärmen. Es ging ja auch so.

Nach und nach nahm ich in die Hand, was ich bis dahin mich nicht zu berühren getraut hatte, begann erste Dinge umzustellen, putzte hier und da, wischte sogar Staub. Ich entfernte die Trockenblumen vom kleinen Tisch unter dem Fenster und spülte das Gurkenglas, stellte es zu den anderen Gläsern und Bechern in das rote Geschirrregal über der Kochplatte. Dann trug ich Silvias viele Notizbücher zusammen, all die kleinen schwarzen Blankopapierkladden, Spiralblöcke, Schreibhefte, die überall im Bauwagen verteilt herumlagen, wie darauf wartend, dass ihnen der nächste Eintrag geschah. Ich legte sie nebeneinander auf den Boden, um eine Ordnung in diese Sammlung zu bringen, doch was für eine Ordnung sollte das sein? Silvia verwendete ihre Notizbücher offenbar nicht chronologisch, nicht eines nach dem anderen, der Datierung ihrer Einträge zufolge schrieb sie immer in mehrere zugleich, machte Sprünge, es war nicht zu erkennen, wonach sie auswählte, ob sie es dem Zufall überließ, nur dasjenige griff, was grade zur Hand war, oder nach irgendeinem System vorging. Ähnlich schien sie es mit der Wahl ihrer Stifte gehalten zu haben, von denen es mehr als genug gab: zahllose Bleistifte in allen möglichen Härtegraden, mindestens ein halbes Dutzend Füller, jede Menge Kulis, einige Bünde Farbstifte, zusammengehalten von Einmachgummis, alles war reichlich vertreten bei den Schreibutensilien der Bunten Bestatterin.

Oft saß ich an ihrem kleinen Tisch aus hellem Holz, auf dem IKEA-Klappstuhl, der jedes Mal knatschte, wenn ich mich zurücklehnte. Diese Tischplatte mit ihren dunklen Holzaugen, den welligen Linienläufen ihrer Maserung, übersät mit Schneide- und Kratzspuren, Kerben und Rissen, Kleberesten, Ringen von Wasser- und Weingläsern, Kaffeepötten und Teebechern, war wie ein aufgeschlagenes Bilderbuch. Immer wieder konnte ich Neues darauf entdecken, wie auf den Gemälden alter Meister, etwa den Darstellungen großer Feldschlachten oder Gelage, die zu betrachten man nie ganz fertig wurde. Meist saß ich ohne bestimmte Absicht an diesem Tisch, einzig versunken in meine Holzmeditationen. Wenn ich nach solcher langen Zeit des Schauens aufsah, fiel mein Blick unweigerlich auf den Vorplatz des Blumenhofs, die beiden mächtigen Kastanien in seiner Mitte, die Blätter schon unübersehbar gezeichnet von den Rostspuren des Herbstes.

Wie waren sie gewesen, Silvias letzte Tage hier, wie hatte sie diese ihre letzte Zeit hier zugebracht, was hatte sie getan, was hatte sie noch tun wollen, was war ihr noch wichtig gewesen? Ich fragte den Raum, die Dinge um mich herum, Raus mit der Sprache, los, ihr wart doch dabei, jetzt sagt schon! Ich schrie die Wände an, Schluss mit dem Schweigen, sprecht von den letzten Tagen, den letzten Stunden, dem Augenblick, in dem Silvia ihren grausigen Entschluss fasste. Doch egal, wie sehr ich auch tobte, alle Antwort blieb aus. Also beschloss ich, selbst danach zu suchen. Ich brauchte etwas, das mir eine Vorstellung davon geben konnte, wie es sich angefühlt haben musste für Silvia, etwas, das mir nachzuvollziehen half, was sich zugetragen haben mochte, nachdem sie aus Manuels Wagen gestiegen war und mir verboten hatte, ihr zu folgen. Sie hatte mich von allem ausgeschlossen, was danach kommen sollte, und ich folgsamer Narr hatte mich ausschließen lassen, nicht im Entferntesten ahnend, dass sie einen tödlichen Plan hatte, in den ihr niemand hineinreden sollte, schon gar nicht versuchen, daran zu rütteln.

Ich schlug einen der Kalender mit Tageseinträgen auf, begann darin zu lesen, mit dem flauen Gefühl, etwas Verbotenes zu tun. Andererseits hatte Silvia all diese Bücher und Hefte hier zurückgelassen, statt sie zu vernichten, was gewissermaßen einer Art Einwilligung dazu gleichkam, dass jemand sie las. Hätte sie das auf keinen Fall gewollt, Silvia hätte dafür gesorgt, dass niemand außer ihr je zu Gesicht bekommen würde, was sie über die Jahre geschrieben hatte, todsicher. Ich las weiter und weiter, nicht mit dem Blick des Neugierigen, des Voyeurs, des Spions, sondern dem des Fragenden, des ratlos Zurückgelassenen, des Einsamen. Ich sehnte mich nach Nähe, nach Silvias Nähe, so wie ich mich noch nie nach der Nähe eines Menschen gesehnt hatte, ich sehnte mich nach der Berührung ihrer Hand, die Seite um Seite diese Hefte und Kladden mit ihrer eigenwilligen Schrift gefüllt hatte und sich dabei nicht um Linienführung und Zeilenabstände scherte, die drüber und drunter schrieb, durchstrich, wegstrichelte, überkringelte. Sie hatte sich weder an Seitengrenzen noch an die Nebensächlichkeiten von Rechtschreibung oder gar Interpunktionsregeln gehalten, sie hatte geschrieben, wie sie gelebt hatte, auf ihre ganz eigene Art – mein Leben, meine Regeln! Der letzte Eintrag fand sich in einer schwarzen Kladde mit festem Glanzdeckel, auf Seiten ohne Datum:

Später Nachmittag

Die Steinmauer an der Obstwiese noch warm von der Sonne des Tages. Bäume prallvoll mit Äpfeln, ziemlich grün, aber viel viel mehr als in den anderen Jahren. Komisch – warum. Dabei doch egal, für mich! Egal!!!!! Es wird Zeit. Für mich. Ich bin nicht traurig darüber. Ach was. Nicht im Geringsten. Scheiße, was für ein Quatsch! Und wie! Ich bin verflucht ärgerlich aber noch habe ich es in der Hand. Ich führe Regie! Wenigstens das. Gut so!!!

Ich werde meine Chance nutzen. Ich werde es selber zu Ende bringen. Ich weiß genau, da ist kein netter alter Sack mit Rauschebart auf der andren Seite, dem ich in die Hände falle. Sicher nicht!!! Falsche Hoffnungen – Lügen – Einbildungen!!! Ich weiß man kann tiefer fallen, viel tiefer. Ich werde hart aufschlagen (aber das werde dann schon nicht mehr ich sein!) Und wenn schon!!! 1000x besser so! Nur nicht vegetieren, nicht abhängig werden, nicht von irgendwelchen Arschgeigen, denen es scheißegal ist wie ich verrecke, nicht um Morphium oder um einen einzigen weiteren verkackten Tag betteln. Nur das nicht!!!! Ein paar Tage mehr oder weniger, was ist das schon??? Wenn einen der Krebs erstmal gepackt hat ----- nicht irgendein Krebs, OH NEIN!!! – ich hab' mir was ganz Besondres ausgesucht, Bauchspeicheldrüsenkrebs, cancer de luxe, ein fieser hinterhältiger ungleicher Gegner – glaubt er!!! Egal. Völlig egal. Alles egal.

Ich suche keinen Strohhalm, ich suche keine Hilfe, ich suche einen Ausweg. Und ich habe ihn gefunden: Dieser verschissene Krebs, er wird mich nicht kriegen, ER wird nicht siegen!!!!!!!! So viel ist sicher!!!!!!!! ICH bestimme, ICH selbst!!! Das ist mein kleines allerletztes Stückchen ScheißGlück in diesem Elend, das Leben heißt, mein Unglücksglück. Morgenabend. Und keinen Tag länger.

Immer wieder sah ich Silvia aus Manuels Wagen steigen, eilig davongehen. Als hätte sie Angst davor, eingeholt zu werden von etwas, dem sie nicht mehr genug entgegenzusetzen haben könnte. Am Ende war es so gekommen, wie Silvia es gewollt hatte. Sie hatte nicht kapituliert, sich nicht abhängig gemacht, nicht unwürdig herum- und abschieben lassen, um in einem Klinikhinterzimmer schließlich jämmerlich einzugehen. Sie war ihren Weg gegangen, auf ihre Weise und ganz für sich. Aufrecht bis zum Schluss.

Den ganzen Tag hatte ich gelesen, auch den gesamten Abend, inzwischen war es weit nach Mitternacht, aber an Schlaf nicht zu denken. Allein Silvias Entwürfe zu ihren vielen Trauerreden: Was mir wie aus dem Stegreif gesagt und getan schien, auch an Arnos Grab, war haarklein vorbereitet. Jedes Mal hatte sie sich alles genau überlegt, Ideen gesammelt, wieder verworfen, andere Gedanken eingefügt, Worte verändert, weggestrichen, alles noch einmal neu komponiert. Jede ihrer Bestattungen folgte einem exakten Drehbuch, das sie jedes Mal von Grund auf neu schrieb, keine Choreografie, die sich wiederholte.

Neben Silvias Notizen hatte ich wieder angefangen, in Musils *Mann ohne Eigenschaften* zu lesen, meine persönliche Fleißarbeit, die ich noch zu Ende bringen wollte. Und inzwischen war dieses Ende sogar in Sicht, etwas mehr als achtzehn Seiten nur noch, ein letztes Kapitel: *Ein großes Ereignis ist im Entstehen. Aber man hat es nicht gemerkt.* Achtzehn Seiten, ebenso wie die weit über neunhundert davor – abzüglich der unrettbar miteinander verklebt gebliebenen – eng bedruckt mit schmalem Rand, nicht wenig für einen langsamen Leser wie mich. Doch wenn ich die Nacht über weiterlesen würde, wäre es bis zum Morgen wohl zu schaffen. Ein Teil von mir hatte es plötzlich eilig damit – kein weiterer Tag mit diesem Monsterbuch! Einfach aufzuhören keine Alternative, nicht bis zum Ende gelesene Bücher ertrage ich nicht, sie machen ein schlechtes Gewissen wie nicht leer gegessene Teller, im Ranzen vergessene Schulbrote, nur angebissene, weil saure Äpfel: Schuldgefühle eines Kriegsheimkehrerkindes, ich weiß, aber was änderte diese Erkenntnis schon. Ich nahm einen Schluck fast kalten Kaffees samt Bodensatzrest, er schmeckte staubig und bitter.

Dann erst erfuhr Ulrich, dass sich Agathe plötzlich verabschiedet und ohne ihn das Haus verlassen habe; man richtete ihm aus, dass sie ihn durch ihren Entschluss nicht hatte stören wollen.

Ich las sie noch mal und noch mal, diese allerletzten Sätze auf Seite neunhundertneunzig oben. Als gäbe es da etwas zu verstehen, das ich noch nicht verstand, unbedingt aber begreifen musste. Das also war das Ende von Musils Haupt- und Lebenswerk, das war alles, was am Schluss noch zu sagen geblieben war? Erst später erkannte ich, wie berechtigt meine Zweifel gewesen waren. Die von mir gelesene Discounter-Ausgabe – Printed in Czech Republic, 2013 – umfasste nur das sogenannte Erste und Zweite Buch des Manns ohne Eigenschaften, nicht nur das Dritte Buch fehlte, sondern auch die zahllosen Zusätze und Fragmente, auf die dieser Gigant von 12.000 Originalmanuskriptseiten angeschwollen war, als Musil der finale Schlag traf und somit sein Leben, nicht aber sein Werk beendet war. Ich fühlte mich betrogen, ohne genau sagen zu können, von wem. Allerdings, sosehr es mich auch wurmte, immer noch nicht fertig zu sein mit diesem schier endlosen Lese-Ungeheuer, ich würde es nie anrühren, dieses Dritte Buch, soviel stand fest.

Ich kochte noch einmal Kaffee, trank ihn ungeduldig und viel zu heiß, verbrannte mir die Zunge und ärgerte mich über meine Dummheit. Jetzt war ich auch ohne weiteren Kaffee hellwach. Einen hoffnungslosen Träumer hatte Silvia mich genannt, als ich ihr sagte, dass ich diesen Ulrich im *Mann ohne Eigenschaften*, der das Mögliche dem Wirklichen vorzog, gut verstehen könne. Hatte sie nicht schließlich auch das Mögliche dem Wirklichen vorgezogen, als es an der Zeit war? Als sie dem Wirklichen das Weiterwirken verweigerte, indem sie das Mögliche in die Tat umsetzte, solange das noch ging? Silvia hatte sie entschlossen ergriffen, ihre Möglichkeit, hatte der scheinbaren Zwangsläufigkeit des Wirklichen den Weg verstellt, dafür sich selbst den Weg hinein in ihre letzte Freiheit offengehalten. Um ihn dann auch zu gehen.

Ich fuhr mit dem Rad zum Ida-Bad, kroch durch eine Lücke im Zaun neben dem DLRG-Haus, gut möglich, dass Silvia denselben Zugang gewählt hatte. Eine Vorstellung, die mir das Gefühl gab, das Richtige zu tun. Die Herbstnacht war mild, was mir und meinem Vorhaben entgegenkam. Ich schlüpfte aus meinen Sandalen, zog mich aus. Fahrradjacke, Hemd, Unterhemd, Hose, Unterhose.

Weißt du, warum Männer die Socken immer anlassen wollen dabei? Ich erinnerte mich an Silvias Frage, als ich die Strümpfe auszog, mich bemühte, das Gleichgewicht im Stehen zu halten. Sie hatte auch gleich die Erklärung geliefert, ohne nur den Versuch einer Antwort von mir abzuwarten. Weil sich Männer eigentlich nie ganz ausziehen möchten, stets bloß das jeweils unmittelbar Notwendige freilegen, möglichst nicht mehr, und die Füße gehören eben nicht dazu. Ich hielt meine Socken mit den dünnen Stellen darin gegen das Mondlicht, in jeder Hand einen, wie zum augenfälligen Beweis des Gegenteils, mochte der Mond mein Zeuge sein. Ich betrachtete meine Kleidung, die nun sorgfältig gestapelt auf dem Startblock gleich neben dem Sprungturm lag. Nackt stellte ich mich in die Nacht. Es tat gut, sich von den Dingen zu trennen, auch von der Kleidung. Ich sah hinauf zum Zehnmeterturm mit seinen Sprungebenen, dem Treppenaufgang hoch bis zum allerobersten Plateau. Tief darunter der Kachelboden des leeren Schwimmerbeckens, darauf der metallische Glanz des Mondlichts. Ich schloss die Augen, für eine Weile blieb das Bild. Ich spürte die Bodenkühle, die mir durch die blanken Sohlen drang, in mir hochkroch, mich dazu brachte, von einem Bein auf das andere zu treten. Die Hand am nachtkühlen Geländerlauf nahm ich die ersten Stufen, zählte halblaut mit dabei. Zwölf bis zur ersten

Plattform. Mit beiden Händen umklammerte ich das Metall des Geländers, zitterte, wagte mit starr aufgerichtetem Nacken einen kurzen Blick nach unten, zum Einmeterbrett, das neben dem Sprungturm über den Beckenrand ragte wie eine herausgestreckte Zunge. Egal, weiter. Das nächste Stück hinauf zur Fünfmeterplattform, die nächsten zehn Stufen. Gerade auf der Hälfte und schon das Gefühl von nie gewesener Höhe. Je mehr ich zitterte, desto mehr suchten meine kalten Hände Halt am Geländermetall. Nur nicht anfangen nachzudenken über Sinn und Unsinn dessen, was ich hier tat, und vor allem nicht stehen bleiben! Ich war nicht hergekommen, um über jede Stufe einzeln zu meditieren, ich war hier, weil ich hinaufwollte auf diesen Turm, und zwar bis nach ganz oben. Also zwang ich mich weiter, die nächsten fünf, sechs, sieben, acht Stufen rauf, Schweiß lief mir über die Stirn, kalter Angstschweiß, die Kiefer schlugen aufeinander. Ab jetzt nicht mehr nach unten sehen, ermahnte ich mich, auf keinen Fall durfte ich riskieren, dass mir schwindelig wurde, doch wohin mit dem Blick, worauf die Augen richten, die so sehr ihren eigenen Willen hatten, immer wieder nach festem Boden suchten, von dem ich doch ganz und gar loskommen musste, wollte ich den weiteren Aufstieg nicht gefährden. Ich erreichte die nächste Plattform, versuchte vergeblich, die weichen Knie durchzustrecken. Wenn etwas sicher war, dann dass ich meinen Beinen nicht mehr trauen konnte. Ich klammerte mich mit beiden Händen an das Geländer, krampfhaft darum bemüht, aufrecht zu stehen, den Blick oben zu halten, auch wenn der Nacken schmerzte. Aber so sehr ich auch versuchte, festen Halt zu finden, ich schwankte, oder schwankte etwa der Turm, schwankten wir vielleicht sogar beide? Schluss jetzt mit all der Fragerei – weiter!, mahnte ich mich und erschrak, als mir bewusst wurde, dass ich aufgehört hatte zu zählen: Wie viele Stufen genau hatte ich denn nun bewältigt bis hierher? War es ein böses Omen, dass ich es nicht wusste? Also besser noch einmal zurück? – Oh nein! Kam überhaupt nicht infrage! Nicht jetzt, nicht so nahe am

Ziel, nur noch eine einzige Etage, das letzte Stück Treppe, dann wäre es geschafft und ich würde oben sein, ganz oben! Dort, wo Silvia zuallerletzt gestanden hatte. Sie würde sicher schallend lachen, könnte sie mich hier so sehen, ein bibberndes Häuflein mit klammem Herzen, jeder Schritt ein neues Wagnis, eine wackelige Probe darauf, ob das Mütchen reichte, auch für die nächste und die übernächste Stufe. Ich stakelte weiter, auf Beinen, die sich nicht wie meine anfühlten, eher wie schlecht angepasste Prothesen. Nur noch der letzte Absatz, der durch einen Rundkäfig aus fingerdicken Metallstäben abgesichert war, als gelte es ganz besonders hier, auf diesen letzten Metern, jegliches Fehlgehen und Abgleiten über das allzu niedrige Geländer zu verhindern.

Dann war ich da! Ich war da, ich hatte sie erreicht, die alleroberste Plattform! Doch damit nicht genug, es drängte mich weiter, immer weiter nach vorn, ich konnte nicht anders. War der, der hier oben auf der obersten Sprungturmplattform herumtrapste, war das noch ich, Gernot Lohmann? Derselbe Gernot Lohmann, dessen normales Leben bis vor wenigen Monaten noch aus normalen Dingen bestanden hatte, solchen, die sich gut verstehen ließen, die Grund und Ziel und Sinn hatten? Ich sank auf die Knie, krabbelte im Kriechgang weiter, ein nackter Vierfüßler auf seinem Weg nach vorn.

Dann geschah, was mir bis heute unbegreiflich ist, ich richtete mich auf, stellte mich hin, aufrecht! Sollte doch alles schwanken und sich drehen, es war nicht mehr mein Problem! Was zählte, war einzig dies: Ich hatte es geschafft! Ich stand wirklich und wahrhaftig hier oben, über den Dingen, allem zum Trotz, allem allzu offensichtlichen Risiko, aller Höhenangst und aller Vernunft! Und deshalb ging ich noch ein kleines Stückchen weiter, weiter-weiter-weiter, ja, bis wirklich ganz nach vorn, mit den Zehen an der Absprungkante. – Jah! Jaaah!!! Jaaaaaaaaah!!!!!

Was hatte ich mich mein ganzes lächerliches Leben lang davor gefürchtet, aus der Bahn geworfen zu werden, davor, mein

Schienenleben könnte durch eine harmlose Unvorsichtigkeit, einen kleinen Mangel an Fleiß, an Anstrengung, an Disziplin oder Sorgfalt plötzlich aus seinen kleinlichen Fugen geraten. Und jetzt stand ich hier oben wie aus einem lebenslangen Irrtraum erwacht. Ich hatte meine Ketten abgelegt, war aus der Höhle gekrochen, aufgestiegen, bis an die letzte Grenze gelangt. All das, wovor ich je Angst gehabt hatte oder haben könnte, es lag weit unter mir. Was bedeuteten sie noch hier oben, all diese kleinen alltäglichen Stolperer und Stürze, welche Macht hatten sie noch, mich zu Fall zu bringen, hier, wo ich nun stand und in der größten aller Freiheiten entscheiden konnte, den nächsten kleinstmöglichen Schritt zu tun oder nicht. – Was war los? Was geschah gerade mit mir? Alles Schwanken, alles Zittern: auf einmal wie verflogen! Ich atmete ein und aus, ein und aus. Ich genoss es zu atmen. Es stand mir frei, weiter zu atmen, weiter und weiter. Oder einen Fuß zu heben.

Doch wollte ich das? Ich, der ewige Angsthase, der dauernde Zauderer und Vermeider, ich stand nackt und vom Mond beschienen ganz oben und ganz vorn auf *dem* Zehnmeterturm, immer noch aufrecht, ohne jedes Schwanken, und rief mein Ich-bin-bereit in die Nacht! Ich rief es hinüber zu den wenigen Lichtern der noch schlafenden Stadt, ich rief es gegen die Dunkelheit des Waldes, gegen Tod und Teufel. Doch mein Rufen blieb ohne Antwort, die Stadt zeigte sich ungerührt, der Wald nahm es stumm hin. Das Schweigen der Nacht hatte mein Rufen mitgenommen, einfach so. Es herrschte wieder Stille, weltentfernte, von allem abgewandte Stille, wie auf der Rückseite des Mondes.

Auch in mir wurde Ruhe. Eine Ruhe wie noch nie, eine Ruhe, wie es sie dort unten – allem festen Boden unter den Füßen zum Trotz – vielleicht gar nicht geben konnte, eine Ruhe, für die man ganz nah an der Schwelle aller Schwellen stehen musste, ganz nah am letzten Abgrund, dem Ort, wo alles endet, auch die Angst. *In der Welt habt ihr Angst, aber seid getrost, ich habe die Welt überwunden.* Mir war, als hörte ich die

Stimme meines Vaters diese Worte in die Stille hineinsprechen, diese Worte aus dem Johannes-Evangelium, sein Mantra für schwere Tage, von denen es mehr als genug gegeben hatte in seinem Leben, Worte, an denen er Halt gesucht hatte, wenn kein Halt mehr war ringsum, die ihn getröstet haben mochten in einer Welt, der der Trost schon lange abhandengekommen war. Eine Welt voller Angst, in der er als blutjunger Soldat von einem Tiefflieger attackiert worden war, gerade erst siebzehn und allein am Steuer einer Zugmaschine. Das Halbkettenfahrzeug wurde getroffen, ein Stück glühenden Metalls drang ein in den Brustkorb, machte Halt vor dem Herzen, das tapfer weiterschlug trotz des messerscharfen Splitters, den er sein Leben lang in sich trug, wohl wissend, dass Fremdkörper solcher Art wanderten, wie es hieß, Tag für Tag also der letzte sein konnte. Und doch war noch viel Zeit bis zu seiner letzten Nacht, wieder war er allein gewesen, so allein wie einer überhaupt nur allein sein kann, allein mit sich und vielleicht diesem frohbotschaftlichen Abschiedswort auf den Lippen, im Golgatha-Dunkel seiner Seniorenheim-Zelle, in der es nicht mehr Tag werden sollte für ihn.

Langsam wurde es hell. Ein erster vager Lichtstreifen überzog den Saum des Waldes. Dort, wo eben noch Nachthimmel gewesen war, dämmerte das Blaugrau des Frühmorgens herauf. Und …??? – Nein. Nein, nein, ganz sicher nicht! Ich war hergekommen, um in diese Tiefe zu sehen, in denselben Abgrund zu blicken, in den Silvia geschaut hatte. Aber ich war nicht Silvia, ich war Gernot, ob es mir passte oder nicht. Möglich, dass ich von hier oben sah, was sie gesehen hatte, aber ich sah es nicht mit ihren Augen, nicht mit ihrem Herzen, nicht mit ihrem Blick auf ihr Leben unter dem Fallbeil einer infausten Diagnose. Silvia hatte getan, was für sie stimmte, den nächsten Schritt, den darüber hinaus. Ins Darunter, Dahinter, Davon.

Auf einmal war da diese Katze, die den Beckenrand abschritt, als ginge sie Patrouille. Am Treppenabgang machte sie Halt, beäugte den Kachelboden, ohne sich zu rühren, als schiene sie darauf zu warten, dass sich da etwas bewegte, wo doch nichts war außer blanken Fliesen und Fugen. Auf mein Räuspern und halblautes Husten hin sah sie hoch mit einem flüchtigen Blick ohne Erschrecken. Dann stieg sie die Stufen ins Becken hinab, bedacht und geschmeidig, mit dem Stolz einer Diva, die ihre Bühne betritt. Den Kopf gesenkt spürte sie an der Beckenwand entlang, querte schließlich den Kachelboden zum Sprungturm hin, um sich dort hinzuhocken, direkt unter mir. Ohne einen weiteren Blick für den da hoch oben über ihr begann sie mit der Fellpflege, leckte sich ausgiebig Brust und Pfoten, den Unterleib, die Schenkel, verdrehte sie nach innen und außen, als wäre da kein Gelenk. Und als gäbe es keinen anderen Ort für ihre Morgentoilette als eben diesen Platz direkt unterm Sprungturm – wie auch kein geeigneteres Publikum für ihr exhibitionistisches Geputze, diesen Akt reinster Selbsthingabe, als ausgerechnet mich, diesen fellosen arthrotischen Kümmerling da oben, den sie zu verspotten schien mit ihrem Tun. – Woher nahm sie eigentlich ihre unberechtigte Sicherheit? Wieso schien sie zu wissen, was sie nicht wissen konnte? Und was, wenn ich nun doch …? Würde sie weichen oder im Vertrauen auf ihre sprichwörtlichen sechs zusätzlichen Leben selbst dann weiter die Ungerührte geben? Mit einer entschiedenen Drehung des Kopfes endete plötzlich alles Verrenken, Putzen und Lecken. Dafür buckelte sie nun, beugte und streckte sich. In ganzer Länge rollte sie sich über den Kachelboden, noch mal und noch mal und wieder zurück, bog sich nach hinten, vom Kopf über den Rücken, den buschigen Schwanz, dann erneut nach vorne, auch dies in mehrfacher Wiederholung. Dann hielt sie inne in ihren Bewegungen, den Kopf mir zugewendet schien sie mich aufzufordern: Na los, jetzt sag schon, was hast du gesehen, was glaubst du, was habe ich dir vorbuchstabiert? Ein C und ein Gegen-C, zwei gegenläufige Halbbögen, die einen Kreis ergeben können …, oder ein S … – Ja!!! In diesem

Moment stand ich nicht allein da oben, das spürte ich. Ich fühlte mich bei der Hand genommen, sanft zurückgezogen. Schon schickte die Sonne ihre ersten Strahlen über den Waldrand, der Frühmorgen begann, ein neuer Tag nahm seinen Lauf.

Als ich wieder nach unten sah, war die Katze verschwunden. Auch für mich war es nun Zeit. Ich machte mich an den Abstieg, rückwärts die Leiter und all die ungezählten Stufen hinunter. Als ich schließlich wieder Boden unter meinen Füßen spürte, konnte ich es nicht glauben, bewegte mich weiterhin wie in Zeitlupe, unsicher wie beim ersten Landgang nach Monaten an Bord. Ich griff nach meiner Kleidung, nahm Stück für Stück auf, besah es, als müsste ich mich erst daran erinnern, was wofür taugte, wozu gemeint war, um dann doch nichts davon anzuziehen. Das Bündel vorm Bauch beugte ich mich darüber, kauerte mich auf den Startblock, ein alter schluchzender Embryo, dem die Tränen über die Wangen liefen, zurück am Boden und in einem Leben, das ein anderes geworden war. So krümmte ich mich um das Knäuel meiner Kleider, diese Überbleibsel von Gernot Lohmann, der nicht mehr war.

EPILOG

Ich glaube aufrichtig zu sein,
dass der Tod mich nicht allzu sehr schreckt;
aber ich sehe mit einer Art
Verzweiflung den Sommer enden.
Noch nie habe ich eine so lange Folge
so schöner, so prächtiger Tage erlebt.
(André Gide, Tagebücher)

Silvia hatte dieses Leben verlassen. Das hatte ich zu akzeptieren, ob ich wollte oder nicht. Mit ihrem Tod war unsere gemeinsame Zeit vorüber, aber noch lange nicht alles vorbei. Denn eine Geschichte ist erst dann ganz am Ende, wenn sie keiner mehr erzählt. Und ich wollte, dass unsere Geschichte nicht einfach so endete, darum musste das Erzählen seinen Anfang nehmen. Auf dass unser Sommer weiterginge, er weiterlebte, uns überlebte. Also habe ich damit begonnen, aufzuschreiben, wie es gewesen war. Ich habe nach Kräften versucht, mich an alles zu erinnern, an jede Einzelheit, jeden Augenblick, jedes Wort, jedes Gefühl.

Oben auf dem Sprungturm hatte ich begriffen, dass es keinen Sinn machte, es Silvia nachzutun. Wozu? Was wäre meine Antwort gewesen, hätte Silvia mich nach meinen Gründen dafür gefragt? Sei doch nicht blöd, hätte sie wahrscheinlich gesagt und mich gegen die Schulter geboxt, Spinn nicht rum, Gernot! Also ließ ich es. Auch wenn ich nicht wusste, wie das gehen sollte, weiterzuleben ohne sie. Weil es schier unerträglich war, sie nicht mehr zu sehen, ihre Stimme nicht mehr zu hören, nicht mehr von ihr berührt zu werden. Silvia, dein Verschwinden hat eine Leerstelle gerissen, die größer wurde von

Tag zu Tag, einen Seelenkrater, der nicht mehr zu schließen ist, eine Wunde, die nicht vernarbt, sondern sich auswächst. Um nicht daran zugrunde zu gehen, gab es für mich nur einen Weg. Ich war entlassen aus der Welt der Üblichkeiten, hatte keinen Beruf mehr und kein Zuhause, aber vielleicht noch etwas Zeit. Und die Erinnerung an ein paar Wochen Sommerewigkeit, an denen ich hing wie an einem ganzen Leben.

Ich wusste, in der untersten Schublade deines kleinen Schreibtischs hier im Bauwagen wartete ein Stapel Papier, fünfhundert Blatt *Office Pro Basic Go Copy* von reinstem Weiß, unberührt und noch folienverschweißt. Wozu hattest du es gekauft, dieses viele lose Papier, was hattest du vorgehabt damit, Silvia? Hattest du einen Plan? Hast du am Ende sogar geahnt, dass es so weit kommen würde, dass ich eines Tages hier an deinem kleinen Holztisch sitze und begreife, was ich zu tun habe, was du von mir willst? Was für verrückte Fragen einem durch den Kopf gehen, wenn man allein ist, allein mit seinen Erinnerungen und einer kaum zu ertragenden Sehnsucht. Man fängt an, nach Gründen zu suchen, nach Zusammenhängen, nach dieser oder jener Spur, die nicht der Zufall gelegt haben kann oder soll.

Ich nahm das Papier aus der Schublade, schlitzte die Folie am Oberrand einer Querseite vorsichtig an. So ließe sich Blatt für Blatt entnehmen, ohne dass der noch verbleibende Stapel in Unordnung geriet. Alles, was ich sonst noch zum Schreiben brauchte, war da, du hattest gut vorgesorgt, Silvia. Also fing ich an, nahm die Gedanken, wie sie kamen, was sich nach vorne drängte, kam als Erstes dran, dann das Nächste, dann das darauf Folgende. Ich ließ die Wörter laufen, wie sie wollten, was scherte mich die Form, ich hatte nicht vor, nette Geschichten zu drechseln, ich wollte über das Leben schreiben, so wie es sich zugetragen hatte, das eigentliche Leben, mein Leben mit dir, Silvia. Ich schrieb mit der Hand, in der ich deinen blauen Pelikan-Kugelschreiber hielt wie einen Meißel, ein Stemmeisen, meinen Faustkeil. Ich kämpfte mich hinein in dieses Schreiben, für das es keine Alternative gab. Der Stapel Papier und dein Stift wurden meine Retter, solange es Papier gab und meine schmerzende Hand den Kuli noch irgendwie halten konnte, die Mine noch nicht leer war, ließ sich ertragen, was anders nicht auszuhalten war für das alte heulende Kind, das sich nicht abfinden wollte mit dem blanken Es-war-einmal, das klagte, fluchte, jammerte, winselte, aber weiterschrieb.

Nach und nach kam ich besser ins Schreiben. Was mir anfangs noch schwerfiel, wurde Gewohnheit, wurde leichter. Ich schrieb und schrieb, es ging nicht mehr ohne, noch nie hatte ich so viel geschrieben. Ich schrieb bis an die Grenzen meines Körpers und darüber hinaus, mein Rücken schmerzte, von Tag zu Tag wurde es schlimmer, ich versuchte, im Stehen zu schreiben, was den Schmerz nicht besser machte, nur veränderte. Mein Nacken wie eingespannt in einem glühenden Schraubstock, immer wieder ganz nahe daran, die Last des Kopfes nicht mehr tragen zu können, die Sehnen meiner Schreibfaust wie entzündet, die Finger immer öfter taub und schon lange ohne jedes Feingefühl. Dennoch schrieb ich weiter, auch dann, wenn alles vor meinen Augen verschwamm, die Schrift verwischte und ich nur hoffen konnte, dass Lesbares davon blieb. Ich schrieb wie besessen, als stünde jemand hinter mir, drückte eine Klinge an meinen Hals, bereit, Kopf und Körper zu trennen mit einem einzigen schnellen Schnitt, falls es nicht weiterginge, nicht getan wurde, was irgend getan werden konnte und musste. Ich schrieb mich fort, schrieb mich hin zu dir, in Fieber und Wahn, glaubte, hoffte, es könnte gelingen, uns zurückzuschreiben in diesen einzig wirklichen, unvergleichlichen Sommer. Mit dir war das Leben in mein Leben gekommen, Silvia, unglaublich, aber wahr, wir hatten uns gemeinsam auf den Weg gemacht, bis du dann unversehens ausgestiegen bist, mich zurückgelassen hast auf freier Strecke. Du hast mich aus der Bahn geworfen, ein um das andere Mal. Mit deinem Eintreten in mein Leben ebenso wie mit deinem Verschwinden daraus. Ich gaukelte mir vor, mit meinem Schreiben die Zeit zurückholen zu können, so sehr, dass zwischen Wunsch und Wirklichkeit kein Unterschied mehr bliebe. Falls Erlösung möglich war, dann nur so.

Als ich wieder einmal eingeschlafen war, noch während ich schrieb, sah ich mich im Traum unter dem Zehner des Ida-Bades: Verschiedenste Tiere stiegen den Sprungturm hinauf, Mäuse, Ratten, Waschbären, Eichhörnchen groß wie Kängurus, auch Menschenaffen, alle drängten sie nach oben, ließen sich dann herabfallen von dort. Doch kaum waren sie gesprungen, wuchsen ihnen Flügel, jedem nach seiner Art. So entschwebten sie sicher, wurden sanft davongetragen, kein einziges Tier, das zu Schaden oder um sein Leben kam. In einem anderen Traum war das Schwimmbad übervoll, Menschenmassen, wohin man sah, eine scheinbar endlose Schlange beim Anstehen am Sprungturm, kaum einer, der zum Schwimmen gekommen war, alle wollten sie nur das eine, kein Zehner der Welt war schließlich dem des Ida-Bades vergleichbar, so hieß es, deshalb waren alle hier. Auch ich stand an, mehrmals wechselten Tag und Nacht, bis ich schließlich an der Reihe war, mehr hinaufgeschoben als aus eigenen Kräften hochgeklettert. Endlich stand ich oben, schaute denen hinterher, die schon sprangen, die, kaum im Fallen begriffen, noch im selben Moment vor meinen Augen vergingen, sich in Luft auflösten, zerstäubten und zu Nichts wurden, verschwanden ohne jede Spur.

Irgendwann war es so weit, es war nichts mehr übrig, ich hatte das Loch in mir leergeschrieben, nichts, was noch zu sagen blieb. Ich wusste, dass der letzte Satz der letzte Satz gewesen war, es gab nichts mehr hinzuzufügen. Über Wochen hatte ich Silvias Bauwagen kaum verlassen, gegessen und getrunken nur dann, wenn es anders nicht mehr ging, bestenfalls stundenweise geschlafen, meist auch das im Sitzen, an dem kleinen Tisch aus hellem Holz, um alsbald wieder hochzuschrecken wie auf einem elektrischen Stuhl, getrieben vom Zwang, das Schreiben fortzusetzen, auch von der Angst, das Vergessen könnte mich zwischenzeitlich überholen und abhängen. Schreiben im Wettlauf gegen die Zeit, die doch am Ende immer obsiegt.

Als ich den Kuli zum letzten Mal aus der Hand legte, fühlte ich mich wie betäubt. Abgestürzt, von wer weiß woher zurückgeworfen auf diese Erde, jammerelend und wieder ganz und gar allein. Zwar fiel eine Zentnerlast von mir ab, ich hatte alles gegeben, meine Aufgabe so gut wie mir möglich erfüllt, dennoch, die wirkliche Erleichterung blieb aus, wie sollte es auch anders sein. Jetzt hatte ich dich zweimal verloren, du warst mir ein zweites Mal gestorben, ich hatte geahnt, dass es so kommen würde, aber keine andere Wahl. Nun warst du so weit weg wie nie zuvor, in einer Galaxis hinter allen Galaxien. Und ich bin es gewesen, ich habe dich fortgeschrieben. Das ganze Schreiben und die Hoffnung auf Linderung meiner Qualen dadurch war völlig idiotisch gewesen, jetzt wusste ich es besser. Trauer macht Idioten aus uns. Genauso wie Liebe. Traurige Idioten versuchen, das Laub wieder an kahle Bäume zu hängen, die Verliebten glauben an die Ewigkeit des Moments, die Wiederholbarkeit in oder außerhalb der Zeit. Solange ich schrieb, hatte ich mir eingebildet, den Tod austricksen, ihn ungeschehen machen zu können. Ich hatte versucht, die ungeheuerlichste aller Grenzen wegzuschreiben. Bis sie mit dem letzten Satz wieder erstand, schärfer, undurchdringlicher und unüberwindbarer als zuvor.

Ich fuhr mit dem Rad in die Stadt, um einen Ringordner für den Manuskriptstapel zu kaufen. Einer mit Strandmotiv gefiel mir: der Himmel so blau, Fußspuren in sauberstem Bilderbuchsand, dazu sanft kräuselnde Wellen, ein rot-weißer Leuchtturm. Doch irgendetwas stimmte nicht an diesem Bild. Hatte es mit dem Leuchtturm zu tun, der in der ersten Wirklichkeit gar nicht dort stand, wo dieses Trugbild ihn nun zeigte? Egal, Täuschung oder echt, ich kaufte genau diesen Ordner, nicht zuletzt war sein Cover trotz allem alternativlos unter all den sonstigen Oldtimer-, Maikäfer-, Blümchen- und Muschelmotivalbernheiten. Und er war im Angebot.

Zurück im Bauwagen sah ich in das mir fremd gewordene Gesicht im Spiegel über dem kleinen Waschbecken, hielt den fremden Kopf unters kalte Wasser, bis ich glaubte, ohnmächtig zu werden davon. Am ganzen Körper zitternd, die Hände auf die Knie gestützt, sah ich den fallenden Tropfen beim Auftreffen am Boden zu. Dann setzte ich mich an das Tischchen, lochte den Stapel meiner Seiten, heftete sie ab, ließ die Federschließe zuschnappen. Es hätten mehr Blätter nicht sein dürfen, alles passte soeben gut hinein. Fertig. Das war's! Ich klappte den Ordner zu, schob ihn von mir weg in die Mitte der kleinen Schreibfläche, diese Platte hellen, weichen Holzes mit all ihren Flecken, Kratzspuren, Kerbungen, neuen Narben und Schreibspuren. Darauf mein Manuskriptordner mit dem Leuchtturm, der nicht ins Bild gehörte.

Ich schaute mich um. Wie schon so oft fiel mein Blick auf den Abrisszettel an der Wand gleich neben dem Fenster, mit rotem Reißbrettstift ins Holz gepinnt. Darauf ein Gedicht von Paul Celan, Silvia hatte es mit der Hand geschrieben, die Tinte schon stark ausgeblichen, das Papier gewellt, die Ecken eingerollt, einzig diese zwei Zeilen noch gut lesbar:

… und ich schweb dir voraus als ein Blatt,
das weiß, wo die Tore sich auftun.

Ich verlasse den Bauwagen, schließe die Tür. Lasse Tisch, Bett, Stuhl, Waschbecken, Kochplatte und Buchregal hinter mir. Ebenso Silvias Notizbücher, all ihre zahllosen Spuren in diesem Raum, all die Dinge, die sie gesehen, berührt, benutzt, wohl auch geliebt hatte auf ihre Weise. Auch den Ordner mit meinem Manuskript lasse ich hier, gehe ein letztes Mal über die ausgetretene hölzerne Schwelle und die drei Stufen der kleinen Anstelltreppe hinab. Mein Gang ist federnd und leicht, und ohne jeden Schmerz.

Dann steige ich auf mein Rad und fahre los. Kühler Morgenwind streift meine Stirn. Stärker und stärker trete ich in die Pedale, das Rad fliegt nur so dahin mit mir. Schon erreiche ich die alte Dorfstraße mit ihren vergilbten Birken. Ich werde ihr folgen, bis das freie Land sich auftut.